NOUVELLES ROMAINES

Du même auteur
dans la même collection

AGOSTINO
LA CIOCIARA
LE CONFORMISTE
L'ENNUI
LES INDIFFÉRENTS
LE MÉPRIS
NOUVELLES ROMAINES

ALBERTO MORAVIA

NOUVELLES ROMAINES

Traduction de Claude PONCET
*Présentation, chronologie
et bibliographie*
par
Nino FRANK

GF Flammarion

Édition originale : *Racconti romani.*

ISBN : 978-2-0807-0389-7

PRÉSENTATION

ALBERTO MORAVIA « ROMAIN DE ROME »

Tel qu'en lui-même, et point du tout à ia dernière heure, l'éternité n'y est pour rien et il n'y a guère changement : tel qu'en lui-même depuis toujours dirait-on. Puissamment retranché dans la citadelle de son œuvre, plus d'une cinquantaine de volumes, dont une douzaine de romans massifs. on a même dit parfois romans-essais, autant de recueils de récits étendus, courts romans ou nouvelles de longue haleine, puis, par-dessus le marché, des centaines et des centaines de contes courts venant continuellement s'intercaler dans le travail au long cours, et encore des essais, du théâtre, du reportage dans les cinq continents car cet homme rivé à son papier et à sa plume part à tout propos et partout, trois mois d'ennui à Rome déclare-t-il lui suffisent à le faire filer au Ghana ou en Chine, et tout cela, cette masse d'œuvres, ne voyagera pas moins que son auteur, le plus traduit qui soit en Italie, dans non moins d'une trentaine de pays : enfin ajoutez au total, pour faire bonne mesure, des livres « parlés » à un interviewer ou à un autre, nul n'étant plus disposé que lui à s'exprimer sur tout ce que l'on veut à l'intention du public, voici donc cet Alberto Pincherle, dit Moravia, né à Rome en 1907, atteignant donc les soixante-quinze ans, mais nullement tari. Tout l'opposé. En possession totale de ses moyens. Continuellement prêt à se manifester, au nom de l'autorité — disons même du pouvoir — qu'il s'est acquis. Et pourtant, ce dynamisme traité parfois de pétulance, l'admiration comportant de temps à autre quelque agacement, si ce n'est quelque fronde litigieuse. Car il dérange, il dérange dans son pays, comme il y a toujours dérangé. Tout en étant, de ce pays, dans le monde entier, l'expression du génie littéraire.

UN ÉCRIVAIN INCOMMODE

Au fait, en va-t-il vraiment de la sorte ? Pour peu que l'on mette quelque objectivité dans la considération de cette œuvre, on s'accordera aisément sur le fait que Moravia est bien digne de quelque principauté parmi ses pairs : et que, par exemple, il serait on ne peut plus digne d'un hommage international tel celui qu'apporte le jury Nobel. Eh bien, quoiqu'on l'ait souvent dénombré parmi les possibles, quoiqu'il se soit lui-même parfois laissé prendre au mirage, il n'a jamais reçu cette reconnaissance et, à l'heure qu'il est, on peut présumer qu'il ne l'obtiendra jamais. Pourquoi ? C'est qu'il sent le soufre, un soufre *sui generis*, passablement indéfinissable. Est-ce son flirt constant avec le communisme, ses hommages continuels à Marx et à Freud ? Son immoralisme déclaré ? Quelque défaut d'œcuménisme démenti par les faits ? Son goût de l'extrême gauche ? A ce propos, mentionnons quelques mots singuliers de Moravia lui-même à Nello Ajello, l'un de ses confidents principaux, dans *Interview de l'écrivain incommode :* « Il arrive que les critiques de gauche s'en prennent à moi. Plus exactement, ils nourrissent à mon propos une espèce d'amour-haine... Ils sentent bien qu'au fond je suis un réaliste, et voilà qui compte, pour eux. Mais ils sentent aussi que je suis un décadent : et c'est vrai. Ils me reprochent une chose qui est vraie. »

Décadent ? Voilà qui vient de loin, pour ce tel qu'en lui-même permanent. Souvenons-nous, rien de plus précoce que le génie de cet écrivain. Il entreprend à dix-sept ans un roman, *Les Indifférents,* et c'est l'âge où l'on ronge encore ses ongles au lycée (mais lui, à peu près nulle étude, rien que l'école de la souffrance qui, durant son enfance et son adolescence, fait de lui un gisant, affecté d'une tuberculose osseuse sévère) : ce roman, achevé et publié en 1929, l'auteur venant à peine d'atteindre sa majorité (je crois avoir lu que le contrat avait été signé par le père de Moravia), paraît à compte d'auteur, mais, aussitôt paru, connaît un succès mémorable, salué par des personnalités de grand format comme Ungaretti ou Borgese, pape de la critique. Œuvre de début mais capitale, marquant une époque, et qui pourtant, dans le climat du fascisme triomphant, est sur-le-champ décrétée immorale et décadente, n'oublions pas le péché mignon de Mussolini, qui est un moralisme à clins d'œil. Seulement, en fait de péché, c'est un péché originel qui est assigné à Alberto Moravia, dont il restera marqué toute sa vie.

Aux quinze années dans le tourment et la solitude avide de la maladie, qui font de Moravia à jamais un révolté contre les hantises du sexe et de l'argent, vont suivre quinze années où l'auteur des *Indifférents*, à travers des œuvres décevantes, produit d'un état d'esprit ambigu, devient l'objet d'une suspicion constante, aggravée par son adhésion résolue à l'antifascisme : son œuvre ne peut se poursuivre que par à-coups, dans le silence imposé à la critique, et dans ces ambiguïté et autocensure qu'il est obligé d'accepter ; la suspicion, à un moment donné, ira jusqu'à l'obligation qui lui est faite de ne plus signer, on lui accorde un pseudonyme qui, dérisoirement, au bas de ses articles, sera celui de « Pseudo ». Cela ira jusqu'à l'interdiction totale de publier quoi que ce soit, après son *Quadrille des masques* (1941), dans la flambée du grotesque antisémitisme italien inventé par Mussolini par hommage à Hitler.

Ainsi pour résumer et annoncer la couleur d'emblée, cet amer *fatum* pour un début dans la vie : la maladie ; qui prélude pourtant à un ouvrage des plus éclatants, immédiatement reconnu, immédiatement honni en plus : et aussitôt après, lui faisant suite, l'autre maladie, la lèpre fasciste. Une précocité inouïe, et, pour tout résultat, « l'écrivain incommode », d'ores et déjà. La Libération acquise, Moravia lui-même libéré de son double handicap, aux approches de la quarantaine, prêt à débuter pour de bon dans l'édification de son grand œuvre, on le voit, comme dans une seconde jeunesse, atteindre d'un coup le grand succès (la *Belle Romaine* en 1947), mais on continue à faire la grimace à son propos. Souvenons-nous de cet après-fascisme, où sa primauté commence à s'imposer, on le sent déjà talonné par le néo-réalisme triomphant des Pavese et Vittorini, à qui on reconnaît une voix neuve et saine, la sienne propre conservant les préventions qui datent du mussolinisme. Dix ans plus tard, on lui opposera Cassola et Bassani. Aujourd'hui encore, on entend dire : « Bien entendu, il y a Moravia, l'éternel Moravia... Mais il y a surtout Sciascia et Calvino. » On dirait d'un constamment second.

Ne forçons pas admiration et respect, risquons pourtant une gageure. On le sait, l'opinion internationale, à la suite des traductions, donne souvent un avant-goût de ce que pourra être un jour l'avis de la postérité. Touchant l'état des lettres italiennes au cours du demi-siècle qui vient de s'écouler, et de la primauté de l'un ou l'autre au cours de cette période, questionnez cette « postérité » étrangère, il y a mille chances qu'elle réponde : « Moravia en tête... et l'époque Moravia. » Mais oui, Moravia, des *Indifférents* (1931) à *Desideria* (1979), cinquante années dominées par cet *opus* massif : comme on avait pu dire l'époque d'Annunzio ou, avant, l'époque Manzoni.

ÊTRE UNE FATALITÉ

Aujourd'hui, si on en croit les photographes, il arbore une tête bourrue de colonel des carabiniers, le cheveu chenu sur un crâne dolico, « la bouche aigre opiniâtrement close entre le nez et le menton en galoche qui la serrent à l'instar des bras d'une grue », note de manière imagée un biographe : et c'est bien la façade qui sied à un qui se veut maître gendelettre à la Zola, quatre heures d'écriture tous les matins à jeun, le bureau quoi !, et sept ou huit cents feuillets au bout de l'an ; à cet écrivain-termite, à cet auteur-marteau pilon (mais je vous invite à fortement douter de cette volonté d'impuissance), j'oppose le souvenir du mince et doux boiteux d'autrefois, aux yeux de rapace et aux traits déjà aigus, qui se révélait dans le sombre éclat de son premier livre, d'autant plus explosif que c'était un roman, distance on ne peut plus hasardeuse pour les jeunes auteurs au souffle court de la Péninsule.

Quel cheminement de l'insomniaque de vingt-deux ans au féroce colonel des soixante-quinze. On l'a dit, il faut y revenir. Comment motiver le fait que ses compatriotes, tout en reconnaissant sa préséance, ajoutent parfois un « faute de mieux », si ce n'est, comme pour Victor Hugo, un « hélas ». Il faut en revenir à cet « amour-haine » — sentiment au surplus exquisément moravien, constant chez ses héros dès lors qu'ils parviennent à s'arracher à cette « indifférence », à cet « ennui » qui, depuis toujours, recouvrent une veulerie particulière aux « intellectuels » dont il fait ses personnages de prédilection.

Chercher à démêler les motifs qui se trouvent à l'origine de cet amour-haine n'est pas chose aisée.

Il y a d'abord, semble-t-il, quelque impatience devant le personnage Moravia, en quoi il se dédouble, volontairement, n'est-ce pas lui-même qui a fait la différence entre Moravia-je et « Moravia-il » ? Entre ce qu'il est, comme tout le monde est ce qu'il est, et ce qu'il se veut dans son rôle d'Alberto Moravia. Sa présence constante et volontaire au premier plan de l'actualité, continuellement engagé (bien qu'il récuse le fameux « engagement »), continuellement disponible et, de quelque manière, s'assumant un brin supérieurement ? D'où, pour ce « Moravia-il », une distanciation et quelque volonté de pouvoir, une manière d'être qui paraît parfois un peu magistrale, mais qui s'accompagne toujours, empressons-nous de l'ajouter, de la proclamation de son état d'artiste et de simple artiste, se mêlant, il est vrai, de politique, de morale, de culture au sens le plus large.

On décèle, en filigrane de cette attitude, quelque nietzschéisme, et plus précisément comme un écho du fameux « Je suis une fatalité. » Moravia se garde bien de le dire, mais toute sa démarche, toute l'action de son œuvre le proclament, il est et crée dans le mouvement d'une fatalité : ce qui correspond, au surplus, à ce qu'il nous a lui-même révélé de ses origines dans la maladie, quand il était, des années durant, l'adolescent confiné dans la solitude, l'avidité et la révolte, qui n'a que la ressource de s'imaginer dominer le monde. Une fatalité, oui, et, de là, la nécessité de ce « *work in progress* » permanent, de cette présence en public qui ne l'est pas moins.

Un balcon sur la vie donc, et d'aussi bonne heure ? La naissance de cette fatalité est évidente, et qu'on nous passe l'insistance que nous mettons à l'évoquer : entendez ces exordes de l'enfance et de l'adolescence, le garçon à béquilles, exclu de toute étude, six kilos de plâtre au pied raconte-t-il, ce gisant silencieux seul rejeton de bourgeois aisés, que l'on prenait à bras le corps pour aller le déposer sur un banc de la Villa Borghese contempler la vie, et, durant longtemps, année après année, pensionnaire des sanas du Tyrol... Un petit enfer de sauvagerie où les yeux s'ouvrent dans une perspective de fatalité, mais oui, et qui explique non seulement la thématique des *Indifférents*, mais aussi une vie ultérieure qui sera vouée, par exemple, à des voyages forcenés et au plus loin, à la hantise du monde féminin et du sexe comme de l'argent, lois de la vie, à une véhémence qui reste fruste et s'exprime dans un besoin constant de s'affirmer en faisant sentir son pouvoir. Plus encore : n'y a-t-il pas là de quoi justifier aussi quelque amour-haine ?

Il est des mots de Moravia lui-même qui ont une signification profonde, et on en trouve, par exemple, dans ses confidences à Vania Laksic publiées sous le titre de *Le roi est nu*. Ainsi : « L'anormal, c'était moi : j'étais antifamille, antisocial, en un mot artiste... » Et encore : « J'écris pour comprendre pourquoi j'écris. » Enfin : « Je passe ma vie à chercher les raisons du comportement des hommes » (A quoi fait écho le titre d'un des livres les plus prenants de Moravia, *L'Homme comme finalité*. Autrement dit, mais oui, *Nihil humanum*...)

Notons, dans la même longue interview, un propos à première vue surprenant, sur lequel au surplus Moravia est souvent revenu ailleurs : le parallèle qu'il établit volontiers entre ses vocations et celles de Jean-Paul Sartre. Existentialiste lui-même, se dit-il, et avant la lettre, dix ans avant la *Nausée*, et apparemment il entend par là le refus de toute sublimation et transcendance par les héros des *Indifférents* : arguant ensuite, pour les similitudes, du chemin tortueux qui sera le sien par rapport au communisme et qu'il compare à celui du fondateur des *Temps modernes*, ou encore de leur sort commun de « bourgeois honnêtes » aboutissant à quelque récusation définitive de leur classe et à un état de « prolétaires » du fait qu'ils n'ont plus vécu que de leur plume. Existentialiste ? Il y a là quelque enflure. Certes l'un et l'autre fortement marqués par leur terreau et la révolte qu'il engendre, mais après, le normalien vite enivré de science et de philosophie, face à l'autodidacte que l'on ne confondra certes pas avec celui, fâcheux, de *La Nausée*...

Après l'interminable saison de la maladie, celle, non moins atroce, du fascisme, qui sera celle de l'ambiguïté que l'on a déjà largement définie : Moravia l'a souvent intitulée la plus âpre de sa vie. Tout un prélude prolongé, jeunesse et faux apprentissage, temps de malaise, en porte-à-faux, où, comme jadis l'abbé Sieyès, il ne fait que vivre, ne durant que grâce aux voyages que le fascisme lui consent tout de même d'effectuer, en France, Angleterre, États-Unis, Chine même. Et c'est manière de l'exiler, de lui signifier quelque ostracisme. On l'a dit une fatalité : mais, pour l'heure, dérisoire, du compte d'auteur au chef-d'œuvre, et du chef-d'œuvre aussitôt au quasi anonymat, par ordre supérieur.

Suivra un deuxième livre, *Les Ambitions déçues* (1935), massif et filandreux, naïvement dostoïevskien (et c'est un pauvre déguisement), dont nul critique ne souffle mot, on a déjà trop parlé des *Indifférents*. Puis, les ruses vaines pour parvenir coûte que coûte à se manifester originalement, les récits érotisants de *La Belle vie* (1937), et c'est déjà la « dolce vita » de vingt ans plus tard, kafkaïens des *Rêves du paresseux* (1940), allégoriques de *L'Épidémie* (1944), qui anticipe si curieusement sur *La Peste* de Camus, pour ne rien dire de ce *Quadrille des masques* (1941), polichinellade dans un pays dictatorial d'Amérique Latine, que Mussolini laisse publier pour l'interdire quinze jours plus tard. Au lendemain de la chute du fascisme, Moravia n'est vraiment pas libéré lui-même et, longtemps encore, dans une manière de convalescence empoisonnée, il tiendra à régler son compte à ce passé humilié et offensé, qu'il hait lui-même le premier, pour ce qui est de son expression profonde. Et c'est peut-être ici le lieu de rappeler l'assassinat avant guerre, en France, par des alliés du fascisme, des frères Rosselli, antifascistes des plus purs et les cousins d'Alberto Moravia. Toujours est-il, on l'a dit, il sied de le rappeler, que vers 1945, l'Italie appelée à une résurrection, le néo-réalisme tenant le haut du pavé, personne ou presque ne compte plus sur l'auteur jadis victorieux des *Indifférents*...

Or, c'est le moment même où, semble-t-il, Moravia naît pour de bon à la vie : ce Moravia surgi en pleine et poignante précocité, mais qui ne va venir pleinement au jour qu'au moment de la quarantaine, après sa kyrielle d'ambitions pour de bon déçues...

« UN RÊVE LONGTEMPS CARESSÉ... »

Il est quelque chose de symbolique dans le fait que cette naissance nouvelle de Moravia, du grand Moravia, se produit principalement, au milieu de son *curriculum*, par ce mince *Agostino* (1944), que l'on tient avec raison pour l'un de ses chefs-d'œuvre : affirmation vitale, dans une évocation douce-amère des verts paradis et une plongée dans l'adolescence perdue. Tout recommence donc, et par-delà les règlements de compte, le succès fait irruption : avec *La Belle Romaine* (1947), cette Moll Flanders de l'ère fasciste, avec le *Conformiste* (1951), homosexuel en chemise noire, et c'est une fois de plus une rencontre avec Sartre, le Sartre de *L'Enfance d'un chef*, dans la définition commune du fascisme par la dévirilisation.

Voilà donc l'écrivain tout armé et casqué pour la création enfin totale, et s'installant, notons-le, dans la peau du gendelettre bureaucrate et bien naturellement destiné à présider le Pen Club International : le Moravia ès qualités prêt à quelque peu pontifier et suscitant ce fameux amour-haine, lui si plein d'amour-haine pour la vie et les jours.

Or, il importe de s'attarder ici à ce temps précis de la Libération, pour insister sur un petit fait auquel l'écrivain lui-même accorde une importance extrême pour ce qui est de son évolution intérieure. Entre 1943 et 1944, le fascisme déchu mais Rome tenu par les nazis et donc le mussolinisme remis en selle et multiplié par la Gestapo, Moravia va se trouver directement menacé au nom des lois raciales outre que pour son antifascisme désormais affiché : son nom est sur les listes des intellectuels à déporter. Il s'enfuit donc, avec sa femme Elsa Morante, et ils trouvent refuge parmi les paysans de la « *ciociaria* », la région la plus fruste qui soit, au sud de Rome. Ils vont y vivre une expérience capitale, du moins pour Moravia : dans des étables, des mois et des mois durant, et c'est, pour l'écrivain, la découverte concrète d'un monde. Oreste del Buono, à qui on doit une des meilleures études qui aient paru sur Moravia, écrit : « Ainsi se produit sa rencontre avec le peuple, rêve longtemps caressé, et naît le besoin de le raconter franchement, en l'opposant à ses personnages préférés, les intellectuels bourgeois tourmentés. »

Pour naïf que puisse paraître ce « rêve longtemps caressé », il dit bien ce qu'il dit : Moravia reçoit pour de bon la révélation d'une classe qui lui a été longtemps étrangère mais à laquelle il rêvait ; il obtient désormais l'*alter ego* qu'il a toujours désiré pour voir clair dans son refus de l'identité bourgeoise. L'étable de 1943 se situe à l'origine non seulement de l'extraordinaire reportage romanesque que constitue la *Ciociara* (1957), mais encore de l'abondante, de l'éclatante moisson des *Nouvelles romaines*, qui illustrent ces années cinquante (deux séries, en 1954 et 1957) : un tout nouveau Moravia, celui du récit court, marqué par l'art quasi mimétique du narrateur ciseleur ; mieux encore, un Moravia qui n'est plus critique et négatif, un Moravia qui aime et se livre à cet amour sans restriction. Plus guère mené, comme jusqu'alors, par des postulats idéologiques... Et c'est bien par ces *Nouvelles* que l'œuvre prend désormais sa dimension définitive, une sorte d'épaisseur qui lui manquait encore et qui la fait désormais pareille à une vraie « comédie humaine ». Cet arrière-plan, justement, le peuple, et celui dont il se sent le plus proche, celui de son terreau : le peuple de Rome.

Nous pardonnera-t-on ces tours et détours dans ces pages en rosace, touchant l'*opus* vu dans sa complexité, dans sa masse, comme un continent ? On lui trouve quelque puissant monolithisme, dans ses articulations nombreuses, monolithisme qui suggère un projet initial et vaste. Au moment que nous atteignons dans sa description, les années soixante en vue, l'auteur enfin débarrassé de ses démons, Moravia donne une œuvre singulière, *L'Ennui* (1960), où il semble atteindre à l'épure : à trente ans de distance, Michele, le velléitaire des *Indifférents*, tend la main à Dino, le peintre abstrait abîmé dans sa toile vierge symbolique : mais cet « ennui », par le chemin de croix de la jalousie, débouche dans la contemplation de « l'aimer sans plus » déjà exalté par le Pierre Bezoukhoff de Tolstoï. Est-ce l'acceptation de la réalité en même temps que d'une exigence éthique diminuée ? Que les Italiens dans leur amour-haine le veuillent ou non, Moravia, dans la plénitude de ses moyens, prend rang à n'en pas douter parmi les créateurs de génie en qui se résume, pour le monde entier, l'amère et profonde conscience d'être et d'exister.

C'est déjà arrivé pour Balzac : à distance, considérant sa *Comédie humaine*, celle-ci nous apparaît comme surgie tout armée et casquée du phénomène d'un projet initial, *exegi monumentum ;* alors que, on le sait bien, elle s'est faite au gré des idées et des jours. Il en ira peut-être de même pour les historiens de l'avenir, dès lors qu'ils se pencheront sur l'œuvre de Moravia vue dans l'intégrité et la complexité de ses moyens : l'athlète complet, le coureur de fond du roman où il excelle, le demi-fond du récit long qu'il renouvelle magnifiquement, et, pour terminer, la vitesse du conte, chaque fois réussi comme un tour de main, disons, pour aller vite, *La Belle Romaine*, *Agostino* et ces *Nouvelles romaines*, où apparaît un art spécifique en même temps qu'une inspiration neuve. Tout un continent, la citadelle que l'on disait d'emblée, et là-dedans, par ces contes, un havre de grâce, comme un paradis aigre-doux. Aimer sans plus, justement, ce réel qu'est le peuple.

UN PAYS DE CONTEURS

Depuis que le commun des hommes fait de la prose sans le savoir, laissant aux rhapsodes et aux tragiques le soin de se mesurer aux hautes besognes, il raconte par nécessité de vie et d'agrément en société. Il raconte — *un fatto* — un fait, et c'est plaisir en soi. Nulle part ce besoin universel ne s'est autant manifesté que dans les pays latins et plus largement méditerranéens : après tout, la Bible même est un vaste conte. Ne nous avançons pas dans des propos qui nous dépassent, mais constatons qu'au nombre des pays conteurs, l'Italie, et dès ses origines littéraires médiévales, tient une place de choix par la tradition de ses Boccace, Sacchetti, Bandello, et l'Italien continue à conter et à raconter en permanence.

Quand les sociétés se peaufinent et atteignent l'âge des civilisations fleuries, les faiseurs de prose évoluent et se prolongent dans le roman : le simple *fatto* ne leur suffit point et ils y ajoutent des contextes, de plus en plus riches ; le roman devient tout et le conte son B-A-BA. L'Italie, elle, reste courte : pays du réel, le *fatto* lui paraît bien plus essentiel ; et c'est l'origine d'un axiome d'après lequel les Italiens seraient des conteurs au souffle court et point des romanciers aux poumons robustes. On en a au surplus souvent apporté les preuves, d'un côté, par exemple, la France des Balzac, Stendhal, Flaubert, Zola, Proust, ou encore les grands Russes ou Anglais, de l'autre rien que les maigres *Fiancés* de Manzoni (l'Italie ne pardonnant pas au monde entier de ne point apprécier autant qu'elle ce livre au reste beau), avec en sus, en dernière heure, les promesses émouvantes de Verga et de Svevo. L'Italien n'est guère romancier, répète-t-on, parce que trop livré à son primesaut et à son goût du *fatto*, parce que trop effrayé par l'idée d'une société avec des idées autour.

En revanche, que de conteurs, charmants ou poignants. Par opposition à la France où, comme on sait, les éditeurs font méchante mine aux volumes de nouvelles, censément invendables, en Italie ces livres rencontrent la faveur des clients. Rien de plus symbolique que le cas de Luigi Pirandello que, plus le temps passe, et plus on voit célébrer en tant que conteur plutôt qu'auteur dramatique : le Pirandello des « Nouvelles pour un an », dont les nombreux volumes manquent en effet de peu le chiffre fatidique de trois cent soixante-quinze. (Et notons ici, en passant, sa rencontre avec notre Moravia, lui-même proche de ce record, par ses contes romains, qui approchent la centaine, et ses contes « féminins » et autres, non moins abondants.) Le plaisir que le public italien prend aux contes est confirmé et entretenu par une tradition dont il importe de toucher un mot.

C'est un fait capital de la vie littéraire dans la Péninsule. Comment vivent les écrivains italiens ? Bien moins que par la vente de leurs livres, ils prospèrent (souvent) grâce à leur collaboration à la presse quotidienne, et tout spécialement à la « troisième page » des journaux, page culturelle par tradition plus que centenaire, alimentée par des chroniques, des reportages, des articles d'idées, des textes de fantaisie et, le plus fréquemment, par des contes ; de là, une demande intensive, qui ne fait que confirmer l'ancien mode de l'Italie pays de conteurs.

Il se trouve que, sur ce sujet, des choses excellentes ont été dites par Alberto Moravia lui-même, dans une étude parue dans *L'Homme comme finalité* : n'hésitons pas à la citer largement car elle éclaire sa propre inspiration. « Le conte présente une grande diversité de caractères : on va du type français de la nouvelle, avec des situations presque de roman au poème en prose, au *bozzetto* [1], au document lyrique... C'est un genre à part, qui n'a rien à faire avec le roman : celui-ci a une ossature qui le soutient de la tête aux pieds, le conte est, pour ainsi dire, désossé... Rien de plus faux que ce qu'on dit touchant le romancier

1. Terme typiquement italien, mal traduisible : à l'origine « petite ébauche », il a pris le sens de « tableautin de manière », à l'ancienne.

qui fait concurrence à l'état civil : il serait plus exact de le dire du conteur, qui passe en effet en revue toute une variété de personnages qui n'ont que des caractères individuels... Ces personnages sont pris dans un moment bien particulier, délimité du point de vue du temps et de l'espace, et agissant en fonction d'un événement déterminé qui forme l'objet du conte... Des personnages non idéologiques, vus en raccourci ou en enfilade, suivant les nécessités d'une action limitée : une intrigue la plus simple possible (jusqu'à disparaître dans les contes qui sont de véritables poèmes en prose) et qui, en tout cas, puise sa complexité dans la vie et non dans l'orchestration d'une idéologie quelconque ; une psychologie en fonction des faits et non des idées ; des procédés techniques tendant tous à donner en synthèse ce qui, dans le roman, exige des analyses longues et étendues... Si le conte se rapproche du poème, le roman frise souvent l'essai ou le traité philosophique... Un art littéraire sans doute plus pur, plus essentiel, plus lyrique, plus concentré et plus absolu que celui du roman. »

On le voit, Moravia fait largement crédit aux conteurs, bien plus qu'aux romanciers dirait-on : dans l'économie générale de son œuvre, il ne tient certes pas pour secondaires ses nombreux recueils de contes. Il lui arrive, dans la même étude, de parvenir à une conclusion dans son cas paradoxale : « Les auteurs de contes accoutumés à s'exprimer dans les limites, et en fonction, des règles pourtant mal définies du genre sont très difficilement en mesure d'écrire un vrai, un bon roman. » Paradoxe pour ce qui le concerne lui-même, maître romancier avant même que parfait conteur, et voilà qui confirme bien notre éloge de l'athlète complet.

On empruntera ici au critique Roberto Tessari, auteur d'un excellent guide en pays moravien, un commentaire des plus appropriés : « Porter dans le conte la tension idéologique du roman "philosophique", mais sans perdre cette force de réalisme et de persuasion lyrique qui est spécifique du genre, telle est la "poétique" occulte avec laquelle Moravia réalise ses contes les plus mûrs. En refusant donc, là aussi, toute dissolution avant-gardiste du genre (le "poème en prose"), pour se rattacher aux résultats les plus sûrs atteints au cours de la crise de la "narration courte" bourgeoise, ceux acquis par exemple par l'œuvre de Pirandello. » Nouvelle rencontre entre l'auteur des « Contes pour un an » et celui des contes romains, l'un et l'autre, dans cette partie de leur œuvre, revenus le plus souvent à l'inspiration ponctuelle du pays natal, la Sicile pour l'un, Rome pour l'autre…

LE PAYSAN DE ROME

Dans ses confidences déjà mentionnées du *Roi tout nu*, Moravia déclare à Vania Laksic à un moment donné : « Il faudrait s'approcher d'une réalité non pas avec des idées, mais avec sympathie. Chaque fois que je l'ai fait, j'ai écrit de bonnes choses. Chaque fois que j'ai bâti un personnage ou une situation à partir d'une certaine logique, le résultat s'est révélé médiocre… » Cette sympathie… On voudrait que ces paroles aient été prononcées en songeant justement aux contes romains, ces contes qui, dans leur multiplicité toujours généreuse, et même lorsqu'ils comportent une ironie, voire un sarcasme souterrain, se caractérisent justement par une force de sympathie complice. Ils évoquent bien le « rêve longtemps caressé » de rencontrer et s'apparier au peuple, à travers lequel on croit reconnaître l'errance jamais épuisée d'un paysan de Rome, comme il y a eu un paysan de Paris.

Notons une contestation injuste. Edoardo Sanguineti, essayiste remarquable et tenant des avant-gardes, a écrit sur Moravia l'étude probablement la plus fouillée, où pourtant l'avant-gardisme montre le bout de l'oreille, quand, justement à propos des contes de Moravia, il est question de *« bozzettisme » :* entendez par là une manière surannée et un brin trop désuète de conter, sans rime ni raison. Le tableautin de manière comme fin en soi, sans prolongement idéologique. En d'autres mots, une opposition nette à la « sympathie » recherchée par l'écrivain.

Il est intéressant, ici, de voir plus en détail la démarche

du conteur Moravia, qui n'est pas toujours la même. En gros, deux grands secteurs, qui marquent bien deux sortes d'inspirations : ces *fatti* de Rome, petits faits du peuple tant sympathiquement racontés, dans les deux recueils de 1954 et 1957, puis un autre secteur nombreux, les trois volumes de contes ayant pour protagonistes des femmes, *Le Paradis* (1970), *Une autre vie* (1973) et *Bof* (1976). On peut les inscrire à l'actif d'un Moravia féministe, influencé, peut-être, par sa nouvelle femme, Decia Maraini, elle-même propagandiste fervente. Disons, en passant, que malgré le programme officiellement affiché de soutenir la cause féministe, Moravia, pour ces contes mêmes, se heurtera souvent à une critique féminine qui voit plutôt en lui un phallocrate camouflé, celui qui a été, encore que dans un mode burlesque, l'auteur de *Moi et lui* (1971).

Détails communs aux uns et aux autres contes : tous parus dans la « *terza pagina* » du *Corriere della Sera*, donc tous de dimensions égales, environ une dizaine de pages de livre, et, de plus, tous narrés à la première personne, procédé au reste familier à Moravia. N'empêche que, des uns aux autres, la démarche narrative n'est nullement la même, et s'il y a sympathie d'un côté, il y a, de l'autre côté, gageure, jeu de l'esprit, et en fin de compte idéologie ou, pour le moins, propos logique. Confronté au « Romain de Rome », au pur homme du peuple, Moravia baigne dans cette ambiance avec connivence, écartant tout esprit critique, tout au plaisir de raconter le fait — *il fatto* — comme on pourrait le faire entre amis, attablés dans un bistro de Transtevere, devant une bouteille de frascati. En revanche, confronté à ses héroïnes féminines, l'écrivain se livre à une mimétique dénaturée, dans un propos de transmutation de valeurs, sans esprit polémique certes, mais en somme en amorçant quelque critique, et on n'est guère surpris que les lectrices renâclent parfois. Il y a sympathie d'une part, sorte de corps à corps de l'autre...

Pour l'origine de ces *Nouvelles romaines*, Moravia lui-même donne une raison intéressante, dans *Le Roi tout nu :* « Il faut nommer le poète Gioacchino Belli qui, au début du XIXe siècle, a écrit trois mille cinq cents sonnets en dialecte romain et qui a été le Balzac de Rome. Ses sonnets, principalement des portraits du peuple et parfois de la bourgeoisie, sont écrits à la première personne par un homme du peuple... Belli a été très important pour moi, tout d'abord parce qu'il m'a donné le sens du peuple romain, le sentiment de son caractère; ensuite parce que sa technique m'a beaucoup impressionné. Grâce au sonnet, il parvient à faire des synthèses et des raccourcis remarquables. En lisant Belli, j'ai découvert qu'on pouvait raconter énormément de choses dans un petit espace. Ses vers m'ont inspiré mes contes romains écrits dans les années cinquante et dans l'atmosphère de ces années. A la place du sonnet, j'ai choisi le conte qui, comme le sonnet, oblige à utiliser une technique du raccourci très différente de celle du roman. Et, comme Belli, j'y fais parler les gens du peuple à la première personne : cela peut évidemment paraître artificiel mais j'ai mis dans cette sorte d'italien mêlé de tournures dialectales, de composition rigoureuse et limitée, ma propre expérience... »

Ainsi, sur les traces de l'admirable Belli, une localisation précise, bien autre que celle des romans, voire des autres contes : et par exemple, pour ceux-ci qui ont trait à des héroïnes, le lieu de l'action est spécifiquement le pays de la femme italienne, tandis que, pour les *Nouvelles romaines*, c'est Rome tout court; à lui seul un monde, hommes (qui narrent) et femmes (qui agissent fréquemment) mêlés, dans leur simple et goguenarde authenticité. S'impose donc une espèce de patriotisme local, indiscutablement dialectal, et, encore une fois, complice, car ce Moravia-là ne juge jamais. Entre deux chapitres de roman, deux manifestations idéologiques, deux voyages mêmes loin de « l'ennui » romain, le retour à ces haltes locales étant des sortes de bouffées d'oxygène, dans la retrouvaille de l'*humus* natal.

Notons, par parenthèse, un détail plaisant. Le voyageur infatigable qu'est Moravia a pourtant volontiers marqué, ces temps-ci, et en particulier depuis son *A quelle tribu appartiens-tu ?* (1972), l'attirance qu'exerce désormais sur lui le tiers monde, et spécialement le continent africain : loin de toute civilisation, dans une nature qu'il définit comme quasi préhistorique, à la frontière de l'immense. Or, dirait-on, c'est dans le Rome de ses contes qu'il trouvait déjà cette sensation du démesuré et de l'authentique, un tiers monde revigorant, à la portée de sa main... Il nous est arrivé de définir l'écrivain comme une fatalité, à la manière de Nietzsche, mais cette fatalité n'est pas suffisamment éclaircie si on n'ajoute pas que Moravia est pur romain, « Romain de Rome » comme on y dit fièrement, d'entre Panthéon et Forum, Tibre et banlieues lépreuses, tout comme Belli : et, ajoutons-le, comme Joyce est uniquement dublinois et Proust parisien de son Paris.

Et il faudrait bien, ici, dire ce qu'est ce Rome unique, dont Belli est le Balzac, d'après Moravia. Une ville comme les autres, assurément, grande et petite, infiniment petite même : mais dont le destin est inexplicablement marqué par une veulerie immémoriale, qui fait penser aux immortels décrits par Borges, cuvant quelque ennui millénaire et seulement distraits par de petits faits, toujours ces *fatti* que notre conteur collectionne. Face à ces petits faits de la vie, deux réalités à jamais inscrites dans une sorte d'inconscient collectif : le passé des Césars infiniment lointain et aboli, mais qui demeure souterrainement présent, dans un désenchantement définitif; et l'autre impérialisme qui résulte de la monarchie pontificale, la plus ancienne du monde dit Moravia. Le Romain de Rome sait qu'il est fait d'éternité et marqué par un *fatum :* il se laisse mener donc par le sexe et l'argent, la *dolce vita* même (et dans toutes les classes sociales), les petites astuces et un scepticisme total, la béatitude dans le non-être, dans sa cité où la corruption est santé, la malhonnêteté divertissement, la violence jeu, l'instinct primesaut. Les dieux et le Vatican toujours présents et infiniment secourables, assurant toutes les indulgences.

Ce Rome, Moravia le respire par tous les pores de la peau et il s'en fait sans difficulté le complice : davantage même, le témoin circonstancié bien que bref. Voyez par exemple, le soin qu'il prend, dans tous ses contes, de donner l'indication précise du lieu où s'est passé l'affaire — la rue, presque le numéro — tout comme s'il l'avait vue de ses yeux. Est-ce encore manière balzacienne de faire concurrence à l'état civil ? Il en résulte une géographie romaine vraiment documentaire, je songe, citons au hasard, au quartier de la gare et à ses *trattorie* tel qu'il est évoqué dans *Une bonne soirée,* à la rue sans passants de *Salon de coiffure,* aux églises de *Le Bébé* ou de *Pilleurs d'églises,* mais n'est-ce pas procédé bien naturel pour le « je » qui, dans chaque conte, narre et assume ?

LE JEU DU « JE »

D'où, pour le lecteur non averti, que le conteur prenne l'aspect du flâneur et observateur infatigable, arpentant continuellement les rues de Rome, tout comme le Dostoïevski de certaines pages fameuses du *Journal d'un écrivain* pistant des inconnus et cherchant à imaginer leur destin, presque à la façon du fabuleux Sherlock Holmes. Détrompons ce lecteur. Il en va pour ce Moravia observateur comme, jadis, pour Balzac également défini observateur minutieux, toujours sur le sentier de la guerre les calepins à la main, Balzac qu'une vue plus lucide des choses, par la suite, définira bien plus véridiquement comme un pur visionnaire... Moravia est, lui aussi, quelqu'un pour qui le monde extérieur existe — le réel — mais à l'intérieur, dans son intérieur : il porte sa ville en lui, en permanence, et la réinvente continuellement ; on irait jusqu'à dire que ce « je » qui raconte sous sa plume, plus encore que l'un ou l'autre figurant, est proprement Rome, présent en chaque héros. Rappelons le titre d'un des premiers recueils de contes de Moravia, *Les Rêves du paresseux* (1940).

Dostoïevski, justement : ce n'est point par hasard que ce grand nom s'est inscrit ici. Moravia l'a toujours mentionné comme son premier maître (curieusement, avec Rimbaud : et si l'on voit bien l'influence que le maître de l'analyse romanesque a pu exercer sur l'auteur des *Indifférents* et des *Ambitions déçues,* nulle trace des *Illuminations* n'est demeurée chez notre Italien. Depuis, on le sait, Moravia s'est donné plutôt pour maîtres Marx et Freud...) Or, ce Dostoïevski, imaginons-le fortement retenu par l'un des inconnus qu'il pistait quasiment en limier : eût-il résolu de l'adopter comme héros d'un de ses récits, il l'eût évoqué en narrateur objectif et ne se fût point identifié à lui, respectant une distanciation naturelle. Moravia, lui, ne piste pas d'inconnus : il les invente, puisant dans son monde extérieur intérieur (qu'on nous passe ce jargon), et, comme Belli, dans une sorte d'unanimisme avant la lettre, se fait carrément ce quelqu'un ; promeneur et flâneur, certes, mais dans son imagination qui est proprement le lieu de son observation, et s'identifiant, en vertu du « rêve longtemps caressé », à son peuple romain.

On se prend à chercher, pour ce « je » universel, comment se déclenche le mouvement narratif chez Moravia. Quoi au départ ? Le personnage ? Le fait ? Le lieu ? En tout cas (et c'est la leçon de Belli), le « je » conditionne l'économie du récit — on ne raconte pas pour ennuyer, dit le onzième commandement — d'où ce style direct, dépouillé, expéditif, qui est celui de toutes les *Nouvelles romaines*, d'où aussi la diversité nombreuse de cette comédie aux cent actes qu'est bien le Rome de Moravia, Rome qui se raconte, dans tout un jeu de miroirs, volontiers caricaturaux, mais parfois pathétiques.

Quoi donc, à l'origine de chaque conte ? Écartons le lieu, car il est fonction de l'action : plus exactement du fait et des personnages, ainsi que de la fantaisie de la flânerie intérieure. Mais alors le fait, élément assurément fondamental ? Ce fait fourni par un fait (justement) divers cueilli dans un journal, une anecdote entendue ou même une chose vue. Il opère certes au premier chef dans le laboratoire secret de l'écrivain : l'enfant que l'on voudrait abandonner dans une église, le chanteur de bistro contrefait par un client, l'après-midi sans clients dans le salon de coiffure... Mais pourquoi pas le ou les personnages, auxquels il s'agit de fournir l'argument apte à les mettre en relief ? On le présume parfois rien qu'à voir la manière directe dont le titre annonce la couleur. *Le Pitre*, *Le Camionneur*, *L'Intermédiaire*, résumés du récit.

Vaine recherche que la nôtre : c'est le problème de l'œuf et de la poule. Disons que faits et personnages coexistent à la base, à l'orée du conte, dans le processus chimique qu'emploie le narrateur : l'amalgame est toujours parfait (même lorsque le « je » qui raconte triche, n'étant point le protagoniste mais un simple témoin de l'affaire...) et contribue efficacement au plaisir du lecteur. A chaque fois, en fond du décor, la ville, cette ville bonne à raconter, facile à imager, dans son éternité sceptique et désenchantée...

Assez disséqué. Ce qui demeure, et qu'il est important de répéter, c'est, dans l'œuvre du grand écrivain qu'est Moravia, la part tout à fait particulière qu'y tiennent ces *Nouvelles romaines*, où, par-delà tout amour-haine, tout « bozzettisme » même, l'écrivain, pacifié, se livre au simple bonheur de conter. En prise directe avec la vie, sans plus le moindre prétexte idéologique, c'est l'aveu d'une intimité encore une fois étroite et complice avec un paradis populaire véritablement « sien », où il est à l'aise. Le même Rome, certes, que celui de ses romans et pourtant *autre*... N'est-ce pas, à la lumière de ces contes, qu'un autre mot de Moravia prend tout son sens : « Le style sec et économique de la plupart de mes livres vient de ma tendance naturelle à imprimer à la narration le rythme de l'action. Un style plus riche exige que l'écrivain pose son regard sur les choses, qu'il prenne le temps de les décrire. Mais l'action ne permet pas qu'on s'arrête. Et, chez moi, l'action a toujours primé... »

Nino FRANK.

NOUVELLES ROMAINES

LE BÉBÉ

Quand la bonne dame qui nous apporte les subsides du Secours de Rome nous demanda, elle aussi, pourquoi nous mettions au monde tant d'enfants, ma femme, qui ce jour-là était mal lunée, lui dit la vérité : « Si nous avions des sous, le soir nous irions au cinéma... comme nous n'en avons pas, nous allons au lit et c'est comme ça que nous avons des enfants. » La dame, à ces mots, prit un air pincé et s'en alla sans desserrer les lèvres. Je fis des reproches à ma femme parce que la vérité n'est pas toujours bonne à dire et que, avant de la dire, il faut savoir à qui l'on s'adresse.

Quand j'étais jeune et pas encore marié, je me divertissais souvent à lire dans le journal la chronique de Rome où sont racontés tous les malheurs qui peuvent arriver aux gens : vols, meurtres, suicides, accidents de la route, etc. Et parmi toutes ces infortunes, la seule que je jugeais impossible de pouvoir m'atteindre était de devenir ce que le journal appelait « un cas pitoyable », c'est-à-dire une personne qui excite la pitié, non à cause d'un malheur particulier, mais par le seul fait d'exister. J'étais jeune, je viens de le dire, et je ne savais pas encore ce que c'est que d'élever une famille nombreuse. Mais aujourd'hui, je m'aperçois avec stupeur que peu à peu je me suis transformé en un de ces « cas pitoyables ». Je lisais, par exemple : « Ils vivent dans la plus noire misère... » Eh bien, je vis aujourd'hui dans la plus noire misère. Ou encore : « Ils habitent une maison qui n'a de maison que le nom. » Or, je vis à Tormarancio, avec ma femme et mes six enfants, dans une chambre qui n'est qu'une étendue de matelas, et quand il pleut, l'eau y circule comme sur les quais de Ripetto. Je lisais encore : « Quand la malheureuse s'aperçut qu'elle était enceinte, elle prit une décision criminelle, celle de se défaire du fruit de son amour. » Eh bien, cette décision, nous la prîmes d'un commun accord, ma femme et moi, lorsque nous découvrîmes qu'elle était enceinte pour la septième fois. Nous décidâmes, en somme, que, dès que la saison le permettrait, nous abandonnerions le petit dans une église, le confiant à la charité de la personne qui, la première, le trouverait.

Ma femme, toujours grâce à ces bonnes dames, alla accoucher à l'hôpital et, dès qu'elle fut remise, revint à Tormarancio avec le bébé. En entrant dans notre chambre, elle dit : « Tu sais, malgré que l'hôpital soit toujours l'hôpital, j'y serais restée volontiers plutôt que de revenir ici. » A ces mots, le bébé, comme s'il avait compris, attaqua un de ces ululements à percer le tympan. C'était un beau poupon, robuste, et il avait une bonne voix ; de telle sorte que la nuit, quand il s'éveillait et commençait à pleurer, aucun de nous ne pouvait dormir.

Quand vint le mois de mai, l'air étant désormais assez chaud pour rester dehors sans manteau, nous partîmes de Tormarancio pour nous rendre à Rome. Ma femme tenait le bébé serré contre sa poitrine, si emmitouflé de chiffons qu'on eût pu croire que nous le laisserions dans un champ de neige et, une fois arrivés en ville, peut-être pour ne pas montrer son chagrin, elle se mit à parler sans arrêt, haletante et essoufflée, les cheveux au vent, les yeux hors de la tête. Tantôt elle parlait de diverses églises où nous pourrions laisser l'enfant, m'expliquant que ce devait être une église fréquentée par des gens riches, parce que si le petit devait être recueilli par des pauvres comme nous, autant valait le garder ; tantôt elle me disait tenir à ce que cette église fût consacrée à la Madone, car la Madone elle aussi avait eu un fils et qu'ainsi elle pouvait comprendre certaines choses et exaucer son vœu. Cette volubilité me fatiguait et me remplissait d'agitation ; d'autant plus que je n'étais pas fier et qu'il me déplaisait de faire ce que je faisais ; mais je me répétais que je devais garder la tête froide, me montrer calme et donner du courage à ma femme.

J'élevai quelques objections, dans le but surtout d'interrompre ce flot de paroles et je dis : « Une idée... si nous le laissions à Saint-Pierre ? » Elle demeura un moment incertaine, puis : « C'est une vraie place d'armes que cette église... on serait dans le cas de ne pas le voir... non, je veux essayer la petite église de la via Condotti, là où se trouvent tous ces beaux magasins... il y vient tant de gens riches... c'est le bon endroit... »

Nous prîmes l'autobus et, parmi les voyageurs, elle se tut. De temps en temps, elle enveloppait plus étroitement l'enfant dans sa couverture, ou bien elle découvrait avec précaution son visage afin de le regarder. Le petit dormait, son minois blanc et rose enfoui dans ses langes. Il était mal vêtu, comme nous, et n'avait de soigné que de petits gants de laine bleu pâle et comme il avait ses menottes en dehors, bien ouvertes, on eût dit qu'il voulait les montrer. Nous descendîmes au boulevard Goldoni et aussitôt ma femme reprit son verbiage. Elle s'arrêta devant la vitrine d'un joaillier et me montrant les bijoux exposés, se détachant sur du velours rouge, elle me dit : « Regarde toutes ces beautés... les gens ne viennent dans cette rue que pour acheter des bijoux et d'autres belles choses... les pauvres comme nous ne s'y aventurent pas... eux, entre un magasin et l'autre ils entrent à l'église pour prier un moment... ils sont bien disposés... l'un d'eux voit le petit et l'emmène. » Elle disait ces choses en regardant les bijoux, le bébé serré contre son sein, les sourcils froncés, comme si elle se parlait à elle-même et je n'osai la contredire. Nous entrâmes dans l'église : toute petite, les murs peints en faux marbre jaune, avec de nombreuses chapelles outre le grand autel. Et ma femme déclara aussitôt qu'elle se la rappelait tout autrement et que, en la revoyant, elle ne lui plaisait pas du tout. Pourtant elle trempa ses doigts dans l'eau bénite et fit le signe de la croix. Puis, l'enfant dans ses bras, elle fit lentement le tour de l'église en l'examinant d'un air mécontent et méfiant. De la coupole, à travers les vitraux, tombait une lumière froide mais vive ; ma femme allait d'une chapelle à l'autre, inspectant tout, les chaises, les autels, les tableaux, pour voir s'il convenait d'y laisser le petit; et je la suivais à distance sans perdre de vue la porte d'entrée. Nous vîmes entrer une jeune fille grande, habillée en rouge, les cheveux d'un blond doré. Gênée par sa robe étroite, elle s'agenouilla et, après quelques secondes de prière, se signa et sortit sans nous avoir accordé un regard. Ma femme, qui avait suivi la scène, dit brusquement : « Non, décidément non... les personnes qui viennent ici sont comme cette demoiselle qui est pressée d'aller s'amuser et flâner dans les magasins... partons. » Et tout en parlant, elle sortit de l'église.

Nous remontâmes une bonne partie du Corso, marchant rapidement, ma femme devant, moi derrière et, vers la place de Venise, nous entrâmes dans une autre église. Celle-ci était beaucoup plus grande que la première, à demi noyée dans l'ombre, pleine de draperies, de dorures et de châsses remplies de cœurs d'argent qui brillaient dans l'obscurité. Il y avait pas mal de monde et, du premier coup d'œil, je jugeai que ces personnes appartenaient toutes à la classe aisée, les dames en chapeau, les hommes bien vêtus. Un prêtre, en train de prêcher, agitait ses bras dans la chaire; les gens, debout, fixaient les yeux sur lui et je pensai que c'était une bonne chose car personne ne nous remarquerait... « Essayons-nous de le laisser ici ? » dis-je tout bas à ma femme; elle fit signe que oui. Nous nous dirigeâmes vers une chapelle latérale, très sombre; il n'y avait personne et on n'y voyait pour ainsi dire pas. Ma femme couvrit le visage du bébé avec un pan de la couverture qui l'enveloppait et le mit sur une chaise comme on dépose un paquet encombrant afin d'avoir les mains libres. Puis elle s'agenouilla et pria assez longtemps, le visage dans ses mains, pendant que, ne sachant que faire, je regardais les centaines de cœurs d'argent de toutes grandeurs qui tapissaient les murs. Enfin ma femme se leva, avec une expression tendue, se signa et, très lentement, s'éloigna de la chapelle; je la suivis à distance. A ce moment le prédicateur hurlait : « Et Jésus dit : *Pierre, où vas-tu ?* » et je tressaillis sous l'impression qu'il s'adressait à moi. Mais comme ma femme allait soulever la tenture de la porte, une voix nous fit sursauter tous les deux : « Madame, vous avez laissé un paquet sur la chaise. » C'était une femme en noir, une de ces bigotes qui passent leur journée entre l'église et la sacristie. « Ah ! c'est vrai, fit ma femme, merci... je l'avais oublié. » Ainsi nous allâmes reprendre notre fardeau et sortîmes du sanctuaire plus morts que vifs.

Dehors, sur le même ton qu'un vendeur qui a compté se débarrasser rapidement de sa marchandise et qui n'a trouvé aucun acheteur sur le marché, ma femme dit : « Personne ne le veut, mon pauvre petit enfant ! » Cependant elle s'était mise à trotter, de sa démarche saccadée, qui paraissait ne pas toucher terre.

Nous débouchâmes place des Saints-Apôtres ; l'église était ouverte et comme nous y entrions, en la voyant vaste, spacieuse et sombre ma femme murmura : « Ici, ce sera bien. » D'un pas décidé elle alla dans une chapelle latérale, posa le bébé sur un banc et, comme si le sol lui brûlait les pieds, sans se signer, sans une prière, sans mettre un baiser sur le front du petit, elle se dirigea en toute hâte vers la porte d'entrée. Mais à peine avait-elle fait quelques pas que l'église retentit de pleurs désespérés : c'était l'heure de la tétée et l'enfant, ponctuel, pleurait parce qu'il avait faim. A ces cris aigus, ma femme perdit la tête ; d'abord elle courut vers la porte, puis toujours en courant elle revint sur ses pas et, sans réfléchir où elle était, elle s'assit sur un banc, prit le bébé dans ses bras et dégrafa son corsage pour l'allaiter. Elle venait tout juste de dégager son sein et déjà le poupon s'y cramponnait des deux mains, en vrai petit loup, aussitôt apaisé, qu'une voix furieuse se mit à crier : « Ces choses-là ne se font pas dans la maison de Dieu... sortez... sortez... allez faire cela dans la rue ! » C'était le sacristain, un petit vieux à barbiche blanche avec une voix plus grosse que lui. Ma femme lui dit en se levant et en recouvrant hâtivement sa poitrine et la tête du bébé : « Pourtant, la Madone, sur les tableaux, a toujours son enfant au sein. » Et lui : « Tu voudrais te comparer à la Madone, présomptueuse ! » Il y en avait assez ; nous sortîmes de l'église et allâmes nous asseoir dans les petits jardins de la place de Venise; et là ma femme redonna le sein au bébé jusqu'à ce qu'il soit rassasié et s'endorme de nouveau.

Maintenant la nuit était tombée, les églises fermaient, nous étions las, abrutis et incapables de faire naître une idée. A la pensée d'avoir tant peiné pour faire une chose que je n'aurais pas dû faire, je me sentais désespéré. Aussi dis-je à ma femme: «Écoute, il est tard et je n'en peux plus... décidons-nous.» Elle répondit d'un ton aigre: «Mais c'est ton sang!... et tu voudrais l'abandonner comme cela, dans un coin, comme on laisse le cornet de papier où l'on a mis des tripes pour les chats! — Non, bien sûr, mais il y a des choses qu'on peut faire sur-le-champ et sans y penser ou alors on ne peut plus les faire du tout. — La vérité, dit-elle, c'est que tu as peur que je ne change d'avis et que je le remmène à la maison... vous autres hommes, vous êtes tous des lâches!» Je compris que ce n'était pas le moment de la contredire et répondis posément: «Je te comprends, va, mais rends-toi compte que pour aussi mal que les choses tournent pour lui, tout vaudra mieux que de grandir à Tormarancio, dans une chambre sans cabinet ni cuisine, entre les microbes de l'hiver et les mouches de l'été.» Et cette fois, elle ne répondit pas.

Sans savoir où nous allions, nous prîmes la rue Nationale en la remontant en direction de la Tour de Néron. Un peu plus bas, je remarquai une petite rue en pente, tout à fait déserte, à part une auto grise, fermée, arrêtée devant un portail. J'eus une inspiration, allai à la voiture, essayai de tourner la poignée et la portière s'ouvrit. «Vite, dis-je à ma femme, c'est le moment... mets-le sur le siège arrière.» Elle obéit, déposa le bébé sur le siège et je fermai la portière. Tout cela s'était fait en quelques secondes sans que personne ne nous vît. Puis je la pris sous le bras et nous nous éloignâmes en courant vers la place du Quirinal.

La place était déserte et presque toute noire avec de rares réverbères allumés sous les palais et, au-delà des parapets, les lumières de Rome scintillaient dans la nuit. Ma femme s'approcha de la fontaine, sous l'obélisque, s'assit sur un banc et se mit tout à coup à pleurer, en me tournant le dos comme si elle était toute seule. « Qu'est-ce qui te prend ? » lui dis-je. Et elle : « Maintenant que je l'ai abandonné, il me manque... je sens que quelque chose me manque là, à ma poitrine où il s'agrippait. » Et moi, au hasard : « Bah ! ça se comprend... mais ça passera. » Elle haussa les épaules et continua à pleurer. Puis, brusquement, ses larmes se séchèrent comme sèche la pluie sur la route quand souffle le vent. Elle se redressa, furieuse et me montrant l'un des palais : « Maintenant, je sais où je vais aller, je vais me faire recevoir par le roi et je lui raconterai tout. — Reste tranquille ! lui criai-je en la retenant par la main... tu es folle... tu sais bien qu'il n'y a plus de roi ! — Cela m'est égal, je parlerai avec celui qui le remplace... il y aura bien quelqu'un. » Elle allait courir vers la grille d'entrée et Dieu sait quel scandale elle aurait fait, si tout à coup, hors de moi, je ne lui avais dit : « Écoute, j'ai réfléchi... retournons à l'auto et reprenons le petit... que veux-tu, nous le garderons... après tout un de plus ou un de moins... » Cette idée, qui était évidemment son idée principale, effaça celle de parler au roi. « Mais y sera-t-il encore ? » dit-elle en courant aussitôt vers la ruelle où se trouvait la voiture grise. « Mais bien sûr, répondis-je, cinq minutes ont à peine passé... »

La voiture était là en effet. Mais au moment précis où ma femme allait ouvrir la portière, un homme d'âge moyen, trapu, avec une figure autoritaire, apparut à une portée d'entrée en criant : « Halte-là... halte-là... que voulez-vous prendre dans ma voiture ? — Je veux ce qui m'appartient », répondit ma femme sans se retourner, penchée qu'elle était pour reprendre le bébé sur le siège. Mais l'autre insistait : « Que prenez-vous ?... cette voiture est à moi... vous comprenez, elle est à moi... » Il aurait fallu voir ma femme. Elle se redressa et l'assaillit de cette manière : « Non mais, qui est-ce qui vous prend quelque chose ?... N'ayez crainte, personne ne vous prend rien... quant à votre voiture, tenez, je crache dessus, vous voyez ?... » Et, pour de bon elle cracha sur la portière. « Mais enfin, ce paquet ?... » fit l'autre, ahuri. « Ce n'est pas un paquet, dit ma femme, c'est mon fils, regardez-le… »

Elle découvrit le visage du poupon, le lui tendit et continua : « Un fils beau comme celui-là, si vous croyez que vous seriez capable d'en faire un pareil avec votre femme… et ne vous avisez pas de me toucher, sinon je crie et j'appelle la garde et je dis que vous avez voulu me voler mon petit… » Bref, elle lui en dit tant et tant que le pauvre homme, devenu tout rouge et la bouche grande ouverte, semblait vouloir prendre un coup de sang.

Finalement, elle s'éloigna sans hâte, l'enfant dans les bras, et me rejoignit au bout de la rue.

FANATIQUE

Un matin de juillet, je somnolais place Melozzo da Forli, à l'ombre des eucalyptus, auprès de la fontaine à sec, lorsque survinrent deux hommes et une femme qui me demandèrent de les conduire au Lido de Lavinio. Tandis que nous discutions le prix de la course, je les observai : l'un était un grand et gros blond, avec un visage décoloré, presque gris, et des yeux de porcelaine bleue enfoncés dans les orbites, un homme de trente-cinq ans environ. L'autre plus jeune, dégingandé, maigre, avait des cheveux ébouriffés, des lunettes d'écaille ; un étudiant peut-être. La femme, elle, était d'une extrême maigreur, avec un long visage encadré de cheveux épars, son mince corps vêtu d'une petite robe verte qui lui donnait l'air d'un serpent. Mais elle avait une bouche rouge charnue, pareille à un fruit et de beaux yeux noirs et brillants comme du charbon mouillé : à la façon dont elle me regardait j'eus envie de conclure l'affaire. J'acceptai donc leur premier prix ; ils montèrent, le blond à côté de moi, les deux autres à l'arrière et nous partîmes.

Je traversai Rome d'un bout à l'autre pour aller prendre derrière la basilique Saint-Paul la route la plus courte pour Anzio. Vers la basilique, je fis le plein d'essence puis me lançai à toute vitesse sur la route. Je calculai que j'avais une cinquantaine de kilomètres à faire : il était 9 heures et demie, nous arriverions vers 11 heures, juste à temps pour prendre un bain de mer. La fille m'avait plu et j'espérais lier connaissance : il ne s'agissait pas de gens de qualité ; les deux hommes, à leur accent, paraissaient étrangers, des réfugiés peut-être, de ceux qui vivent autour de Rome dans des camps de concentration. La fille, en revanche, était italienne et romaine même, mais elle aussi appartenait au commun : domestique, ou repasseuse, ou quelque chose dans ce genre. Tout en remuant ces pensées je tendais l'oreille et j'entendais la fille et le garçon brun bavarder et rire dans mon dos. La fille surtout riait car, je l'avais aussitôt remarqué, elle était assez effrontée et facile : une petite couleuvre ivre. A ces éclats de rire, l'homme blond fronçait le nez sous ses lunettes noires, mais il ne disait rien et ne se retournait même pas. Il est vrai qu'il lui suffisait de lever les yeux sur le petit rétroviseur, au-dessus du pare-brise, pour voir parfaitement ce qui se passait derrière lui. Nous dépassâmes les Trappistes, la E 42 et en un rien de temps nous étions à la bifurcation d'Anzio. Là je ralentis et demandai à mon voisin où il fallait les conduire. « Dans un endroit tranquille, pas fréquenté, répondit-il, nous voulons être seuls. — Il y a par ici trente kilomètres de plage déserte, répondis-je, c'est à vous de décider. » Du fond de la voiture, la fille cria : « Laissons-le décider ! — Moi, fis-je, ça ne me regarde pas. » Mais la fille continuait à crier. « Qu'il décide lui-même ! » en riant comme si cette phrase était extrêmement drôle. Je dis alors : « Le Lido de Lavinio est très fréquenté, mais je vais vous conduire tout près dans un endroit où il n'y a âme qui vive. » Mes paroles excitèrent de nouveau l'hilarité de la fille qui, de derrière, me tapotait l'épaule en me disant : « Bravo... tu es intelligent... tu as compris ce que nous voulions. » Je ne savais que penser de ces manières qui m'agaçaient un peu mais d'autre part me donnaient quelque espoir. Le blond, sombre, se taisait et finit par dire : « Pina, il me semble qu'il n'y a pas de quoi rire. » Et nous recommençâmes à rouler.

La chaleur était forte, sans vent, et la route était aveuglante. Ces deux-là, au fond de la voiture, ne faisaient que parler et rire, mais tout à coup ils se turent et ce fut pire, car je vis le blond regarder dans le rétroviseur et froncer les sourcils comme s'il avait vu quelque chose qui ne lui plaisait pas. La route était maintenant bordée d'un côté par des champs pelés et arides, de l'autre par un taillis épais. Devant un écriteau portant «chasse interdite» je ralentis, tournai et m'enfilai dans un chemin sinueux. J'y étais venu chasser durant l'hiver; c'était vraiment un coin solitaire, impossible à découvrir si on ne le connaissait pas. Une pinède succédait au taillis et, après la pinède, c'était la plage et la mer. Je savais que, lors du débarquement d'Anzio, les Américains avaient fait un camp sous ces pins, les tranchées existaient encore, avec des boîtes de conserve rouillées et des cartouches vides, et les gens évitaient cet endroit de crainte des mines.

Le soleil brûlait et toute l'étendue du taillis était lumineuse, presque blonde à force de lumière. Le chemin, d'abord tout droit, tourna dans une clairière et entra de nouveau dans le taillis. On apercevait maintenant les pins avec leur chevelure verte, gonflée de vent, qui paraissait flotter dans le ciel, et la mer bleue, dure et scintillante, à travers les troncs rougeâtres. Je conduisais lentement car j'y voyais mal parmi toutes ces branches et l'on a vite fait de casser un ressort. Soudain, alors que j'étais tout occupé par la route, le blond qui était assis à mes côtés, me donna un coup violent, avec tout son corps et il s'en fallut de peu que je ne fusse projeté par la portière. « Mais, que diable... ! » m'exclamai-je en freinant d'un seul coup. Au même moment, il y eut une explosion sèche, juste derrière moi et je demeurai bouche bée en voyant sur le parebrise une étoile de fêlures avec au centre un petit trou rond. Mon sang se glaça et j'allais sauter hors de la voiture en leur criant: « Assassins! » mais le brun qui avait tiré m'appuya le canon de son revolver entre les épaules en me disant: « Ne bouge pas. »

Je demeurai immobile et demandai: « Que voulez-vous de moi? — Si cet imbécile ne t'avait pas bousculé, répondit le brun, il n'y aurait plus besoin de te le dire... c'est ta voiture que nous voulons... — Je ne suis pas un imbécile », protesta le blond, les dents serrées. L'autre répondit: « Si, tu l'es... n'étions-nous pas d'accord que c'est moi qui devais lui tirer dessus? Pourquoi as-tu fait ce geste? » Le blond répliqua: « Nous avions aussi convenu que tu laisserais la Pina tranquille... et toi aussi tu as fait un geste. » La fille se mit à rire : « Et nous voilà frits », dit-elle. « Pourquoi ? — Parce que maintenant il va aller à Rome nous dénoncer. — Et il fera bien », déclara le blond. Il tira une cigarette de sa poche, l'alluma et se mit à fumer. Indécis, le brun se tourna vers la fille : « Alors, qu'allons-nous faire ? » Je levai les yeux vers le rétroviseur et je la vis, toute pelotonnée dans un coin, qui faisait vers moi un geste avec le pouce et l'index comme pour dire : « Débarrasse-t'en. » J'eus de nouveau froid dans les veines ; mais je respirai en entendant le brun prononcer sur un ton de profonde conviction : « Il y a des choses qu'on ne peut faire qu'une seule fois... maintenant, je n'en ai plus la force et je ne recommencerai pas. »

Reprenant confiance, je leur dis : « Et que ferez-vous du taxi ? Qui maquillera la carte de circulation ? Et la voiture elle-même ? » A mesure que je questionnais, je comprenais qu'ils n'avaient personne sous la main et qu'ils ne savaient plus que faire ; ils avaient décidé de me supprimer et, n'ayant pu réussir leur coup, ils n'avaient même plus le courage de me voler. Cependant le brun affirma : « N'aie pas peur, nous avons tout ce qu'il faut. » Mais le blond, sardonique : « C'est pas vrai, nous n'avons que vingt-trois mille lires à nous trois et un revolver qui ne marche pas. » A ce moment j'eus de nouveau un regard vers le rétroviseur et je vis la fille esquisser une fois encore son gracieux geste à mon adresse. « Mademoiselle, dis-je, quand nous serons à Rome, ce geste vous coûtera quelque petite année de bagne en plus. » Puis je me tournai vers le brun qui me braquait toujours son revolver dans le dos et je lui criai exaspéré : « Eh bien, qu'attends-tu ? tire donc, lâche que tu es, tire ! » Ma voix résonna dans un silence profond et la fille s'écria, avec sympathie cette fois : « Savez-vous quel est le seul qui ait du cran ici ? C'est lui ! » Et elle me montrait du doigt. Le brun marmotta quelque chose comme un juron, cracha de côté, puis ouvrit la portière, sauta de la voiture et vint se mettre à la portière avant. « Alors, vite ! fit-il d'un ton furieux, combien veux-tu pour nous ramener à Rome et ne pas nous dénoncer ? » Je compris que le danger était passé et je dis lentement : « Je ne veux rien...

je vais vous conduire tous les trois tout droit à Regina Cœli [1]. » Le brun ne s'affola pas, il faut le reconnaître, il était trop désespéré et exaspéré. Il dit seulement : « Bon, alors je te tue. » Et moi : « Eh bien, essaie donc... je te dis, moi, que tu ne tueras personne... et je te dis aussi que je verrai votre museau derrière les grilles, le tien, celui de ton effrontée d'amie et celui-là aussi. — Ça va », dit-il à voix basse, et je compris qu'il était décidé ; en effet il fit un pas en arrière et leva son revolver. Heureusement, à cet instant la fille cria : « Mais finissez-en... et toi, au lieu de lui proposer de l'argent, fais-le marcher avec ton revolver, tu verras comme il filera. » Tout en parlant elle se penchait vers moi et je sentis alors que du bout des doigts elle me chatouillait l'oreille, discrètement pour que les deux autres ne s'en aperçoivent pas. Je sentis un grand trouble car, je l'ai déjà dit, elle me plaisait et, je ne sais pourquoi, j'avais l'impression de lui plaire aussi. Je regardai le brun qui continuait à me viser avec son revolver, je la regardais, elle, de biais, qui me fixait avec ses yeux de charbon, noirs et souriants et je dis : « Gardez-les, vos sous... je ne suis pas un brigand comme vous... mais je ne vous remmène pas à Rome... elle seulement, et bien parce que c'est une femme ! » Je pensais qu'ils allaient protester mais, à ma surprise, le blond sauta de la voiture en disant : « Bon voyage ! » Le brun abaissa son revolver. Et la fille, d'un mouvement vif, vint s'asseoir à côté de moi. « Alors, au revoir, fis-je, et espérons qu'on vous enverra bientôt au bagne. » Puis je tournai en manœuvrant d'une seule main, parce que la fille s'était emparée de l'autre qu'elle serrait dans la sienne et il ne me déplaisait pas que les deu. compagnons comprissent le motif de ma longanimité.

Je retrouvai la route et fis cinq kilomètres sans ouvrir la bouche. Elle me serrait toujours la main et cela me suffisait. Moi aussi je cherchais maintenant un coin isolé mais pour des raisons différentes des leurs. Mais comme je m'arrêtais pour prendre un sentier qui menait à la mer, elle posa sa main sur le volant : « Non, non, que fais-tu,

1. La prison de Rome.

c'est à Rome que nous allons. — A Rome, nous y serons ce soir », dis-je en la regardant fixement. Et elle : « J'ai compris, tu es comme les autres, toi aussi, tu es comme les autres. » Elle pleurnichait, froide et molle, fausse, cela crevait les yeux qu'elle jouait la comédie et comme je faisais mine de vouloir l'embrasser elle se jetait tantôt d'un côté, tantôt de l'autre de manière à éviter mes baisers. J'ai le sang chaud et sentis vite monter ma colère. Je compris tout à coup combien elle m'avait joué et que, dans cette maudite balade, j'y avais été de mon essence, de ma peur et de mon temps. Plein de rage je la repoussai violemment en lui criant : « Va au diable et restes-y ! » Nullement vexée, elle se recroquevilla dans son coin. Je remis la voiture en marche et jusqu'à Rome nous n'échangeâmes pas un mot.

Une fois arrivés, j'ouvris la portière : « Et maintenant, lui dis-je, descends et file aussi vite que tu peux. » Et elle, comme stupéfaite : « Alors quoi, tu m'en veux ? » Au comble de la fureur, je hurlai : « Mais, dis donc, tu as voulu m'assassiner, tu m'as fait perdre ma journée, mon essence, mon argent... et il faudrait que je ne t'en veuille pas ? Remercie le ciel que je ne te conduise pas à la police. » Et savez-vous ce qu'elle m'a répondu : « Ce que tu peux être fanatique !... » Puis elle descendit et pleine de dignité, superbe, altière, se déhanchant dans sa petite robe serpentine, elle se faufila entre les autos et tout le trafic de la Porte Saint-Jean. Je restai ahuri à la regarder tandis qu'elle s'éloignait et jusqu'à ce qu'elle eût disparu. A ce moment quelqu'un monta dans mon taxi et me cria : « Place du Peuple ! »

N'APPROFONDIS PAS...

Agnès aurait dû m'avertir au lieu de s'en aller de cette façon sans même une explication orageuse. Je ne prétends pas être parfait et si elle m'avait dit ce qui lui manquait, nous aurions pu en discuter. Rien, au contraire : pas un mot au cours de deux années de mariage et puis, un matin, profitant de ce que je m'étais absenté un moment, elle est partie en tapinois, à la manière des domestiques qui ont trouvé une place meilleure. Elle s'en est allée et maintenant encore, six mois après qu'elle m'a laissé, je n'ai pas compris pourquoi.

Ce matin-là, après avoir fait les achats au marché du quartier (j'aime faire le marché, je connais les prix, je sais ce que je veux ; marchander, discuter, goûter, tâter, tout cela me plaît, je tiens à savoir de quelle bête me vient mon bifteck, et de quel panier ma pomme), j'étais sorti de nouveau pour acheter un mètre cinquante de frange pour le rideau de la salle à manger. Comme je ne voulais pas dépenser plus que de raison, je fis un assez long tour avant de trouver ce qu'il me fallait, dans un petit magasin de la rue de l'Humilité. Il était 11 heures et demie lorsque je revins à la maison, j'entrai dans la salle à manger pour comparer la couleur de la frange avec celle du rideau et, du premier coup d'œil, je vis sur la table l'encrier, la plume et une lettre. Ma première pensée fut : « Mais quelle souillon elle peut être... voilà qu'elle a taché le tapis. » Je pris l'encrier, la plume et la lettre, enlevai le tapis, allai à la cuisine et là, à force de frotter fort avec du citron, je parvins à faire disparaître la tache. Puis je revins à la salle à manger, replaçai le tapis et seulement alors je me souvins de la lettre. Elle m'était adressée : Alfred. Je l'ouvris et lus : « *J'ai fait le nettoyage. Fais le déjeuner toi-même, d'ailleurs tu y es habitué. Adieu. Je retourne chez maman. Agnès.* » Tout d'abord je ne compris rien. Puis je relus la lettre et la vérité m'apparut : Agnès était partie, elle m'avait quitté au bout de deux ans de mariage. Par la force de l'habitude, je rangeai la lettre dans le tiroir du buffet où j'ai coutume de resserrer les reçus et la correspondance et je m'assis sur une chaise près de la fenêtre. Je ne savais que penser, je n'étais nullement préparé à ce qui se passait et je ne parvenais pas à y croire. Tandis que j'étais plongé dans mes réflexions, mon regard tomba sur le parquet et je vis une petite plume blanche qui avait dû tomber du plumeau quand Agnès avait fait le ménage. Je ramassai la plume et allai la jeter par la fenêtre. Puis je pris mon chapeau et sortis.

Tout en marchant, suivant ma manie d'enjamber chaque fois deux dalles du trottoir, je commençais à me demander ce que j'avais pu lui faire, à Agnès, pour qu'elle me quittât ainsi, avec une telle méchanceté, comme avec une intention insultante. Tout d'abord, je m'interrogeai. Agnès pouvait-elle me reprocher quelque infidélité, si minime fût-elle ? Aucune, me répondis-je aussitôt. Vous savez, je n'ai jamais eu grande passion pour les femmes, je ne les comprends pas plus qu'elles ne me comprennent ; mais, du jour où je me suis marié, on peut dire qu'elles ont cessé d'exister pour moi. A tel point qu'Agnès elle-même me taquinait parfois en me demandant : « Que ferais-tu si tu tombais amoureux d'une autre femme ? » Et je répondais : « Ce n'est pas possible… je t'aime, toi, et ce sentiment durera toute ma vie. » Et maintenant en y repensant, il me semble me souvenir que ce « toute ma vie » ne l'avait pas enchantée, au contraire, elle avait fait une mine longue et avait gardé le mutisme.

Passant à un autre ordre d'idées, je voulus examiner si, par hasard, Agnès serait partie pour des raisons d'argent, parce que je ne lui en donnais pas assez en somme. Mais sur ce point également, je pouvais avoir la conscience tranquille. De l'argent, il est vrai que je ne lui en donnais que dans les circonstances exceptionnelles; mais qu'avait-elle besoin d'argent? J'étais toujours là, prêt à payer. Et la vie que je lui faisais, allons, elle n'était pas mauvaise: jugez-en un peu. Le cinéma deux fois par semaine; deux fois aussi nous allions au café et je ne regardais pas à ce qu'elle prît une glace au lieu d'un simple express; deux revues illustrées par mois et le journal tous les jours; l'hiver, c'était parfois même l'opéra et l'été, la villégiature à Marino, chez mon père. Voilà pour les plaisirs; et quant à la toilette, Agnès avait encore moins de raisons de se plaindre. Avait-elle besoin de quelque chose, fût-ce un soutien-gorge, une paire de bas ou un mouchoir, j'étais toujours disposé : je l'accompagnais dans les magasins, choisissais l'article avec elle et payais sans rechigner. Il en allait de même pour la couturière et la modiste; à peine m'avait-elle dit: « J'ai besoin d'un chapeau ou d'une robe », que je lui répondais: « Allons-y, je t'accompagne. » Il faut reconnaître d'ailleurs qu'Agnès n'était pas exigeante: la première année passée, elle cessa presque complètement de se faire faire des robes. Et c'était moi, maintenant, qui devais lui rappeler qu'il lui fallait tel ou tel objet de toilette. Elle me répondait qu'elle avait ses affaires de l'année précédente et que cela n'avait aucune importance; si bien que j'en arrivai à penser qu'elle était sur ce point différente des autres femmes et qu'elle ne tenait pas à être bien habillée.

Donc, pas question d'affaire de cœur ou d'argent. Restait ce que les avocats appellent l'incompatibilité d'humeur. Et je me demandais: quelle incompatibilité pouvait-il bien y avoir entre nous puisque, en deux ans de mariage, nous n'avions pas eu une discussion, pas une seule, vous dis-je. Nous ne nous quittions pas. S'il y avait eu incompatibilité, elle se serait bien manifestée. Mais Agnès ne me contredisait jamais, on peut même dire qu'elle ne parlait pas. Durant certaines soirées que nous passions au café ou chez nous, c'est à peine si elle ouvrait la bouche, j'étais le seul à parler. Je ne le nie pas, j'aime à parler et à m'entendre parler, surtout quand je me sens en confiance avec quelqu'un. Ma voix est calme, régulière, ni haute ni basse, mesurée, fluide, et, si j'aborde un sujet, je le vide de fond en comble après avoir envisagé tous ses aspects. Les sujets que je préfère sont, par ailleurs, ceux qui traitent du ménage : j'aime à parler du prix des choses, de la disposition des meubles, de la cuisine, du chauffage, de toutes ces petites bêtises, en somme. Je ne m'en lasserais jamais et y ai tant de plaisir que je m'aperçois souvent que je me répète et que j'ai déjà épuisé le sujet. Mais, soyons juste, ce sont là propos à tenir à une femme ; en dehors de cela, de quoi pourrait-on lui parler ? Et Agnès, d'ailleurs, m'écoutait attentivement, du moins en avais-je l'impression. Une seule fois, tandis que je lui expliquais le fonctionnement du chauffe-bain électrique, je m'aperçus qu'elle s'était endormie. « Je t'ennuie ? » lui demandai-je en la réveillant. « Non, non, répondit-elle vivement, j'étais lasse, je n'ai pas dormi cette nuit. »

D'ordinaire, les maris ont leur bureau, ou leur commerce, ou ils n'ont rien à faire et s'en vont se promener avec leurs amis. Pour moi, le bureau, le commerce, les amis, c'était Agnès. Je ne la quittais pas un seul moment, même — et cela vous étonnera peut-être — lorsqu'elle faisait la cuisine. J'adore la cuisine et, tous les jours, avant les repas, je passais un tablier et venais aider Agnès à préparer les plats. Je faisais un peu de tout : je pelais les pommes de terre, épluchais les haricots, faisais le hachis, surveillais les casseroles. Je l'aidais si bien qu'elle me disait souvent : « Écoute, fais toi-même... j'ai mal à la tête... je vais me mettre sur mon lit... » Et je faisais la cuisine tout seul ; grâce au livre de recettes, j'étais même capable de me lancer dans des plats nouveaux. Dommage qu'Agnès n'ait pas été gourmande ; les derniers temps même, elle manquait totalement d'appétit et touchait à peine à la nourriture. Elle me dit un jour sur le ton de la plaisanterie : « Tu t'es trompé en naissant homme... tu es une femme, une bonne ménagère, même. » Je dois reconnaître que cette phrase avait quelque chose de vrai : en effet, outre la cuisine, j'aime assez laver, repasser, coudre, voire, dans les heures de loisir, refaire les ourlets à jour des mouchoirs. Comme je vous l'ai dit, j'étais toujours avec ma femme ; même lorsque quelque amie ou sa mère venait la voir, même lorsqu'elle prit l'idée, je ne sais pourquoi, de prendre des leçons d'anglais : pour ne pas la quitter, je m'astreignis à apprendre comme elle cette langue difficile. Je lui étais si attaché qu'il m'arrivait parfois de me trouver ridicule : comme le jour où, au café, n'ayant pas compris une phrase qu'elle avait prononcée à voix basse, je la suivis jusqu'à la porte des cabinets où la préposée m'arrêta en me prévenant que je ne pouvais entrer dans l'endroit réservé aux dames. Ah ! un mari comme moi, cela ne se trouve pas facilement ! Souvent elle me disait : « Je dois me rendre à tel endroit, voir telle personne qui n'a aucun intérêt pour toi. » Moi, je lui répondais : « Je vais avec toi... d'ailleurs, je n'ai rien à faire. » Elle répliquait : « Viens si tu veux, mais je te préviens que tu t'ennuieras. » Et non, au contraire, je ne m'ennuyais pas et je le lui disais après : « Tu vois, je ne me suis pas ennuyé. » Bref, nous étions inséparables.

Tout en pensant à ces choses et me creusant en vain la tête pour savoir le motif de la conduite d'Agnès, j'étais arrivé au magasin de mon père. C'est une boutique d'objets de piété, près de la place de la Minerve. Mon père est un homme encore jeune : cheveux noirs, frisés, moustaches noires et sous ces moustaches, un sourire que je n'ai jamais défini. Par habitude peut-être d'avoir affaire aux prêtres, aux personnes dévotes, il est étonnamment doux, calme, avec des manières parfaites. Mais maman, qui le connaît bien, dit que ses nerfs sont tous à l'intérieur. Donc, je passai entre les vitrines garnies de patènes et de ciboires et gagnai directement l'arrière-boutique où mon père a son bureau. Comme d'habitude, il faisait ses comptes, en mordillant ses moustaches, l'air absorbé. D'une voix étranglée, je murmurai :

— Papa, Agnès m'a quitté.

Il leva les yeux et je crus voir un sourire sous ses moustaches ; peut-être ne fut-ce qu'une impression.

— Je regrette... fit-il, je regrette vraiment... et comment cela est-il arrivé ?

Je lui racontai comment les choses s'étaient passées. Et en finissant :

— Je suis navré, bien sûr... mais je voudrais surtout savoir pourquoi elle est partie.

— Tu ne t'en doutes pas? demanda-t-il, perplexe.

— Non.

Il se tut un moment puis dit en soupirant :

— Je suis désolé, Alfred, mais je ne sais que te dire... tu es mon fils, je te fais vivre, je t'aime bien... mais pour ce qui est de ta femme, c'est toi que cela regarde.

— Bien sûr, mais pourquoi m'a-t-elle quitté?

Il hocha la tête :

— A ta place je n'approfondirais pas... laisse cela tranquille... que t'importe de connaître ses motifs?

— Il m'importe extrêmement... plus que tout.

A ce moment deux ecclésiastiques entrèrent dans la boutique et mon père se leva pour aller les servir : « Reviens plus tard, me dit-il... nous causerons... maintenant je suis occupé. » Je compris que je n'avais pas autre chose à attendre de lui et m'en allai.

La maison de la mère d'Agnès n'était pas loin, sur le cours Vittorio. La seule personne qui pût m'expliquer le mystère de cette fuite, c'était Agnès elle-même, pensai-je, et je me rendis chez elle. Je grimpai rapidement l'escalier et me fis introduire au salon. Mais au lieu d'Agnès, ce fut sa mère qui apparut, une femme que je ne pouvais souffrir, une commerçante elle aussi, avec des cheveux teints, des joues fleuries, souriante, sournoise, fausse. Elle était en robe d'intérieur, une rose à la poitrine. En me voyant elle feignit la cordialité :

— Oh! Alfred, qu'est-ce qui me vaut le plaisir de te voir?

— Vous savez la raison, maman. Agnès m'a quitté.

— Je sais, mon fils, répondit-elle avec calme, elle est ici... que veux-tu faire... ce sont des choses qui arrivent...

— Comment, c'est ainsi que vous me répondez?

Elle m'examina un moment, puis :

— As-tu mis les tiens au courant?

— Oui, mon père...

— Et que t'a-t-il dit?

En quoi cela pouvait-il l'intéresser de savoir ce que

m'avait dit mon père ? De mauvaise grâce je répondis :

— Vous savez bien comment est papa... il m'a conseillé de ne pas approfondir...

— Il a eu raison, mon fils... n'approfondis pas.

— Mais enfin, dis-je en m'échauffant, pourquoi m'a-t-elle quitté ? Que lui ai-je fait ? Pourquoi ne me le dites-vous pas ?

Tandis que je parlais, tout irrité, mon regard tomba sur la table. Elle était recouverte d'un tapis sur lequel était posé un petit napperon blanc brodé et sur ce napperon un vase d'œillets rouges. Mais ledit napperon n'était pas au milieu de la table. Machinalement, sans savoir même ce que je faisais, tandis qu'elle me regardait en souriant sans me répondre, je soulevai le vase et remis le napperon à sa place.

— Bravo, dit-elle alors, le voilà bien au milieu maintenant... moi, je ne m'étais pas aperçue qu'il était déplacé, mais toi, tu l'as vu tout de suite... bravo... et maintenant, il vaut mieux que tu t'en ailles, mon garçon...

Elle s'était levée et je me levai à mon tour. J'aurais bien voulu lui demander de voir Agnès, mais je sentis que c'était inutile. Et puis j'eus peur, en la voyant, de dire ou de faire quelque bêtise. Je m'en allai donc et, depuis, je n'ai jamais revu ma femme. Un jour peut-être reviendra-t-elle, s'étant aperçue qu'un mari comme moi ne se trouve pas tous les jours. Mais je vous assure qu'elle ne passera pas le seuil de la maison avant de m'avoir expliqué pourquoi elle m'a quitté.

JOUR DE CHALEUR

Peut-être est-ce parce que je suis encore jeune et pas entièrement fait à mon rôle de mari et de père de famille, mais, quand vient l'été, j'ai toujours des envies de fugue.

L'été, chez les riches, on ferme les fenêtres dès le matin et l'air frais de la nuit reste dans les vastes pièces obscures où, dans la pénombre, luisent les glaces, le sol de marbre et les meubles bien cirés. Tout est à sa place, tout est propre, ordonné, net; le silence même est un silence frais, reposant, ombreux. Si vous avez soif, on vous apporte sur un plateau une bonne boisson glacée, orangeade ou citron pressé dans un verre de cristal où les petits glaçons font, lorsqu'on les remue, un tintement joyeux à lui seul rafraîchissant. Mais, chez les pauvres, c'est tout autre chose. Avec les premiers jours de chaleur, une température suffocante s'installe dans les petites pièces étouffantes et ne s'en va plus. Voulez-vous boire au robinet de la cuisine, l'eau qui coule est chaude comme du bouillon. On ne peut plus bouger dans la maison, il semble que tous les objets, meubles, vêtements, ustensiles aient augmenté de volume et ne vous laissent plus de place pour respirer. Tout le monde est en bras de chemise, mais les chemises sont sales et sentent fort. Si vous fermez les fenêtres, vous suffoquez car l'air nocturne n'a pu rafraîchir ces deux ou trois pièces où dorment six personnes; si vous les ouvrez, alors le soleil vous inonde à se croire dans la rue et tout a une odeur de métal brûlant, de sueur et de poussière. Avec la chaleur les caractères s'échauffent, je veux dire qu'on devient querelleur; mais le riche, s'il est pris à partie, n'a qu'à se réfugier dans le fond de l'appartement, deux ou trois pièces plus loin ; les pauvres, au contraire, restent nez à nez, devant leur assiette grasse et leur verre sale, ou bien alors ils quittent la maison.

Un de ces jours-là, après une belle scène avec toute ma famille — avec ma femme parce que la soupe était trop salée et bouillante, avec mon beau-frère parce qu'il soutenait ma femme et que, à mon avis, il n'en a pas le droit, étant chômeur et à ma charge ; avec ma belle-sœur parce qu'elle me défendait (et cela m'horripile car elle le fait par coquetterie, étant amoureuse de moi) ; avec ma mère parce qu'elle tentait de me calmer, avec mon père parce qu'il protestait et voulait manger en paix, avec ma petite fille même parce qu'elle s'était mise à pleurer — je me levai brusquement, pris ma veste sur le dossier de ma chaise et déclarai tout uniment : « Savez-vous ce qu'il y a de neuf ? Il y a que vous m'ennuyez tous. Je vous reverrai en octobre... à la fraîcheur... » et je sortis. Ma femme, la pauvre petite, courut derrière moi et, penchée au-dessus de la rampe de l'escalier, me cria qu'il y avait de la salade de concombres que j'aime tant. Je lui répondis qu'elle mange ma part et je descendis dans la rue.

Nous habitions via Ostiense. Je traversai la chaussée et, machinalement, me dirigeai vers le pont de fer, où se trouve le port fluvial de Rome. Il était 2 heures ; le moment le plus chaud de la journée : un ciel de siroco, livide et noir comme un œil poché. Arrivé au port, je m'accoudai au garde-fou métallique, il brûlait. Le Tibre, encaissé entre les quais, semblait, avec sa couleur fangeuse, au fond des murailles obliques, un égout à découvert. Le gazomètre qui avait l'air d'un squelette demeuré debout après un incendie, les hauts fourneaux des usines à gaz, les tours des silos, les tubes des réservoirs à pétrole, les toits aigus de la centrale thermo-électrique bouchaient l'horizon de telle sorte qu'on se serait cru en quelque ville industrielle du Nord plutôt qu'à Rome. Je restai un moment à regarder le Tibre, étroit et jaune, avec une péniche chargée de sacs de ciment amarrée au bord du quai et j'eus envie de sourire en pensant que cette rigole s'appelait port comme les ports de Gênes et de Naples foisonnant de navires de toutes grandeurs. Si je voulais vraiment prendre le large, je pourrais tout de même, en partant de ce port, arriver à Fiumicino juste à temps pour manger une friture de poissons en regardant la mer.

Finalement je me secouai, traversai le pont et me dirigeai vers certains terrains qui se trouvent de l'autre côté du Tibre. Bien que j'habitasse dans le voisinage, je n'étais jamais venu par ici et allai au hasard. Je pris d'abord une route goudronnée, normale, bien qu'entre des champs nus parsemés d'immondices ; puis la route devint chemin de terre et les immondices formèrent de grands tas, presque des petites collines. J'étais certainement arrivé à l'endroit où se déchargent toutes les ordures de Rome ; pas un seul brin d'herbe, on ne voyait que vieux papiers, boîtes rouillées, trognons de légumes, détritus, tout cela dans une lumière aveuglante et une puanteur acide de choses pourries. Je me sentais perdu, désorienté, comme lorsqu'on n'a plus envie d'aller de l'avant ni de retourner sur ses pas. Tout à coup j'entendis appeler « psst… psst… » comme on appelle un chien.

Où était-elle, cette bête ? Je me retournai : pas de chien en vue, bien qu'un tel lieu, avec tous ces rogatons, soit fait pour des chiens errants. C'était donc moi qu'on appelait et je regardai dans la direction de la voix. Je vis alors, adossée à un amas de décombres, une minuscule baraque que je n'avais pas encore aperçue, croulante, avec un toit de tôle ondulée. Une fillette blonde, huit ans peut-être, se tenait sur le seuil et me faisait signe d'entrer. Je la regardai : elle avait un visage pâlot et sale et des yeux cernés de mauve, comme une femme. Ses cheveux pleins de fétus de paille, de bourre et de poussière lui faisaient une grosse tête, hérissée comme un nid. Quant à son vêtement : un simple sac de chanvre percé de quatre trous, deux pour les bras, deux pour les jambes. Comme je me retournais, elle m'appela :

— Tu es peut-être docteur ?

— Non, répondis-je. Pourquoi ? Tu as besoin d'un docteur ?

— Parce que si tu es docteur, poursuivit-elle, il faut venir, maman est malade.

Je ne voulus pas insister et lui démontrer que je n'étais pas médecin et j'entrai dans la baraque. Tout d'abord je crus être dans un bric-à-brac, comme à Campo di Fiori. Tout était suspendu au plafond : vêtements, bas, souliers, ustensiles, torchons. Puis je compris que c'était là l'équipement de la maison, pendu à des clous, faute de meubles. Baissant la tête sous toutes ces penderies, je tournai à gauche et à droite, cherchant la mère, mais d'un geste presque furtif la petite m'indiqua un tas de chiffons dans un coin. Je regardai mieux et m'aperçus que cet amas informe me fixait d'un œil brillant, l'autre œil étant caché par une mèche de cheveux gris. Je fus frappé de cet aspect ; on eût dit une vieille femme et pourtant elle devait être jeune. A ma vue, elle dit :

— Eh bien ! A moins d'être morts on se retrouve toujours...

La petite se mit à rire comme si une scène divertissante allait se dérouler, puis elle s'accroupit pour jouer avec de vieilles boîtes de conserve.

— Mais, je ne vous connais pas, dis-je, de quoi souffrez-vous... et cette enfant, elle est à vous ?

— Naturellement, et à toi aussi...

La petite, tête baissée, eut de nouveau un rire étouffé. Je crus à une plaisanterie :

— C'est peut-être bien ma fille... mais c'est aussi sûrement celle d'un autre ?

— Non, fit la femme en se levant à demi et me montrant du doigt. Elle est vraiment ta fille, ta vraie fille, gréviste, feignant, poltron, bon à rien que tu es...

La fillette riait de bon cœur comme si elle s'était attendue à ces injures. J'étais froissé :

— Tu en as une façon de parler... je t'ai déjà dit que je ne te connaissais pas...

— Ah, tu ne me connais pas... tu ne me connais pas, mais tu es revenu... si tu ne me connais pas, comment as-tu fait pour trouver le chemin de la maison ?

— Poltron, bon à rien, chantait la petite à mi-voix.

Et me voilà tout en sueur, un peu à cause de la chaleur suffocante, un peu par angoisse.

— Je passais par hasard, dis-je.

— Ah oui, pauvre type... (Elle se tourna vers la fillette et lui ordonna :) Donne-moi le sac.

La petite alla vivement détacher du plafond une vieille bourse de velours noir toute sale et déchirée et la remit à sa mère. Elle l'ouvrit, en tira une feuille et dit :

— Voilà notre certificat de mariage... Proietti Elvira, épouse Rapelli Ernesto... nieras-tu encore, Rapelli Ernesto ?

Et je m'appelle Ernesto ! J'en fus frappé et dis un peu troublé :

— Mais je ne suis pas Rapelli.

— Non ?

La fillette chantonnait « Ernesto, Ernesto » et la femme se mit debout. J'avais bien deviné : avec tous ses cheveux gris et ses rides et bien qu'elle fût édentée, on voyait qu'elle n'avait guère plus de trente ans.

— Non, tu n'es pas Rapelli ? (Les poings aux hanches, elle vint sous ma figure, me dévisagea et cria :) Tu es Rapelli... devant Dieu et devant les hommes, tu es Rapelli.

— Je vois, dis-je, je vois que tu ne vas pas bien... si tu permets, je vais m'en aller.

— Doucement, minute... pas si vite... (Pendant ce temps, la fillette, au comble de la joie, dansait autour de nous. La femme reprit, sarcastique :) Ernesto, le grand Ernesto... qui plante là sa femme et s'enfuit de chez lui et ne donne plus signe de vie pendant un an... mais sais-tu comment nous avons pu vivre moi et cette gamine, pendant cette année où tu es parti ?

— Je ne le sais pas, dis-je brusquement, je ne veux pas le savoir... laisse-moi m'en aller.

— Dis-lui, toi ! cria-t-elle, à la petite. Dis-le-lui de quoi nous avons vécu ! Dis-le à ton père !

— De charité, dit la fillette toute joyeuse, d'une voix chantante et venant à son tour sous mon nez.

J'avoue que je commençais pour de bon à me sentir troublé. Toutes ces coïncidences : ce nom d'Ernesto, le fait que moi aussi j'étais parti de la maison, que j'avais également une femme et une fille me donnaient l'impression de n'être plus moi-même et en même temps de l'être d'une façon tout autre que d'habitude.

La femme cependant, me voyant décontenancé, me hurlait à la face :

— Et sais-tu ce qui attend celui qui abandonne le toit conjugal ? La prison... as-tu compris, délinquant, la prison !

Cette fois, j'eus peur et, sans parler, je me tournai vers la porte pour m'échapper. Mais, du seuil, quelqu'un nous regardait : une petite femme, fluette, pauvrement mais proprement vêtue. Elle me dit, me voyant tout égaré : « Ne faites pas attention... elle a l'idée fixe de reconnaître son mari dans tous les hommes... et sa maligne de fille attire exprès les passants chez elle pour le plaisir d'entendre sa mère hurler et faire des folies... attends que je t'attrape, vilaine sorcière ! » Elle fit un geste comme pour gifler la fillette, mais celle-ci, rapide, l'évita et commença à sauter autour de moi en répétant gaiement :

— Tu y as cru, dis la vérité... tu y as cru, hein... et tu as eu peur, tu as eu peur... tu as eu peur...

— Elvira, cet homme n'est pas ton mari, dit la femme tranquillement.

Aussitôt, comme si elle était convaincue, Elvira retourna se pelotonner dans son coin. Sans plus s'occuper de moi, la femme alla au fond de la baraque et se mit à remuer quelque chose sur le fourneau.

— C'est moi qui leur fais à manger, expliqua-t-elle, c'est vrai, elles vivent de charité, mais le mari ne les a pas abandonnées, il est mort...

J'en avais assez. Je pris un billet de cent lires dans mon portefeuille et le donnai à la petite qui le prit sans un remerciement. Puis je sortis et refis le chemin parcouru : le chemin de terre, la route goudronnée, le pont et jusqu'à la rue Ostiense. Chez moi, à côté de la chaleur de la baraque, je crus entrer dans une grotte. Certes, notre mobilier était modeste, mais il valait mieux que les clous auxquels ces malheureuses suspendaient leurs hardes. Dans la cuisine, le couvert était enlevé mais ma femme alla chercher la salade de concombres qu'elle m'avait réservée et que je mangeai avec du pain tandis que je la regardais, elle, debout devant l'évier qui lavait les assiettes et les couverts. Puis je me levai, lui donnai par surprise un baiser dans le cou. Et ainsi nous fîmes la paix.

Quelques jours plus tard, je racontai à ma femme l'histoire de la baraque et je décidai d'y retourner afin de voir si l'on pouvait faire quelque chose pour l'enfant. Désormais je n'avais plus peur d'être pris pour Ernesto Rapelli. Eh bien, le croiriez-vous? Je ne retrouvai ni la baraque, ni la femme, ni la fillette, ni cette autre femme fluette qui leur faisait à manger. Pendant une heure, je tournai autour des amas de détritus et puis je revins à la maison, déconfit. Depuis lors, je pense que je n'ai pas su retrouver le chemin. Ma femme prétend au contraire que c'est moi qui me suis inventé cette histoire, dans mon remords d'avoir pensé à l'abandonner.

LE PITRE

Cet hiver-là, pour avoir tâté de tous les métiers, j'entrepris de faire le tour des restaurants en accompagnant à la guitare un de mes camarades qui chantait. Ce camarade s'appelait Milone, surnommé « le professeur » parce qu'il avait quelque temps enseigné la gymnastique suédoise. C'était un gros bonhomme singulier, pas précisément gras, mais grossièrement bâti, avec une figure empâtée et asymétrique et un corps massif qui faisait craquer les chaises sur lesquelles il s'asseyait. Moi, je jouais de la guitare consciencieusement, presque sans bouger, les yeux baissés, car je suis un artiste et non un bouffon. Milone, lui, faisait le comique. Il commençait comme à l'improviste, debout, appuyé au mur, son chapeau rabattu sur ses yeux, les pouces dans l'entournure du gilet, le ventre débordant du pantalon et la ceinture en sous-ventrière : il avait l'air d'un ivrogne qui chante à la lune. Et puis, petit à petit, il s'échauffait et, sans chanter à proprement parler, car il ne possédait ni voix ni oreille musicale, il finissait par se donner en spectacle ou plutôt, comme je l'ai déjà dit, à faire le pitre. Sa spécialité, c'était la chansonnette sentimentale ; il choisissait les plus en vogue, celles qui généralement émeuvent et attendrissent ; mais dans sa bouche, ces chansons, au lieu d'émouvoir, faisaient rire tant il savait les rendre ridicules, d'une façon bien à lui, désagréable et triste. Je ne comprenais pas ce qu'avait cet homme ; peut-être dans sa jeunesse une femme lui avait-elle fait quelque tort, ou peut-être était-il né ainsi, avec ce caractère qui prenait plaisir à tourner en dérision tout ce qui est beau et bon. En fait, il ne se livrait pas à ces parodies en simple cabotin, il y mettait une espèce de rage mauvaise et il fallait tout l'abrutissement du public en train de manger pour ne pas s'apercevoir qu'il n'était pas comique mais simplement pénible. C'est quand il s'agissait de singer les petits gestes, les grimaces et les minauderies des femmes que Milone se surpassait.

Que fait une femme coquette, elle sourit. Et Milone, sous les bords de son chapeau esquissait un sourire canaille, de femme de trottoir. Et le petit déhanchement féminin ? Il se mettait à faire la danse du ventre, faisant saillir ses fesses carrées et massives. Et la voix douce ? Il pinçait la bouche, en tirait une petite voix flûtée, sucrée, vraiment écœurante. En somme, il n'avait pas de mesure, allait toujours trop loin, devenait grotesque, répugnant. A tel point qu'il m'arrivait d'en avoir honte, car c'est une chose d'accompagner un chanteur à la guitare et une autre de servir de comparse à un pitre. Et je me souvenais d'avoir, quelque temps auparavant, joué ces mêmes chansons que chantait un bon artiste ; c'était une pitié de les entendre maintenant massacrées à ce point, rendues méconnaissables et indécentes. Je lui en fis la réflexion un jour que nous trottions par les rues d'un restaurant à l'autre. « Dis-moi, que t'ont-elles donc fait les femmes ? » D'ordinaire, après ses bouffonneries, il était distrait et sombre comme si je ne sais quelles pensées s'agitaient dans sa tête. « A moi, dit-il, elles ne m'ont rien fait… — Je dis cela, expliquai-je, parce que tu es vraiment enragé pour les tourner en ridicule. » Cette fois, il ne répondit pas et la conversation en resta là.

Je l'aurais planté là si l'intérêt n'avait pas été en jeu. Car, bien que cela paraisse impossible, il faisait plus d'argent avec ses trivialités que beaucoup de bons chanteurs ambulants avec leurs gracieuses romances. Nous nous arrêtions surtout dans ce genre de restaurant qui n'est pas le restaurant de luxe tout en étant cher, un endroit à la bonne franquette où les gens viennent pour s'empiffrer et s'amuser.

Dès que nous entrions, tandis que, muet, je sortais ma guitare de son enveloppe, des tables bondées de monde montait un seul cri : « Oh ! le professeur... voilà le professeur... venez par ici, professeur. » Tordu, débraillé, roulant ses yeux, traînant les pieds, Milone se présentait en disant : « A vos ordres » et cet à vos ordres était déjà si ridicule, prononcé par lui, que toute la salle éclatait de rire. Cependant on passait les plats de pasta asciutta [1] et pendant que le garçon s'affairait à servir, Milone, de sa voix fêlée, annonçait : « Une délicieuse chansonnette : « *Quand Rosine descend au village*... Je ferai Rosine... » Eh bien, figurez-vous que, à le voir faire Rosine avec ses habituels lazzi et sa vulgarité coutumière, les gens restaient comme en suspens, leurs spaghetti pendant de leur fourchette à mi-chemin entre l'assiette et leur bouche. Et ne croyez pas que c'était un milieu de charcutiers ou des gens de cette sorte, non c'étaient des gens « bien », des hommes en complet bleu sombre, pommadés, la perle à la cravate, des femmes enveloppées de fourrures, couvertes de bijoux, délicates, précieuses. Pendant que Milone faisait le pitre, ils disaient entre eux : « Il est excellent... excellent... » ou bien l'un d'eux s'exclamait sur un ton alarmé : « Je vous en supplie, ne racontez pas autour de vous que nous l'avons découvert... sinon on nous le gâtera... » Entre autres trivialités, Milone avait une chanson dans laquelle, à un certain passage, pour ridiculiser encore son personnage, il faisait avec la bouche un bruit incongru que je m'abstiendrai de définir. Eh bien, le croiriez-vous, ces dames si coquettes et charmantes étaient les premières à faire bisser cette chanson !

Il faut dire que, à force d'être applaudi, Milone s'était monté la tête. Il habitait dans une chambre meublée chez une couturière, via Cimarra. Maintenant, toutes les fois que j'allais le prendre chez lui, je le trouvais devant la glace en train de répéter quelque balourdise, quelque nouvelle trivialité. Il y mettait un sombre scrupule comme un grand acteur qui s'apprête à passer en scène ; et moi, assis sur le lit, en le regardant se démener devant l'armoire à glace, je me demandais quelquefois s'il n'était pas un peu fou. « Mais pourquoi n'essaierais-tu

1. Pâtes servies sans sauce.

pas maintenant, lui demandai-je un jour, d'inventer un genre plus gracieux, plus touchant ? — Tu vois, dit-il, tu n'y comprends rien... les gens qui sont en train de manger veulent rire et non s'attendrir et moi, ajouta-t-il en tordant la bouche, je les fais rire. » Quelques jours plus tard, toujours par cette manie de perfectionner son numéro, il inaugura d'emporter dans une petite valise quelque objet de toilette féminine, un chapeau, une écharpe, une jupe qu'il endossait de temps à autre pour rendre sa parodie plus comique. C'était d'ailleurs chez lui un goût spécial de se travestir en femme. Et cela faisait peine de le voir se contorsionner avec un petit chapeau sur le front et une jupe attachée à la taille par-dessus son pantalon. Enfin, ne sachant plus quoi inventer, il aurait voulu que je fasse aussi des bouffonneries tout en pinçant les cordes de ma guitare. Mais je refusai.

Nous faisions autant de restaurants que nous pouvions entre midi et trois heures et le soir entre 8 heures et minuit. Nous les prenions quartier par quartier, suivant les jours : une fois les restaurants autour de la place d'Espagne, une fois ceux des environs de la place de Venise, une autre fois ceux du Transtevere, ou bien ceux de la gare. Entre l'un et l'autre nous courions dans la rue, sans parler, il n'y avait aucune intimité entre nous. Finie notre tournée, nous allions dans une auberge et nous partagions l'argent. Puis je fumais une cigarette en silence et Milone se faisait servir un demi. L'après-midi, il essayait ses parodies devant la glace et moi je dormais ou allais au cinéma.

Un soir où soufflait la tramontane, après avoir fait le tour des restaurants du Transtevere, nous entrâmes, plus pour nous réchauffer que pour jouer, dans un café, derrière la place Mastai. C'était une sorte de boyau, presque un corridor avec des tables alignées le long du mur et, à ces tables, des gens pauvres pour la plupart qui buvaient le vin de l'endroit en mangeant leurs provisions apportées dans un journal. Je ne sais pourquoi, la vanité (car ce ne put être l'intérêt) poussa Milone à s'exhiber dans ce café. Il choisit une de ses plus belles chansons, et avec ses manières accoutumées, à force de sous-entendus et de gestes grotesques, il en fit une ordure. Quand il eut fini, on l'applaudit, très fraîchement, et puis d'une table une voix s'éleva : « Maintenant, moi, je vais vous la chanter... »

Je tournai la tête et vis s'avancer un garçon blond, en bleu de mécanicien, beau comme un dieu, qui regardait Milone avec des yeux furieux, comme s'il eût voulu le dévorer. « Attaquez, vous, me dit-il avec autorité, et reprenez depuis le début. » Milone, intimidé, fit mine d'être fatigué et se laissa tomber sur une chaise près de la porte. De la main, le jeune homme me fit signe de commencer et il se mit à chanter. Je ne dis pas qu'il avait un talent de chanteur, mais il chantait avec sentiment, d'une belle voix chaude et posée et dans le style de cette chanson. En outre, je l'ai dit, il était beau avec ses cheveux bouclés, surtout comparé à Milone si massif et sinistre. Il chantait, tourné vers l'assistance, les yeux fixés sur une table où une fille toute seule était assise, comme s'il chantait pour elle. La chanson terminée, il fit un geste vers Milone, un geste de la main tendue qui signifiait : « Voilà comment on chante » et il retourna à la table où l'attendait la jeune fille qui lui passa aussitôt les bras autour du cou. A dire vrai, il fut encore moins applaudi que Milone, tous ces gens n'avaient pas compris pourquoi il s'était dérangé pour aller chanter. Mais, moi j'avais compris, et Milone aussi.

Pendant que j'accompagnais, j'avais plus d'une fois regardé Milone et je l'avais vu se passer la main sur la figure et sous les cheveux qui retombaient sur son front, comme quelqu'un qui n'arrive pas à rester éveillé et tombe de sommeil. Mais il ne parvenait pas à cacher une expression amère que je ne lui connaissais pas ; à chaque nouveau couplet qu'entonnait le jeune homme, son amertume semblait croître. Finalement il se leva en s'étirant et feignant de bâiller : « Bon, fit-il, c'est l'heure d'aller dormir et j'ai un sommeil... »

Nous nous quittâmes au coin de la rue, après avoir fixé notre rendez-vous pour le lendemain. Ce qui s'est passé pendant la nuit, je ne l'ai reconstitué que depuis, mais ce ne sont que des suppositions. J'ai dit que Milone s'était monté la tête, qu'il s'était imaginé être un grand artiste alors qu'il n'était en réalité qu'un pauvre type qui faisait le pitre pour divertir les gens pendant leur repas. C'est pourquoi le petit geste que lui avait fait le jeune homme le fit tomber de plus haut. Sans doute, pendant que l'autre chantait, s'était-il vu soudain tel qu'il était et non tel qu'il avait cru être jusqu'alors : un gros homme frisant la cinquantaine. Mais je pense aussi qu'il comprit alors combien il était incapable de chanter, même s'il passait un pacte avec le diable. En somme, il ne pouvait que faire rire, et il ne savait faire rire qu'en ridiculisant certaines choses : les choses qui, précisément, étaient celles qui lui avaient manqué toute sa vie.

Mais, je l'ai dit, ce sont là des suppositions. Ce qu'il y a de certain, c'est que la couturière qui lui louait une chambre le trouva, le jour suivant, pendu entre le rideau et la fenêtre, à l'endroit réservé d'ordinaire aux cages des canaris. Quelques passants s'en aperçurent en voyant à travers les vitres ses jambes et ses pieds qui pendaient dans le vide. Honteux comme tous les suicidés, il s'était enfermé à clé et avait poussé l'armoire à glace contre la porte ; peut-être, comme lorsqu'il répétait ses grimaces, voulut-il se voir passer le cou dans la corde. On dut enfoncer la porte, de sorte que la glace tomba et fut mise en miettes. Il fut conduit au cimetière de Verano et je fus seul à l'accompagner, sans guitare cette fois. La couturière fit remettre une glace, mais elle se consola en vendant la corde, à tant le morceau.

LE CAMIONNEUR

Je suis maigre, nerveux, avec des bras minces, de longues jambes et si peu de ventre que mon pantalon descend facilement sur mes hanches ; en somme je suis tout à fait le contraire de ce qu'il faut pour être un bon camionneur. Regardez les camionneurs : ce sont tous des morceaux d'homme avec des épaules larges, des bras de portefaix, les reins et le ventre solides. Car c'est toujours sur ses bras, ses reins et son ventre que le camionneur doit compter : ses bras pour tourner le volant dont le diamètre a, dans les camions, presque la longueur d'un bras, et certaines fois, dans les tournants de montagne, il faut faire faire à ce volant un tour complet ; les reins pour résister à la fatigue de rester assis pendant des heures, toujours dans la même position, sans prendre des crampes ou perdre sa souplesse ; et enfin le ventre pour rester en place bien immobile, calé dans le siège, encastré comme une pierre. Ceci pour le physique. Quant au moral, je suis encore moins bien constitué pour ce métier. Le camionneur ne doit pas avoir de nerfs, pas d'idées qui lui trottent dans la tête, ni nostalgie ni autres sentiments délicats : la route est exaspérante et tuerait un bœuf. Et en ce qui concerne les femmes, le camionneur, comme le marin, ne doit pas y penser, sinon, avec ces départs continuels, il deviendrait fou. Mais je suis plein de pensées et de préoccupations, j'ai un tempérament mélancolique, et j'aime les femmes.

Et pourtant, malgré tout ce que ce métier offrait de désavantages pour moi, je voulus être camionneur et réussis à me faire engager par une maison de transports.

On me donna pour compagnon un certain Palombi qui était, on peut le dire, une vraie brute. Le type du parfait camionneur, non que les camionneurs ne soient souvent intelligents, mais il avait en plus la chance d'être stupide, ce qui lui permettait de ne faire qu'un avec son camion. Tout en ayant passé la trentaine, il avait gardé quelque chose d'un adolescent : une figure pleine avec des joues rebondies, de petits yeux sous un front bas, une bouche taillée en tirelire. Il parlait peu, pas du tout même, et de préférence par des grognements. Son intelligence ne s'éclaircissait que lorsqu'il était question de nourriture.

Je me souviens qu'une fois nous entrâmes, las et affamés, dans une auberge d'Itri, sur la route de Naples. On ne nous offrit que des haricots secs et j'y touchai à peine car mon estomac ne les supporte pas. Palombi en dévora deux assiettes pleines ; puis s'étirant sur sa chaise, il me regarda un moment avec solennité comme s'il fallait me dire quelque chose d'importance. Finalement il prononça en se passant la main sur le ventre : « J'en aurais bien mangé quatre assiettées de plus. » C'était la profonde pensée qu'il avait mis si longtemps à exprimer. Avec un tel compagnon, qui paraissait de bois, je n'ai pas besoin de vous dire si je fus content quand, pour la première fois, nous rencontrâmes Italia. A cette époque, nous faisions la route Rome-Naples en transportant les choses les plus diverses : briques, ferrailles, rouleaux de papier d'imprimerie, petits troupeaux de moutons se déplaçant d'un pâturage à l'autre. C'est à Terracina qu'Italia nous fit signe de nous arrêter, nous demandant de la conduire à Rome. Nous avons ordre de ne prendre personne, mais après l'avoir regardée du coin de l'œil, nous décidâmes que, pour cette fois, l'ordre ne serait pas valable. Nous lui dîmes de monter et elle grimpa vivement en disant : « Vivent les camionneurs qui sont si gentils ! »

Italia était une fille provocante, il n'y a pas à dire. Elle avait un buste incroyablement long, avec une poitrine haute, des seins en avant, pointus, insolents sous certains tricots ajustés qui lui descendaient jusqu'aux hanches. Un long cou et une petite tête brune avec de grands yeux verts. Sous ce buste si long, elle avait les jambes courtes et tordues au point de donner l'impression qu'elle pliait les genoux en marchant. Pas belle, en somme, mais mieux que belle et j'en eus la preuve durant ce premier voyage quand, à la hauteur de Cisterna, alors que Palombi était au volant, elle glissa sa main pour prendre la mienne et la serra fort sans la lâcher un instant jusqu'à Velletri où je devais prendre la place de Palombi. C'était l'été, vers 4 heures de l'après-midi qui est l'heure la plus chaude, et nos deux mains étaient glissantes de sueur, mais elle, de temps en temps, me jetait un regard de ses yeux verts de romanichelle et il me semblait que la vie, après n'avoir été pour moi pendant quelque temps qu'un ruban d'asphalte, recommençait à me sourire. J'avais trouvé ce que je cherchais: une femme à qui penser. Entre Cisterna et Velletri, Palombi stoppa et descendit pour aller vérifier les roues, et moi j'en profitai pour donner un baiser à Italia. A Velletri, je pris volontiers la place de Palombi: pour un jour, une étreinte de mains et un baiser, cela suffisait.

Dès lors, régulièrement, Italia, une ou deux fois par semaine, se fit conduire de Rome à Terracina et retour. Elle nous attendait le matin, près des remparts, toujours avec quelque paquet ou valise, et si c'était le tour de Palombi de conduire, elle serrait ma main jusqu'à Terracina. A notre retour de Naples, elle nous attendait à Terracina, remontait et nos étreintes recommençaient; sans compter, lorsque Palombi ne pouvait nous voir, les baisers à la dérobée qu'elle n'acceptait d'ailleurs qu'avec mauvaise grâce. Bref, je m'épris pour de bon, d'autant que depuis longtemps je n'avais aimé une femme et que j'en avais perdu l'habitude. Il suffisait même maintenant qu'elle me regardât d'une certaine façon pour que je m'attendrisse aussitôt, comme un enfant, jusqu'aux larmes. Larmes de douceur certes, mais qui me semblaient une faiblesse indigne d'un homme et que je m'efforçais, sans y parvenir, de refouler. Quand c'était mon tour de conduire, profitant de ce que Palombi dormait, nous parlions à voix basse. Je ne me rappelle rien de ce que nous disions: des riens évidemment, des taquineries, des propos d'amoureux. Mais je me souviens bien que le temps passait vite ; même cette ligne droite de Terracina, qui d'habitude n'en finissait plus, passait comme par enchantement. Je ralentissais jusqu'à trente, vingt à l'heure, me faisant presque dépasser par les charrettes, mais il fallait toujours arriver au bout et Italia descendait. La nuit, c'était encore mieux : le camion avançait tout seul pour ainsi dire, je tenais le volant d'une main et de l'autre j'enlaçais la taille d'Italia. De temps en temps, au fond des ténèbres, les phares des autres voitures s'allumaient et s'éteignaient, et j'aurais voulu en répondant à leurs signaux composer avec mes lumières quelque phrase qui dise à tous mon bonheur. « J'aime Italia et Italia m'aime », par exemple.

Ou bien Palombi ne s'apercevait de rien ou il feignait de ne pas s'en apercevoir. Le fait est que pas une fois il ne protesta contre ces voyages si fréquents d'Italia. Quand elle montait, il poussait un grognement en guise de salut, puis se tirait de côté pour la laisser s'asseoir. Elle était toujours entre nous deux car il ne me fallait pas perdre la route de vue et pouvoir avertir Palombi que la voie était libre au cas où nous dépassions un autre véhicule. Palombi ne protesta même pas quand, dans mon exaltation, je voulus inscrire sur le pare-brise quelque chose ayant trait à Italia. Après avoir longuement réfléchi, j'écrivis en lettres blanches : « Viva l'Italia. » Mais Palombi était si stupide qu'il ne comprit le double sens que lorsque certains camionneurs vinrent nous demander pourquoi nous étions devenus si patriotes. C'est alors seulement qu'il me regarda, bouche bée et, ébauchant un sourire, déclara : « Ils croient qu'il s'agit de l'Italie et au contraire, c'est la fille... c'est bien trouvé, ça... tu es malin. »

Les choses allèrent ainsi pendant deux mois et peut-être plus. Mais un jour, après avoir comme d'habitude déposé Italia à Terracina, nous reçûmes à notre arrivée à Naples l'ordre de décharger et de revenir sur-le-champ à Rome sans nous arrêter pour la nuit. Je fus désolé car nous avions justement rendez-vous avec Italia le lendemain matin. Mais l'ordre était l'ordre. Je pris le volant et Palombi se mit aussitôt à ronfler. Jusqu'à Itri tout alla bien, la route est tout en tournants et la nuit, quand la lassitude commence à se faire sentir, les tournants qui vous obligent à garder les yeux bien ouverts sont une bénédiction pour les camionneurs. Mais, passé Itri, à travers les bosquets d'orangers de Fondi, le sommeil me vint et, pour le chasser, je me mis à penser avec ardeur à Italia. Cependant, tout en l'évoquant, il me semblait que mes pensées s'entrecroisaient de plus en plus dans ma tête comme les branches dans un bois qui devient de plus en plus épais et finit par devenir obscur. Je me souviens que je me dis tout à coup : « Heureusement que j'ai sa pensée pour me tenir éveillé, sans quoi je me serais déjà endormi. » Et voilà qu'au contraire je dormais déjà et cette pensée, c'est en dormant que je la formulais, le sommeil me l'envoyait pour me faire mieux dormir, avec plus d'abandon. Au même moment, je sentis que le camion sortait de la route et entrait dans le fossé et j'entendis derrière moi le fracas et le choc de la remorque qui se renversait. Nous roulions lentement et, grâce à cela, nous ne nous fîmes aucun mal. Mais une fois descendus, nous vîmes que la remorque s'était retournée, les roues en l'air, avec tout son chargement, des peaux à tanner, en tas dans le fossé. Il faisait noir, un ciel plein d'étoiles mais sans lune. Heureusement nous étions aux portes de Terracina : à droite la montagne, à gauche, au-delà des vignes, la mer calme et sombre.

Palombi se contenta de dire : « Tu en as fait une belle ! » et ajouta que nous n'avions plus qu'à aller chercher de l'aide à Terracina. Nous n'en étions qu'à quelques pas, mais comme nous arrivions à la porte de la ville, Palombi, qui pensait toujours à manger, déclara qu'il avait faim ; il fallait attendre au moins une heure l'arrivée d'un camion de secours avec une grue, aussi bien pouvions-nous aller à l'auberge. Aussi, en entrant à Terracina, nous nous mîmes en quête d'un local. Mais il était plus de minuit et sur cette place ronde, toute trouée pas les bombardements, il n'y avait qu'un café ouvert, encore était-il en train de fermer. Nous prîmes une ruelle qui semblait se diriger vers la mer et, au bout d'un moment, aperçûmes une lumière éclairant une enseigne. Nous hâtâmes le pas, pleins d'espoir. C'était bien une auberge, mais le rideau de fer était baissé à demi comme si on allait fermer. Les portes étaient vitrées et le rideau laissait à découvert une petite surface de verre par laquelle on pouvait regarder à l'intérieur. « Veux-tu voir si c'est vraiment fermé ? » dit Palombi et il se baissa pour regarder. Je me baissai à mon tour. Alors nous aperçûmes une pauvre salle d'auberge de campagne, avec quelques tables et un comptoir. Les chaises étaient posées à l'envers sur les tables et Italia, armée d'un balai, faisait rapidement le nettoyage, un torchon noué autour de ses hanches. Derrière le comptoir, tout au fond de la salle, se tenait un bossu. J'en ai vu des bossus, mais aussi parfaits que celui-là, jamais. Les deux mains encadrant son visage, sa bosse dépassant sa tête, il regardait fixement Italia avec des yeux noirs et bilieux. Elle balayait vivement ; puis le bossu, sans bouger, dut lui dire quelque chose, car elle vint auprès de lui, posa son balai contre le comptoir et, lui mettant un bras autour du cou, lui donna un long baiser. Puis elle reprit son balai, voltigeant dans la pièce comme si elle dansait. Le bossu descendit du comptoir ; c'était un bossu marin, avec des sandales, des pantalons bleus de pêcheur, retroussés à mi-mollets et une chemise à col ouvert. Il s'approcha de la porte, et nous reculâmes tous les deux, avec la même pensée. Le bossu ouvrit la porte vitrée et de l'intérieur baissa le rideau de fer.

Je ris, pour cacher mon trouble : « Eh bien, qui l'eût cru ? » Et Palombi répondit : « En effet » avec une amertume qui me surprit. Nous allâmes au garage et passâmes la nuit à redresser le camion et à recharger les peaux. Mais à l'aube, comme nous nous dirigions vers Rome, pour la première fois, peut-on dire, depuis que je le connaissais, Palombi se mit à parler : « As-tu vu ce qu'elle m'a fait, cette sorcière d'Italia ? » « Quoi donc ? » fis-je, ahuri. « Après tant d'avances qu'elle m'a faites, continua-t-il, lent et obtus, dire qu'elle me serrait la main tout le temps que nous roulions, à l'aller et au retour, et je lui avais dit que je voulais l'épouser... et pour ainsi dire on était fiancés... eh bien, tu as vu ? Un bossu... »

Le souffle coupé, je ne répondis rien. Palombi reprit :

« Je lui avais fait de beaux cadeaux : du corail, un foulard de soie, des souliers vernis... je dis la vérité, je l'aimais bien et cette fille était tout à fait ce qu'il me fallait... une ingrate et une sans-cœur, voilà ce qu'elle est... »

Il continua sur ce ton pendant un moment, lentement et comme se parlant à lui-même, dans cette lumière pâle de l'aube tandis que nous roulions en ferraillant sur la route de Rome. Ainsi, j'étais obligé de le reconnaître, Italia, pour économiser des billets de chemin de fer, nous avait dupés tous les deux. Les paroles de Palombi me brûlaient parce qu'il disait les mêmes choses que j'aurais pu dire et que, dans sa bouche à lui qui ne savait parler, ces choses me paraissaient ridicules. Si bien que je lui dis tout à coup, brutalement : « Mais laisse-moi donc en paix avec cette resquilleuse ! J'ai envie de dormir... » Lui, le pauvre, il répondit : « Il y a des choses, vois-tu, qui font du mal. » Et puis il demeura muet jusqu'à Rome.

Pendant des mois, la tristesse ne me quitta pas, la route était redevenue pour moi ce qu'elle était auparavant : sans fin ni commencement, rien d'autre qu'un ruban amer à avaler et à rejeter deux fois par jour. Mais ce qui m'incita à changer de métier ce fut qu'Italia ouvrit, juste sur la route de Naples, une auberge à l'enseigne : « Au rendez-vous des camionneurs. » Un beau rendez-vous, oui, qui valait la peine de faire des centaines de kilomètres pour le fréquenter. Naturellement, nous ne nous y arrêtions jamais ; mais tout de même, voir en passant Italia derrière le comptoir et le bossu qui lui passait les verres et les canettes de bière, cela me faisait mal. Et je quittai le métier. Le camion avec l'inscription « Viva l'Italia » et Palombi au volant roule toujours sur les routes.

L'AVORTON

On ne se voit jamais assez tel que l'on est, et l'on ne sait jamais trop discerner ceux qui nous paraissent inférieurs et ceux qui semblent au-dessus de nous. Pour moi, j'exagérais la certitude d'être plus mal que tous les autres. Il est vrai que je ne suis pas né pot de fer, mais plutôt pot de terre. Seulement je me suis cru de verre, de cristal même, et cela était excessif. Je me rabaissais. Souvent je me disais : passons un peu mes qualités en revue. Donc, force physique : zéro ; je suis petit, contrefait, rachitique, les jambes et les bras comme des cure-dents, une araignée ; intelligence : pas beaucoup au-dessus de zéro puisque, entre tant de métiers, je ne suis pas arrivé plus haut que celui de plongeur dans un hôtel ; beauté : au-dessous de zéro, j'ai une figure longue et jaune, des yeux couleur de chien errant et un grand, gros nez qui paraît fait pour une face du double de la mienne, un nez qui semble vouloir se recourber, mais dont la pointe se retourne comme le museau d'un lézard aux aguets. Autres qualités telles que courage, vivacité, charme personnel, amabilité : mieux vaut n'en pas parler.

Bien entendu, avec de telles constatations, je me gardais bien de faire la cour aux femmes. La seule que j'ai tenté d'aborder, une caméristе de l'hôtel, m'avait remis à ma place avec le qualificatif qu'il fallait : avorton ! C'est pourquoi peu à peu je m'étais convaincu que je ne valais rien et que le mieux pour moi était de rester bien tranquille dans mon coin, pour ne porter ombrage à personne.

Si vous passez dans les premières heures de l'après-midi dans la rue qui est derrière l'hôtel où je travaille, vous verrez une rangée de fenêtres s'ouvrant à fleur de terre, d'où monte une forte odeur de vaisselle. En plissant les yeux pour mieux voir dans l'obscurité, vous verrez sur les tables et le marbre de l'évier des piles et des piles d'assiettes montant en tours jusqu'à hauteur du plafond. Eh bien, c'était là mon coin, le coin de vie que je m'étais choisi pour être oublié d'autrui.

Mais quand on parle de la fatalité... Je pouvais m'attendre à tout sauf à ce que, dans ce coin, je veux dire dans cette cuisine, quelqu'un vienne me surprendre, me cueillir comme une fleur qui se tient cachée dans les herbes. Ce fut Ida, la nouvelle plongeuse, qui prit la place de Judith quand celle-ci devint enceinte. Ida est parmi les femmes ce que je suis parmi les hommes : un avorton. Comme moi elle était petite, contrefaite, maigrichonne, insignifiante. Mais agitée, vive, gaie, un vrai démon. Nous devînmes rapidement des amis du fait que nous nous trouvions debout devant les mêmes assiettes, la même eau grasse. Et puis, d'une chose à l'autre, elle s'arrangea pour que je l'invite à aller avec moi au cinéma. Je l'invitai par politesse et je fus stupéfait quand, dans l'obscurité de la salle, elle me prit la main, glissant ses cinq doigts entre les miens. Je pensai à une erreur et tentai même de me libérer, mais dans un murmure elle me pria de n'en rien faire. Quel mal y avait-il à se serrer la main ? Puis, à la sortie, elle m'expliqua qu'elle m'avait remarqué depuis longtemps, depuis le jour même où elle avait été engagée à l'hôtel. Et que, dès lors, elle n'avait cessé de penser à moi. Elle espérait que j'avais un peu d'affection pour elle parce que, sans moi, elle ne pouvait vivre. C'était la première fois qu'une femme, fût-ce une femme comme Ida, me disait de telles choses et je perdis la tête. Aussi lui répondis-je tout ce qu'elle voulait et bien plus encore.

Mais je restais profondément étonné et, bien qu'elle continuât à me répéter qu'elle était folle de moi, je n'arrivais pas à m'en convaincre. Aussi quand nous sortîmes de nouveau ensemble, je me repris à insister, un peu pour le plaisir de l'entendre, un peu aussi par incrédulité :

— Mais, dis-moi, puis-je savoir ce que tu trouves en moi ? Comment fais-tu pour m'aimer ?

Le croiriez-vous ? Ida se suspendit de ses deux mains à mon bras, leva vers moi un visage ravi et me répondit :

— Je t'aime parce que tu as toutes les qualités… pour moi tu es la perfection sur terre…

— Toutes les qualités ? répétai-je, incrédule. Eh bien, moi qui ne m'en doutais pas !

— Oui, toutes… et d'abord, tu es beau !

Une envie de rire me prenait, je l'avoue, et je protestai :

— Beau, moi ? m'as-tu bien regardé ?

— Comment, si je t'ai regardé ?… je ne fais que cela !

— Mais, et mon nez… l'as-tu jamais regardé, mon nez ?

— C'est le genre de nez qui me plaît, répondit-elle. (Et me prenant le bout du nez entre deux doigts, le secouant comme une clochette :) Ce nez, ce nez… pour ce nez, je ne sais pas ce que je ferais… (Elle ajouta :) Et puis tu es intelligent…

— Intelligent, moi… ils me traitent tous de nigaud.

— C'est la jalousie qui les fait parler, répondit-elle avec sa logique féminine, mais tu es intelligent, très… Quand tu parles, je reste là à t'écouter bouche bée… tu es la personne la plus intelligente que j'aie jamais rencontrée.

— Tu ne diras pas pourtant, repris-je au bout d'un instant, que je suis fort… cela, tu ne peux pas le dire…

— Si, fit-elle, tout excitée, tu es fort, très… très fort !

C'était si inattendu que je restai sans réplique. Elle reprit alors :

— Et puis, veux-tu que je te dise, tu as un je ne sais quoi qui me plaît…

— Et qu'est-ce que ce je ne sais quoi, peut-on savoir ?

— Que te dirai-je, répondit-elle, peut-être ta voix, ton expression, peut-être tes gestes… bien sûr, c'est quelque chose que nul autre n'a comme toi…

Naturellement, les premiers temps, je ne la crus pas et je me faisais répéter ces appréciations pour le seul plaisir de les confronter avec ce que j'avais toujours pensé de moi-même. Et puis, les jours passant, je commençai, je le confesse, à me monter la tête. Il m'arrivait de me dire : « Et si c'était vrai ? » Non que je crusse vraiment être matériellement différent de ce que j'avais pensé être jusqu'ici. Mais la phrase d'Ida sur le « je ne sais quoi » me laissait perplexe. A n'en pas douter, la clé du mystère était là. C'est pour ce « je ne sais quoi », je le savais, que les bossus, les nains, les vieillards, les monstres parfois même plaisent aux femmes. Pourquoi n'aurais-je pu plaire, moi qui, après tout, ne suis ni bossu, ni nain, ni vieux, ni monstrueux ?

Un jour, nous décidâmes, Ida et moi, d'aller voir un cirque qui avait planté sa tente en face de la Promenade Archéologique. Nous étions fort gais tous les deux ; quand nous fûmes sous la grande tente du cirque, aux places populaires, nous nous assîmes serrés l'un contre l'autre, nous tenant par le bras. A côté de moi était assise une grande femme blonde, jeune et florissante, et, une place plus bas, son compagnon, un jeune homme brun, grand et fort lui aussi, un type de marinier ou de sportif. Je pensais que ces deux-là faisaient ce qu'on appelle un beau couple et puis je cessai de m'occuper d'eux pour ne regarder que le cirque.

La piste couverte de sable ocre était encore vide, mais au fond, dans une tribune, un orchestre de cuivres, les musiciens vêtus d'uniformes écarlates, jouait sans arrêt des marches belliqueuses. Apparurent enfin quatre clowns, deux nains et deux plus grands avec des faces enfarinées et de vastes pantalons débraillés qui firent tant de cabrioles et tant de farces assaisonnées de gifles et de coups de pied qu'Ida s'étouffait presque à force de rire. Puis l'orchestre attaqua une petite marche allègre et des chevaux entrèrent, six en tout, trois d'un gris pommelé et trois blancs qui firent le tour de la piste gracieusement, tandis que l'écuyer, tout vêtu de rouge et d'or, faisait claquer son long fouet. Une femme en jupe de tulle et bas blancs entra en esquissant un pas de danse, s'accrocha des deux mains à la selle d'un des chevaux et s'enleva, remontant, redescendant, pendant que les chevaux tournaient en rond, d'abord au trot, puis au galop. Le numéro terminé, les clowns revinrent faire leurs culbutes et se livrer à leurs facéties, puis ce fut une famille de trapézistes : père, mère et enfant, tous trois en maillot bleu pâle, tous trois musclés, l'enfant surtout. Ils frappèrent dans leurs mains et, hop là, les voilà grimpant par une corde à nœuds jusqu'au faîte du cirque. Là ils se mirent à se renvoyer les trapèzes volants, s'accrochant tantôt des mains, tantôt des pieds, se renvoyant l'enfant comme une balle. Plein d'admiration, je me penchai vers Ida : « Vois-tu, j'aimerais être trapéziste… j'aimerais me lancer dans le vide et attraper le trapèze avec mes jambes… » Ida, comme d'habitude, se serra contre mon flanc et répondit sur un ton d'adoration : « C'est une question de pratique… si tu t'exerçais, tu pourrais y parvenir… » La femme blonde nous jeta un regard puis dit quelque chose tout bas à son compagnon et tous deux se mirent à rire. Après les trapézistes, ce fut le tour de l'attraction numéro un : les lions. Plusieurs jeunes gens en veste rouge entrèrent sur l'arène pour rouler le tapis qui avait servi aux acrobates. En l'emportant, ils roulèrent dedans, comme par mégarde, un des clowns et de nouveau, Ida, en voyant apparaître au bout du tapis roulé cette figure enfarinée, éclata si fort de rire, qu'elle en tomba à demi de son siège. Avec des gestes rapides, les jeunes gens montèrent au milieu de la piste une grande cage aux barreaux nickelés et puis, à un roulement de tambour, apparut à une petite porte la grosse tête blonde du premier lion. Il y en eut cinq en tout, plus une lionne qui paraissait vraiment féroce et se mit aussitôt à rugir. Le dompteur entra en dernier, un petit homme, souriant et cérémonieux, en jaquette verte à brandebourgs dorés, qui s'inclina devant le public, agitant d'une main un fouet d'écuyer et de l'autre un long bâton muni d'un crochet, semblable à ceux qui servent à descendre les rideaux de fer des magasins. Les lions tournaient autour de lui en rugissant tandis qu'il continuait à saluer, calme et souriant. Finalement, il se tourna vers les lions et, du bout de son crochet, les contraignit un à un à aller s'asseoir sur de petits tabourets alignés au fond de la cage. Les lions recroquevillés, les pauvres bêtes, sur ces tabourets de chats, rugissaient en montrant les dents ; certains, comme le dompteur passait près d'eux, allongeaient une patte qu'il évitait avec une pirouette : « Oh ! ils vont le manger... » murmura Ida en me serrant le bras. Il y eut un roulement de tambour ; le dompteur s'approcha d'un lion plus vieux que les autres qui ne rugissait pas et semblait mourir de sommeil, il lui ouvrit la bouche et introduisit sa tête dans la gueule, trois fois de suite. Tandis que les applaudissements crépitaient, je dis alors à Ida : « Tu ne croirais pas... mais j'entrerais volontiers dans cette cage et ne craindrais pas de mettre moi aussi ma tête dans la gueule du lion. » Pleine d'admiration, elle, se pressant contre moi : « Je le sais, que tu en serais capable. » A ces mots, la femme blonde et le jeune sportif éclatèrent de rire en nous regardant avec intention. Cette fois il était impossible d'ignorer qu'ils riaient de nous et Ida, mécontente, me dit à voix basse : « Ils se moquent de nous... pourquoi ne leur dis-tu pas qu'ils sont mal élevés ? » Mais à ce moment une cloche se fit entendre et tout le monde se leva pendant que les lions s'en allaient, la tête basse, vers la petite porte qui leur était réservée. La première partie du spectacle était finie.

Nous sortîmes du cirque et le couple marchait devant nous ; Ida, furieuse, ne cessait de me dire à mi-voix : « Il faut que tu leur dises qu'ils sont mal élevés... si tu ne le fais pas, tu es un lâche. » Et moi, piqué dans mon amour-propre, je me décidai à les affronter. En dehors du cirque, adossée à la tente, il y avait une grande baraque où, en payant, on pouvait visiter le zoo du cirque : une rangée de cages d'un côté avec les animaux féroces, et de l'autre, sur la paille, en liberté, les animaux domestiques : zèbres, éléphants, chevaux, chiens. Il faisait très sombre à l'intérieur de la baraque et comme nous entrions nous aperçûmes dans la pénombre ces deux-là en train de regarder la cage de l'ours. La femme blonde se penchait pour regarder l'ours qui se tenait tout pelotonné, dormant bien paisiblement, son dos velu contre les barres et le jeune homme la retenait par le bras. J'allai droit à l'homme et d'une voix ferme lui dis :

— Dites-moi un peu... c'est de nous que vous avez ri, peut-être...

Il se retourna à peine et répondit sans hésiter :

— Non, nous riions d'une grenouille qui voulait se faire aussi grosse qu'un bœuf.

— Et la grenouille, ce serait moi, par hasard ?

— C'est la première poule qui chante qui a fait l'œuf.

Ida me poussant le bras et haussant la voix, je répondis :

— Savez-vous ce que vous êtes ? Un ignorant et un grossier personnage.

Lui, brutalement, répliqua :

— Alors quoi, voilà que les poux donnent de la voix maintenant...

La femme se mit à rire et alors Ida, rouge de colère, intervint :

— Il n'y a pas de quoi rire... et puis au lieu de rire vous feriez mieux de ne pas vous frotter contre mon mari... vous croyez peut-être que je ne l'ai pas vu... oui, elle n'a pas fait autre chose que se frotter le bras contre lui, tout le temps...

Je fus stupéfait parce que je ne m'étais aperçu de rien ; tout au plus se trouvant à côté de moi, la femme m'avait-elle effleuré du coude. Elle protesta en effet, indignée :

— Vous êtes folle, ma fille...

— Non, je ne suis pas folle ! Je vous ai vue vous caresser contre lui...

— Comment voulez-vous que je prête attention à un avorton comme votre mari — et elle parlait avec mépris — si je devais me frotter à quelqu'un, ce serait à un vrai homme... celui-là, tenez, c'est un homme... (Et elle prit le bras de son ami comme on prend un jambon dans une charcuterie pour le montrer à un client :) le voilà le bras auquel je me frotterais... regardez ces muscles... et s'il est fort !

A son tour l'homme s'approcha de moi et me dit, menaçant :

— Ça suffit maintenant... allez-vous-en... ça vaudra mieux pour vous...

— Qu'est-ce que vous dites ? criai-je exaspéré, me

dressant sur la pointe des pieds pour me mettre à son niveau.

La scène qui suivit, je me la rappellerai toute ma vie. A ma question, l'homme ne répondit rien, mais tout à coup il me prit sous les aisselles et me souleva en l'air comme un fétu. En face des cages, comme je l'ai dit, sur une litière de paille, se trouvaient les animaux domestiques. Et juste derrière nous il y avait toute une famille d'éléphants : père, mère et enfant, celui-ci plus petit mais au moins aussi haut qu'un cheval. Les pauvres bêtes restaient dans l'ombre, oreilles et trompes pendantes, leurs croupes sombres serrées l'une contre l'autre. Le bravache donc me souleva et brusquement me déposa sur la croupe du plus petit éléphant. La bête crut sans doute que le moment était venu de se présenter dans le cirque et prit le petit trot, moi, en croupe, le long des cages. Tous les gens prirent la fuite. Ida courut derrière moi en criant et moi, à califourchon sur le petit éléphant, après avoir vainement tenté de m'agripper à ses oreilles, arrivé au bout du passage, je glissai et tombai à terre, me heurtant la nuque.

Ce qui se passa ensuite, je ne le sais pas car je m'évanouis et, quand je revins à moi, je me retrouvai à l'infirmerie de secours, avec Ida assise à mes côtés, qui m'étreignait la main. Un peu plus tard, dès que je me sentis mieux, nous retournâmes à la maison, sans voir la seconde partie du spectacle.

Le jour suivant je dis à Ida :

— C'est ta faute... tu m'avais monté la tête, en me faisant croire que j'étais Dieu sait quoi... au contraire, cette femme disait la vérité : je ne suis qu'un avorton.

Mais Ida me prit par le bras et me regardant :

— Tu as été magnifique... Il a eu peur, lui, c'est pour cela qu'il t'a mis sur l'éléphant... et tu sais, à cheval sur l'éléphant tu étais épatant... c'est dommage que tu sois tombé !

Ainsi, il n'y avait rien à faire. Pour elle j'étais une chose... Pour les autres, j'en étais une autre... Mais comment savoir ce que peuvent voir les femmes quand elles aiment ?

L'INTERMÉDIAIRE

En montant le grand escalier, Antonio, le majordome, m'avertit :

— Ne te fais pas d'illusions, tu ne gagneras pas grand-chose avec la princesse, car elle est avare à ne pas le croire ; depuis que son mari est mort, elle a pris la passion d'administrer sa fortune et ne laisse ce soin à personne.

— Par exemple !... elle est vieille, alors ? questionnai-je au hasard.

— Vieille !... Elle est jeune et belle... elle a autour de vingt-cinq ans... à la voir, on croirait un ange... eh, eh !... les apparences trompent...

— Bah ! répondis-je, elle pourrait être le diable, moi, je ne veux que ce qui m'est dû... je sers d'intermédiaire, la princesse a un appartement à vendre... je le lui vends... je touche mon pourcentage et au revoir...

— Oh non ! ce n'est pas si simple... tu n'as pas fini d'en voir... attends, je vais l'avertir.

Il me laissa dans l'antichambre et s'en fut prévenir la princesse qu'il appelait « Excellence » comme si elle était un homme. J'attendis un moment dans cette pièce d'un froid glacial propre aux palais anciens, avec des murs recouverts de tapisseries et un plafond peint à fresques. Puis Antonio vint m'informer que Son Excellence m'attendait. Nous traversâmes une enfilade de salons et dans un salon plus vaste que les autres, dans l'embrasure d'une fenêtre, je la vis, assise devant un secrétaire, en train d'écrire. Antonio s'approcha et dit respectueusement : « Voici M. Proietti, Excellence. » Elle répondit : « Avancez, avancez, Proietti » sans lever les yeux. Tout en approchant, je pus l'examiner à mon aise et dus reconnaître qu'Antonio n'avait pas exagéré en la comparant à un ange. Elle avait un fin visage, blanc, délicat, doux, avec des cheveux noirs et de longs cils sombres qui lui ombrageaient les joues. La bouche était petite avec une lèvre supérieure plus épaisse, une vraie rose. Le nez, très légèrement retroussé, était mince, transparent, comme habitué à ne sentir que des parfums. Mon regard enveloppa la silhouette : elle avait une robe noire avec un corsage ajusté, les flancs et la poitrine développés, une taille de guêpe qu'on pouvait entourer des deux mains. Elle écrivait : sa main était blanche, maigre, élégante, avec un diamant à l'index. Puis elle leva les yeux sur moi et je vis qu'ils étaient magnifiques : énormes, sombres, à la fois veloutés et transparents. « Eh bien, Proietti, dit-elle, allons-nous voir l'appartement ? »

Sa voix était douce et caressante. Je balbutiai : « Oui, princesse. » « Venez, Proietti, par là », dit-elle en prenant une grosse clé de fer.

Nous retraversâmes tous les salons. Dans l'antichambre elle dit à Antonio qui accourait pour lui ouvrir la porte : « Antonio, dites un peu à ceux d'en bas, du chauffage central, qu'ils ne mettent plus de charbon... on suffoque de chaleur là-dedans. » Et je m'étonnai car l'antichambre, ainsi que les autres pièces, était glaciale. Nous prîmes le grand escalier, elle devant, moi derrière et je pus me rendre compte qu'elle était admirablement faite : grande, mince, avec des jambes élancées et cette robe noire faisant ressortir la blancheur de sa nuque et de ses mains. Après deux rampes du grand escalier, puis deux autres d'un escalier de service, nous nous trouvâmes, au fond d'une sorte de grenier, devant le petit escalier de fer en colimaçon qui conduisait à l'appartement. Elle se mit à grimper et je la suivis en baissant les yeux car je savais que je voulais voir ses jambes et je m'y refusais, la respectant déjà comme une femme que l'on aime.

Nous entrâmes dans l'appartement qui consistait — je le vis tout de suite — en deux grandes pièces carrelées avec des fenêtres en mansarde, ouvertes très haut sous les combles. Une troisième pièce, de forme ronde, installée dans un belvédère, avait une porte-fenêtre donnant sur un balcon suspendu au-dessus d'un grand toit de tuiles brunes. Elle ouvrit la porte-fenêtre et sortit sur le balcon en me disant : « Venez, Proietti, regardez-moi un peu ce panorama ! » Effectivement, la vue était superbe : de ce balcon on découvrait toute la ville avec ses toits, ses coupoles et ses campaniles. La journée était claire et au fond du ciel bleu, entre les toits, on pouvait apercevoir le globe de Saint-Pierre. Distrait, je regardais le panorama, mais en réalité je le voyais à peine, tout occupé que j'étais à penser à elle comme à une chose qui me préoccupait et que je ne pouvais oublier. Pendant ce temps, elle était rentrée dans la pièce et je me retournai en demandant machinalement : « Et les pièces de service ? — Vous voulez dire la salle de bains ? La voilà. » Elle ouvrit une petite porte que je n'avais pas remarquée et me montra une pièce rectangulaire, étroite et basse, sans fenêtre, dont on avait fait une salle de bains. Du premier coup d'œil je vis que les appareils sanitaires étaient de second choix, très ordinaires. Elle referma la porte et debout au milieu de la grande pièce, les mains dans les poches de sa jaquette, elle me demanda :

— Alors, Proietti, combien pensez-vous que nous pourrions demander ?

J'étais si préoccupé de sa beauté et du fait troublant de me trouver seul avec elle dans cette mansarde qu'un moment je restai sans paroles, me contentant de la regarder. Sans doute devina-t-elle ce qui se passait dans ma tête, car frappant le sol d'un petit pied nerveux elle ajouta :

— Peut-on savoir à quoi vous pensez ?

— J'étais en train de faire un calcul, dis-je rapidement. Il y a trois fenêtres, mais il n'y a pas d'ascenseur et l'acheteur aura beaucoup de travaux à entreprendre... Disons trois millions et demi.

— Mais, Proietti ! s'exclama-t-elle en élevant la voix, Proietti, moi qui pensais demander sept millions...

J'avoue que, sur le moment, je fus abasourdi. Ce mélange de beauté et d'affairisme me déconcertait. Je balbutiai enfin :

— Princesse, à sept millions, vous ne trouverez aucun acquéreur.

— Mais nous ne sommes pas ici aux Parioli... cette maison est un palais historique... et en plein centre de Rome.

Bref, nous discutâmes un certain temps, elle debout au milieu de la pièce, moi à quelque distance pour ne pas être induit en tentation. Je parlais, je parlais, mais au fond je ne faisais que penser à elle et faute de mieux je la dévorais des yeux.

A la fin, et de mauvaise grâce, elle se laissa convaincre que quatre millions représentaient déjà une grosse somme. En effet, si l'on calculait à un million les réparations à faire, en ajoutant les taxes et tout le reste, l'appartement reviendrait à l'acquéreur à près de six millions. Comme j'avais déjà le client, je lui dis que l'affaire était faite et je pris congé.

Le lendemain, je me présentai au palais en compagnie d'un jeune architecte qui cherchait précisément quelque chose de pittoresque et d'original. La princesse prit sa clé et lui montra l'appartement. L'architecte discuta un peu le prix, puis finit par accepter la somme fixée : quatre millions.

Mais le matin suivant, de bonne heure, puisque 8 heures n'avaient pas encore sonné, ma femme vint me réveiller en me disant que la princesse m'appelait au téléphone. J'avais les yeux pleins de sommeil mais la voix si douce qui me parlait me parut une musique. Je l'écoutai en pyjama, les pieds nus sur le carrelage, tandis que ma femme, à genoux, m'enfilait mes pantoufles après m'avoir jeté un manteau sur les épaules. Je ne compris à peu près rien mais dans ce flot de paroles deux mots, tout à coup me frappèrent : « Cinq millions »...

— Princesse, dis-je aussitôt, nous nous sommes engagés pour quatre millions... nous ne pouvons nous rétracter...

— En affaire, les engagements n'existent pas... ou cinq millions ou rien.

— Mais, princesse, il va se défiler...

— Ne faites pas l'idiot, Proietti... cinq millions ou rien...

A dire vrai, ce terme d'« idiot » ne me sembla, prononcé par cette voix, ni vulgaire ni injurieux ; presque un compliment. Je répondis que j'agirais suivant sa volonté et tout de suite après téléphonai à mon client pour lui communiquer la nouvelle. Je l'entendis s'exclamer à l'autre bout du fil :

— Eh bien ! vous ne plaisantez pas, vous autres... un million de plus du soir au lendemain...

— Que voulez-vous que j'y fasse... j'ai des ordres.

— Bon... je verrai... je réfléchirai.

— Alors, vous me ferez savoir... ?

— Oui... je réfléchirai... nous verrons...

Moralité : on n'entendit plus parler de lui. C'est alors que commença la période la plus intime, si l'on peut parler ainsi, de mes rapports avec la princesse. Elle me téléphonait en moyenne trois fois par jour et chaque fois que ma femme me criait ironiquement : « C'est ta princesse, comme d'habitude ! » je me troublais comme s'il se fût agi d'une communication amoureuse. Amoureuse, ah bien ! oui ! Elle était attachée à l'argent incroyablement, intéressée, avare, obstinée et maligne plus qu'un usurier. Il faut avouer qu'à la place du cœur elle avait un coffre-fort ; elle ne voyait que l'argent, ne pensait qu'à l'argent. Et chaque jour, au téléphone, elle imaginait quelque chose de nouveau pour augmenter son prix ; ne fût-ce que d'un rien, cinq ou dix mille lires. Tantôt c'était la salle de bains pour laquelle il fallait compter la facture du plombier, tantôt c'était la vue ; un autre jour, le fait que l'autobus s'arrêtait devant la porte et ainsi de suite. Mais je ne bronchais pas sur le chiffre de cinq millions qui était déjà énorme et la preuve c'est que les acquéreurs possibles, à peine ce chiffre énoncé, prenaient la fuite.

Enfin, par un heureux hasard, je trouvai l'amateur : un industriel milanais qui voulait l'appartement pour y installer sa maîtresse. C'était un homme expéditif et pratique qui connaissait les affaires et le prix de l'argent : d'âge moyen, grand, avec une longue figure brune et une bouche garnie de dents en or. Il vint visiter l'appartement, examina tout avec soin et, sans autre compliment, déclara à la princesse :

— C'est une souricière... à Milan, nous y installerions une buanderie... cela vaut autant cinq millions que je suis turc... quand j'y aurai fait les travaux indispensables, comme de refaire les carrelages, la tuyauterie, ouvrir des fenêtres et changer cette camelote (il indiquait les appareils sanitaires de la salle de bains), cela arrivera à me coûter sept ou huit millions... tant pis... la loi du marché se règle sur l'offre et la demande... vous avez rencontré l'homme qui a besoin de cet appartement... vous avez donc raison.

Mais il eut tort de tenir ce discours, franc et brutal, d'homme d'affaires. Car il était à peine parti qu'elle me dit, désolée :

— Proietti, nous venons de faire une énorme erreur.

— Laquelle ?

— De ne demander que cinq millions... il en aurait bien payé sept.

— Princesse, répondis-je, je crains que vous n'ayez pas compris ce caractère : c'est un homme plein d'argent, c'est certain, qui tient à sa maîtresse, je n'en disconviens pas... mais pour payer plus que le prix fixé, il n'y a rien à faire.

— Vous ne savez pas ce que peut un homme pour la femme qu'il aime, dit-elle en me regardant de ces yeux merveilleux qui ne reflétaient que l'argent et l'intérêt.

Je me troublai et répondis :

— C'est possible, mais je suis convaincu du contraire.

Le jour suivant, le Milanais se présenta au palais, accompagné de son homme d'affaires, et à peine étions-nous assis que la princesse prit la parole :

— Signor Casiraghi, je regrette, mais j'ai réfléchi et ne peux plus vous laisser l'appartement pour le prix fixé hier.

— C'est-à-dire ?

— C'est-à-dire que j'en veux six millions.

Si vous aviez vu Casiraghi ! Il se leva avec une grande simplicité, dit : « Princesse, j'ai le plaisir et l'honneur de vous saluer », s'inclina et s'en alla. Quand il eut passé la porte, je dis :

— Vous avez vu ? Qui avait raison ?

Mais elle, nullement déconcertée :

— Vous verrez que nous trouverons un amateur, même pour six millions.

Je l'aurais volontiers envoyée au diable ; mais, hélas, j'étais trop amoureux... C'est sans doute parce que j'étais amoureux que je ne remarquai pas l'étrange comportement de l'acheteur que je lui trouvai quelques jours plus tard, pour cinq millions et demi. Devant l'importance de la somme, il n'avait pas soufflé mot. C'était un gentilhomme campagnard, un jeune homme grand et gros qui ressemblait à un ours et se nommait Pandolfi. Il me fut immédiatement antipathique, comme par pressentiment. Lorsque je le présentai à la princesse je compris aussitôt pourquoi il n'avait pas protesté. A ce qu'il paraît, ils avaient une quantité d'amis communs. Et il la regardait d'une façon qui ne laissait aucun doute. Comme à l'habitude nous examinâmes les trois pièces et la salle de bains, puis elle ouvrit la porte-fenêtre et sortit avec lui sur le balcon pour lui montrer le panorama. J'étais demeuré en arrière, dans la pièce et pus ainsi les observer. Tous deux s'appuyaient des mains sur la rampe et je vis alors la main du jeune homme s'approcher comme par hasard de celle de la princesse, puis la recouvrir, l'envelopper. Je me mis à compter tout bas et arrivai jusqu'à vingt. Vingt secondes d'attouchement, cela ne semble rien du tout ; eh bien, essayez de les compter. A vingt, elle, tout naturellement, délivra sa main et rentra dans la chambre. Lui, dit, en substance, que l'appartement lui convenait et partit. Nous demeurâmes seuls et, avec un sourire effronté :

— Vous voyez, Proietti ? Cinq et demi, mais nous monterons encore...

Le lendemain matin, je retournai chez elle qui m'attendait, assise à son secrétaire dans le salon. Elle me dit, tout excitée :

— Savez-vous, Proietti, ce que j'ai découvert hier en regardant le panorama avec votre client ?

J'aurais voulu lui répondre : « Qu'il est amoureux de vous » mais je me retins. Elle continua :

— J'ai découvert que, dans un coin, on voit une bonne partie de la Villa Borghèse... Proietti, il faut battre le fer pendant qu'il est chaud... aujourd'hui, nous allons demander six millions et demi au signor Pandolfi.

Avez-vous compris ? Elle savait que Pandolfi était amoureux d'elle et voulait spéculer là-dessus. Pour ces vingt secondes où il avait posé sa main sur la sienne, elle lui faisait payer un million tout rond, cinquante mille lires par seconde. Quel appétit !

Mais cette fois je comprenais qu'elle allait obtenir cette somme et j'éprouvai soudain à la fois de la rage, de la jalousie et du dégoût. Jusqu'alors je n'avais été que l'intermédiaire d'une affaire : maintenant elle me faisait devenir l'entremetteur d'une intrigue. Avant même de m'en rendre compte, je prononçai d'une voix forte : « Princesse, je sers d'intermédiaire, non d'entremetteur. » Et le rouge à la figure, je sortis à la hâte. Je l'entendis dire, même pas offensée : « Mais, Proietti, qu'est-ce qui vous prend ? » Et ce fut la dernière fois que j'entendis cette voix si douce.

Plusieurs mois après je rencontrai Antonio le majordome et lui demandai :

— Et la princesse ?

— Elle se marie.

— Avec qui ? Je parie qu'elle épouse ce Pandolfi qui a acheté l'attique ?

— Peuh !... Pandolfi... Elle épouse un prince méridional, un vieux qui pourrait être son grand-père... mais riche, on dit qu'il possède la moitié de la Calabre... en somme, l'eau va à la rivière...

— Est-elle toujours belle ?

— Un ange !

UNE BONNE SOIRÉE

Au fait, combien étions-nous ? Nous étions six. Deux femmes : Adèle, la femme d'Amilcar, et Gemma, leur nièce, de passage à Rome, et quatre hommes : Amilcar, Remo, Sirio et moi. Évidemment, la première erreur fut d'inviter Sirio qui, à cause de son ulcère à l'estomac, est irascible et prend feu pour rien. La seconde fut de laisser à Amilcar le choix du restaurant. Comme il devait payer pour trois et tenait à peu dépenser, il insista, lorsque nous nous retrouvâmes place de l'Indépendance, pour aller dans un café-restaurant, non loin de là ; le patron était de ses amis, on mangeait bien chez lui et il nous ferait des prix. Il eût fallu y penser plus tôt... Que peut-on trouver de convenable dans ces affreux quartiers autour de la gare ? Ce sont de ces coins de Rome où ne s'arrêtent que des étrangers de passage ou les conscrits des casernes de Macao. Donc nous nous mîmes en route par ces rues qui s'allongent, toutes droites, entre les casernes grises et il faisait un froid de janvier, sec et cuisant.

Amilcar, qui est porté sur la nourriture, ne cessait de répéter : « Ah ! mes enfants, je veux faire une bamboche numéro un... cette fois, j'entends manger et boire en oubliant foie, reins, estomac et autres boyaux... Je te le dis d'avance, Adèle, pour que tu ne commences pas tes habituelles doléances. — Oh ! quant à moi, dit Adèle, une femme aussi sèche et triste qu'il était gras et gai, fais donc... on en reparlera demain... » Pendant ce temps Remo plaisantait avec Gemma, une belle fille brune, et Sirio et moi commentions les dernières parties de football. Nous parcourûmes ainsi ces rues mornes baptisées de noms de bataille : Castelfidardo, Calatafimi, Palestro, Marsala et finalement entre deux globes lumineux éclairant l'enseigne *Taverne africaine*, ce fut le restaurant.

Cette gargote, nous nous en aperçûmes aussitôt, était vraiment moins que rien. Une première salle de café avec des tables de marbre pour y boire un verre. Puis une seconde salle, grande, divisée en deux par une cloison à mi-hauteur ; d'un côté la cuisine, de l'autre le restaurant à proprement parler, avec cinq ou six tables recouvertes de nappes. Quant au cadre, c'était l'habituelle pauvreté sordide des immeubles qui environnent la gare : sol recouvert de sciure, badigeon écaillé contre les murs, chaises et tables bancales, nappes trouées, raccommodées et sales par-dessus le marché. Mais ce qui nous frappa particulièrement ce fut le froid, intense, humide, un froid de grotte. Si bien que, en entrant, Sirio s'exclama : « Eh bien ! en fait d'Afrique... c'est l'endroit voulu pour attraper une pneumonie ! » Il faisait effectivement un froid pénétrant : dans le café, les buveurs devant leur table avaient conservé leur chapeau sur la tête et relevé le col de leur manteau ; lorsqu'on respirait on voyait dans l'air une petite buée comme si l'on était dans la rue. Nous nous assîmes à l'une des tables et le gargotier arriva tout de suite, un gros homme à la figure sombre, carrée, avec des yeux cernés et tristes. Amilcar, plein d'entrain, l'interpella : « Père Giovanni, vous vous rappelez de moi ? » Mais l'autre, sans sourire : « Je m'appelle Sérafino et non Giovanni et, pour dire la vérité, je ne vous reconnais pas... »

Amilcar parut dépité et l'assaillit de questions ; l'autre, fronçant les sourcils, incertain, finit par s'exclamer : « Ah ! j'y suis, c'est vous qui êtes venu le Jour de l'An pour manger des pieds farcis aux lentilles. » Amilcar répondit que le 1er janvier, il l'avait passé chez lui ; en somme, ils ne se reconnurent pas. Le patron tira enfin la carte du restaurant de sa veste blanche qui n'était qu'une tache, et nous demanda : « Que mangeront ces messieurs ? » Et la discussion sur les souvenirs en resta là.

Du premier coup d'œil nous vîmes que le menu n'avait rien de très réjouissant : pâtes, agneau ou poulet rôti, fromage et fruits. Pour ne pas perdre la face, Amilcar insista auprès du gargotier : « Mais vous avez bien votre spécialité : les *spaghetti à l'amatriciana*. » L'autre répondit que, en effet, il avait des spaghetti à l'amatriciana et nous commandâmes tous des hors-d'œuvre, des spaghetti et puis qui du poulet, qui du rôti d'agneau. Pour le dessert, nous verrions plus tard. Mais Sirio insista pour avoir un potage et le patron lui assura qu'il avait du bouillon de poulet. Puis il nous demanda quel vin nous désirions : blanc ou rouge, sec ou moelleux. Nous nous décidâmes pour du frascati sec et le patron nous apporta les bouteilles, les verres, le pain et les couverts enveloppés dans des serviettes, puis il passa dans la cuisine. Amilcar, réconforté, nous demanda : « Qu'en pensez-vous, hein ?... est-ce qu'on n'est pas bien ? » Nous nous regardâmes tous et finalement, interprétant le sentiment commun, Sirio répondit : « Quant à être bien, on verra... pour l'instant, j'ai l'impression d'être dans des latrines publiques... » La réponse déplut à Amilcar qui entama une discussion aigrelette : « Tu n'es qu'un trouble-fête... — Et toi, tu veux faire des économies. — Quand on a un ulcère à l'estomac on ne devrait pas aller au restaurant. — Mais toi, tu veux manger et ne pas dépenser... » et autres aménités de ce genre. Cependant le temps passait et nous, comme c'est l'habitude dans ce genre d'endroit, nous nous bourrions de pain et de vin en discutant de petits riens.

Il faisait terriblement froid, nous avions tous les pieds gelés et le derrière transi ; plus nous buvions de vin, sans doute parce que comme l'assurait Sirio il était baptisé, moins nous nous réchauffions. Amilcar finalement s'inquiéta et alla faire un tour à la cuisine d'où il revint peu après, l'air satisfait, pour annoncer que nous allions bientôt manger. Le patron apparut en effet avec les hors-d'œuvre ; nous regardâmes dans nos assiettes, quelle misère : deux tout petits artichauts, une minuscule tranche de jambon cru, une sardine. Sirio s'adressa alors à Amilcar : « Je sais celui qui ce soir ne la fera pas, la bamboche ! » et nous nous mîmes à manger, mais il fut unanimement déclaré que le jambon était salé en diable et immangeable. « C'est du jambon africain », fit Sirio qui semblait prendre plaisir à taquiner Amilcar. Les hors-d'œuvre restèrent dans les assiettes ; heureusement que les spaghetti arrivaient en renfort. Tout fumants, à cause de l'air froid, mais quand on y mettait la dent, ils se révélaient tièdes. Sirio, pendant ce temps, remuait son potage, avec sa manière bien à lui, comme s'il espérait y trouver des perles. Il appela le gargotier et avec le plus grand sérieux : « Êtes-vous chasseur ? » L'autre répondit qu'il ne comprenait pas et Sirio : « C'est que, dans ce bouillon, vous avez sûrement tiré un coup de fusil. — Que voulez-vous dire ? — Je veux dire que le bouillon a le goût de fumée. » Le gargotier protesta, mécontent : « Qu'est-ce que c'est que cette histoire de fumée... mon bouillon sentirait la fumée... la fumée, c'est vous qui l'avez dans la tête. » Et Sirio pâlissant et élevant la voix : « J'ai dit qu'il sent la fumée et vous devez me croire. » En grommelant le patron alla à la cuisine et en ramena la marmite pour nous montrer la viande qui avait servi à faire le bouillon. Tandis qu'à tour de rôle il nous montrait la marmite, il y eut un cri : « Ah ! il y a un asticot... ! » C'était Gemma, la nièce d'Amilcar, qui nous désignait quelque chose de noir dans les spaghetti. « Un asticot ? pensez-vous..., dit le patron, c'est un petit bout de lard qui a un peu brûlé... » Mais Gemma insistait : « Et moi je vous dis que c'est une bête... regardez, on voit toutes les petites pattes. » Le patron alla regarder et effectivement c'était bien un asticot. Il dit, en le pêchant avec une fourchette : « Vous savez, ça peut être tombé de la cheminée... ce sont des choses qui arrivent. » Et sans plus insister, il retourna à la cuisine avec sa marmite et son asticot. Nous nous regardâmes, ahuris. « Moi j'ai faim et je mange », déclara Amilcar en brandissant sa fourchette. Nous l'imitâmes, bien qu'avec répugnance. Seule Gemma prétendit que cela la dégoûtait et ne toucha pas au plat.

Le froid s'intensifiait et les spaghetti une fois finis nous allâmes reprendre nos manteaux pour nous en emmitoufler. Le patron revint et nous distribua rapidement nos portions de poulet et d'agneau. Le poulet était sec, un poulet de rôtisserie de quatrième ordre ; l'agneau tout en côtes, de la peau et du gras, et de plus, réchauffé du matin. Amilcar l'embrocha au bout de sa fourchette, le brandit en l'air et cria, furieux cette fois : « Mais c'est impossible de manger ça ! Patron... patron... » L'homme arriva avec sa grosse figure sombre et Amilcar l'interpella : « Voulez-vous me dire pourquoi vous vous êtes mis restaurateur ? — Et que voulez-vous que je fasse ? — Eh bien, n'importe quel autre métier : receveur d'autobus, balayeur, croque-mort, mais pas restaurateur... » Une querelle s'ensuivit, pas très âpre cependant car le patron, avec son humeur noire, n'était pas susceptible. Puis le cuisinier apparut à la porte de la cuisine, son bonnet sur la tête, appelant le patron qui nous quitta. « Chef ! cria Amilcar au cuisinier, tu nous a empoisonnés ! » Mais l'autre ne répondit pas et nous recommençâmes à nous battre avec nos côtes d'agneau et nos os de poulet.

Nous étions tous de mauvaise humeur, plus transis que si nous étions restés dehors, l'estomac plein de mauvaise nourriture mal cuisinée et plus mal encore digérée. Amilcar, qui désormais s'était aperçu de son erreur, voulut redresser la situation et commanda deux bouteilles de vin rouge et un panettone [1]. Ce furent les seules bonnes choses de la soirée, encore le gargotier n'en avait-il pas le mérite car les bouteilles étaient cachetées et le panettone venait de Milan. En buvant ce vin qui était du barbera et en mangeant ce gâteau, nous nous réchauffâmes un peu.

Entre-temps, la taverne s'était vidée et il ne restait plus qu'un groupe de jeunes gens assis à une table voisine de la nôtre, occupés à jouer aux cartes ; le patron et le cuisinier étaient venus se joindre à eux.

Remo, qui toute la soirée n'avait cessé de lutiner Gemma, tout excité par le vin, proposa alors de chanter quelque chose. C'était une de ses manies ; au dessert, il s'offrait toujours pour chanter et je ne dis pas qu'il n'eût une belle voix, mais ses chansons étant toujours les mêmes, nous les connaissions toutes. Ce soir-là c'était pour

1. Sorte de brioche serrée parsemée de raisins de Corinthe.

Gemma, nouvelle venue, qu'il voulait chanter et comprenant son intention nous abondâmes dans son sens. Pour comprendre ce que chanter signifie pour Remo, il faut que je vous le décrive : il est tout petit, avec des joues brunes et enluminées, un front bas recouvert de cheveux frisés, des yeux clignotants et injectés de sang. Mais si ce physique est un peu brutal, Remo, quand il chante, n'est jamais vulgaire, il serait plutôt mièvre. Il prend la main de sa voisine, se penche vers elle, ferme à demi les yeux et faisant une toute petite bouche il chante en sourdine d'une voix passionnée, traînante, cajoleuse. Et puis les rimes de ses chansons sont toutes en « our », amour, toujours, en « eur », douleur, cœur, ou bien en « on », passion, perdition, dévotion. Donc, ce soir-là, comme d'habitude, il s'empara de la petite main de Gemma et de tout près, contre son visage, il chanta pendant que, silencieux et un peu embarrassés, nous le regardions. Gemma souriait et, encouragé par ce sourire, après la première chanson, il en attaqua une seconde. Cependant, à la table à côté, ils avaient fait silence et nous contemplaient. Et puis ils commencèrent à rire entre eux et tout à coup l'un d'eux se mit à chanter en imitant Remo tandis qu'un autre, se cachant sous la nappe, émettait un miaulement. Remo ne s'en aperçut pas ou ne voulut pas s'en apercevoir. Mais à la troisième chanson comme les miaulements et les rires redoublaient, il s'interrompit en disant avec dignité :

— Ça suffit, il vaut mieux que je m'arrête...

Sirio qui n'avait rien à faire dans tout ceci, sauta sur l'occasion :

— Chante, fit-il, ne t'occupe pas des gens ignorants et mal éduqués... chante.

Comme à un signal, un petit blond, tout frisé, bas sur pattes, avec un tricot rouge qui lui montait jusqu'aux oreilles, se leva et vint se planter devant Sirio en demandant :

— Qui sont les gens ignorants et mal éduqués ?

Sirio est un type bilieux qui n'a peur de personne.

— Vous autres, répondit-il.

— Ah oui !... et pourquoi ?... nous sommes au café,

c'est un lieu public... nous sommes libres de faire ce qui nous plaît.

— Et nous aussi nous sommes libres de faire ce qui nous plaît... c'est pourquoi nous disons que ceux de votre table sont des ignorants et des mal éduqués.

Voilà que les deux autres convives et le patron et le cuisinier s'étaient levés aussi et s'approchaient à leur tour. A notre table au contraire, nous étions tous restés assis. Le petit blond fit : « Mais qui es-tu, que veux-tu ? Peut-on savoir à qui tu en as ? » et il levait la main en même temps comme pour attraper Sirio par sa cravate.

— Bas les pattes, répondit Sirio qui, debout lui aussi, nez à nez, lui rabattit la main d'un seul coup.

L'autre le saisit par les revers de sa veste si fort qu'il le fit chanceler. Les deux femmes poussèrent un cri strident ; Remo cria : « Allons-nous-en, nous n'avons rien à faire dans tout ça ! » La chose ne dura que quelques secondes : Amilcar se leva d'un bond, attrapa le petit blond par son tricot, à la poitrine et, le bourrant de coups, il l'entraîna jusqu'au fond de la salle. Coincé contre la glacière, le petit blond se protégeait d'un bras tandis qu'Amilcar le poussait de tout son poids en continuant à le frapper. Mais soudain, nous vîmes les larges épaules d'Amilcar basculer en arrière et nous le vîmes s'écrouler comme une masse, de tout son long par terre. Le blond, en pugiliste, lui avait assené un coup sec sous le menton et maintenant Amilcar gisait dans la sciure.

Cela finit comme cela devait finir : avec la garde qui prit nos noms, les deux femmes se lamentant, Amilcar soutenant son menton d'une main et jurant qu'il ne sortirait pas un sou de sa poche, Sirio, Remo et moi payant la note tandis que, de la cuisine, le gargotier criait : « Mais que diable venez-vous faire au restaurant ? Pourquoi ne restez-vous pas chez vous ? »

Comme nous sortions, une fenêtre s'ouvrit et quelqu'un lança dans la rue un petit paquet de détritus enveloppés dans un papier qu'Amilcar reçut sur la tête. « Excusez-moi, dit une petite voix, c'était pour les chats. » Des chats, il y en avait en effet toute une ribambelle, accroupis sur les pavés, qui attendaient que nous fussions partis pour s'approcher du paquet. Amilcar, qui avait perdu la tête, voulait retourner à la taverne, persuadé, on ne sait pourquoi, que le patron lui voulait du mal et nous dûmes l'emmener de force, le portant pour ainsi dire pendant qu'il lançait des invectives et tapotait son chapeau parsemé d'arêtes de poisson.

Une bonne soirée, en somme!

AU REVOIR

Portolongone est un vieux château perché sur un rocher qui surplombe la mer. Le jour où je fus libéré, un fort vent du sud-ouest soufflait à vous couper la respiration et, dans le ciel balayé, le soleil était aveuglant. Était-ce le vent, le soleil ou encore l'ivresse de la liberté, mais je me sentais tout étourdi. Aussi en traversant la cour où le directeur, debout dans le soleil, parlait à un geôlier, je ne pus m'empêcher de lui crier : « Au revoir, monsieur le Directeur ! » Je m'en mordis aussitôt les doigts car Dieu sait si cet au revoir était inopportun ; on eût pu croire que j'avais l'intention de revenir ou la ferme conviction que ce retour était inévitable. Le directeur — un brave homme — sourit et corrigea en me faisant un geste de la main : « Adieu, veux-tu dire ! » Et je répétai : « Oui, adieu, monsieur le Directeur ! » mais trop tard car la bêtise était dite et je ne pouvais la rattraper.

Cet au revoir continua à résonner à mes oreilles pendant tout mon voyage et même à Rome quand je me retrouvai chez moi. Peut-être fût-ce à cause de l'accueil : affectueux bien sûr de la part de maman, mais, de la part des autres, pire que je ne me l'étais imaginé. Mon frère — un garçon sans cervelle — était sur le point de sortir pour sa partie de football et se contenta de me dire : « Eh ! bonjour, Rodolfo. » Ma sœur, cette harpie fanfreluchée, s'enfuit littéralement de la chambre en criant qu'elle s'en irait si je restais à la maison. Quant à mon père, qui ne parlait jamais, il se borna à me rappeler que mon poste m'attendait à la menuiserie et que, si je voulais, je pouvais commencer à travailler le jour même. Puis tous s'en allèrent et je restai seul avec maman. Elle faisait la vaisselle à la cuisine. Debout devant l'évier, toute petite et débraillée, ses cheveux gris en désordre, les pieds enfilés dans d'énormes pantoufles de feutre, à cause de ses rhumatismes, elle se mit, tout en rinçant les assiettes, à me faire un sermon qui, à dire la vérité, quoique plein de bonnes intentions, était pire pour moi que les hurlements de ma sœur et l'indifférence de mon père et de mon frère.

Et que me disait-elle ? Ces mêmes choses que disent toutes les mères, sans tenir compte, comme d'habitude, que dans le cas présent, le bon droit était de mon côté, car j'avais frappé pour me défendre et j'aurais pu le démontrer au procès sans ce faux témoignage de Guglielmo. « Mon cher fils, tu vois à quoi mène la violence ? Écoute ta mère qui est la seule à t'aimer et qui a souffert de ton absence plus que la Madone des Sept-Douleurs... Écoute-moi... Ne sois plus violent... dans la vie, mieux vaut subir cent fois que nuire une seule fois... ne sais-tu pas que celui qui se sert de l'épée périt par l'épée... même si tu as toutes les raisons pour toi, par la violence, tu te mets dans ton tort... Jésus, on lui a bien fait violence, en le mettant en croix, mais il a pardonné à tous ses ennemis... et tu voudrais être plus que Jésus... » et ainsi de suite. Que pouvais-je lui dire ? Qu'elle ne voyait pas juste : la violence, c'est moi qui l'avais subie, la faute était entièrement à cette saleté de Guglielmo ; c'est l'autre qui aurait dû aller en prison. Mais je préférai me taire, me levai et m'en allai.

J'aurais pu me rendre à la menuiserie, rue Saint-Théodore, où mon père m'attendait avec les autres compagnons. Mais je ne me sentais pas le courage d'aller, le jour même de mon retour et comme si rien ne s'était passé, reprendre ma veste à un clou pour enfiler ma blouse dont les taches de colle et de graisse dataient de deux ans auparavant. Et puis je voulais jouir de la liberté, sans souci ; revoir Rome, penser à mes affaires. Aussi décidai-je que, pour ce jour-là, j'irais me promener, remettant le travail au lendemain. Nous habitions du côté de la rue Giulia. Je me dirigeai vers le pont Garibaldi.

En prison, je pensais que, une fois revenu à Rome, libre, les choses m'apparaîtraient différentes, au moins les premiers jours, différentes d'une façon particulière suivant le sentiment que j'éprouverais en les revoyant : plus allègres, neuves, belles, tentantes. Rien n'avait changé au contraire, comme si au lieu d'avoir été si longtemps à Portolongone, j'avais, supposons-le, passé quelques jours sur la plage de Ladispoli.

C'était une de ces journées de sirocco fréquentes à Rome : le ciel était d'un gris sale, l'air lourd et une torpeur accablée semblait peser jusque sur les pierres des maisons. Tout en cheminant, je retrouvais les choses pareilles à elles-mêmes, aujourd'hui comme autrefois, sans nouveauté et sans joie : les chats rassemblés au coin de la rue devant les petits tas de détritus, les vespasiennes, les graffiti, les « à bas » et les « vive un tel » sur les murs ; les femmes assises au seuil de leur boutique, bavardant, les jambes écartées ; les églises avec l'aveugle et l'estropié sur les marches ; les petites charrettes de figues sèches et d'oranges ; les kiosques à journaux avec leurs revues illustrées et leurs portraits d'actrices américaines. Quant aux gens, je leur trouvais à tous des figures antipathiques : l'un avait un nez trop long, l'autre la bouche tordue, celui-ci les yeux comme pochés, celui-là les joues tombantes. La même Rome enfin et les mêmes Romains ; tels je les avais laissés, tels je les retrouvais.

Arrivé au pont Garibaldi, je m'accoudai au parapet et regardai couler le Tibre : ce même Tibre avec ses eaux luisantes, gonflées et jaunes, les pontons amarrés des sociétés de sauvetage et l'habituel obèse en short en train de s'exercer à la rame fixe, sous les yeux des habituels badauds.

Pour me remonter le moral, je passai le pont dans l'idée d'aller à une certaine auberge de la ruelle « del Cinque », dont le patron, Gigi, était l'unique ami que j'eusse au monde. Je dis que j'y allais pour me remonter : en réalité, j'étais également attiré par la boutique de rémouleur de Guglielmo qui se trouvait non loin de l'auberge. Et en effet, à l'apercevoir de loin, mon sang ne fit qu'un tour et je me sentis à la fois brûlant et glacé, comme si j'allais m'évanouir.

A cette heure, l'auberge était déserte ; j'allai m'asseoir dans un coin dans l'ombre et appelai à voix basse Gigi qui, derrière le comptoir, lisait son journal. Il se leva, vint à moi et, me reconnaissant, m'embrassa avec élan, ne cessant de répéter qu'il était si heureux de me voir. Et je m'en sentis tout réconforté, car, maman mise à part, il était le premier chrétien qui depuis mon retour me montrât un peu d'affection. Je m'assis le souffle coupé, les yeux pleins de larmes et lui, après quelques phrases de circonstance :

— Qui diable m'avait dit, Rodolfo, que tu allais revenir ?... ah ! je sais : Guglielmo.

Je ne dis rien, mais à ce nom je me sentis bouleversé.

— Comment l'aura-t-il su ? poursuivit Gigi. Ce qu'il y a de sûr, c'est qu'il est venu me le dire avec une de ces figures !... Il avait peur... ça se voyait.

— Peur de quoi ? dis-je sans lever les yeux. N'a-t-il pas dit la vérité ? N'a-t-il pas fait son devoir de témoin ? Et puis les gendarmes ne sont-ils pas là pour le protéger ?

— Tu es toujours le même, Rodolfo... fit Gigi en me tapotant l'épaule. Pas changé pour un sou... Lui, il a peur parce qu'il connaît ton caractère... Il dit qu'il n'avait pas cru te faire du tort... On lui intimait de dire la vérité, alors il l'a dite. (Je ne soufflai mot ; et Gigi, après une pause reprit :) Tu sais, je suis vraiment désolé de voir deux hommes comme toi et Guglielmo se haïr et avoir peur l'un de l'autre... Dis, veux-tu que je le rassure... que je lui dise que tu ne lui en veux pas... que tu lui as pardonné ?

Je commençais à comprendre où il voulait en venir et répondis :

— Ne lui dis rien.

— Pourquoi ? s'informa-t-il prudemment. Tu lui en veux encore, après si longtemps ?

— Le temps n'existe pas, dis-je. Je suis arrivé d'aujourd'hui et, pour moi, c'est comme si ça s'était passé hier... pour les sentiments, le temps n'existe pas.

— Allons, allons, insista-t-il, n'aie pas d'idées

fixes... que t'importe... tu connais bien la chanson : oublions le passé et buvons un coup là-dessus.

— Quant à boire, je veux bien... apporte-moi un demi-litre... du sec.

Le ton était sec aussi et, sans plus insister, il se leva pour aller chercher le vin. Mais, en revenant, il ne voulut pas me verser tout de suite à boire et tenant le pichet de côté, comme s'il voulait me poser une condition, il me demanda d'un air sérieux :

— Dis, Rodolfo, tu ne voudrais pas faire une bêtise ?

— Verse et ne t'occupe pas d'autre chose.

— Réfléchis, insista-t-il, Guglielmo est un pauvre homme et il a de la famille, une femme et quatre enfants... il faut comprendre les choses.

— Verse, je te dis, et laisse mes affaires tranquilles.

Cette fois, il emplit mon verre, mais tout doucement et en me regardant.

— Prends un verre, lui dis-je, buvons ensemble... tu es mon seul et mon vrai ami.

Il accepta aussitôt, remplit un verre, s'assit et reprit :

— Justement parce que je suis ton ami, je vais te dire ce que je ferais à ta place : j'irais chez Guglielmo, spontanément, et je lui dirais : ne revenons pas sur ce qui a été, embrassons-nous en frères et n'en parlons plus. (Il tenait son verre à la hauteur de ses lèvres et me regardait fixement.)

— *Fratelli, coltelli*... répondis-je, tu connais bien le proverbe ?

A ce moment deux clients entrèrent et Gigi, après avoir vidé d'un trait son verre, me quitta pour les servir.

Je bus lentement mon demi-litre en réfléchissant. La pensée que Guglielmo avait peur ne me calmait pas, au contraire, elle allumait en moi je ne sais quelle fureur. « Le lâche, pensais-je, il a peur » et je serrai mon verre épais comme si c'était le cou de Guglielmo. Oui, c'était un lâche qui, après m'avoir fait condamner par son faux témoignage, s'adressait à Gigi pour que je lui pardonne. Mon demi-litre bu, j'en réclamai un autre. Gigi me l'apporta :

— Te sens-tu mieux ? As-tu réfléchi ?

— Oui, je me sens mieux, répondis-je, et j'ai réfléchi.

Tout en remplissant mon verre, Gigi observa :

— Dans ces choses-là, il faut aller prudemment... ne pas se laisser emporter par le sentiment ; tu es du côté du bon droit, ça ne se discute pas, mais c'est justement pour ça que tu dois te montrer généreux.

Je ne pus m'empêcher de remarquer, aigrement :

— Il t'a bien fait la leçon, Guglielmo...

Il ne se froissa pas et, sincère :

— Quelle leçon ? Vous êtes mes amis tous les deux... je voudrais que vous fassiez la paix... voilà tout.

Je me remis à boire et, sans doute sous l'effet du vin, ma pensée se reporta de Guglielmo sur moi-même et je revis en esprit tout ce qui s'était passé pendant ces deux ans, combien j'avais souffert, quelles avanies m'avaient été faites. Mes yeux s'emplirent de larmes et j'eus grand-pitié de moi et des autres, en même temps. J'étais un malheureux, le tort ni la raison n'avaient rien à y faire, j'étais malheureux comme tant d'autres, comme tout le monde... et Guglielmo aussi était un malheureux et Gigi et mon père et mon frère et ma mère et ma sœur : tous des malheureux ! Maintenant je voyais Guglielmo avec d'autres yeux et peu à peu j'en arrivai à penser qu'il avait peut-être raison et que je devais me montrer généreux en lui pardonnant. Cette pensée me donna une haute idée de moi-même ; je fus content qu'elle me soit venue, car si, dans ma tête, j'étais convaincu que le pardon vaut mieux que la vengeance, il fallait pour me décider que mon cœur me le suggère. Seulement je craignais que ces bonnes dispositions ne fussent de courte durée et sentais qu'il fallait agir sur-le-champ. J'avais fini de boire et appelai très fort :

— Gigi, viens ici... un moment.

Il vint et je me décidai :

— Au fond, Gigi, c'est toi qui as raison ; j'ai pensé à tout ça... si tu veux, je suis prêt, allons chez Guglielmo.

— Je te l'avais bien dit : un peu de réflexion et de vin honnête et le cœur parle.

Je ne répondis pas et, tout à coup, je me mis à pleurer, la figure entre mes mains. Je venais de me revoir à

Portolongone, dans l'atelier de la prison, sous ma livrée de détenu, en train de raboter des planches pour cercueils. Tout le monde travaillait à la prison et de l'atelier de menuiserie sortaient tous les cercueils de Portoferracio et les autres villes de l'île d'Elbe. Et je pleurais en pensant que, en travaillant à ces cercueils, je souhaitais souvent que l'un d'eux fût le mien.

— Allons, allons, dit Gigi en me frappant sur l'épaule, ne pense plus à tout ça... c'est fini maintenant. (Et il ajouta après un instant :) Allons, allons de ce pas chez Guglielmo ; vous vous embrassez en amis et puis vous venez boire ici le verre de la réconciliation.

J'essuyai mes larmes et dis :

— Allons chez Guglielmo.

Sortis de l'auberge, nous fîmes une cinquantaine de mètres et puis de l'autre côté de la rue, entre une boulangerie et un marbrier, je vis la boutique du rémouleur. Guglielmo non plus n'avait pas changé : petit, blême, grassouillet et chauve, avec cette figure mielleuse de Judas ou de sacristain, je le reconnus tout de suite ; il se tenait de profil, debout devant sa roue, et il était si occupé à aiguiser son couteau, le tournant et le retournant sous la goutte d'eau qui humidifiait la pierre, qu'il ne nous vit pas entrer. Au premier regard, je sentis que mon sang se révoltait ; non, il ne me serait pas possible de l'embrasser comme le voulait Gigi. Je lui aurais plutôt arraché l'oreille avec mes dents, presque malgré moi.

Et puis, Gigi, d'une voix triomphante, annonça :

— Guglielmo, voilà Rodolfo qui est venu te serrer la main... le passé est le passé...

Je vis Guglielmo pâlir et faire un geste comme s'il voulait se réfugier au fond de la boutique. Alors, tandis que Gigi nous encourageait : « Eh bien ! embrassez-vous et qu'on n'en parle plus », quelque chose me prit à la gorge et ma vue s'obscurcit.

— Lâche, tu as ruiné ma vie !

Et je me précipitai sur lui en essayant de le prendre par le cou. Il poussa un hurlement, en capon qu'il était, et courut au fond de la boutique. Il avait mal calculé, car devant ces étagères pleines de couteaux, un saint lui-même n'aurait pu résister. Et moi qui attendais cette minute depuis des années !

— Rodolfo ! criait Gigi, tiens-toi tranquille... retenez-le !

Guglielmo hurlait comme un porc qu'on égorge ; et moi, ayant saisi un couteau parmi tant d'autres, je m'élançai contre lui. Mon intention était de le frapper dans le dos, mais il se retourna pour parer le coup, et je l'atteignis en haut de la poitrine. Je levais déjà le bras pour porter un second coup, mais quelqu'un me saisit le poignet... Et je me retrouvai dehors, entouré de gens qui criaient et qui, dans la frénésie de la bagarre, cherchaient à me frapper.

« Au revoir. » J'avais dit au revoir au directeur de Portolongone et, en effet, le soir même je me retrouvai dans une cellule de Regina Cœli avec trois autres types. Pour me soulager, je leur racontai mon histoire ; alors l'un d'eux qui semblait plus instruit, remarqua :

— Mon pauvre vieux, quand tu lui as dit au revoir, c'était ton subconscient qui te faisait parler... tu savais déjà ce que tu allais faire.

Peut-être avait-il raison, lui qui parlait avec de si grands mots et savait même ce que c'est que le subconscient... Mais en attendant, j'étais pris, et cette fois, c'est à la liberté que j'avais dit au revoir.

SALON DE COIFFURE

Cela devait finir ainsi avec mon beau-frère Raimondo : je le regrette pour ma sœur, mais ce n'est pas moi qui suis à blâmer. Donc, le matin du premier jour de chaleur, après avoir fait un paquet de mon maillot et d'une serviette et l'avoir attaché à la selle de ma bicyclette, je me disposais à prendre l'escalier, ma bicyclette sur le dos, pour m'esquiver en cachette et aller à Ostie. Mais quand on parle de guigne... La première personne que je rencontrai sur le seuil, ce fut Raimondo, Raimondo lui-même entre tous ceux qui couchent à la maison. Tout de suite il lorgna mon paquet et demanda :

— Mais... où vas-tu ?

— A Ostie.

— Et le travail ?

— Quel travail ?

— Ne fais pas l'imbécile... tu iras à Ostie samedi... maintenant, allons au magasin.

Que voulez-vous ? Raimondo est un grand jeune homme robuste et je suis petit et frêle... Il me prit ma bicyclette de force, l'enferma dans un réduit et me prenant par le bras me poussa vers l'escalier en disant :

— Allons, ouste, il est tard...

— C'est encore trop tôt pour ce que nous avons à faire, répliquai-je.

Il ne répondit rien, mais je vis à son air que je l'avais piqué au vif. Avec l'argent de ma pauvre sœur, il avait ouvert une boutique de coiffeur, mais les affaires ne marchaient guère, elles marchaient même mal pour tout dire. Nous étions deux à la boutique, lui et moi ; mais pour les clients que nous avions, nous aurions aussi bien fait d'aller nous promener tous les deux en laissant le soin de la boutique à Paolino, le petit commis, pour empêcher au moins qu'on ne nous vole nos rasoirs et nos blaireaux.

Nous marchions en silence, sous le soleil déjà brûlant. La boutique était à peu de distance de la maison, en plein cœur de la vieille Rome, rue du Séminaire ; et là avait été la première erreur car personne ne passait dans cette rue d'un quartier de bureaux et de pauvres gens. Une fois arrivés, Raimondo leva le rideau de fer, enleva son veston pour passer une blouse et je fis de même. Paolino arriva à son tour et Raimondo lui mit aussitôt un balai dans les mains en lui recommandant de balayer avec soin, la propreté étant la première condition pour un salon de coiffure. On pouvait bien balayer... ce n'est pas à coups de balai qu'on change en or ce qui est en fer-blanc. Outre la rue peu commerçante, la boutique avait le désavantage d'être vraiment misérable : toute petite, avec des plinthes peintes en faux marbre, des fauteuils et des tablettes de bois blanc laqué de bleu, la faïence des appareils, achetés d'occasion, jaunie et écaillée, les serviettes cousues et brodées par ma sœur — du travail fait à la maison, cela se voyait de loin...

Donc, Paolino balaya le sol, bien ordinaire aussi avec son carrelage gris et pendant ce temps, Raimondo, allongé sur un fauteuil, fuma sa première cigarette. Le balayage terminé, Raimondo, d'un geste royal, donna vingt-cinq lires à Paolino pour aller acheter le journal et, le garçon revenu, il se plongea dans la lecture des nouvelles sportives. Ainsi commença la matinée : Raimondo en train de lire et de fumer, Paolino accroupi sur le seuil, occupé à tirer le chat par la queue ; et moi, assis sur le trottoir, m'abrutissant à observer la rue. Comme je l'ai dit, cette rue était peu fréquentée et, en une heure, c'est tout juste si j'y vis passer une dizaine de personnes, des femmes pour la plupart, qui revenaient du marché avec leur panier à provisions. Enfin le soleil, en tournant derrière les toits, pénétra dans la rue ; alors je rentrai dans la boutique et m'assis comme mon beau-frère sur un fauteuil.

Une demi-heure passa encore, toujours sans clients. Tout à coup, Raimondo jeta son journal, s'étira, bâilla et dit :

— Allons, Serafino, puisque les clients ne viennent pas, pour ne pas perdre la main, tu vas me faire la barbe.

Ce n'était pas la première fois qu'il me demandait de le raser, mais ce jour-là, avec cette idée qu'il m'avait empêché d'aller à Ostie, la chose me déplut plus que d'habitude. Sans répondre, j'attrapai une serviette et, de mauvaise grâce, la lui nouai brusquement sous le menton. Un autre aurait compris, lui non. Tout vaniteux qu'il est, il se penchait déjà pour se regarder dans la glace, s'examinant la barbe, se passant les doigts sur les joues.

Paolino, plein de zèle, me passa le plat à barbe, je fis ma mousse de savon et, agitant mon blaireau comme si je montais un sabayon, je barbouillai Raimondo jusqu'aux yeux. Je badigeonnais avec rage, aussi en quelques instants eut-il sur les joues deux énormes tas d'écume. Puis j'empoignai le rasoir et me mis à le raser à grands coups, de bas en haut, comme si j'avais voulu l'écorcher vif. Cette fois, il prit peur et me dit :

— Mais, doucement... qu'est-ce qui te prend ?

Je ne répondis pas mais, lui renversant la tête en arrière, d'un seul coup de rasoir j'enlevai toute la mousse depuis sa pomme d'Adam jusqu'à la fossette du menton. Il ne souffla mot, mais je sentis qu'il avait frémi. De la même manière je le rasai ensuite à rebrousse-poil, puis il se pencha au-dessus du lavabo et se lava les joues. Je l'essuyai avec de bonnes tapes qui, dans mon esprit, étaient autant de gifles et, à sa demande, je le poudrai copieusement de talc.

Je croyais en avoir terminé, mais lui, s'allongeant de nouveau :

— Maintenant, les cheveux.

Je protestai :

— Mais je te les ai coupés l'autre jour.

— C'est vrai... mais il faudrait resuivre le dégradé... les cheveux poussent...

Cette fois encore, je ravalai ma bile, secouai la serviette et la lui attachai de nouveau sous le menton. Il faut reconnaître que Raimondo a des cheveux magnifiques, épais, noirs et brillants, qui lui descendent jusqu'au milieu du front et qu'il coiffe en arrière en longues mèches lui descendant jusqu'à la nuque. Mais ce jour-là, je ne pouvais pas les voir, ces cheveux si beaux, et il me semblait retrouver en eux tout son tempérament de fanfaron, vaniteux et paresseux. Il me recommanda :

— Fais attention... rafraîchis, mais sans raccourcir.

— N'aie pas peur, grommelai-je entre mes dents.

Et tout en égalisant des pointes à peu près invisibles, je pensais à Ostie et une grande envie me prenait de tailler dans cette masse brillante à grands coups de ciseaux : si je ne le fis pas, c'est par amour pour ma sœur. Lui, il avait repris son journal et semblait se bercer du cliquetis de mes ciseaux comme du pépiement d'un canari. Au bout d'un moment, après avoir jeté un coup d'œil à la glace :

— Sais-tu, me dit-il, que tu as l'étoffe pour être un excellent coiffeur.

« Et toi, pour devenir un beau souteneur », aurais-je voulu lui répondre. Après avoir ainsi rafraîchi sa coiffure, je lui présentai le miroir pour lui montrer le travail ; en même temps je lui demandai d'une voix insinuante :

— Et maintenant, nous les lavons ces cheveux ou nous faisons une bonne friction ?

Je plaisantais, mais lui, l'air autoritaire :

— Friction.

Cette fois, je ne pus m'empêcher de m'écrier :

— Mais, Raimondo, nous n'avons en tout que six flacons et tu veux en gâcher un pour te faire faire une friction ?

Il haussa les épaules :

— Pense à ce qui te regarde... c'est pas ton argent, n'est-ce pas ?

J'aurais voulu répliquer : « Il est toujours plus à moi qu'à toi » mais je ne dis rien, toujours par affection pour ma sœur qui se meurt d'amour pour cet homme-là et j'obéis. Impudemment, Raimondo choisit son parfum : de la violette et me recommanda de bien lui frotter les cheveux et de lui masser le cuir chevelu de bas en haut, de la pointe des doigts. Pendant que je le massais il ne quittait pas la porte des yeux pour voir si un client n'allait pas entrer et interrompre cette bouffonnerie ; mais comme de coutume, il ne venait personne. Après la friction, Raimondo voulut de la brillantine, la meilleure, celle qui venait de France. Finalement il me prit le peigne des mains et se coiffa lui-même avec un soin inimaginable.

— Ah !... je me sens bien, fit-il en se levant de son fauteuil.

Je regardai ma montre : il était près d'une heure.

— Raimondo, dis-je, je t'ai fait la barbe, t'ai coiffé, frictionné... laisse-moi aller prendre un bain de mer... j'ai encore juste le temps.

Et lui, ôtant sa blouse :

— Je rentre manger à la maison... si tu t'en vas aussi, qui gardera la boutique ?... Écoute ce que je te dis, hein... tu iras à Ostie lundi.

Il enfila sa veste, me fit un signe d'adieu et s'en alla suivi de Paolino qui devait m'apporter mon déjeuner de la maison.

Demeuré seul, l'envie me prit de lancer des coups de pied dans les fauteuils, de briser les glaces et de jeter blaireaux et rasoirs dans la rue. Mais en pensant qu'après tout ces objets appartenaient à ma sœur, et un peu à moi de ce fait, je dominai ma colère et m'assis en attendant. Plus personne ne passait dans la rue. Sous le soleil, le pavé était aveuglant ; dans la boutique, les glaces disposées tout autour de moi me renvoyaient ma figure maussade et la vie de toutes ces images, jointe à la faim qui commençait à me tenailler, me faisait tourner la tête.

Heureusement Paolino arriva avec un plat enveloppé d'une serviette ; je lui dis qu'il pouvait rentrer chez lui et me retirai pour manger en paix dans l'arrière-boutique, un petit réduit que cachait une tenture transparente. Pendant ce temps, chez nous, Raimondo faisait le difficile en face de toutes les bonnes choses préparées par ma sœur ; mais moi, ayant dénoué la serviette, je ne trouvai qu'une portion de macaronis à demi froids, un petit pain et une fiole de vin. Je mangeai lentement, pour faire au moins passer le temps ; et tout en mangeant, je pensais que Raimondo avait trouvé le bon râtelier et que c'était un crime que ma sœur se soit amourachée de lui. Je venais à peine de finir qu'une voix me fit tressaillir :

— Je vous dérange ?

Je sortis en hâte de l'arrière-boutique. C'était Santina, la fille du concierge d'en face. Une petite brune, bien faite, avec un joli visage un peu large du bas et des yeux noirs pleins de malice. Elle venait souvent à la boutique, tantôt sous un prétexte, tantôt sous un autre ; et moi, naïf, je me figurais qu'elle venait pour moi. A cette heure, sa visite me fit plaisir ; je l'invitai à s'asseoir et elle s'installa dans un fauteuil : elle était si petite que ses pieds ne touchaient pas terre.

Nous nous mîmes à causer et moi, pour dire quelque chose, je lui dis que c'était vraiment le jour pour aller au bord de la mer. Elle soupira : elle y serait bien allée volontiers, malheureusement, elle devait cet après-midi, étendre le linge sur la terrasse...

— Voulez-vous que j'aille vous aider ? proposai-je.

— Sur la terrasse ?... avec moi... ce serait une folie... ce que maman me passerait ensuite !

Elle regarda autour d'elle, cherchant un sujet de conversation et finalement :

— Vous n'avez pas beaucoup de clients, n'est-ce pas ?

— Beaucoup ? Personne, vous voulez dire.

— Vous devriez ouvrir un salon de coiffure pour dames ; mes amies et moi nous y viendrions nous faire faire une permanente.

Voulant être aimable, je proposai :

— Une permanente, ce n'est pas de mon rayon... mais, si vous voulez, je pourrais vous parfumer avec le vaporisateur...

Elle, aussitôt, coquette :

— Oh ! oui... et quel parfum avez-vous ?

— De l'excellent parfum...

Je pris le vaporisateur et me mis à l'asperger un peu partout, par jeu, tandis qu'elle criait que je lui en mettais dans les yeux et se couvrait le visage de son bras. A ce moment apparut Raimondo.

— Bravo... je vois que vous vous amusez... fit-il d'un ton sévère sans nous regarder.

Santina s'était levée en s'excusant; je replaçai le flacon sur la console. Raimondo me dit :

— Tu sais bien que je ne veux pas de femmes dans la boutique... et puis le vaporisateur est pour les clients.

Santina protesta en minaudant :

— Signor Raimondo, je ne pensais pas faire mal...

Et elle s'en alla sans hâte. Je vis Raimondo lui lancer un long regard et j'en fus tout irrité car je venais de comprendre que Santina lui plaisait comme, à la façon dont elle lui avait répondu, l'idée m'était venue tout à coup qu'il lui plaisait aussi. Je grommelai, de mauvaise humeur :

— Une friction à la violette pour toi, oui... mais un nuage de parfum pour une fille qui m'a, elle au moins, tenu compagnie, non... il y a décidément ici deux poids et deux mesures...

Raimondo ne répondit pas et s'en fut ôter sa veste dans l'arrière-boutique. Ainsi commença l'après-midi.

Deux heures passèrent, deux heures de chaleur et de silence. Raimondo avait commencé par dormir, la figure congestionnée, la bouche ouverte, ronflant comme un porc; et puis il s'éveilla et pendant une bonne demi-heure, s'amusa à se couper les poils du nez et des oreilles. Enfin, ne sachant plus que faire, il s'offrit à me faire la barbe. Or, s'il était une chose qui me déplaisait plus que de le raser, c'était de me faire raser par lui. Tant que je faisais le garçon et qu'il me demandait mes services, cela me semblait dans l'ordre, mais que lui, le patron, se mette à me raser, c'était vraiment avouer que nous étions deux malheureux sans un chat qui vînt se servir chez nous. Pourtant, comme je m'ennuyais, moi aussi, à ne rien faire, j'acceptai son offre. Et déjà il m'avait enlevé toute la mousse de savon sur une joue et s'apprêtait à en faire autant pour l'autre lorsque, de la rue, la voix de Santina se fit de nouveau entendre :

— Je vous dérange ?

Nous tournâmes la tête, moi avec ma figure à moitié savonneuse, Raimondo avec son rasoir en l'air : Santina, un pied sur le seuil, souriante, provocante, portant sur sa hanche son panier plein de linge essoré nous regardait.

— Excusez-moi, dit-elle, sachant qu'à cette heure vous n'avez pas de clients, j'ai pensé : peut-être que le signor Raimondo qui est si fort m'aiderait à porter sur la terrasse cette corbeille de linge ? Vous m'excuserez...

Ah ! si vous aviez vu Raimondo ! Il posa le rasoir, me dit : « Serafino, tu finiras de te raser toi-même », jeta sa blouse par terre et, comme une flèche, fila avec Santina. Je n'eus pas le temps de recouvrer mes esprits que déjà ils avaient disparu sous la porte cochère du palais d'en face, riant tous deux et se lutinant.

Alors, sans hâte puisque je savais que j'avais le temps, je finis de me raser, me lavai, m'essuyai, puis j'ordonnai à Paolino :

— Va à la maison et dis à ma sœur Giuseppina de venir tout de suite ici... va, cours...

Au bout de peu de temps Giuseppina arriva, essoufflée, tout alarmée. En la voyant si mal bâtie et laide, la pauvre petite, avec cette envie, cette tache vineuse qu'elle a sur la joue et qui explique si bien toute l'histoire de la boutique montée avec son seul argent, j'eus pitié et faillis ne rien lui dire. Mais désormais il était trop tard et je voulais me venger de Raimondo.

— Ne t'affole pas, lui dis-je, ce n'est rien... c'est seulement Raimondo qui est allé sur la terrasse pour aider la fille du portier d'en face à étendre son linge.

— Misère de moi ! fit-elle, eh ! bien, il va m'entendre...

Et elle traversa la rue en toute hâte.

J'ôtai ma blouse, passai mon veston et baissai le rideau de fer. Mais avant de m'en aller, je plantai un écriteau que nous avions trouvé dans le matériel de nos prédécesseurs et qui en lettres imprimées portait ces mots : FERMÉ POUR DEUIL DE FAMILLE.

PLUIE DE MAI

Un de ces jours, je retournerai à Monte-Mario, à l'Auberge des Chasseurs, mais avec mes amis, ceux du dimanche, qui jouent de l'accordéon et dansent entre eux faute de filles. Seulement, je n'en aurai jamais le courage. Parfois, la nuit, je vois en rêve les arbres touffus qui s'égouttent sur les tables et, à travers les frondaisons, les nuages blancs qui passent et, sous ces nuages, le panorama des maisons de Rome. Il me semble alors entendre la voix de l'hôtelier, Antonio Tocchi, comme je l'entendis ce matin-là, montant, furieuse, de la cave et criant : « Dirce ! Dirce ! » Et je crois la revoir, elle, qui me jette un regard de connivence avant de descendre à la cave de son pas dur, résonnant sur les marches.

J'étais tombé là par hasard en venant du pays ; et quand ils m'offrirent une place de valet au pair, je pensai : « Si je n'ai pas d'argent, au moins serai-je en famille. » Une famille, ah bien oui, au lieu d'une famille, ce fut l'enfer que je trouvai. L'hôtelier était rond et gras comme une motte de beurre, mais c'était une mauvaise graisse, acide. Il avait une large face blême toute en petits plis à cause de sa graisse et de petits yeux pointus comme ceux des serpents : toujours en gilet et manches de chemise, avec une casquette grise, baissée sur ses yeux. Quant au caractère, la fille, Dirce, ne valait pas mieux que son père, dure elle aussi, mauvaise, âpre, mais belle : une de ces petites femmes musclées, bien faites, qui battent le sol de la hanche et du pied comme pour affirmer : « Cette terre m'appartient. » Elle avait un visage large avec des yeux et des cheveux noirs et une pâleur de morte. Seule de la maison peut-être, la mère avait l'air d'une brave femme; elle pouvait avoir quarante ans mais en montrait soixante, maigre, avec un nez de vieille et des mèches pendantes; peut-être était-elle seulement stupide et on ne pouvait s'empêcher de le penser en la voyant debout devant ses fourneaux avec sa figure toute tirée dans un rire muet; quand elle se retournait on s'apercevait qu'elle n'avait plus qu'une ou deux dents et c'est tout.

L'auberge qui bordait la route portait une enseigne couleur sang de bœuf avec l'inscription : « Auberge des Chasseurs, propriétaire Antonio Tocchi » en lettres jaunes. Une allée conduisait aux tables sous les arbres, devant le panorama de Rome. La maison était rustique, toute en murs et presque sans fenêtres, avec un toit de tuiles. L'été était le meilleur moment; des gens y venaient depuis le matin jusqu'au milieu de la nuit : familles avec enfants, couples d'amoureux, hommes en groupes qui s'asseyaient aux tables, buvaient du vin et mangeaient la cuisine de Tocchi tout en regardant le panorama. Nous n'avions pas le temps de souffler : nous autres, les deux hommes, toujours en train de servir, les deux femmes toujours à cuisiner et faire la vaisselle et le soir, éreintés, nous allions nous coucher sans même nous regarder. Mais l'hiver, ou même durant la bonne saison quand il pleuvait, alors les choses se gâtaient. Le père et la fille se détestaient; détester est peu dire, ils se seraient tués. Le père était autoritaire, avare, stupide et, pour un rien, allongeait la main; la fille, dure comme une pierre, fermée, avait toujours le dernier mot; arrogante avec cela. Peut-être se détestaient-ils surtout parce qu'ils étaient du même sang et, on le sait, il n'y a rien de tel que les liens du sang pour se haïr, mais il y avait aussi des questions d'intérêt. La fille était ambitieuse : elle disait qu'ils possédaient en ce panorama de Rome un capital à exploiter qu'ils laissaient perdre. Elle aurait voulu voir le père construire une plate-forme cimentée pour le bal, louer un orchestre, suspendre des lanternes vénitiennes et transformer la maison en restaurant moderne qu'on appellerait Restaurant du Panorama. Mais le père n'avait pas confiance, étant avare et ennemi de la nouveauté et aussi parce que la proposition venait de sa fille et qu'il se serait fait égorger plutôt que de lui rendre raison. Les disputes entre père et fille survenaient toujours à table. Elle attaquait, avec méchanceté, cherchant à vexer pour des questions personnelles, par exemple parce que son père éructait en mangeant. Lui répondait par de gros mots et des jurons, la fille insistait et finissait par recevoir une gifle. Il faut dire qu'il devait éprouver du plaisir à la gifler car il faisait alors une drôle de figure, ses dents allant mordre sa lèvre inférieure et ses yeux se plissant. Mais pour la fille cette gifle était comme l'eau fraîche sur une fleur : elle en reverdissait de haine et de méchanceté. Alors le père la saisissait par les cheveux et la bourrait de coups. Verres et assiettes roulaient à terre. La mère, qui se mettait en travers, en attrapait pour son compte, mais comme une idiote, avec cet éternel rire sur sa bouche édentée. Moi, le cœur gonflé d'amertume, je sortais et allais me promener sur la grande route qui mène à Camillucia.

Je serai parti depuis longtemps si je n'étais tombé amoureux de Dirce. Je ne suis pas un type à m'amouracher facilement, je suis positif et les paroles et les regards ont peu d'effet sur moi. Mais quand une femme, au lieu de paroles et de regards, se donne elle-même, tout entière, en chair et en os et qui plus est par surprise, inopinément, alors on peut rester pris comme au piège et plus on s'efforce de se libérer, plus les pointes du piège vous entrent dans la chair. Dirce devait avoir eu cette intention avant même de me connaître — moi ou un autre c'était tout un pour elle — car, le jour même de mon arrivée, elle entra la nuit dans ma chambre où je dormais déjà. Et ainsi, entre veille et sommeil, si bien que je ne savais si c'était songe ou réalité, elle me fit passer brusquement de l'indifférence à la passion. Il n'y eut entre nous ni discours, ni coups d'œil, ni mains qui s'effleurent, aucun de ces subterfuges auxquels recourent les amoureux pour se dire leurs sentiments : tout se passa au contraire comme avec une femme de mauvaise vie, une femme de bas étage. Seulement Dirce n'était pas une fille de mauvaise vie, on la tenait même pour vertueuse et

fait amour?

altière et ce contraste fut précisément pour moi le piège où je restai pris.

Je suis d'un caractère patient, raisonnable, violent cependant et si l'on me chatouille par trop, le sang me monte facilement à la tête. Cela se voit déjà à mon physique ; blond avec une figure pâle, il suffit d'un rien pour que je devienne écarlate. Or, Dirce ne cessait de me harceler et je ne tardai pas à comprendre pourquoi : elle voulait me dresser contre son père. J'étais un lâche, disait-elle, de tolérer qu'en ma présence son père la gifle, la prenne par les cheveux ou même, comme c'était arrivé une fois, la jette à terre et la roue de coups de pied. Je ne dis pas qu'elle avait tort : j'étais son amant et je devais la défendre. Mais je comprenais que son but était autre : entre la rage qu'éveillait en moi cette insulte de lâche et la rage de savoir qu'elle s'en servait avec intention, je n'en pouvais plus. Et puis un beau jour, ce fut une autre chanson : comme ce serait bon de pouvoir s'épouser et de le monter, ce Restaurant du Panorama, tous les deux seuls, elle et moi ! Elle devenait toute bonne, gentille, amoureuse, douce. Ce fut là le meilleur temps de notre amour ; je ne la reconnaissais plus, mais je pensais : elle cherche à m'amadouer. Et en effet, son ton changea une troisième fois. Elle me confia que, mariés ou non, nous n'avions rien à espérer tant que vivrait son père, et enfin elle déclara crûment qu'il fallait nous en débarrasser. Ce fut comme la première nuit où elle était entrée dans ma chambre, sans préparation, sans feintes : elle jeta ce propos et s'en fut me laissant tout seul à mes réflexions.

manipulation par l'amour ?

Le jour suivant, je lui dis qu'elle se trompait en croyant que j'allais l'aider pour une telle chose et elle me répondit que, dans ce cas, je n'avais qu'à prendre mes dispositions pour m'en aller sur-le-champ, car je n'existais plus pour elle. Et elle tint parole : de ce jour, c'est à peine si elle me regarda. Nous ne nous parlions pour ainsi dire plus et, par contrecoup, comme si la faute en incombait au père, je me mis à le haïr. Il se trouva que, à cette époque, le patron se livrait chaque jour à de nouveaux méfaits et semblait faire exprès de se rendre odieux. Nous étions en mai, une belle saison les autres années, où les gens montaient à l'auberge pour boire du vin et manger des fèves fraîches ; mais au contraire il ne faisait que pleuvoir à verse sur la campagne verte et drue ; à l'auberge il n'y avait pas un chat et le patron ne décolérait pas. Un matin, à table, il repousse son assiette en criant : « C'est exprès que tu me sers cette sale soupe brûlée ! » Et elle : « Si je faisais exprès, j'y aurais versé du poison ! » Il la regarde et la gifle avec une telle violence qu'il fait sauter un de ses peignes. Nous étions dans une quasi obscurité à cause de la pluie et, dans la pénombre, le visage de Dirce avait la blancheur et la fermeté du marbre ; ses cheveux, du côté où le peigne était tombé, se défaisaient lentement, lentement comme des serpents qui se réveillent. « Mais, veux-tu la laisser tranquille une bonne fois ? dis-je à Tocchi. — Ce ne sont pas tes affaires », répondit-il étonné car c'était la première fois que j'intervenais. J'éprouvai alors un certain sentiment de vanité, comme si je défendais un être faible, ce qui n'était pas précisément le cas ; et je pensais que j'allais peut-être ainsi la reconquérir, que c'était mon unique chance, aussi je poursuivis d'une voix forte : « Laisse-la, as-tu compris, je ne te permets pas... » J'étais rouge de fureur, le sang aux yeux et, sous la table, je sentis la main de Dirce prendre la mienne ; je compris alors que j'étais tombé dans le piège, mais désormais il était trop tard. Le patron se leva : « Veux-tu voir, fit-il, si je vais t'en donner une à toi aussi ? »

Il m'attrapa la joue, un peu de biais et je saisis un verre, lui lançant tout le vin à la face. Je puis dire que j'avais pensé depuis un mois à ce verre et à ce vin, tant ce geste me soulageait et tant je haïssais Tocchi. Maintenant, il avait le vin sur la figure et moi j'avais fait ce geste ; je m'échappai rapidement par l'escalier et je l'entendis hurler : « J'aurai ta peau, tu sais, vagabond, clochard ! » Alors je fermai la porte de ma chambre et allai à la fenêtre regarder la pluie qui tombait ; dans ma fureur, j'avais pris un couteau dans le tiroir et le plantai sur le rebord de la fenêtre avec tant de force que la lame se rompit.

Mais voilà, nous étions là-haut, sur ce Mont Mario de

malheur et alors que, à Rome, je n'aurais sans doute pas accepté ce projet, là-haut tout devenait naturel et ce qui me paraissait impossible la veille était déjà décidé le jour suivant. Dirce et moi nous nous mîmes d'accord et convînmes ensemble du moyen à employer, du jour et de l'heure. Tocchi, chaque matin, descendait à la cave chercher du vin pour la journée en même temps que Dirce qui portait la dame-jeanne. La cave était souterraine et pour y descendre on se servait d'une petite échelle montée sur une armature métallique et qui avait sept échelons. Nous décidâmes que j'irais les rejoindre et que, tandis que Tocchi se baissait pour tirer le vin, je l'assommerais avec une courte pelle de fer qui servait à attiser le feu. Puis nous retirerons l'échelle ; pour les autres il pourrait être tombé et s'être fracturé le crâne. Moi, je voulais et je ne voulais pas. Pris de rage, je déclarai : « Si je fais cela, c'est pour te montrer que je n'ai pas peur... mais après, je m'en irai et ne reviendrai plus. — Alors, fit-elle, il vaut mieux ne rien faire et t'en aller tout de suite... je t'aime et ne veux pas te perdre... ! » Elle savait, au besoin, feindre la passion ; aussi déclarai-je que je ferais ce qu'elle voulait et que je resterais ensuite et que nous ouvririons notre restaurant.

Le jour fixé, Tocchi ordonna à Dirce de prendre la dame-jeanne et se dirigea vers la porte de la cave, au fond de l'auberge. Comme les jours précédents il pleuvait et, dans la maison, il faisait sombre. Dirce prit la dame-jeanne et suivit son père ; mais avant de descendre, elle se retourna et me fit clairement un signe d'intelligence. Sa mère, qui se tenait devant le fourneau, vit le geste et demeura la bouche ouverte en nous regardant. Je me levai de table, allai au fourneau et, passant devant la mère, m'emparai d'un tisonnier sous le manteau de la cheminée. Elle me regardait, regardait Dirce, mais nous comprenions bien qu'elle ne parlerait pas. De la cave le père appela : « Dirce ! Dirce ! » Et elle répondit : « Je viens. » Je me souviens qu'elle m'enchanta physiquement pour la dernière fois pendant qu'elle se dirigeait vers l'escalier, de sa démarche dure et sensuelle, en pliant son cou rond et blanc pour passer sous la poutre.

A ce moment, la porte qui donnait sur le jardin s'ouvrit et un homme entra avec un sac tout mouillé sur le dos. Sans me regarder, il me demanda: « Jeune homme, peux-tu me donner un coup de main? » Machinalement, portant toujours mon tisonnier, je le suivis. Tout à côté, dans une ferme, on construisait une étable; un char chargé de pierres s'était embourbé en passant la grille et le cheval ne pouvait s'en sortir. Le charretier, un homme laid et mal bâti, plus animal qu'humain, me parut hors de lui. Je posai mon tisonnier contre la borne, mis deux pierres sous les roues et poussai pendant que le charretier tirait le cheval par la bride. Il pleuvait à torrent sur les haies de sureau vertes et touffues et sur les acacias en fleur qui sentaient fort; le char ne bougeait pas et le charretier jurait. Il prit son fouet et du manche frappa le cheval; puis, fou de colère, il saisit le tisonnier que j'avais posé contre la borne. On le sentait hors de son bon sens, non à cause du char, mais de sa vie tout entière et on voyait qu'il détestait ce cheval comme un être humain. Je pensai: « Il va l'assommer. » Et j'allais crier: « Non, lâche ce tisonnier! » mais je pensai soudain que, s'il tuait l'animal, j'étais sauvé. Il me semblait que toute ma fureur était en train de passer dans le corps de ce charretier qui avait l'air d'un fou; il se rua en effet sur les brancards, tira encore, puis frappa le cheval à la tête avec mon tisonnier. Au coup, je fermai les yeux et vis que le cheval était tombé sur les genoux tandis que l'homme continuait à le frapper, non pour le faire lever cette fois, mais bien pour le tuer. Le cheval versa sur le côté, ses jambes s'agitèrent faiblement en l'air et puis il abandonna sa tête dans la boue. Haletant, le visage convulsé, le charretier jeta le tisonnier et s'en vint secouer le cheval, mais sans conviction; il savait bien qu'il l'avait tué. Je passai à côté de lui, sans même le frôler et je me mis à marcher sur la grand-route. Le tram pour Rome passa et j'y montai en marche, puis je jetai un coup d'œil derrière moi et, pour la dernière fois, je vis l'enseigne « Auberge des Chasseurs, propriétaire Antonio Tocchi » parmi le feuillage de mai tout lavé de pluie.

LES BIJOUX

Lorsqu'une femme s'introduit dans un groupe d'amis, vous pouvez être certain que le groupe ne tardera pas à se dissocier et que chacun bientôt s'en ira de son côté.

Nous étions, cette année-là, un groupe de jeunes gens assortis de façon rare, toujours unis, toujours d'accord, ne nous quittant jamais. Tous nous gagnions largement notre vie, Tore, avec son garage, les deux frères Modesti avec leur métier de chevillards, Pipo Morganti avec sa charcuterie, Rinaldo avec son bar et moi avec les choses les plus diverses : à cette époque, j'étais dans la résine et les produits analogues. Bien qu'aucun de nous n'eût plus de trente ans, nous pesions tous entre quatre-vingts et quatre-vingt-dix kilos : de bonnes fourchettes, comme on dit. La journée, nous travaillions, mais à partir de 7 heures du soir, nous nous retrouvions d'abord au bar de Rinaldo, cours Vittorio, puis dans un restaurant avec jardin, du côté de l'Église Neuve. Nos dimanches, nous les passions ensemble, bien entendu : tantôt au stade, tantôt en promenade aux Châteaux, tantôt durant la saison chaude, à Ostie ou à Ladispoli. Nous étions six, mais on peut dire que nous ne faisions qu'un. Ainsi, par exemple, si l'un de nous prenait une lubie, les autres avaient tôt fait de l'imiter.

Pour cette histoire de bijoux, ce fut Tore qui commença. Un soir, il arriva au restaurant avec au poignet un bracelet-montre d'or massif : chronomètre avec gourmette large de trois doigts. Nous lui demandâmes qui le lui avait donné : « Le directeur de la Banque d'Italie », dit-il, nous laissant entendre ainsi qu'il se l'était offert lui-même, de ses propres deniers. Puis il l'ôta et nous le montra : c'était une montre de marque avec double boîtier, marquant les secondes, et qui valait Dieu sait combien avec ce bracelet si lourd. Nous en fûmes impressionnés. Quelqu'un dit : « C'est un placement. — Un placement... bah, même pas... cela me fait plaisir de l'avoir au bras, voilà tout. » Le jour suivant, au restaurant habituel, Morganti avait déjà son bracelet-montre, en or également, mais plus léger. Puis ce fut au tour des frères Modesti de nous exhiber leur choix : leur montre était plus grosse que celle de Tore, mais les maillons de la gourmette étaient moins serrés. Quant à Rinaldo et à moi-même, comme la montre de Tore nous plaisait, nous lui demandâmes où il en avait fait l'acquisition et allâmes en acheter une pareille dans un élégant magasin du Corso.

Nous étions en mai et, le soir, nous allions souvent dans une auberge du Mont Mario pour boire une bonne bouteille et manger des fèves fraîches et du chevreau. Un soir, Tore allongeant la main pour prendre une fève, nous vîmes à son doigt un anneau massif avec un brillant, pas très gros mais d'un bel éclat. « Mazette ! » fîmes-nous en chœur. Il dit un peu brutalement : « Cette fois, je vous prierai de ne pas me copier... singes que vous êtes... si j'ai acheté cette bague, c'est précisément pour me distinguer. » Cependant il s'en défit pour nous la faire admirer et nous nous la passâmes de main en main : le brillant était vraiment beau, limpide, parfait. Mais Tore est un gros garçon un peu mou, avec une figure plate, des petits yeux de porc, un nez qui semble de beurre frais et une bouche fendue jusqu'aux oreilles. Cette bague à son doigt court et gras et ce bracelet-montre à son poignet épais lui donnaient l'air d'une femme. Selon son désir, il ne fut pas copié. Mais chacun de nous s'acheta une bague. Les Modesti se firent faire deux anneaux pareils en or rouge, mais avec une pierre différente, l'un l'avait verte et l'autre bleue. Rinaldo s'offrit une bague d'un genre ancien, ciselée, ornée d'un camée brun sur lequel était gravée en blanc une silhouette de femme nue. Morganti, toujours original, eut une bague de platine avec une pierre noire et moi, je me contentai plus banalement d'une chevalière sur laquelle je fis graver mes initiales et qui, à l'occasion, me servirait de cachet.

Après les bagues, ce fut le tour des étuis à cigarettes. Tore, comme à l'ordinaire, fut le premier à faire jouer sous notre nez le déclic d'un étui d'or — naturellement — long et plat, tout guilloché. Et tous nous l'imitâmes, qui d'une façon, qui de l'autre. Après l'étui à cigarettes, chacun de nous donna libre cours à sa fantaisie ; l'un orna son second poignet d'un bracelet à breloque ; l'autre s'acheta un stylographe aérodynamique ; un troisième suspendit à son cou une chaînette avec la croix et la médaille de la Madone ; un autre eut un briquet somptueux. Tore, plus vaniteux que nous tous, arbora trois bagues nouvelles et plus que jamais maintenant il avait l'air d'une femme, surtout quand il enlevait sa veste et restait en chemise à manches courtes, montrant ses mains couvertes de bagues au bout de ses bras mous.

Nous étions rutilants de bijoux ; et, je ne sais pourquoi, ce fut alors que les choses commencèrent à se gâter. D'abord, ce fut un rien, une plaisanterie, une phrase un peu ironique, quelque réplique sèche. Et puis, un soir, Rinaldo, le propriétaire du bar, arriva au restaurant avec une fille, sa nouvelle caissière. Elle se nommait Lucrezia, n'avait peut-être pas vingt ans, mais était déjà formée comme une femme de trente. Des chairs blanches comme du lait, de grands yeux noirs immobiles et sans expression, une bouche rouge, des cheveux d'ébène. On eût dit une statue tant elle était toujours tranquille et impassible, sans presque ouvrir la bouche. Rinaldo nous confia qu'il l'avait trouvée par les petites annonces : il ne savait rien d'elle, ni si elle avait une famille, ni avec qui elle vivait. Tout à fait ce qu'il lui fallait, ajouta-t-il, pour tenir la caisse. Une belle fille dont la beauté attirerait les clients, mais qui, par son sérieux, les tiendrait à distance ; si la femme laide n'attire pas, la belle trop facile travaille mal et provoque le désordre.

Ce soir-là, la présence de Lucrezia nous intimida ; nous ne nous départîmes pas d'un air gourmé, ayant gardé notre veste, parlant avec retenue, sans folichonneries ni gros mots, mangeant de façon impeccable. Tore lui-même s'efforçait de peler son fruit à l'aide d'une fourchette et d'un couteau, sans trop bien y réussir, il faut l'avouer. Le lendemain, nous nous précipitâmes au bar pour voir la jeune personne dans ses fonctions. Elle était assise sur un escabeau étroit d'où débordaient largement ses hanches trop développées pour son âge et sa poitrine généreuse s'avançait jusque sur les touches de la machine à calculer. Bouche bée nous la regardions, calme, précise, qui distribuait sans hâte les fiches de prix, tapotant sa machine sans regarder ses doigts, les yeux fixés devant elle. Par intervalles, sa voix tranquille avertissait le barman : « Deux express… un bitter… une orangeade… Une bière. » Elle ne souriait jamais, ne regardait jamais le client ; et pourtant il en était qui venaient jusque sous son nez pour se faire regarder. Elle était convenablement vêtue mais de façon très modeste : une robe blanche, sans manches, toute simple. Mais nette, fraîche, bien repassée. Et pas de bijoux, pas même de boucles d'oreilles, bien que ses lobes fussent percés. Nous, vous comprenez, en la voyant si belle nous commençâmes à plaisanter avec elle, encouragés par Rinaldo, fier de sa caissière. Mais très vite elle nous dit : « Nous nous verrons ce soir au restaurant, n'est-ce pas ? Alors ne me faites pas perdre mon temps… quand je travaille, je n'aime pas qu'on me dérange… » Tore, à qui s'adressaient ces paroles, car il se montrait le plus entreprenant et le plus indiscret, dit en feignant la surprise : « Mille excuses… vous savez, nous ne sommes que de pauvres gens, nous ignorions que nous avions affaire à une princesse… excusez-nous… nous ne voulions pas vous offenser… » Et elle, sèchement : « Je ne suis pas une princesse, mais une pauvre fille qui gagne sa vie en travaillant… et vous ne m'avez pas offensée… un café et un bitter. » Et il ne nous resta plus qu'à nous en aller, assez mortifiés.

Le soir, comme de coutume, nous nous retrouvâmes au restaurant où Rinaldo arriva en dernier avec Lucrezia et nous commandâmes aussitôt le repas. Au début, pendant que nous attendions d'être servis, une certaine gêne pesa sur nous ; puis le patron arriva portant un grand plat de poulet à la romaine, garni de poivrons et arrosé de sauce tomate. Alors nous nous regardâmes et Tore interprétant le sentiment de tous s'exclama : « Voulez-vous que je vous dise : eh bien, à table, j'aime à avoir mes aises... faites comme moi et vous vous en trouverez bien... » Ce disant, de ses deux mains couvertes de bagues, il saisit une cuisse de poulet, la porta à sa bouche et se mit à la dévorer à belles dents. Ce fut le signal : après une minute d'hésitation, nous mangions tous avec nos doigts ; tous sauf Rinaldo et bien entendu Lucrezia qui épluchait soigneusement un petit morceau de carcasse. Au bout d'un moment, ragaillardis, nous avions retrouvé en tout et pour tout notre habituel laisser-aller. Nous parlions la bouche pleine, avalions d'un trait de grands verres de vin pleins à ras bords et, vautrés sur nos chaises, racontions nos sempiternelles gaudrioles. Et même, peut-être par défi, nous comportions-nous plus mal qu'à l'ordinaire ; je ne me souviens pas d'avoir autant mangé et avec autant de plaisir que ce soir-là. Le dîner terminé, Tore relâcha d'un cran la ceinture de son pantalon et éructa profondément, à faire trembler le plafond si nous n'eussions été à l'air libre, sous une pergola. « Ouf ! fit-il, je me sens mieux. » Il prit un cure-dents et, comme il le faisait toujours, se mit à se gratter les dents l'une après l'autre ; puis, son cure-dents au coin des lèvres, il nous raconta une histoire des plus épicées. Lucrezia alors se leva : « Rinaldo, dit-elle, je me sens lasse... si cela ne t'ennuie pas, veux-tu me raccompagner ? » Nous nous lançâmes un coup d'œil significatif. Comment, elle était caissière depuis deux jours et déjà ils s'appelaient par leur petit nom ! En fait d'annonces de journal !... Dès qu'ils furent partis, Tore éructa de nouveau et déclara : « Il était temps qu'elle s'en aille, je n'en pouvais plus... vous avez vu cette poseuse ? Et lui qui la suit, tout doux, tout doux, comme un agneau... quant aux petites annonces, parlons plutôt de rubrique des mariages... »

Pendant deux ou trois jours, les mêmes scènes se reproduisirent. Lucrezia mangeait silencieuse et discrète, nous autres, nous faisions semblant de l'ignorer et Rinaldo, entre elle et nous, ne savait plus que faire. Mais quelque chose se préparait et nous le sentions tous : la fille, une eau dormante, ne faisait mine de rien mais cherchait sans cesse à ce que Rinaldo choisisse entre elle et nous. Enfin, un soir, sans raison précise, peut-être parce qu'il faisait chaud et que la chaleur excite les nerfs, Rinaldo, au beau milieu du dîner, nous déclara, agressif : « C'est la dernière fois que je viens manger avec vous ! » Nous restâmes stupéfaits. Tore demanda : « Ah ! vraiment, et pourquoi ? — Parce que vous me dégoûtez… — Nous te dégoûtons… oh ! nous le regrettons infiniment. — Vous êtes une bande de cochons, voilà ce que vous êtes ! — Mais tu en as une façon de parler… tu es fou ? — Oui, vous êtes une bande de cochons, je le dis et le repète… vous voir manger me donne envie de vomir… »

Nous étions tous rouges de colère et certains d'entre nous s'étaient levés. « Le premier cochon, c'est toi, dit Tore, de quel droit nous juges-tu ? N'étions-nous pas toujours ensemble ? Ne faisions-nous pas toujours les mêmes choses ? — Tais-toi, dit Rinaldo, avec tous ces bijoux que tu as sur le dos, tu as tout l'air d'une… il ne te manque que le parfum… dis, tu n'y as pas pensé, à te parfumer ? »

Le coup était dirigé contre nous tous ; et comprenant d'où il venait, nous regardâmes Lucrezia ; mais elle, hypocrite, tirait Rinaldo par sa manche en le suppliant de se taire et de s'en aller. Tore lui dit alors : « Toi aussi, tu portes des bijoux… toi aussi tu as un bracelet-montre, et une bague, toi comme les autres. » Et Rinaldo, hors de lui : « Moi ? Eh bien, savez-vous ce que j'en fais ? Je les lui donne, à elle… tiens, Lucrezia, prends… je t'en fais cadeau. » Et tout en parlant il ôtait son bracelet-montre et sa bague, tirait de sa poche son étui à cigarettes et jetait le tout sur les genoux de la jeune fille. « Vous autres, ajouta-t-il, insultant, c'est une chose que vous ne ferez sûrement pas… vous n'en êtes pas capables… — Va au diable », dit Tore ; mais on sentait que maintenant il avait honte de toutes ces bagues qu'il portait aux doigts. « Rinaldo, reprends tout cela et allons-nous-en », dit Lucrezia avec calme. Elle prit en tas les objets que Rinaldo venait de lui donner et les lui fourra dans sa poche. Rinaldo cependant, poussé par on ne sait quelle rancœur, continuait à nous invectiver, tout en se laissant entraîner par Lucrezia : « Vous êtes des malappris, je vous le dis, moi... apprenez donc à manger, apprenez à vivre... cochons ! — Imbécile ! hurla Tore furieux. Imbécile, tu t'es laissé embobiner par cette autre idiote qui est à côté de toi ! » D'un bond, Rinaldo sauta par-dessus la table et empoigna Tore par le col de sa chemise. Nous dûmes les séparer.

Ce soir-là, quand nous restâmes seuls, nous soufflâmes, mais nous nous dispersâmes au bout de quelques minutes. Le soir suivant, nous nous retrouvions, mais désormais l'ancienne gaieté s'était envolée. Nous pûmes remarquer que plusieurs mains n'exhibaient plus de bagues... Deux jours plus tard, aucun de nous ne portait de bijoux, mais nous étions plus abrutis que jamais. Une semaine passa et puis une fois sous un prétexte, une fois sous un autre, nous cessâmes peu à peu de nous réunir. C'était fini et, on le sait, les choses finies ne recommencent pas... personne n'aime le réchauffé.

J'ai appris récemment que Rinaldo avait épousé Lucrezia ; on m'a raconté que, à l'église, elle était plus couverte de joyaux qu'une statue de la Madone. Et Tore ? Je l'ai aperçu, il y a quelque temps, dans son garage. Il avait un anneau au doigt, ni d'or ni de brillant, cette fois, un simple anneau d'argent comme en portent les mécaniciens...

Lucrezia change Rinaldo. il renie ses amis à cause d'une femme. Le groupe est dissou

PILLEURS D'ÉGLISE

Que fait le loup quand la louve et ses petits ont faim et qu'ils sont là, le ventre creux, à se lamenter et se quereller entre eux, que fait le loup ? Je dis, moi, que le loup sort de sa tanière et part à la recherche de quelque chose à se mettre sous la dent et que, ma foi, pris par le désespoir, il descend au village et entre dans une maison. Et les paysans qui l'abattent ont raison de le tuer ; mais il avait aussi raison, lui, d'entrer chez eux et de les mordre. Ainsi tous ont raison et personne n'a tort ; mais il en est toujours un qui paie.

Cet hiver-là, j'étais comme un loup ; et, pour l'être en tous points, j'habitais non une maison mais une grotte, là-bas, au pied du Mont Mario, une caverne abandonnée, ouverte dans la roche volcanique. Il y en avait plusieurs de ces grottes, mais la plupart étaient obstruées par les ronces et deux seulement étaient habitées, l'une par moi, l'autre par un vieux bonhomme, moitié mendiant, moitié chiffonnier, qui s'appelait Puliti. Ce pied de la montagne est jaune et pelé et les ouvertures des grottes y font comme des trous sombres et enfumés. Devant la grotte de Puliti il y avait toujours un monceau de chiffons dans lequel il passait son temps à fouiller ; devant la mienne, un bidon d'essence qui nous servait de fourneau et ma femme debout, son dernier-né aux bras, qui agitait l'éventoir pour attiser le feu de charbon de bois. A l'intérieur, la grotte était presque mieux qu'une pièce maçonnée : spacieuse, sèche, propre, avec un matelas dans le fond et nos hardes pendues à des clous. Je laissais ma famille à la grotte et j'allais à Rome chercher du travail.

J'étais manœuvre et plus particulièrement terrassier.

L'hiver était venu et, je ne sais pourquoi, on faisait de moins en moins de terrassements, aussi dus-je changer de métier; mais ce que j'entreprenais n'était que transitoire et finalement je me trouvai sans travail. Le soir, quand je revenais à la grotte, je voyais à la lueur de la lampe à huile ma femme accroupie sur le matelas, le bébé sur ses genoux; ils me regardaient et mes deux aînés qui jouaient par terre levaient aussi les yeux vers moi et dans tous ces regards je lisais la même expression affamée. Je me sentais vraiment un loup au milieu d'une famille de loups et je pensais : « Si je ne leur apporte pas à manger, un de ces jours, ils me mettront en pièces. » Puliti, ce vieux barbon auquel sa barbe blanche donne l'air d'un saint mais qui n'a qu'à ouvrir la bouche pour laisser voir le vaurien qu'il est, me disait parfois : « Pourquoi fabriquer tant d'enfants ? Pour les faire souffrir ? Et toi pourquoi ne te mets-tu pas ramasseur de mégots ? Avec les mégots, tu peux toujours te faire un peu d'argent. » Mais je ne me sentais pas le courage de traîner tout le jour pour ramasser des bouts de cigarettes, j'aimais mieux travailler de mes bras. Un soir, plein de désespoir, je dis à ma femme : « Je n'y tiens plus... sais-tu ce que je vais faire... me poster à un coin de rue et le premier qui passe... » Elle m'interrompit : « Tu veux donc aller en prison ? — En prison, on mangera au moins... — Toi peut-être, fit-elle, mais nous ? » Cette dernière objection, je l'avoue, fut décisive.

Ce fut Puliti qui me suggéra l'idée de l'église. Il les fréquentait pour y mendier et les connaissait pour ainsi dire toutes. Il me dit que, si je m'arrangeais pour me faire enfermer un soir dans l'une d'elles, je pourrais avec un peu d'adresse, m'échapper le matin sans être vu. « Mais, attention, poursuivit-il, les curés ne sont pas des imbéciles, les choses de valeur, ils les gardent dans des coffres-forts... ce qu'ils laissent voir, ce n'est que de la petite bière... » Finalement, il m'affirma qu'il se sentait capable, une fois que j'aurais fait le coup, de revendre la marchandise. Bref, il me mit la puce à l'oreille, bien que pendant quelques jours j'eusse complètement cessé d'en parler et même d'y penser. Mais chacun sait que les idées sont comme les puces : elles marchent toutes seules et quand tu t'y attends le moins, les voilà qui te mordent et te font sursauter.

C'est ainsi que l'idée me mordit et que j'en parlai à ma femme. Il faut vous dire que ma femme est très religieuse ; au village elle était, ma foi, plus souvent à l'église qu'à la maison. Elle se récria aussitôt : « Mais tu deviens fou ! » J'avais prévu cette indignation et je répondis : « Il ne s'agit pas d'un vol... tout ce qu'il y a dans les églises, à quoi ça sert-il ? Au bien... Si nous prenons quelque chose, que faisons-nous ? Du bien... car, après tout, à qui doit-on faire du bien sinon à ceux qui en ont tant besoin... » Elle parut ébranlée : « Comment as-tu fait pour penser à tout ça ? — Ne t'en occupe pas, mais réponds-moi : n'est-ce pas dit dans les Écritures qu'il faut donner à manger aux affamés ? — Si. — Sommes-nous oui ou non des affamés ? — Oui. — Donc nous agissons bien... nous faisons même une bonne œuvre. »

Je lui en dis tant et tant, insistant toujours sur la religion qui, je le savais, était son point faible, que finalement elle se laissa convaincre. J'ajoutai : « Comme je ne veux pas te laisser seule, tu viendras avec moi... comme ça, si nous sommes pris, nous irons en prison ensemble... — Et les petits ? — Les petits, nous les laisserons à Puliti... et puis le Seigneur y pourvoira. »

Nous nous mîmes donc d'accord et en parlâmes ensuite à Puliti. Il discuta le plan, l'approuva, mais déclara finalement en se lissant la barbe : « Domenico, écoute le vieux que je suis, t'occupe pas des cœurs d'argent, ça vaut pas cher... attaque-toi aux bijoux. »

Quand je repense à Puliti, à sa barbe, et à la gravité qu'il apportait à ses conseils, j'ai presque envie de rire.

Le jour dit, nous laissâmes les enfants au vieux et descendîmes à Rome par le tram. Comme deux loups affamés qui descendent de la montagne au village. Et, à nous voir, on pouvait certes nous prendre pour des loups, ma femme courte et trapue, toute en épaules et en buste, avec ses cheveux crépus, hérissés, qui lui font comme une flamme sur la tête et moi, décharné, avec ma figure en lame de couteau, noire de barbe et mes yeux enfoncés et brillants. Nous nous étions décidés pour une église ancienne dans une traverse du quartier du Corso. Tout entourée qu'elle était par les maisons, l'obscurité y règne toujours. C'est une grande église avec une double rangée de colonnes, des nefs étroites et sombres et de nombreuses chapelles. Suspendues aux murs, des quantités de vitrines remplies de cœurs en argent ou dorés. Moi, j'avais déjà jeté mon dévolu sur une vitrine plus petite que les autres, où, parmi des cœurs plus précieux, un collier de lapis-lazuli reposait sur du velours rouge. C'était dans une chapelle consacrée à la Vierge et, en effet, au-dessus de l'autel, sous un baldaquin, s'élevait une statue de la Madone, grandeur naturelle, toute peinte, la tête nimbée d'une auréole de lampes électriques, les pieds à demi cachés par les candélabres et les pots de fleurs.

La nuit était déjà tombée quand nous entrâmes dans l'église et sans être vus nous pûmes nous cacher derrière l'autel de cette chapelle où se trouvait la vitrine. Il y avait là trois ou quatre marches où nous nous assîmes. Un peu plus tard nous entendîmes le sacristain faire le tour de l'église en traînant les pieds et en grommelant : « On ferme... on ferme. » Mais il ne vint pas derrière l'autel et se borna à éteindre toutes les lampes, ne laissant que deux lumignons rouges, un de chaque côté.

Et voilà : nous étions dans l'obscurité, dans cet espace étroit entre l'autel et le mur de l'abside. J'avais la fièvre et je chuchotai à ma femme : « Allons, faisons vite... ouvrons la vitrine. »

Je l'entends me répondre : « Attends... pas besoin de se presser. » Et puis je la vis sortir de notre cachette. Elle alla au milieu de la chapelle, fit une génuflexion, un signe de croix, puis marchant à reculons, elle s'inclina une fois encore et se signa. Finalement je la vis s'agenouiller par terre, dans un coin et joindre les mains comme pour prier. Quelles prières faisait-elle, je me le demande, mais je compris qu'elle n'était pas si sûre, après tout, de bien faire et qu'elle voulait se prémunir autant qu'elle le pouvait. La tête baissée, son visage caché par la masse de ses cheveux, je la voyais dans la lueur rouge relever de temps en temps son visage en bougeant les lèvres et puis s'incliner de nouveau, comme au rosaire. Inquiet, je m'approchai et murmurai : « Tu pouvais bien dire tes prières à la maison, non ? » Mais elle, rudement : « Laisse-moi tranquille... va, promène-toi, l'église est grande... as-tu vraiment besoin de rester là ? — Veux-tu, dis-je à voix basse, que j'ouvre la vitrine pendant que tu dis tes prières ? » Et elle, en maugréant toujours : « Je ne veux rien... ou plutôt, cet outil, donne-le-moi. »

L'outil était un ciseau plus que suffisant pour ouvrir cette fragile vitrine : je le lui donnai et m'éloignai.

Ne sachant à quoi m'occuper, je me mis à faire le tour de l'église. Dans cette pénombre, j'avais peur, peur de ces hautes voûtes sombres où le moindre soupir trouvait un écho, de ce grand autel monumental, tout au fond, avec ses ors à demi éteints, de ses confessionnaux noirs et clos, aplatis dans l'obscurité contre les murs des nefs latérales. Marchant sur la pointe des pieds, j'allai jusqu'à la porte, tout seul, entre deux rangées de bancs vides et je me sentais froid dans le dos, comme si quelqu'un m'eût suivi. J'essayai d'ouvrir la porte ; elle était bien fermée, alors je revins sur mes pas et allai m'asseoir dans la nef de gauche devant un tombeau éclairé par une veilleuse rouge. Ce tombeau, muré dans la paroi, se composait d'une grande dalle de marbre noir, brillant, flanquée de deux statues, une de chaque côté : un squelette tenant une faux et une femme nue enveloppée de sa chevelure. Les deux figures étaient en marbre jaune, admirablement sculptées. Je trouvai un peu de distraction à les observer et à force de les regarder il me semblait, dans le noir, les voir bouger ; comme si la dame voulait fuir le squelette et que celui-ci, galant, la retenait par le bras. Puis, pour me donner du courage, je pensai à la grotte, à mes enfants, à Puliti et je me dis que si l'on me proposait en ce moment même de revenir en arrière et de me décider une autre fois sur le parti à prendre, je ferais la même chose ou tout au moins quelque chose du même genre. Car, au fond, ce n'était pas le hasard qui m'avait conduit dans cette église, le but que j'y poursuivais n'avait rien de fortuit et ce n'était pas par hasard qu'aucune autre possibilité ne se fût offerte à moi. Tant de pensées me donnaient sommeil et je m'endormis, d'un sommeil lourd, sans rêves, comme scellé par le froid de cette nef, un froid de cave. Je dormais et ne m'aperçus de rien.

Puis, tout à coup, quelqu'un me secoua et dans mon sommeil je protestai : « Eh ! doucement... qu'est-ce qui te prend ? » Mais comme on continuait à me secouer, j'ouvris les yeux et me vis entouré de gens : le sacristain qui me regardait, les yeux hors de la tête, le curé, un vieillard aux cheveux blancs dépeignés avec sa soutane déboutonnée, deux ou trois agents et entre eux ma femme, plus sombre que jamais. Je dis, sans bouger : « Laissez-moi tranquille... nous sommes sans logis, c'est pourquoi nous sommes venus dormir dans l'église. »

Alors un des agents me montra quelque chose que, sur le moment, encore abruti de sommeil, je pris pour un chapelet : le collier de lapis-lazuli.

— Et ça, c'est aussi pour dormir ?

Finalement, après quelques explications, les agents nous encadrèrent et nous firent sortir de l'église.

Il faisait encore nuit, mais déjà l'aube pointait et dans les rues désertes la rosée mouillait le sol. Nous avancions d'un pas rapide, entre les agents, la tête basse, muets. En voyant ma femme qui marchait devant moi, si petite et trapue, la pauvre, avec sa jupe trop courte et ses cheveux hirsutes, la pitié me fendit le cœur et je dis à l'un des agents :

— Je suis désolé pour elle et pour mes enfants.

— Où sont-ils tes enfants ? me demanda l'agent.

Je le lui expliquai et lui :

— Comment, toi, un père de famille... qu'est-ce qui t'est passé par la tête ? Tu n'as donc pas pensé à tes petits ?

— C'est justement parce que j'y pensais que j'ai fait ce que j'ai fait, répondis-je.

Au commissariat, un jeune homme blond, assis devant un bureau, dit en nous voyant : « Voleurs sacrilèges, hein ? » Mais, tout à coup ma femme se mit à crier d'une voix terrible : « Devant Dieu, je jure que je ne suis pas coupable. » Je ne lui connaissais pas cette voix et en restai bouche bée.

— Alors, c'est ton mari, le coupable ?

— Non, ce n'est pas lui.

— Bon... alors ce doit être moi... et ce collier, comment est-il entre tes mains ?

— La Madone est descendue de l'autel, elle a ouvert la vitrine elle-même et m'a donné le collier.

— La Madone... bien sûr!... et le ciseau aussi, c'est la Madone qui te l'a donné ?

Alors ma femme, toujours de cette même voix et levant la main :

— Que je meure si je ne dis pas la vérité !

Je ne sais pendant combien de temps ils nous interrogèrent, mais je persistai à dire que je n'avais rien vu, ce qui était vrai, et ma femme répétait sans se lasser que la Madone elle-même lui avait donné le collier. De temps en temps, elle s'écriait : « Homme, agenouille-toi devant le miracle ! » On eût dit une exaltée ou plutôt une folle. Finalement, on l'emmena tandis qu'elle continuait à crier et à invoquer la Madone ; on la conduisit sans doute à l'infirmerie. Puis le commissaire voulut savoir si j'avais des raisons de croire ma femme folle : « Plût à Dieu qu'elle le soit ! » dis-je en pensant que les fous ne souffrent pas et qu'ils voient toutes choses à travers leur délire. Mais je pensais aussi qu'après tout ma femme avait peut-être dit la vérité, et, voyez-vous, je regrettais presque de ne pas avoir vu de mes yeux la Vierge descendre de l'autel, ouvrir la vitrine et lui donner ce collier.

LES LUNETTES

Cette couturière, on l'appelait la Nèfle parce qu'elle était naine avec une figure jaune et noire, tout comme le sont les nèfles quand elles sont mûres : noirs les yeux dans leurs orbites charbonneuses, noirs les sourcils et les poils qui ombraient sa lèvre supérieure, et jaunes ses joues, son front et son nez. La Nèfle s'habillait toujours comme ces poupées de chiffons que les enfants laissent traîner par terre, avec la taille serrée et une jupe courte qui laissait voir ses grosses jambes renflées. Elle travaillait chez elle, au second étage d'une maison de la rue de l'Orange. Son appartement se composait de trois pièces : une chambre à coucher avec un grand lit à deux places et, alignés tout autour, laissant à peine assez d'espace pour circuler, une commode à dessus de marbre, une armoire à glace, deux tables de chevet, une table et des chaises ; le petit salon d'essayage ne contenait par contre qu'un miroir à trois faces ; enfin il y avait la chambrette où couchait son fils, Natale, une pièce entre le cabinet et le réduit de la cuisine ouvrant sur une terrasse qui donnait sur la cour.

La Nèfle travaillait dans sa chambre devant la fenêtre, assise dans un fauteuil d'osier d'enfant. En entrant on ne la voyait pas, cachée qu'elle était dans l'embrasure profonde entre le rideau et la fenêtre, et le rideau, tout brodé d'oiseaux et de corbeilles de fleurs, toujours baissé. Dans ce coin, outre son fauteuil, la Nèfle avait sa table à ouvrage et une cage avec un canari. Quand elle dessinait ou coupait un patron elle étendait l'étoffe sur son lit, se hissait sur la couverture et travaillait à genoux. Comme je vous l'ai dit les essayages se faisaient dans le minuscule salon. La cliente se déshabillait et se tenait debout devant le miroir et la Nèfle, l'aiguille ou l'épingle à la bouche, grimpait sur son tabouret pour être au niveau de sa cliente. Tandis qu'elle essayait, elle n'arrêtait pas de parler, sur un ton confidentiel et empressé. C'étaient d'ordinaire des compliments chuchotés à la cliente dont elle vantait la blancheur de la peau, la beauté de la chevelure, la couleur des yeux ou les formes. Si la dame manquait de grâce, la Nèfle faisait appel au témoignage de son fils : « Natale, viens ici... et dis-moi un peu si on ne dirait pas la Madone descendue sur terre ! » Les clientes, pour la plupart des jeunes filles du voisinage, ne protestaient pas, d'autant que Natale n'avait rien d'un homme intimidant. Grâce à ces compliments, d'ailleurs sincères, la Nèfle s'était fait une bonne clientèle dont faisaient partie de nombreuses jeunesses habitant l'immeuble ou ceux d'à côté.

Si je sais toutes ces choses c'est que j'ai fréquenté la maison de la Nèfle au temps où Natale et moi étions des amis. Natale cherchait alors du travail et venait d'en trouver dans un atelier de vulcanisation où j'étais moi-même mécanicien. Mais, au bout de deux mois, il déclara qu'il n'était pas dans la bonne voie pour réussir, planta là l'atelier et retourna chez lui. Cette phrase sur la réussite m'impressionna, n'ayant jamais pensé jusqu'alors que la vulcanisation permettait autre chose que de gagner purement et simplement sa vie ; mais ce propos joint à d'autres qu'il m'avait tenus et qui avaient piqué ma curiosité, m'incitèrent à continuer à le fréquenter bien que — pour parler franc — il ne me fût guère sympathique.

Physiquement, Natale était gros et trapu, avec une figure comme gonflée, sans teint, pâle et froide, une figure qui, je ne sais pourquoi, me faisait penser à un poisson qui serait joufflu. Comme il portait des lunettes rondes à verres épais et qu'il avait toujours un air grave et compassé, on le surnommait le professeur, quoiqu'il n'eût jamais dépassé, je crois, les classes élémentaires. Ce visage et ce maintien posé inspiraient la confiance et en effet les travaux qu'il avait trouvé à faire avant la vulcanisation avaient toujours été non des travaux manuels mais plutôt un travail d'employé : commis, gardien, magasinier, copiste, tous postes basés en somme sur la confiance qu'inspirait, avec ses lunettes, sa face de pleine lune. Mais — et c'est là le point scabreux — ces postes, Natale les avait tous perdus parce que, paraît-il, il avait toujours fait, à un moment ou à un autre, ce qu'on appelle une grosse bêtise, je veux parler d'indélicatesse, de fraude, voire de vol. D'après ce que je sais, cela se passait toujours de la même façon : au début le directeur se fiait à lui, ne jurait que par son honnêteté, lui aurait confié les clés du coffre-fort et puis, on ne savait pourquoi, il le chassait tout à coup en lui disant immanquablement : « Va-t'en et qu'on ne te revoie plus... et remercie ta sainte femme de mère grâce à laquelle nous ne te dénoncerons pas. » Ces choses, je les savais sans les savoir, car même à fréquenter leur maison, rien n'en transpirait. La Nèfle, toujours alerte et active, laissait rarement échapper un soupir et quant à Natale, on aurait pu lui cracher au visage qu'il ne se serait pas départi de son flegme. En somme, ils sauvaient les apparences, mais je suppose qu'une fois entre eux elle devait se désespérer et pleurer et qu'il lui promettait de s'amender. Mais à chaque nouvelle place, il récidivait.

A première vue, Natale ne paraissait pas très fort : de taille moyenne, corpulent, serré dans des vêtements qui paraissaient toujours trop étroits. C'était au contraire un véritable taureau : je l'avais vu à l'atelier, soulever seul une machine extrêmement lourde. Cette force cachée était à l'image de son caractère dissimulé également sous des apparences de sérieux et de dignité. Il était ce qu'on appelle « une sainte-nitouche », extérieurement d'une façon, intérieurement d'une autre. Seule sa mère connaissait sa véritable nature ; ce que Natale avait fait à Naples quelques années auparavant lui avait ouvert les yeux. A cette époque-là où la guerre durait encore dans le nord, Natale qui ne s'était pas encore dévoilé et donnait encore des illusions à sa mère grâce à ses lunettes et son air compassé, la persuada un jour, ainsi que plusieurs de ses amies, de lui confier une certaine somme pour se rendre à

Naples afin d'y acheter un stock de bas de femme. A Rome, les bas manquaient; en les revendant avec un fort bénéfice, il y avait de quoi faire une fortune. Je ne sais pourquoi le bruit s'était répandu dans le quartier que Natale avait la bosse des affaires, mais c'est un fait que les braves femmes d'alentour lui donnèrent toutes quelque chose; quant à sa mère, ses économies y passèrent entièrement. Natale se rendit à Naples en auto, mais revient sans bas et même sans veste. Il raconta qu'à la hauteur de Formia, les maquisards l'avaient attaqué. Dommage que peu de temps après le chauffeur qui l'avait conduit à Naples ait dit au contraire la vérité : Natale avait rencontré à Naples certains Napolitains qui étaient des joueurs enragés. On avait engagé une partie et il avait perdu. La pauvre Nèfle en fit une maladie, me dit-on, surtout à cause de ses amies qui avaient eu confiance en son fils. Elle voulut les rembourser et peina pendant quelques années. Natale, en revanche, ne perdit rien de son aplomb, comme si rien ne s'était passé. Mais je crois que, depuis lors, sa mère perdit toute confiance en lui.

C'est que Natale était joueur, non par passion du jeu, mais parce que, disait-il, il s'était vite aperçu qu'un pauvre diable ne va jamais bien loin en travaillant honnêtement et que la chance seule peut le faire sortir de l'ornière. Il avait des idées bien à lui sur la vie et sur la réussite dans l'existence et il les exposait volontiers. Ainsi que je l'ai dit, j'avais continué à le fréquenter même après qu'il eut lâché la vulcanisation, parce que ses idées m'amusaient et que ce voleur à l'air doctoral, ce jeune homme qui paraissait d'âge mûr, cet ignorant qui ne cessait de pontifier, m'irritait et me subjuguait à la fois. Natale professait donc que dans la vie tout est question de chance; et que la chance est à qui la prend; toutefois il faut aussi l'aider et pour ce faire être prompt, saisir le moment opportun pour tenter le coup. Le fâcheux, c'est que dans sa manière de tenter le coup il n'y regardât pas d'assez près. Natale énonçait ces idées comme paroles d'Évangile en vous fixant au travers de ses lunettes, avec une assurance ahurissante. Car, à l'entendre, personne n'eût cru écouter un raté, mais un de ces êtres qui ont su attraper la chance au vol et ne la lâchent plus. Pareille attitude m'irritait et, un jour, je ne résistai pas à la tentation de l'interrompre : « Mais alors... pourquoi en es-tu là ? » Il ne se démonta pas et de son air impassible il répondit en haussant les épaules : « Ne t'inquiète pas... Rome ne s'est pas faite en un jour. »

Et en attendant que Rome se fasse, il continuait à poursuivre la chance en jouant aux cartes toutes les fois qu'il le pouvait et avec n'importe qui. Il jouait surtout dans un milk-bar voisin de chez lui, le soir après la fermeture, dans l'arrière-boutique, pendant que le barman, ayant baissé le rideau, répandait de la sciure par terre et astiquait le comptoir. Ils jouaient à quatre : Natale, le patron du milk-bar, le garçon et un autre.

Gagnait-il ? Perdait-il ? Sans doute la chance le favorisait-elle quelquefois sans quoi je ne vois guère comment il eût pu se procurer l'argent nécessaire pour jouer. Mais il finissait toujours par perdre car, fils d'une pauvre couturière, il était en face des trois autres, plus fortunés, comme le pot de terre contre le pot de fer. Alors quand il perdait, ne sachant comment boucher les trous, il trahissait la confiance de ceux qui l'employaient. Il chapardait et revendait. C'était là le mystère de ces brusques congédiements et de ces mots pour l'éconduire qui eussent fait rougir un nègre mais ne lui faisaient ni chaud ni froid. Sa mère, qui désormais le connaissait à fond, ne lui disait pas, comme tant de mères : « Ne cours pas après les filles » ou « Ne perds pas ton temps à faire du sport » mais seulement : « Ne touche pas aux cartes, mon soleil... »

Car elle l'appelait mon soleil, mon fils en or, malgré tout ce que je viens de dire et quoiqu'elle le sût malhonnête et même voleur ; après tout c'était son enfant et elle espérait qu'un beau jour il s'amenderait, prendrait la bonne voie et deviendrait un bon travailleur. Ah bien, oui !... Le soleil, le fils en or, un matin que la Nèfle était sortie pour porter une robe, s'empara d'un ciseau, fit sauter la serrure de l'armoire et déroba tout l'argent qui y était enfermé. Il expliqua ensuite à sa mère, paraît-il, qu'il voulait jouer encore une fois, une seule, et qu'il lui rendrait son argent multiplié par cent. Malheureusement, comme d'habitude il perdit. Je suppose qu'en ce qui concerne l'argent, la Nèfle fit la croix dessus, elle y était si habituée. Mais depuis ce jour elle devint triste et, grimpée sur son tabouret pour faire ses essayages, elle cessa même de faire des compliments à ses clientes.

Un jour, Natale revint à la maison vers le soir disant à sa mère qu'il avait tout le jour cherché du travail. Il n'avait plus ses lunettes et expliqua qu'il les avait oubliées dans un café où il les avait ôtées pour lire le journal. C'est que, lorsqu'il faisait quelque chose qui lui demandait un soin particulier, il enlevait toujours ses lunettes et les posait quelque part, de crainte sans doute de les casser et parce que de près il voyait mieux sans verres. Comme d'ordinaire la mère avait préparé le dîner sur sa petite table de travail, dans l'embrasure de la fenêtre; et il dévora un plat de vermicelle à l'ail, des bettes passées à la poêle et un petit pain. Il avait vraiment grand-faim et la Nèfle raconta par la suite qu'elle ne l'avait jamais vu manger avec tant de plaisir. Quand il eut terminé, Natale alluma une cigarette et dormit près d'une heure sur le grand lit à deux places. Puis il se réveilla, demanda de l'argent à sa mère et s'en fut au cinéma d'à côté où l'on donnait un film comique américain. J'étais dans la salle et le vis au premier rang, sans lunettes, enfoncé dans son fauteuil, qui riait, le corps secoué comme par une quinte de toux.

A la sortie du cinéma, les agents qui s'étaient rendus chez lui, l'arrêtèrent et l'emmenèrent de force au commissariat. Le matin suivant, tous les journaux publiaient la nouvelle: Natale était allé payer son loyer et avait saisi cette occasion pour tuer à coups de marteau le propriétaire de la maison, un vieillard podagre. S'il n'avait été un homme précis, peut-être ne l'aurait-on jamais découvert. Mais pour mieux frapper avec le marteau, il avait commencé par ôter ses lunettes et les poser sur le devant de la fenêtre; puis, dans sa frénésie il les avait oubliées et elles avaient été retrouvées par la police.

La pauvre mère, qui pensait avoir épuisé toutes les surprises, se retrouva, ce matin-là, en face d'une surprise plus forte que toutes les autres. Je ne sais comment elle prit la chose les premiers jours, alors que tous les journaux parlaient de son fils et d'elle-même. Mais, par la suite, comme elle était religieuse, il est à penser qu'elle demanda secours à la Madone et que celle-ci lui fit la grâce de retrouver le courage de vivre. En effet, quelque temps après le crime, la Nèfle alla rendre visite à son fils, à la prison où, grâce à son aspect sérieux et à sa bonne conduite, il avait obtenu un poste de confiance dans les services de l'infirmerie.

CATERINA

J'avais dix-huit ans quand je me suis marié et rien alors ne pouvait me laisser prévoir le changement qui devait par la suite affecter le caractère de Caterina. C'était alors une jeune fille fade, avec des cheveux lisses séparés au milieu par une raie, un visage immobile, sans couleurs, pâle et régulier. Elle n'avait d'autre beauté que ses yeux, de grands yeux un peu éteints mais pleins de douceur. On ne pouvait dire qu'elle fût bien faite, mais elle me plaisait justement à cause de ses formes : une poitrine florissante, de larges hanches contrastant avec des jambes, des bras, et des épaules d'une minceur d'enfant. Elle attirait non par sa beauté, mais par sa douceur et c'est de cette douceur même que j'étais amoureux. Qui n'a pas connu Caterina à cette époque ne peut comprendre à quel point elle était douce. Ses gestes calmes et recueillis enchantaient ; jamais un mot violent, un regard dur... et elle avait une façon de me donner raison, de s'en remettre toujours à mes désirs, de me regarder avant d'entreprendre toute chose comme pour m'en demander la permission, qui souvent me causait une sorte d'embarras. Parfois je pensais : « Vraiment, je ne mérite pas une telle femme ! » Elle était toute patience, soumission, dévouement, pleine de grâce et de raffinement dans ses manières. Sa douceur était connue de tout le quartier si bien que, au marché, les femmes disaient à ma mère : « Quel heureux homme que ton fils, il épouse une sainte ! »

Moi, figurez-vous, je l'aurais voulue un peu moins douce et il m'arrivait souvent de lui dire : « Caterina, n'as-tu jamais dit un mot dur, jamais fait un geste brusque dans ta vie ? » Ceci en plaisantant, bien sûr, mais j'aurais presque désiré lui entendre dire un tel mot ou faire un tel geste.

Nous nous mariâmes et allâmes habiter au-dessus de chez ma mère, dans des pièces mansardées qui ne servaient à personne. Ma mère habitait en dessous et au rez-de-chaussée se trouvait notre magasin de boulangerie et pâtes alimentaires ; ainsi vivions-nous et travaillions-nous tous dans la même maison. Pendant les deux premières années de notre union, Caterina continua à se montrer aussi douce qu'avant ses noces et peut-être plus encore parce qu'elle m'aimait et qu'elle m'était reconnaissante de l'avoir épousée, de lui avoir donné un intérieur et de l'avoir élevée à une condition meilleure. Elle était douce pour moi et pour ma mère, mais elle l'était aussi pour elle seule, quand personne ne la voyait. Parfois, rentrant chez moi vers midi, j'allais sur la pointe des pieds la surprendre en train de vaquer, dans la cuisine, à ses occupations ménagères. Et je la regardais avec ravissement se mouvoir dans l'étroite pièce avec de petits pas, et des gestes gracieux, sans précipitation, sans ennui, soigneuse, active, silencieuse. On n'eût dit qu'elle était à la cuisine en train de préparer le repas, mais bien à l'église devant l'autel. Alors, j'entrais sans crier gare et je l'embrassais et après ce baiser, elle me disait toute souriante : « Tu m'as fait peur », avec cette voix si douce qu'elle paraissait une plainte.

Au bout de deux ans de mariage, il apparut clairement que Caterina ne pouvait avoir d'enfant. Je dis ceci brusquement, mais la certitude ne nous vint que par degrés. Nous voulions un fils et comme il ne nous venait pas nous en discutâmes d'abord longtemps en famille, puis nous prîmes le parti d'aller consulter un premier médecin et un second, puis un troisième ; Caterina suivit des cures très coûteuses et nous finîmes par comprendre que cela ne servait à rien. « Que veux-tu ? lui dis-je, ce n'est la faute de personne... c'est le destin » et je crus un moment que Caterina se résignait à son tour. Mais on ne fait pas toujours ce que l'on veut : sans doute voulut-elle se résigner, mais elle ne le put pas. C'est à cette époque en effet que son caractère commença à changer.

Son physique fut peut-être le premier à se modifier, avant le moral, ses yeux si doux se firent durs, les coins de sa bouche s'amincirent méchamment et s'abaissèrent, cette voix qui était comme un chant devint âpre ; mais sans doute s'efforçait-elle de se maîtriser, aussi ne m'aperçus-je que son moral avait changé que lorsque son physique le dénonça. Au début, elle cessa simplement d'être douce ; par la suite, elle se fit hostile, agressive, emportée. Elle se mit à faire de ces réponses qui vous coupent le souffle : « C'est comme cela, si tu n'es pas content, ce sera la même chose... tu m'assommes... va au diable... laisse-moi tranquille » et autres choses de ce genre. Les premières fois elle parut elle-même surprise de ses paroles, mais avec le temps elle se laissa aller et ne sut plus dire autre chose. Pour un rien, elle claquait la porte ; toutes les portes de la maison ne firent plus que claquer et il me semblait chaque fois recevoir un soufflet en pleine figure. Autrefois elle me donnait de ces petits noms affectueux que savent trouver les femmes quand elles aiment : chéri, amour, trésor ; maintenant, en fait de petits noms : « imbécile, idiot, incapable » étaient parmi les plus doux qu'elle pût m'adresser. Elle n'admettait pas d'être contredite et, avant même d'entendre mes objections, me traitait de crétin : « Tais-toi, tu es un crétin... tu ne comprends rien... » Et lorsque nous n'avions aucun motif de querelle, elle en inventait. Elle avait certains raffinements de méchanceté qui, s'ils n'avaient été cruels, m'auraient amusé par leur recherche et leur subtilité. Une facilité à trouver le point faible et j'avais beau me raisonner, m'inciter à serrer les dents, à me taire, à feindre l'indifférence, elle savait toujours dire le mot qui pénétrait sous la peau et me faisait sursauter. Tantôt elle s'attaquait à ma famille qu'elle prétendait être du bas peuple alors qu'elle était la fille d'un employé, un petit commis aux écritures, à vrai dire, et qui était mort de faim. Tantôt elle s'en prenait à mon physique et comme j'ai un œil qui n'y voit pas avec, en guise de pupille, une tache brune, comme de sang coagulé, elle prenait des mines dégoûtées : « Ne t'approche pas de moi... cet œil me répugne... on dirait un œuf pourri.» Or, rien n'offense quelqu'un davantage que de s'attaquer à sa souche ou à son physique. Naturellement, je perdais patience et ripostais en haussant le ton. Alors, avec un pâle sourire fielleux: «Tu vois: tu hurles... impossible de parler avec toi... tu pousses tout de suite des hurlements... à se demander si tu as été élevé!» Il ne me restait plus qu'à m'en aller et je m'en allais. Je sortais et allais promener ma solitude le long du Tibre, le cœur plein de colère et de tristesse.

Et pourtant, je n'arrivais pas à la haïr, j'avais même pitié d'elle, comprenant que quelque chose de plus fort qu'elle la dominait, dont elle était la première à souffrir. C'était la nature qui la travaillait ainsi et la mettait hors d'elle-même: son allure et son regard en étaient affectés, devenus inquiets, anxieux, avides, nerveux, comme d'une bête en quête d'une chose qui lui échappe. Dans cette voix qui me répondait si durement, il y avait plus que de l'impatience et de l'animosité, mais le grognement de l'animal qui souffre sans savoir pourquoi et s'en prend aux autres, irresponsables pourtant de son mal. Je devinais qu'un tel changement devait être attribué à la privation de l'enfant et ma belle-mère me confirma dans cette idée en me racontant que, toute petite, Caterina passait son temps à bercer des poupées et voulait toujours servir de maman à ses frères plus jeunes. Puis en grandissant, elle s'était développée de la façon que j'ai décrite, comme une femme faite pour avoir une nombreuse progéniture; elle le savait et y comptait. Mais les enfants n'étaient pas venus et elle en perdait la tête.

Cinq ans passèrent ainsi. Les affaires marchaient bien, la boutique prospérait, mais j'étais malheureux, sans raison de vivre. Le caractère de Caterina avait empiré, elle ne m'adressait plus la parole que par des grognements ou insultes. Les voisins ne disaient plus que j'avais épousé une sainte, mais bien que j'avais amené le diable dans la maison. Ma mère s'efforçait, la pauvre, de me consoler en me faisant envisager la venue possible d'un enfant qui rendrait à Caterina son ancienne douceur. Mais j'étais sceptique et, la voyant errer dans la maison, la figure tendue, tourmentée et aigrie, je prenais peur et me disais qu'un jour ou l'autre, comme un chien qui se retourne contre son maître et le mord, elle serait capable de me tuer. Je ne voyais pas de fin à nos misères et quand je m'en allais seul me promener le long du Tibre, en regardant couler le fleuve, je pensais : « Dire que j'ai vingt-cinq ans… un tout jeune homme encore… et que ma vie est finie… sans espoir… que me voilà condamné à vivre avec un démon à mes côtés. » Je savais que je ne pouvais me séparer d'elle car au fond je l'aimais et qu'elle n'avait que moi au monde, mais je savais aussi que rester avec elle n'était plus une vie. Une profonde mélancolie m'envahissait alors et pour un peu je me serais jeté dans le fleuve.

Une nuit où je rentrais seul à la maison, je descendis presque machinalement l'un de ces petits escaliers puants qui conduisent à la grève du Tibre et ayant choisi un coin sombre sous l'arche du pont, j'ôtai mon veston, le pliai, le posai à terre, puis, dans le noir, je griffonnai un billet que je plaçai à l'intérieur du vêtement. Le billet portait ces mots : « Je me tue à cause de ma femme » suivis de ma signature. L'hiver était à son début et le Tibre était gros à faire peur, charriant dans ses eaux sombres des branches mortes et des détritus et le froid en montait comme à l'entrée d'une grotte. Sur le point d'y sauter, je fus pris de peur et me mis à pleurer. Les larmes coulant sur mes joues, je rebroussai chemin sur la grève, remontai l'escalier et courus à la maison. J'allai tout droit à notre chambre où Caterina dormait déjà et je la secouai en lui disant : « Viens avec moi. » Cette fois, elle fut effrayée et me suivit sans souffler mot. Mais arrivés au petit escalier, elle se débattit, elle avait peur que je ne veuille la faire mourir. Il faisait très sombre, l'endroit était désert et, de force, je la contraignis à descendre. Je la poussai devant moi sur la grève et je la suivais vêtu seulement de mon gilet et de ma chemise. Une fois sous le pont je lui montrai ma veste, et ayant pris le billet je le lui lus : « Voilà ce que tu allais me faire faire… Mais pourquoi, Caterina, as-tu tant changé ? tu étais si douce et tu es devenue un démon… pourquoi ? » A ces mots, elle éclata aussi en sanglots et, tout en pleurant, m'embrassa, me jurant que dorénavant elle maîtriserait ses nerfs ; puis elle m'aida à enfiler ma veste et nous rentrâmes chez nous. Caterina ne s'amenda pas, au contraire ; depuis ce jour, elle se mit même à me railler parce que je n'avais pas eu le courage de me tuer.

Nous étions en 1943. Dès les premiers bombardements, ma mère décida de fermer boutique et d'aller nous réfugier à Vallecorsa, son pays. Caterina, à son habitude, ne voulait pas se décider et pendant quelques jours me fit vraiment devenir fou. Finalement nous partîmes sur un camion qui allait chercher de la farine et d'autres denrées de marché noir. Le soleil brûlait, nous étions tous assis sur des banquettes, nos valises à nos pieds. Le camion roula un bon moment et, passé Frosinone, nous nous trouvâmes en rase campagne, au milieu de champs moissonnés et tout en chaumes. Sous l'effet de la grosse chaleur, je m'étais presque endormi lorsque tout à coup le camion s'arrêta brusquement et le camionneur cria : « Un avion... vite... dans le fossé ! » L'avion n'était pas en vue, mais de tout près on entendait le grondement du moteur, rageur, métallique, ponctué d'éclatements rauques. Une rangée de peupliers et d'autres arbres touffus fermaient un coin du paysage, c'était de là que venait le vrombissement, l'avion était là-bas derrière. « Vite, dis-je à Caterina, descendons. » Elle haussa les épaules et, rétive : « Moi, je reste ici. — Viens, je t'en supplie... tu veux donc mourir ? — Ça m'est égal de mourir. »

J'étais déjà sur le sol quand ces mots me parvinrent, je courus au fossé et presque en même temps l'avion obscurcit le ciel au-dessus de nous, le fracas du moteur se déchaîna comme une tempête et à travers ce fracas, j'entendis la grêle de la mitrailleuse qui tirait. Le camion était au milieu de la route avec Caterina assise sur la banquette et tout autour la mitraille soulevait de petits nuages de poussière qui se dissolvaient dans l'air. Déjà l'avion était passé, il avait disparu derrière les arbres, avait repris de la hauteur et on le voyait s'éloigner dans le ciel en feu comme une libellule blanche. Et le camion était toujours là avec Caterina assise toute seule. Je courus vers elle et l'appelai, elle ne répondit pas. Je sautai sur le camion et je vis qu'elle était morte.

C'est ainsi que je devins veuf à vingt-six ans, avec toute la vie devant moi, longue et déserte, telle que je me l'imaginais en me promenant le long du Tibre. Mais j'avais aimé Caterina et, pendant des années, ne pus me consoler. Je pensais que, poussée par la nature qui la tourmentait, elle avait désiré et cherché quelque chose qu'elle ne savait pas définir et que, ne l'ayant pas trouvé, elle était devenue méchante, sans le vouloir, innocemment ; et enfin, à la place de ce qu'elle cherchait elle avait trouvé la mort. Et nous n'avions rien pu pour elle : elle avait changé et elle était morte pour des causes indépendantes d'elle-même ; j'avais souffert et j'avais été libéré de ma souffrance par ces mêmes causes. Et cette douceur que j'avais tant aimée chez elle, elle l'avait reçue en don tout comme la méchanceté et la mort.

LE CHOW-CHOW

Cet hiver-là, ne sachant plus à quel saint me vouer, j'eus l'idée de me mettre à faire le ramasseur de chiens. Non dans le but de servir la commune en les envoyant à la fourrière, mais pour mon propre compte, afin d'obtenir un pourboire chaque fois que je ramènerais un chien que j'aurais enlevé. Je choisissais un quartier élégant pour y déambuler à l'heure où les domestiques promènent les chiens et je portais dans ma poche un lasso avec un nœud coulant. Dès que je voyais sortir une servante d'une maison, je la suivais à distance. On sait que les bonnes n'ont guère de distractions et qu'elles profitent de la moindre sortie pour rencontrer quelque compagne quand ce n'est leur bon ami. La bonne donc laissait le chien en liberté et celui-ci trottait en avant, le nez à terre, levant la patte à chaque coin. Dès que je voyais la servante occupée ailleurs, je m'approchais de l'animal, lui jetais le lasso autour du cou et détalais. Le difficile était d'arriver à Tormarancio où je logeais. Mais, un peu à pied, un peu grâce à certains chauffeurs de taxi qui habitaient de ces côtés, j'atteignais la Garbatella. Là, la camionnette me conduisait chez moi.

Chez moi... laissez-moi rire. Disons plutôt que j'arrivais jusqu'à ce coin de pièce et cette couchette que me louait Bonifazi, un ouvrier de mes amis, dans une des masures de Tormarancio. Lui, dormait avec sa femme et ses trois filles dans la même pièce ; la nuit, on étendait par terre tous les matelas et si l'un de nous voulait sortir il fallait que quelqu'un se lève et roule son matelas afin de laisser de la place. Je mettais le chien en dépôt chez

Bonifazi qui connaissait mon trafic et le jour suivant je me rendais dans la maison d'où j'avais vu sortir la servante. Au concierge, je racontais que j'avais trouvé un chien comme ceci comme cela... Un instant après, on m'appelait, me faisait entrer dans une antichambre tout en marbres et glaces, et la famille, de gratitude, se jetait presque à mon cou. Le lendemain matin, je ramenais le chien, touchais une récompense et il ne me restait plus qu'à recommencer ailleurs.

Un jour, toujours avec mon système de cordelette, j'attrapai un chien bizarre, comme je n'en avais jamais vu; on eût dit un petit lion, avec sa grosse tête ronde tout en fourrure, son corps à poils drus et courts, son museau aplati et sa langue d'un noir violet. C'était une bonne tête un peu molle, triste même et comme mélancolique qui me suivait la tête basse comme si elle savait déjà ce qui l'attendait. Il pleuvait ce jour-là et je n'avais sur le dos qu'une mince veste déchirée avec un tricot par-dessous et des souliers percés; et j'étais si trempé que dans la camionnette je claquais des dents et sentais qu'en bougeant mes doigts de pied j'exprimais l'eau des mes chaussettes et de mes semelles. A Tormarancio, qui est au fond de la vallée, la pluie, comme d'habitude avait envahi les maisons et au lieu de trouver de la chaleur dans cette chambre des Bonifazi j'y trouvais de l'eau, une femme qui hurlait de détresse, des enfants pleurnichants et Bonifazi qui cherchait à jeter des passerelles sur le sol inondé. J'allai me coucher sans manger; la nuit je pris la fièvre et le jour suivant je restai au lit. Pendant une semaine entière cette fièvre ne me quitta pas. J'étais dans un angle de la pièce, sur mon grabat, mes quatre pauvres hardes pendant au-dessus de moi à deux cordes tendues d'un mur à l'autre. Et du fond de ma fièvre, je regardais cette chambre avec tous ces matelas roulés dans les coins et ces autres cordes s'entrecroisant avec d'autres haillons pendants et à terre je ne sais quoi de visqueux avec çà et là des taches noires mouvantes: des cafards qui à chaque pluie sortent des briques de ces murs pourris. Une demi-obscurité régnait à cause de la pluie et parce que deux vitres sur trois avaient des cartons en guise de vitres.

La femme de Bonifazi faisait la cuisine dans la pièce à côté, j'étais donc toujours seul et cela m'était égal car, lorsque je suis malade, je n'ai pas envie de parler : je pense à trop de choses et préfère me taire. Le chien lui, se tenait bien tranquille et, pour qu'il n'attrape pas froid, je lui avais fait avec des copeaux et des chiffons une sorte de niche sous mon lit ; de temps à autre j'allongèais la main et lui caressais la tête. J'avais une fièvre violente, je brûlais et cependant je ne pensais qu'à mon chien ; plusieurs fois je donnai quelques sous à la femme de Bonifazi pour qu'elle lui achète de quoi manger. Non parce que je pensais à mon pourboire, mais parce que j'aime les bêtes et ne veux pas les faire souffrir. Le septième jour, le délire me prit, j'avais l'idée fixe qu'on voulait m'arracher ce chien et je demandai à Bonifazi de le mettre sur mon lit. Il me le donna et je me mis à embrasser la petite bête, en plongeant mon visage dans son pelage si chaud ; je m'endormis en l'embrassant et le chien ne bougea pas. Pendant la nuit, peut-être à cause de la fourrure du chien, je transpirai tant que ma pauvre couverture était à tordre, et puis je me sentis dégagé et le matin ma fièvre était tout à fait tombée. Toute la nuit, le chien n'avait pas fait un mouvement et chaque fois que je me réveillais je sentais son souffle sur mon visage, un souffle un peu court, peut-être parce que je le serrais trop fort.

Par prudence je me soignai encore quelques jours, pendant ce temps le soleil était revenu et j'allais me promener autour des maisons de Tormarancio, tirant mon chien derrière moi avec la cordelette. Un peu plus loin que chez nous, il y a des baraques pires que les maisons de Tormarancio, et c'est dire ce qu'elles peuvent être : planches et bidons d'essence, toits de tôle ondulée, haies de sureau tout autour et des portes si basses qu'il faut se baisser pour y entrer. Dans l'une de ces baraques vivait un Chinois, de ceux qui vendent des cravates. Il était tombé là quelques années auparavant, y était resté et vivait avec une femme qu'on appelait l'Andouille et qui faisait le métier que vous devinez. C'était une femme maigre et blanche, avec un long visage, des sourcils qui n'en finissaient plus et des yeux noirs. Ses cheveux étaient noirs et épais, doux comme la soie et quand elle se mettait un peu de rouge, elle était presque belle. Le Chinois était un Chinois ; de dos, il pouvait être pris pour un Italien, petit et trapu qu'il était, mais lorsqu'il se retournait on voyait tout de suite qu'il était chinois.

J'allai donc me promener avec le chien devant la baraque du Chinois et je les vis sortir tous les deux, elle avec un seau plein d'eau qu'elle me jeta presque dans les jambes et le Chinois avec une casserole à la main : il passait son temps à faire la cuisine. Il s'approcha de moi et me dit en bon italien : « Voilà un chien de mon pays, c'est un chow-chow. » Et il m'expliqua qu'en Chine ces chiens sont aussi communs que les barbets chez nous. Il me proposa, si je voulais, de garder ce chien qui lui rappellerait son pays et dont il prendrait grand soin. Seulement il n'avait rien à me donner à la place, rien que deux cravates de soie naturelle. Je refusai ; ses cravates, je m'en moquais, ce que je voulais c'était ma récompense. L'Andouille, son seau au bout du bras, me cria : « Eh bien, Luigi, tu nous le donnes, ce chien ? » et provocante, rieuse, elle sautait d'une flaque à l'autre en montrant ses longues jambes blanches et maigres. J'étais encore malade, je ne pus cependant m'empêcher de sentir monter en moi le désir de cette femme si maigre et pâle avec ses grands sourcils noirs. Mais je ne dis rien et revins chez Bonifazi.

Le jour suivant je me rendis à Rome dans la maison d'où j'avais vu sortir la domestique avec le chien. Mais je jouais de malheur. « C'étaient des Américains, me dit la concierge, ils sont partis hier… ils en ont fait des histoires pour ce cabot ! … mais comme leur départ était fixé, il a bien fallu qu'ils s'en aillent. »

Et me voilà avec sur les bras un chien de race dont je ne savais que faire. Tout d'abord, je pensai à le vendre, mais personne n'en voulait ; après un coup d'œil jeté sur mes haillons, on me disait que c'était un chien volé, ce qui était vrai. Par ailleurs, je ne voulais pas le porter à la fourrière ; ils l'auraient fait mourir, la pauvre bête, et moi je ne pouvais oublier cette nuit où la chaleur de son pelage m'avait guéri et où pour ne pas me gêner il n'avait pas fait un mouvement. En attendant il me coûtait cher parce qu'il mangeait beaucoup.

Un après-midi, au lieu d'aller en ville, je sortis de Tormarancio qui, de bourbier, s'était changé sous le soleil en une fosse de poussière et je me mis à grimper sur les collines environnantes. Le printemps était arrivé, sans un nuage au ciel, avec du soleil et un air si doux et Tormarancio, vu d'en haut avec toutes ses maisonnettes longues et basses à toits rouges, ressemblait moins à un bagne que d'habitude. La colline était couverte d'une herbe tendre, si fraîche que c'était plaisir de la regarder et çà et là les marguerites qui formaient des tapis serrés en cachant l'herbe, semblaient des plaques de neige. Je flânais d'une colline à l'autre, sifflotant, les mains dans les poches : la maladie m'avait fait du bien et en regardant l'horizon plein de soleil et ces grands papillons blancs qui, deux à deux, semblaient voler à sa rencontre, je me sentais je ne sais quel espoir au cœur. Le chien, chose curieuse, était devenu presque vif, il trottait devant moi, puis revenait en aboyant. Tout cela gauchement et pesamment, en animal triste qu'il était. Je descendis enfin au fond de la vallée et longeai un ruisseau qui coulait entre deux collines. Puis j'entendis le chien aboyer, levai les yeux et vis l'Andouille, en promenade elle aussi, toute seule, les cheveux épars sur les épaules, un brin d'herbe entre les dents et les mains dans les poches de son tablier de coutil. Elle s'arrêta, se pencha pour flatter le chien et me dit en riant : « Alors, tu nous la donnes, cette bête ? » Et avant même de réfléchir je répondis : « Je veux bien, mais à une condition… »

En conclusion nous fîmes l'amour à même le sol, entre les deux collines, au bord du ruisseau. Le chow-chow lapait l'eau du courant avec sa langue violette, puis il s'assit sur l'herbe, à quelques pas de nous, nous regardant d'une façon presque gênante. Et ce que je fis, ce fut non seulement parce que cette femme me plaisait, mais aussi parce que je voulais bien consentir à céder ce chien pour le prix d'un peu d'amour ; je m'étais attaché à lui et il me semblait qu'il était ainsi payé à sa juste valeur. Quand nous nous relevâmes, l'Andouille prit la laisse en me disant : « Il va être content, le Chinois, ça lui rappellera son pays ! » Et je la regardai s'éloigner avec le chow-chow... elle me plaisait encore. Ensuite je m'allongeai par terre et dormis au moins deux heures.

Le lendemain matin, j'allai en ville et y passai la nuit avec un basset que j'avais enlevé du côté de la place Santiago-du-Chili. Je dormis dans un asile de nuit et revins enfin à Tormarancio. Plus tard, dans l'après-midi, j'allai me promener avec le basset et je ne sais comment, je me retrouvai devant la maison du Chinois.

L'Andouille était absente, elle devait être à Rome ; mais je le vis sortir, lui, avec un seau d'immondices qu'il alla jeter derrière la baraque. Je ne sais pourquoi, j'aurais voulu qu'il me remerciât pour le chien et je lui en demandai des nouvelles. Il sourit et me fit un geste que je ne compris pas puis il rentra. Le basset fouillait dans les détritus ; je m'approchai et je vis alors, parmi les trognons et les papiers gras, la petite patte du chow-chow, souillé de sang, mais avec tout son poil.

Plus tard j'appris que, dans ce pays-là, ils mangent les chiens, et qu'ils le font tous, et qu'ils n'y voient rien de mal. Mais sur le moment, le sang me monta à la tête ; j'entrai dans la baraque où, tournant le dos, il était occupé à son fourneau. Il se retourna en souriant, un plat à la main qui contenait une viande noirâtre nageant dans un brouet ; je devinai que c'était la viande de mon chien et qu'il m'en offrait. D'un coup de poing, je lui fis sauter le plat à la figure en hurlant : « Assassin, qu'as-tu fait à cette bête ? » mais je vis tout de suite qu'il ne comprenait rien à ma colère. Il s'élança hors de la baraque et prit en courant le chemin de Tormarancio. Je ramassai une pierre et la lui lançai, puis le rejoignis à la course et le pris par le cou. Des gens sortaient de chez eux pour voir : lui me regardait avec sa figure stupide toute barbouillée de jus de viande et répétant : « Tenez-le... il est fou ! » et moi, je le secouais en le tenant par le cou et je criais à m'en casser la voix : « Qu'as-tu fait du chien ? Assassin ! que lui as-tu fait ? » On finit par nous séparer et Bonifazi avec d'autres me firent monter sur la camionnette qui allait à Rome.

Le jour même, je rapportai le basset à ses propriétaires

qui me donnèrent une récompense. Mais je ne retournai pas à Tormarancio. Je ne possédais rien et n'avais rien laissé derrière moi. Je devais seulement un mois à Bonifazi...

Cette histoire du chow-chow m'avait dégoûté du métier et je décidai d'en changer. Je me fis vendeur ambulant, parcourant les rues avec une petite charrette pleine de toutes sortes de choses: olives douces, graines de courges, châtaignes et figues sèches, noisettes salées et noix. Tout le jour j'emplissais des cornets, vers le pont neuf, à l'entrée du tunnel du Janicule et je gagnais à peu près de quoi vivre. A cette époque-là, j'étais triste et la vie ne me disait plus rien, à cause du chow-chow peut-être. Je n'aperçus l'Andouille qu'une seule fois, de loin, mais n'allai pas lui parler: si j'avais appris qu'elle aussi avait mangé du chien, je crois que je l'aurais tuée.

UN CRIME PARFAIT

C'était plus fort que moi, chaque fois que je liais connaissance avec une jeune fille, il me fallait la présenter à Rigamondi qui, régulièrement, me la soufflait. Peut-être, en agissant de la sorte, voulais-je lui démontrer que moi aussi je pouvais plaire aux femmes; peut-être ne parvenais-je pas à le mal juger; mais, chaque fois, malgré la trahison dernière, je me reprenais à le considérer comme un ami. Si encore il eût fait les choses avec un peu de délicatesse, un peu d'éducation, mais il se comportait en despote, comme si je n'avais pas existé. Il en arrivait à courtiser la fille en ma présence, à lui donner des rendez-vous sous mes yeux. En pareil cas, c'est celui qui pardonne qui fait preuve de plus de savoir-vivre ; alors qu'il ne se faisait aucun scrupule pour agir à sa guise, je me taisais par crainte, en provoquant une discussion, de manquer de respect à la jeune personne. Une fois ou deux pourtant je protestai, mais timidement car je sais mal exprimer ce que je sens et j'ai beau prendre feu au-dedans de moi, je reste extérieurement si froid que nul ne peut se douter de ma colère. Savez-vous ce qu'il me répondit? « Ne t'en prends qu'à toi-même... si cette fille m'a préféré, c'est la preuve que je sais mieux faire que toi... » C'était vrai, comme il est vrai que, physiquement, il est mieux que moi. Mais ne reconnaît-on pas un ami à ce qu'il respecte vos bonnes fortunes?

Tout de même, quand il m'eut fait cette plaisanterie quatre ou cinq fois, je me mis à le haïr avec une telle passion que, au bar où nous travaillions ensemble, tout en me tenant derrière le même comptoir que lui, servant avec lui les mêmes clients, je m'arrangeais toujours pour me mettre de profil ou lui tourner le dos afin de ne pas le voir. Désormais, je ne pensais presque plus aux torts qu'il avait eus envers moi, mais à lui-même, tel qu'il était, et je sentais que je ne pouvais plus le souffrir. Je haïssais ce visage robuste et inexpressif, avec son front bas, ses petits yeux, son gros nez busqué, ses lèvres épanouies et légèrement ombrées de moustache. Je haïssais ces cheveux noirs et luisants qui lui faisaient comme un casque avec ces deux longues mèches partant des tempes et se réunissant à la nuque. Je haïssais les bras poilus qu'il exhibait en manœuvrant debout le percolateur. Son nez surtout me fascinait : épais, large aux narines, recourbé, pâle au milieu de son visage rubicond comme si l'os trop saillant en avait tendu la peau. Je rêvais souvent de lui décocher un coup de poing en plein sur ce nez, d'entendre, crac, l'os se briser sous mon poing. Je rêvais... car je suis petit et malingre alors que Rigamondi, d'un seul doigt, pourrait me faire toucher terre.

Je ne saurais dire comment me vint la pensée de le tuer ; peut-être fût-ce un soir que nous allions ensemble voir un film américain dont le titre était : *Un crime parfait*. Au début, bien sûr, je ne voulais pas vraiment le tuer, mais seulement imaginer comment je m'y prendrais pour le faire. J'aimais à y penser le soir avant de m'endormir, le matin avant de sauter du lit et même durant la journée quand il n'y avait rien à faire au bar et que Rigamondi, assis sur un tabouret, derrière ce comptoir, lisait son journal en penchant sur la page sa tête pommadée. Je pensais : « Voilà... je m'empare du poinçon qui nous sert à casser la glace et je l'en frappe à la tête » ; mais comme cela, par jeu. Un peu comme lorsqu'on est amoureux et que tout le jour on pense à une femme, en imaginant qu'on lui fait ceci, qu'on lui dit cela... Seulement, l'amoureuse que j'avais c'était Rigamondi et ce plaisir que prennent les autres à rêver de baisers et de caresses, je le trouvais à rêver de sa mort.

Toujours par jeu et parce que j'en éprouvais un véritable plaisir, j'échafaudai tout un plan dans les moindres détails. Une fois le plan formulé, la tentation me vint de l'appliquer et cette tentation était si forte que je ne résistai pas et décidai de passer à l'action. Mais peut-être ne décidai-je rien et me retrouvai-je dans l'action alors que je me croyais encore dans les chimères. Ceci pour expliquer comment j'agis naturellement, sans effort, sans volonté, sans presque m'en rendre compte comme lorsqu'on est la proie de l'amour.

Je commençai donc à lui raconter, entre deux tasses de café, que je venais de faire la connaissance d'une belle fille, non pas une de ces donzelles qui me plaisaient et qu'il avait coutume de me souffler, mais une jeune fille qui avait jeté son dévolu sur lui et ne voulait entendre parler de personne autre. Jour après jour, pendant une semaine, je lui répétai les mêmes propos, ajoutant chaque fois de nouveaux détails sur ce penchant si passionné dont je faisais semblant d'être jaloux. Lui, tout d'abord, feignit l'indifférence : « Si elle m'aime, qu'elle vienne donc au bar... je lui offrirai un café... » mais ensuite il commença à s'exciter. De temps en temps, comme par plaisanterie, il me demandait :

— Dis-moi un peu, et cette fille... elle m'aime toujours ?

— Et comment !

— Et que dit-elle ?

— Que tu lui plais infiniment.

— Mais pourquoi... qu'est-ce qui lui plaît en moi ?

— Tout... ton nez, tes cheveux, tes yeux, ta bouche... la façon dont tu manœuvres le percolateur... tout te dis-je.

Tout ce que précisément je détestais en lui et qui me donnait envie de le tuer faisait — suivant mes dires — tourner la tête de cette créature de mon invention. Lui, il souriait et se rengorgeait, car il était d'une vanité extrême et se croyait je ne sais quoi. On voyait que son cerveau était obsédé par la pensée de cette fille qu'il aurait voulu connaître et seul l'orgueil l'empêchait de me demander de la lui présenter. Jusqu'à ce que, un jour, il me dît exaspéré :

— Écoute... ou bien fais-la moi connaître... ou bien ne m'en parle plus, ce sera préférable...

J'attendais ces mots et aussitôt lui fixai un rendez-vous pour le lendemain soir.

Mon plan était simple. A 10 heures, notre journée au bar était finie, mais le patron restait jusqu'à 10 heures et demie pour faire les comptes. J'entraînais Rigamondi vers le passage sous la voie de chemin de fer de Viterbe, à deux pas de là, en lui disant que la fille nous y attendait. A 10 heures et quart le train passait et je profitais du bruit pour tirer sur Rigamondi avec un « Beretta » que j'avais acheté quelque temps auparavant, place Vittorio. A 10 h 20, je retournais au bar pour reprendre un paquet que j'y avait oublié et le patron remarquait ainsi ma présence. A 10 heures et demie au plus tard, j'étais déjà dans mon lit dans la conciergerie de l'immeuble où le portier me louait un divan pour la nuit. Ce plan, je l'avais en partie copié sur celui du film, surtout en ce qui regardait la coïncidence de l'heure et du passage du train. Il pouvait ne pas réussir en ce sens que je pouvais être découvert. Mais il me resterait la satisfaction d'avoir donné libre cours à ma passion. Pour cette satisfaction je me sentais prêt à affronter même les travaux forcés.

Le jour suivant nous eûmes beaucoup de travail et ce n'en fut que mieux car Rigamondi ne put me parler de la fille et je n'y pensai pas moi-même. A 10 heures, comme d'habitude, nous ôtâmes nos vestes de toile blanche et après avoir salué le patron nous nous glissâmes sous le rideau de fer déjà à demi baissé. Le bar se trouve sur l'avenue qui mène à l'Acqua Acetosa, à deux pas de la voie ferrée de Viterbe. A cette heure, les couples avaient délaissé la colline du parc de la Rimembranza et dans l'avenue obscure, sous les arbres, personne ne passait. Nous étions en avril, l'air déjà était doux et le ciel s'éclaircissait peu à peu bien que la lune ne fût pas encore levée.

Nous avions pris l'avenue, Rigamondi plein d'entrain, me tapotant l'épaule d'un geste protecteur et moi, rigide, la main sur ma poitrine, sur le revolver que je portais dans la poche intérieure de ma veste. A la bifurcation nous prîmes un chemin herbeux qui longeait le remblai de la voix ferrée. A cause de ce remblai l'obscurité était plus profonde là qu'ailleurs et c'est ce que j'avais calculé. Rigamondi marchait devant moi. Arrivés à l'endroit désigné, à quelques pas d'un réverbère, je l'arrêtai :

— Elle m'a dit de l'attendre ici, dis-je, tu vas la voir apparaître d'ici peu.

Il s'immobilisa, alluma une cigarette et répondit :

— Comme barman, tu n'es pas mal, mais comme entremetteur, tu es incomparable...

Ainsi, il continuait à être offensant.

L'endroit était vraiment solitaire et la lune, brusquement surgie derrière nous, illuminait toute la plaine étendue au bas de la colline, voilée d'une buée blanche, parsemée de grandes taches brunes avec le Tibre qui y serpentait en méandres d'argent. Je me sentis frissonner, peut-être à cause de la rosée, et je dis à Rigamondi, plutôt pour moi que pour lui :

— Tu sais, nous en avons peut-être pour un moment... elle est placée et il lui faut attendre que ses patrons soient sortis...

Il répliqua :

— Mais non... la voilà.

Je me retournai et vis une silhouette sombre de femme qui venait à notre rencontre sur le chemin.

J'appris plus tard que l'endroit était fréquenté par ce genre de créatures qui y retrouvent leurs clients, mais alors je l'ignorais et sur le moment il me vint à l'esprit que je n'avais pas inventé l'existence de cette fille et qu'elle vivait pour de bon. Cependant Rigamondi, sûr de lui, allait à sa rencontre et je le suivis machinalement. A quelques pas de nous la femme sortit de l'ombre et je la vis à la lueur du réverbère. Sa vue me fit presque peur. Elle pouvait avoir soixante ans, avec des yeux de diablesse cerclés de noir, un visage enfariné, une bouche écarlate, des cheveux ébouriffés et un ruban noir autour du cou. De celles qui recherchent les lieux obscurs pour ne pas être vues et dont on se demande, tant elles sont ravagées, décrépites, comment elles peuvent encore trouver des clients. Rigamondi ne l'avait pas encore regardée que déjà il lui demandait avec son assurance coutumière :

— Vous nous attendiez, mademoiselle ?

Et elle, non moins effrontée :

— Bien sûr !

Et puis il leva les yeux sur elle et comprit sa méprise. Il recula d'un pas et d'un ton incertain :

— Eh bien, je regrette... ce soir justement je ne peux pas... mais j'ai là un de mes amis...

Et avec une pirouette il s'éclipsa.

Je compris aussitôt que Rigamondi croyait à une vengeance de ma part et que j'avais pris ma revanche en lui présentant après tant de belles filles un monstre de ce genre, et je compris en même temps que mon crime parfait rentrait dans le domaine des songes. Je regardai la femme, la pauvre créature, qui me demandait, avec un sourire évoquant la grimace d'un masque de carnaval : « Tu m'offres une cigarette, beau blond ? » et j'eus tout à coup pitié d'elle, pitié de moi et même aussi de Rigamondi. J'avais éprouvé une grande haine et maintenant, je ne sais pourquoi, cette haine s'était évanouie ; des larmes me montèrent aux yeux en pensant que grâce à cette femme, je ne serais pas un assassin.

— Je n'ai pas de cigarettes, lui dis-je, mais prends cela... en le revendant, tu en tireras toujours un billet de mille...

Et je lui mis le « Beretta » dans la main. Et puis je me mis à courir vers l'avenue. A ce moment le train de Viterbe passa, wagon après wagon, avec toutes ses fenêtres illuminées et une petite pluie d'étincelles rouges s'éparpilla dans la nuit. Je le regardai s'éloigner, j'écoutai son grondement jusqu'à ce qu'il se fût éteint, puis je rentrai me coucher.

Le lendemain, au bar, Rigamondi me dit :

— Tu sais, j'avais bien senti que sous cette affaire, il y avait quelque chose... c'est égal, comme farce, c'était bien réussi... !

Je le fixai et je m'aperçus que je ne le haïssais plus ; pourtant, il était toujours le même, avec ce même front, ces mêmes yeux, ce même nez, ces mêmes bras poilus qu'il exhibait en manœuvrant le percolateur. Et tout à coup je me sentis plus léger comme si le vent d'avril qui gonflait la tente devant la porte avait soufflé en moi.

Rigamondi me donna deux tasses de café à porter à deux clients assis dehors, à une table au soleil et tout en prenant les tasses de ses mains, je lui glissai à voix basse.

— Nous verrons-nous ce soir ? J'ai invité Amélie...

Il s'était baissé pour jeter sous le comptoir le café qui avait déjà servi et remplissait les filtres de poudre fraîche ; il donna un jet de vapeur et me répondit simplement, sans rancune :

— Je regrette, mais ce soir, je ne suis pas libre.

Je sortis avec mes tasses et je sentis que j'étais déçu, déçu qu'il ne puisse venir ce soir et qu'il ne me souffle pas Amélie comme toutes les autres...

MARIO

Voici comment les choses se passèrent. Je me levai de bonne heure sans éveiller Filomena qui dormait encore, je pris mon sac d'outils, sortis sur la pointe des pieds et me rendis à Monte Mario où je devais aller réparer un chauffe-bains qui avait une fuite. Combien de temps la réparation dura-t-elle ? Deux heures peut-être, parce qu'il me fallut démonter et remonter le tuyau. Et mon travail fini je repris l'autobus, puis le tram pour rentrer via dei Coronari où j'ai à la fois mon appartement et mon magasin. Remarquez bien : deux heures pour réparer, une demi-heure pour aller et une demi-heure pour revenir ; trois heures en tout. Trois heures, qu'est-ce que cela ? Peu ou beaucoup suivant les cas. Moi, j'avais mis trois heures pour remettre en place un tuyau de plomb, mais il y en avait d'autres qui…

Mais prenons les choses par le commencement. Je marchais rapidement en longeant les murs, quand, au débouché de la via dei Coronari je m'entendis appeler par mon nom. Je me retournai : c'était Fede, la vieille logeuse qui habite en face de chez nous. Cette pauvre Fede a des jambes si énormes, à cause de la goutte, qu'elle a l'air d'un éléphant. Elle me dit, tout oppressée :

— Tu montes ? M'aiderais-tu à porter mon cabas ?

— Volontiers, fis-je.

Je passai mon sac d'outils sur mon autre épaule et me chargeai de son cabas. Elle marchait à mon côté, traînant ses deux colonnes de jambes sous sa houppelande. Au bout d'un moment :

— Et Filomena, où est-elle ?

— Chez elle, naturellement... où pourrait-elle être...

— Bien sûr... chez elle, fit-elle sans lever les yeux, ça se comprend...

Je demandai, pour dire quelque chose :

— Pourquoi dites-vous ça se comprend ?

— Eh bien, oui, ça se comprend... mon pauvre garçon !

Intrigué, je laissai passer quelques minutes, puis j'insistai :

— Pourquoi dites-vous pauvre garçon ?

— Parce que tu me fais pitié, dit cette sorcière, toujours sans me regarder.

— Que voulez-vous dire ?

— Je veux dire que les temps ont change... les femmes d'aujourd'hui ne sont plus comme de mon temps.

— Et pourquoi ?

— De mon temps on pouvait laisser tranquillement sa femme à la maison, comme on la laissait, on la retrouvait... mais aujourd'hui, par contre...

— Par contre ?...

— Aujourd'hui, ce n'est pas pareil... allons, ça suffit... rends-moi mon cabas et merci...

Toute la joie de cette belle matinée était empoisonnée pour moi maintenant. Je dis, en tirant le cabas derrière mon dos :

— Je ne vous le rendrai que si vous vous expliquez... que vient faire Filomena dans tout ceci ?

— Moi je ne sais rien... mais un homme avisé en vaut deux.

— Mais, enfin, criai-je, qu'a fait Filomena ?

— Demande-le à Adalgisa, répondit-elle.

Et cette fois elle m'arracha son cabas et s'éloigna avec une agilité que je ne lui connaissais pas, courant presque avec sa houppelande qui traînait sur ses talons.

Je me dis que cela ne valait plus la peine d'aller au magasin et rebroussai chemin pour aller chez Adalgisa. Heureusement elle habite aussi via dei Coronari. Adalgisa et moi avons été fiancés avant que je fisse la connaissance de Filomena. Elle était restée vieille fille et je la soupçonnais d'être l'auteur de cette histoire sur Filomena. Je grimpai quatre étages et frappai du poing, fort; pour un peu elle l'aurait reçu en pleine figure en ouvrant brusquement la porte. Les manches retroussées, elle tenait un balai.

— Que désires-tu, Gino? dit-elle d'un ton très sec.

Adalgisa est une fille de taille moyenne, plaisante, mais avec la tête un peu trop grosse et un menton proéminent, qui la fait surnommer ganache. Mais il ne faut pas le lui dire. Or, comme j'étais indigné, ce fut la première chose que je lui dis :

— C'est toi, ganache, qui as raconté partout que pendant que je suis au magasin, Filomena fait je ne sais quoi chez elle?

Elle me regarda d'un air furieux :

— Tu l'as voulu, ta Filomena, garde-la donc...

J'entrai et la saisis par le bras. Mais je la lâchai aussitôt car je crus voir une lueur d'espoir dans ses yeux :

— C'est donc bien toi?

— Je n'ai rien vu... comme on me l'a dit, je l'ai répété...

— Et qui te l'a dit?

— Giannina.

Je me tus et m'apprêtai à sortir. Mais elle me retint et ajouta avec un regard provocant :

— Et ne m'appelle plus ganache.

— Et quoi... n'as-tu pas une ganache? répondis-je en me libérant et je descendis l'escalier comme un fou.

— Mieux vaut une ganache que des cornes! cria-t-elle appuyée à la rampe.

Cette fois, je commençais à me sentir troublé. Une trahison de Filomena me paraissait impossible car depuis trois ans que nous étions mariés elle n'avait fait que m'envelopper de tendresses. Mais voyez ce que peut faire la jalousie! A la lumière des propos de Fede et d'Adalgisa ces tendresses mêmes me semblaient suspectes. Allons, il fallait aller interroger Giannina. Elle était caissière dans un bar, toujours dans notre rue. Giannina est une blonde lymphatique avec des cheveux lisses et des yeux bleu faïence, calme, lente, réfléchie. J'allai droit à la caisse et dis à voix basse :

— Dis-moi, est-ce toi qui as imaginé que, en mon absence, Filomena reçoit des gens chez elle ?

Elle était occupée avec un client. Ses doigts frappèrent les touches de sa machine à compter, elle détacha une fiche et annonça sans hausser la voix : « Deux filtres » puis me demanda posément :

— Que racontes-tu, Gino ?

Je répétai ma question. Elle rendit la monnaie au client puis répondit :

— Je t'en prie, Gino, me crois-tu capable d'inventer une pareille chose sur Filomena, ma meilleure amie !

— Alors Adalgisa l'a rêvé ?

— Non, corrigea-t-elle, non... elle ne l'a pas rêvé... mais je ne suis pas l'auteur de ce potin... je te le répète.

— Quelle bonne amie tu fais ! ne pus-je m'empêcher de m'écrier.

— Et j'ai dit également que je n'y croyais pas... cela Adalgisa ne te l'a pas dit, bien sûr...

— Et qui te l'avait raconté à toi-même ?

— Vincenzina... elle est venue tout exprès de la blanchisserie pour m'en faire part.

Je sortis sans la saluer et allai aussitôt à la blanchisserie. De la rue je pouvais voir Vincenzina debout devant sa table, pesant de ses deux bras sur le fer à repasser. Vincenzina est une femme minuscule au visage aplati de chat, brune, brune et vive. Je savais qu'elle avait un faible pour moi et en effet à peine eût-elle vu le signe que je lui faisais du doigt qu'elle laissa son fer pour venir me trouver.

— Gino, quel plaisir de te voir !

— Est-il vrai, sorcière, que tu racontes partout que Filomena profite de mon absence pour recevoir des hommes ?

Et elle, un peu déçue, se balançant sur ses hanches, les mains dans les poches de son tablier :

— Ça t'ennuie ?

— Réponds, insistai-je, est-ce toi qui as inventé cette infamie ?

— Quel jaloux tu fais, dit-elle en haussant les épaules.

Et alors ? Une femme ne peut-elle plus maintenant échanger quatre mots avec un ami ?...

— C'est donc toi...

— Écoute, tu me fais pitié, dit soudain cette vipère. Après tout que m'importe ta femme... je n'ai rien inventé... C'est Agnese qui me l'a appris... elle connaît même son nom à lui.

— Comment s'appelle-t-il ?

— Fais-le-lui dire...

J'étais désormais certain que Filomena me trompait. On savait même le nom... Involontairement je pensai : « C'est encore une chance que je n'aie pas de gros outils dans mon sac, je serais dans le cas de perdre la tête et de la tuer. » Je ne parvenais pas à me représenter Filomena, ma femme, avec un autre. J'entrai dans le bureau de tabac où Agnese vendait des cigarettes pour le compte de son père. Je jetai la monnaie sur le comptoir en disant :

— Deux paquets de nationales.

Agnese a dix-sept ans ; ses cheveux crépus se tiennent tout droits sur sa tête ; son visage est comme gonflé, enfariné de poudre de riz rose pâle, avec deux yeux noirs comme des baies de laurier. Je la connaissais comme tout le monde la connaît dans la rue dei Coronari. Et comme tout le monde je la savais aussi intéressée, capable de vendre son âme pour de l'argent. Tandis qu'elle me tendait les cigarettes, je me penchai et lui demandai :

— Dis-moi comment il s'appelle !

— Qui ? dit-elle, ahurie.

— L'ami de ma femme.

Elle me regarda, atterrée ; je devais avoir la figure mauvaise.

— Je ne sais rien, dit-elle rapidement.

Je grimaçai un sourire :

— Allons, dis-le-moi... tout le monde le sait maintenant... je suis le seul à ne pas le savoir.

Elle me regardait fixement en hochant la tête ; j'ajoutai alors :

— Regarde, si tu me le dis, je te donne cela.

Et je tirai de ma poche le billet de mille qu'on m'avait donné ce matin même pour la réparation.

A la vue de l'argent, elle se troubla comme si je lui parlais d'amour. Ses lèvres tremblèrent, elle jeta un coup d'œil circulaire et dit tout bas :

— Mario.

— Comment l'as-tu su ?

— Par ta concierge.

C'était donc vrai. Comme dans le jeu du froid et du chaud, je brûlais déjà. Je courus chez moi à quelques pas de là. Mon esprit répétait : « Mario, Mario... » et à ce nom tous les Mario que je connaissais défilaient devant mes yeux : Mario le laitier, Mario l'ébéniste, Mario le marchand de primeurs, Mario qui avait été soldat et était maintenant chômeur, Mario le fils du charcutier, Mario, Mario, Mario... Il y en a peut-être un million à Rome et via dei Coronari ils sont bien une centaine. Arrivé à la porte cochère de ma maison, j'allai directement à la loge de la concierge. Vieille et moustachue comme Fede, elle était assise, les jambes écartées, un brasero entre ses pieds, et un monceau de chicorée à éplucher sur ses genoux.

— Dites donc, demandai-je en m'approchant, est-ce vous qui avez inventé qu'en mon absence Filomena reçoit un certain Mario ?

Elle répondit aussitôt sur un ton irrité :

— Mais il n'y a rien à inventer... c'est votre propre femme qui me l'a dit.

— Filomena ?

— Dame... elle m'a dit : j'attends un jeune homme comme ci et comme ça qui s'appelle Mario... si Gino est à la maison, dites-lui de ne pas monter, mais si Gino n'y est pas, qu'il monte... il est là-haut maintenant...

— Là-haut ?

— Et comment... il y a bien une heure qu'il est monté.

Donc non seulement Mario existait, mais il était en ce moment avec Filomena, et depuis une heure. Je me précipitai dans l'escalier, grimpai dans l'escalier, grimpai les trois étages en courant et frappai. Filomena en personne vint m'ouvrir et je remarquai immédiatement qu'elle, toujours calme et sereine, semblait épouvantée.

— Bravo, dis-je, quand je n'y suis pas, tu reçois Mario...

— Mais... comment?

— Je sais tout! criai-je.

J'allais entrer. Elle me barra le passage :

— N'insiste pas... que t'importe? Reviens plus tard...

Cette fois la colère m'aveugla. Je la giflai en criant :

— Ah! c'est ainsi...

Et la poussant de côté je me ruai dans la cuisine.

Au diable les potins de femmes et au diable les femmes! Oui, Mario était bien là, assis devant la table et en train de boire un café au lait, mais ce n'était ni Mario l'ébéniste, ni Mario le marchand de primeurs, ni Mario le fils du charcutier, ni enfin aucun de tous ces Mario auxquels j'avais pensé. C'était Mario, le frère de Filomena, qui arrivait de prison où il venait de purger une peine de deux ans pour vol avec effraction. Moi, sachant qu'un jour il serait libéré, j'avais dit à ma femme : « Je te préviens, chez moi je n'en veux pas... je ne veux même pas entendre parler de lui... » Mais elle, la pauvre petite, qui aimait son frère, tout voleur qu'il fût, avait voulu le recevoir tout de même, en mon absence.

Mario, en me voyant entrer, hors de moi, s'était levé. Je dis haletant :

— Bonjour, Mario.

— Je m'en vais, dit-il humblement, n'aie pas peur... je m'en vais... après tout, j'ai pas la peste...

J'entendis sangloter Filomena dans le corridor et maintenant j'avais honte de moi. Je dis confus :

— Non, reste... pour aujourd'hui tu peux rester... et déjeuner avec nous... n'est-ce pas, Filomena, ajoutai-je en m'adressant à ma femme qui s'était approchée sur le seuil en s'essuyant les yeux, n'est-ce pas qu'il peut rester pour le déjeuner?

Bref, j'arrangeai les choses au mieux, puis j'allai dans ma chambre, appelait Filomena et l'embrassai : la paix était faite. Restait le fait des potins. J'hésitai un moment puis je dis à Mario :

— Viens, Mario, descendons au magasin : il est possible que le patron puisse te donner quelque chose à faire.

Il me suivit et dans l'escalier j'ajoutai :

— Personne ne te connaît ici... alors, toi, ces dernières années, tu travaillais à Milan... tu as compris ?

— Compris.

En passant devant la loge de la concierge, je pris Mario par le bras et le présentai :

— Voilà Mario... mon beau-frère... il vient de Milan.

— Enchantée... enchantée...

« Tout le plaisir est pour moi », pensais-je en sortant.

Ces potins de femmes m'avait déjà coûté mille lires et voilà que par-dessus le marché j'avais un voleur chez moi.

LE TRÉSOR

A la taverne de la Porte San Pancrazio où j'étais serveur, on voyait souvent à cette époque un maraîcher que tout le monde appelait le Marinais, peut-être parce qu'il était natif de Marino, ou bien plutôt parce qu'il avait un goût particulier pour le vin de ce pays. Ce Marinais était très vieux, au point de ne même plus savoir son âge. Mais il buvait plus que beaucoup de jeunes gens et quand il buvait il bavardait avec qui voulait l'entendre, ou même tout seul au besoin. On sait que nous autres, garçons de café, quand nous ne sommes pas occupés à servir, écoutons volontiers les propos des clients. Marinais, parmi beaucoup de sornettes, racontait souvent une histoire qui semblait véridique : il disait que des Allemands avaient volé dans la villa d'un prince, non loin de nous, une cassette d'argenterie qu'ils avaient enterrée dans un endroit que lui, Marinais, connaissait bien. Quelquefois quand il était tout à fait ivre, il laissait entendre que l'endroit en question se trouvait dans son jardin. De toute façon il déclarait que, s'il l'avait voulu, il serait devenu riche. Et, qui sait, il le voudrait peut-être un jour... « Quand ? » lui demanda-t-on une fois. « Quand je serai vieux et n'aurai plus envie de travailler. » Ce qui était une réponse bouffonne car, à le voir, on lui donnait plus de quatre-vingts ans.

Cette histoire de trésor commença à me trotter par la tête et je me persuadai de sa réalité ; en effet, semblable vol avait bien eu lieu quelques années auparavant, pendant l'Occupation justement, et le prince n'avait jamais retrouvé son argenterie. Pour moi, il était enrageant de penser que ce trésor était entre les mains de Marinais qui, un jour ou l'autre, pouvait mourir subitement dans sa cabane et alors... adieu trésor! Je tentai de me concilier ses bonnes grâces, mais le vieux, en vrai fripon, se fit offrir à boire, et ne desserra pas les dents. « Même si tu étais mon fils, déclara-t-il enfin solennellement, je ne te dirais rien... tu es jeune... travaille... l'argent, c'est pour les vieux qui sont fatigués et n'en peuvent plus gagner. »

Finalement, en désespoir de cause, je confiai la chose à l'autre garçon, Remigio, un blond fade, plus jeune que moi. Tout de suite il prit feu et flamme, mais bêtement, en sot qu'il était et il commença à faire des châteaux en Espagne : nous devenions riches, nous achetions une moto, ouvrions ensemble un bar et ainsi de suite. « Oui, dis-je, mais en attendant, il faut le trouver ce trésor... ne te monte pas la tête... nous divisons le magot en quatre parts, trois pour moi, une pour toi... ça te va ? » Il répondit, toujours exalté, qu'il était d'accord. Et nous prîmes rendez-vous pour le soir même, passé minuit, au début de l'antique voie Aurelia.

Nous étions aux premiers jours de mai et sous le ciel étoilé et cette lune resplendissante qui éclairait comme en plein jour, dans cette douceur de l'air, je n'avais même pas l'impression de faire une chose coupable alors que nous allions peut-être attaquer un pauvre vieillard. Mais tout cela me paraissait un jeu. Nous prîmes par la via Aurelia, le long de ces murailles si anciennes qui cachent des potagers et des jardins de couvents. Je portais une bêche au cas où Marinais refuserait de prêter la sienne et, pour donner à Remigio quelque chose à faire, je lui avais mis entre les mains un petit pieu en fer. J'avais acheté place Vittorio un revolver et un chargeur, mais j'avais mis le cran de sûreté : on ne sait jamais... A dire vrai, moi aussi j'étais très excité à l'idée du trésor et maintenant je me repentais d'en avoir parlé à Remigio ; autant de moins que j'aurais pour moi ! En outre je le savais bavard et s'il parlait, le jeu finirait en prison. Cette pensée me tourmentait pendant que nous marchions le long des murailles. Aussi m'arrêtai-je tout d'un coup et tirai-je de ma poche le revolver que jusqu'ici je ne lui avais pas montré :

« Tu vois ?... si tu parles ensuite... je te tue. » Il me dit, tout tremblant : « Mais, Alessandro, pour qui me prends-tu ? » J'ajoutai : « Il faudrait bien donner aussi quelque petite chose à Marinais afin qu'il y trouve son intérêt et ne nous dénonce pas... C'est donc toi qui lui donneras ça, sur ta part, compris ? — Oui », répondit-il ; je rengainai mon revolver et nous reprîmes notre route.

Un peu plus loin, sur la droite, se trouvait un portail ancien, avec des colonnes et une inscription latine sur le fronton. Ce portail, peint en vert, était tout déteint et disloqué ; derrière, je le savais, s'étendait le jardin de Marinais. Il n'y avait personne sur la route, je poussai le portail et entrai, suivi de Remigio. J'avais beau ne pas venir pour des légumes, un cri d'admiration m'échappa. Quel jardin ! Devant nous, sous la lueur vive et blanche de la lune, s'étendait le potager le plus beau que j'aie jamais vu. Les sillons, luisants, s'allongeaient tout droits, tracés au cordeau ; entre eux, les salades à la file, semblaient sous la lune remonter en folle procession jusqu'à la baraque de Marinais que l'on entrevoyait au fond du potager. Il y avait des laitues géantes, de celles dont une seule suffit, chez le marchand de légumes, à remplir le plateau de la balance ; de beaux plants de tomates avec leurs tuteurs de bambous et, à travers les feuilles, les pommes d'amour encore vertes, mais déjà gonflées à éclater ; des choux de la grosseur d'une tête d'enfant, des oignons hauts et raides comme des épées, des artichauts à trois ou quatre par plante et des chicorées, des petits pois, des haricots, des scaroles, bref tous les légumes de la saison. Çà et là, traînant à terre, comme abandonnés au gré de ceux qui voudraient les cueillir, des courgettes et des concombres. Et partout de nombreux arbres fruitiers : pruniers, pêchers, pommiers, poiriers, bas et branchus, couverts de fruits encore verts qui, sous la lune, luisaient à travers les feuilles. Dans chacune de ces plantes on reconnaissait la main du jardinier et une main que l'intérêt seul ne guidait pas, mais l'amour.

Remigio, qui ne pensait qu'au trésor, me demanda impatient : « Où est donc Marinais ? — Là-bas », répondis-je en indiquant la baraque au fond du jardin. Nous avions pris une petite allée entre une planche d'ail et une autre de céleris. Mais Remigio ayant mis le pied sur une laitue, je le tançai vertement : « Brute, regarde donc où tu marches ! » Je me penchai, ramassai une feuille de laitue et la portai à ma bouche : elle était douce, charnue, fraîche, comme lavée par la rosée. Cependant nous étions arrivés à la baraque et le chien de Marinais qui me connaissait vint au-devant de nous sans aboyer, en remuant la queue... un chien jaune, un vrai chien de jardinier, plein d'intelligence. Je frappai à la porte de la baraque, d'abord doucement, puis plus fort, et enfin comme personne ne répondait, j'y allai à coups de pied et de poing. La voix du vieux nous fit sursauter tous les deux, venant non de la baraque, mais d'un buisson voisin : « Qui est-ce ? Que voulez-vous ? »

Il tenait une bêche à la main, on voyait que, même la nuit, il s'occupait de son jardin. Il s'avança dans le clair de lune, les bras pendants à ses côtés, l'échine courbée, la figure rougeaude avec sa barbiche semée de poils blancs ; le vrai maraîcher qui de l'aube à la nuit se penche sur ses salades.

— Amis... dis-je précipitamment.

— Je n'ai pas d'amis. (Puis il s'approcha et alors :) Mais je te connais... tu es bien Alessandro ?

— Oui, je suis Alessandro. (Et tirant le revolver de ma poche, sans le braquer, j'ajoutai :) Marinais... dis-nous où est le trésor... il y aura une part pour chacun... mais si tu ne veux rien nous dire, nous nous en emparerons tout de même.

En même temps, je levai le revolver, mais il posa dessus sa grosse main, comme pour dire que ce n'était pas la peine et la tête baissée, d'un air réfléchi :

— De quel trésor parles-tu ?

— L'argenterie... celle que les Allemands ont volée...

— Les Allemands ?

— Oui... les soldats, pendant l'Occupation... ils l'ont volée au prince...

— Mais quel prince ?

— Le prince... et tu nous as dit qu'ils l'avaient enterrée dans le potager...

— Mais quel potager?

— Eh bien, le tien... allons, Marinais, ne fais pas l'idiot... tu sais où elle est... dis-le nous, et finissons-en.

Sans relever la tête, il dit alors lentement:

— Ah! tu veux parler du trésor?

— Oui... le trésor.

— Alors, viens, fit-il, empressé, nous allons nous mettre à creuser tout de suite... As-tu une bêche? Prends celle-ci... et nous en donnerons une autre à ton camarade, viens...

J'étais plutôt stupéfait, car je ne m'attendais guère à ce qu'il se rendît aussi vite; mais je le suivis. Il passa derrière la baraque en continuant à grommeler: « Le trésor... tu vas le voir le trésor... » et il réapparut avec une bêche qu'il remit à Remigio.

— Venez, dit-il, vous voulez le trésor... vous l'aurez.

Derrière la baraque le terrain n'était pas cultivé mais couvert de détritus et d'immondices. Plus loin, une rangée d'arbres à travers les troncs desquels on apercevait un mur très haut, semblable à celui qui fermait le potager du côté de la vie Aurelia. Marinais suivit le sentier qui longeait les arbres jusqu'au fond du jardin, là où le mur formait un angle. Alors, il se retourna vers nous et frappant le sol du pied:

— C'est ici... vous n'avez plus qu'à creuser.

Je pris ma bêche et me mis aussitôt au travail. Remigio, son outil à la main me regardait faire.

— Qu'attends-tu pour creuser? lui dit Marinais, tu ne veux donc pas le trésor?

Remigio se mit alors à bêcher avec tant d'ardeur que le vieux dut le calmer:

— Vas-y doucement... tu as le temps.

A ces mots, Remigio ralentit et se fit retomber la bêche sur le pied. Marinais lui tourna la bêche dans les mains:

— C'est comme ça qu'il faut la tenir... et chaque fois qu'elle pénètre en terre, tu pousses dessus avec le pied... autrement, tu ne creuses pas. (Et il ajouta:) Faites un trou aussi long que large... deux mètres... pas plus... le trésor est là-dessous... pendant ce temps, je vais faire un tour.

— Mais, tu ne t'en vas pas, au moins? dis-je.

— De quoi as-tu peur? me répondit-il. Ne t'ai-je pas dit que le trésor était à toi...

Donc, nous creusâmes d'abord, du mieux que nous pouvions, en surface puis de plus en plus profond suivant un rectangle que j'avais tracé avec le manche de la bêche. La terre était dure, sèche, pleine de cailloux et de racines; je jetais la terre de côté, en faisant un tas et Marinais qui ne faisait rien déplaçait les cailloux avec le pied en nous donnant des conseils: « Plus doucement... arrache cette racine... ôte cette pierre. » A un certain moment, nous sortîmes un os, long et noir; le vieux le prit, l'examina: « C'est un os de vache... vous voyez, on commence à trouver quelque chose. » Je me demandai s'il parlait sérieusement ou en plaisantant; malgré la fraîcheur de la nuit, je ruisselais de chaleur; de temps en temps je jetais un coup d'œil vers Remigio et j'étais agacé de le voir aussi haletant et plein de zèle. Nous creusâmes un bon peu; on ne voyait toujours rien: le trou rectangulaire que nous avions fait atteignait maintenant près d'un mètre de profondeur et la terre au fond était humide, grasse, brune, mais sans la moindre trace de cassette, de sac ou de quelque récipient que ce soit. Brusquement, j'ordonnai à Remigio: « Arrête-toi... » Et puis je sortis du trou et dis à Marinais:

— Mais, dis-moi, où est-il, ce trésor? Il n'y a rien... rien... tu ne te serais pas moqué de nous, par hasard?

Le vieux répondit, en ôtant sa pipe de sa bouche:

— Tu veux le trésor? Attends, je vais te le faire voir.

Cette fois, je ne le retins pas, car j'étais exténué, à tel point que j'avais presque renoncé au trésor. Je vis Marinais s'éloigner et se diriger vers une petite cabane que je n'avais pas remarquée jusqu'ici, derrière les arbres, adossée au mur d'enceinte.

— Il se sauve... dit Remigio.

— Non, non, il ne sauve pas... dis-je.

Et en effet, au bout de quelques instants nous vîmes Marinais sortir de la cabane poussant une brouette pleine à déborder de quelque chose qui me sembla être du fumier. Il vint jusqu'à notre trou, fit basculer la brouette, et y renversa le fumier, puis, un pied dans la fosse, il se mit à l'étaler avec les mains.

— Eh bien? Et le trésor? demandai-je ahuri.

Et lui :

— Le voilà le trésor... regardez-le, comme il est beau... (Il avait pris une poignée de fumier et me l'émiettait sous le nez, tout fumant et puant :) Regarde si on ne dirait pas de l'or... c'est la vache qui l'a fait... un trésor, comme celui-là, où le trouver? C'est ça, le trésor...

On eût dit qu'il se parlait à lui-même, indifférent à notre présence, puis il sortit du trou, reprit sa brouette, s'en fut la recharger dans la cabane, revint à la fosse et y jeta de nouveau du fumier. Cette fois encore, il l'aplanit avec les mains tout en marmonnant :

— Tu vois ce trésor?... le voilà bien, le trésor...

Je regardai Remigio qui me regarda à son tour et, prenant courage, je sortis de nouveau le revolver. Mais Marinais, l'écartant d'un revers de main comme s'il eût été en bois :

— Enlève ça... si tu veux de l'argenterie, sais-tu où tu peux en trouver?

— Où? demandai-je naïvement.

— Chez le marchand... avec de gros billets de mille, tu en auras autant que tu en veux.

En somme, il se payait notre tête.

— Et ce trou que tu nous as fait creuser? demanda Remigio avec un filet de voix.

— C'est une fosse à fumier... ça me faisait bien faute... vous m'avez épargné de la peine.

J'étais complètement démonté. Je me disais que je devrais le menacer, tirer sur lui au besoin, mais après ce travail éreintant et ma désillusion, je ne me sentais vraiment plus de courage.

— Alors, il n'y a pas de trésor, hein? dis-je, espérant presque que Marinais allait me donner raison.

Mais lui, le malin vieillard, répondit :

— Il y en a et il n'y en a pas...

— Que veux-tu dire?

— Je veux dire que si tu étais venu me demander ça,

gentiment, de jour… je ne dis pas, il y en aurait eu peut-être, mais comme ça, il n'y en a pas…

Et sans plus se soucier de nous, il se dirigeait vers sa baraque. Je courus derrière lui, hors d'haleine, et le pris par sa manche :

— Marinais… pour l'amour de Dieu !

Il se retourna à demi :

— Pourquoi ne tires-tu pas ? N'as-tu pas un revolver ?

— Je ne veux pas te tuer… faisons part à deux…

— Dis la vérité, fit-il, tu n'as même pas le courage de tirer… tu vois, tu n'es bon à rien… un autre tirerait… les Allemands, eux, ils tirent…

— Mais je ne suis pas allemand…

— Eh bien, si tu n'es pas allemand, bonsoir…

Et il entra dans sa baraque, nous claquant la porte au nez.

Ainsi finit l'histoire du trésor. Le lendemain, à l'heure habituelle, Marinais entra à la taverne et, comme je lui apportais un litre, il s'exclama :

— Ah ! c'est toi, le type du trésor… et ton revolver, qu'en as-tu fait ?

Heureusement, personne ne prêta attention à ses paroles, car, ainsi que je l'ai raconté, il parlait à tort et à travers et disait souvent des choses sans aucun sens. Tout de même, je ne me sentais pas tranquille ; et puis j'étais vexé d'être tourné en ridicule devant Remigio qui savait et se moquait, comme si lui-même n'avait pas cru au trésor. Je profitai donc d'une occasion pour changer de place et allai travailler dans un restaurant du Transtevere, place San Cosimato. Mais Remigio, lui, resta à San Pancrazio.

UN VIEIL IMBÉCILE

Lorsque vous avez eu l'habitude de courtiser les femmes, il est difficile de concevoir que ce temps est passé pour vous et que les femmes vous considèrent désormais comme un père, voire même un grand-père. Difficile surtout parce tout homme mûr a deux visages : l'un extérieur, avec des rides, des cheveux gris, des dents gâtées, des yeux gonflés et battus ; l'autre, au contraire, le visage intérieur, gardant inchangé l'aspect de la jeunesse, sa chevelure drue et brillante, sa peau lisse, ses dents blanches et ses yeux vifs. C'est le visage intérieur qui regarde les femmes avec désir, comme si elles pouvaient le voir. Mais c'est l'extérieur qui s'offre à leur vue et leur fait dire : « Mais que me veut ce vieux beau ? Ne se rend-il pas compte qu'il pourrait être mon grand-père ? »

Cette année-là on fit des embellissements au salon de coiffure où je suis garçon depuis près de trente ans ; les miroirs et les lavabos furent changés, les murs repeints et le patron pensa bien faire en s'adjoignant une manucure : elle avait nom Iole. Au magasin, outre le patron, nous sommes trois : Amato, un jeune homme de vingt-cinq ans, brun et sérieux, qui a été gendarme ; Giuseppe plus vieux que moi de cinq ans, petit chauve, corpulent, et moi-même. Comme toujours lorsqu'une femme entre dans une ambiance masculine, je m'aperçus tout de suite que tous les trois nous regardions Iole avec insistance.

Elle était pourtant tout à fait quelconque : une femme pour carte postale illustrée, élégante, avec des formes opulentes, un visage éclatant et des cheveux noirs : il en existe des millions comme elle. Remarquez, à ce propos, que je puis, sans me vanter, me qualifier de bel homme. Je suis mince, d'une taille moyenne, avec un visage pâle et expressif et les femmes prétendent que j'ai une physionomie intéressante. Il est certain que lorsque je jette un regard en coin, la douceur de mes yeux frappe, une douceur pleine de sentiment, avec un rien de cynisme. Mais ce que j'ai de mieux, ce sont mes cheveux, châtain clair, fins, soignés, bien ondulés, coiffés longs avec une mèche soulevée sur le front et des favoris qui descendent jusqu'au milieu de mes joues. En outre, je suis élégant, toujours habillé avec une certaine recherche en dehors de mon travail : cravate, chaussettes et pochette assorties et, au magasin, une blouse si blanche qu'on dirait plutôt celle d'un chirurgien.

Ces qualités expliquent l'accueil que j'ai toujours trouvé auprès des femmes. Et comme cette chance ne s'est jamais démentie, j'ai pris l'habitude de regarder une femme qui me plaît d'une façon insistante, plus suggestive que mille compliments. Aussi quand, après l'avoir longuement regardée, je m'approche d'elle, je trouve le fruit déjà mûr et n'ai plus qu'à étendre la main pour le cueillir.

Pour en revenir à Iole, celui que je craignais le plus au magasin, c'était Amato. Il n'était ni beau ni intéressant, mais il était jeune. De Giuseppe, je ne tenais aucun compte; plus vieux que moi, comme je l'ai dit, il est d'une laideur sans remède. Iole était tout le jour assise dans un coin devant sa petite table de manucure, engourdie par l'ennui et l'immobilité, occupée à lire ou relire les deux ou trois journaux du salon ou à se refaire les ongles en attendant de les faire aux clientes. Malgré moi, d'instinct, je me mis à la couver des yeux.

Un client arrivait, s'asseyait dans le fauteuil; d'un seul geste élégant, j'ajustais la serviette sous son cou en trouvant le moyen de lancer un long regard à la manucure. puis je lavais les cheveux et tout en massant la tête mousseuse, vite un autre regard. Ou bien encore, m'actionnant avec la pointe de mes ciseaux, j'étageais une nuque et tous les quatre coups de ciseau, c'était un nouveau coup d'œil. Si elle-même se levait indolemment pour aller prendre un instrument dans une armoire, je la suivais des yeux dans la glace.

Iole, je dois le dire, n'était rien moins que coquette et délurée, elle avait même une physionomie endormie, taciturne, obtuse, on eût dit un gros chat gonflé de sommeil. Mais, les jours passant, elle commença à s'apercevoir que je la regardais; puis elle accepta de se laisser regarder, et enfin il y eut entre nous un échange de regards. Sans malice, car elle n'en avait aucune, d'une manière gauche et lourde, mais indubitable.

Je pensai alors que — permettez-moi l'expression — la poire était mûre; et un samedi je l'invitai à venir se baigner avec moi à Ostie, le lendemain après-midi. Elle accepta aussitôt, me priant toutefois de ne pas critiquer son costume de bain; le seul qu'elle possédait était un peu étroit car elle avait engraissée. Elle le dit même sans l'ombre d'une coquetterie : « A force de rester assise sans bouger, je deviens un peu rondelette. » Une fille sans détours, vous voyez; et cela aussi me plaisait.

Nous prîmes rendez-vous pour le jour suivant, à la gare Saint-Paul, et avant de partir je fis une toilette soignée. Je me rasai, poudrai mes joues au talc, passai un peigne fin dans mes cheveux pour éviter un soupçon de pellicules et vaporisai un peu de violette sur mes cheveux et mon mouchoir. J'avais une chemise à col ouvert, une saharienne et des pantalons blancs. Iole fut la ponctualité même; à 2 heures je la vis venir à ma rencontre parmi la foule des voyageurs, tout habillée de blanc, un peu courte et grosse, mais si jeune et appétissante.

— Quelle foule! me dit-elle, vous verrez que nous serons obligés d'aller à pied à Ostie!

Je suis chevaleresque et lui répondis que, de toute façon, je lui trouverais une place : qu'elle me laissât faire. Et voilà le train qui arrive sous la marquise, la foule sur le quai a un mouvement de panique comme si elle allait être chargée par un escadron de cavalerie, ce ne sont que cris et appels. Je m'élance, je m'accroche à une portière, me hisse au-dessus des gens et m'apprête à ouvrir. Un petit jeune homme brun me pousse pour passer devant moi... je lui rends sa bourrade... il me tire par la manche... je lui envoie un coup de coude dans l'estomac, me dégage et bondis dans le compartiment. Mais j'ai perdu du temps avec cet énergumène et le compartiment est déjà plein, à une place près. Je cours à cette place, juste dans mon dos l'autre court aussi et du même geste, en même temps, nous jetons sur le siège pour marquer la place, lui sa veste, moi mon costume de bain. Et nous nous affrontons :

— Je suis arrivé le premier !

— Qui a dit cela ?

— C'est moi qui le dis — et je lui jette sa veste à la figure.

A ce moment, Iole apparaît et s'assied sans hésitation en me remerciant. Le jeune homme ramasse sa veste, hésite, puis, comprenant qu'il ne peut chasser Iole, il s'éloigne en prononçant à haute voix :

— Vieil imbécile !

Le train s'ébranla presque aussitôt et je restai debout auprès d'Iole. Mais du coup, j'avais perdu tout enthousiasme et n'avait plus qu'un désir, redescendre et m'en aller. Cette apostrophe de « vieil imbécile » m'avait surpris au moment où je m'y attendais le moins. Évidemment, le jeune homme m'avait lancé ce « vieil imbécile » avec une double intention. L'injure résidait dans « imbécile » ; jusque-là rien que d'ordinaire, il avait voulu m'offenser et m'avait traité d'imbécile. Mais cette épithète de « vieux » n'avait pas été dite pour m'insulter, elle avait été énoncée comme une vérité. Supposons que, au lieu de cinquante ans, j'en aie eu seize, l'autre aurait dit : « Quel imbécile que ce garçon ! » En somme, pour lui comme pour tout le monde, Iole y compris, j'étais un vieux ; et peu importait qu'il me jugeât stupide et Iole intelligent. D'ailleurs, il n'était peut-être pas nécessaire que Iole ait pris la place, le jeune homme aurait certainement fini par me la céder, par respect pour mon âge. Et ceci me fût confirmé par un voyageur assis en face de Iole et qui avait assisté à la scène : « Grossier personnage que ce garçon, dit-il, il pouvait avoir les égards qu'on doit à l'âge... »

Je me sentais tout glacé et déprimé. De temps en temps

je portais ma main à mon visage, cherchant, en l'absence de miroir, à reconnaître par mes doigts les signes de ma vieillesse. Iole, naturellement, ne se rendait compte de rien. Au milieu du trajet, elle me dit :

— Je regrette que vous soyez debout.

Je ne pouvais moins faire que répondre :

— Je suis vieux peut-être mais pas au point de ne pouvoir rester debout une petite demi-heure.

Et j'espérais un peu qu'elle allait s'écrier :

« Vieux ? Vous... Luigi... mais que dites-vous ? »

Au contraire, cette sotte ne répondit rien, acquiesçant ainsi à mes paroles.

Sur la plage d'Ostie, elle se déshabilla la première et sortit de la cabine dans son maillot qui la serrait à éclater, toute blanche, fraîche, ferme, jeune à faire pâlir d'envie. J'entrai à mon tour dans la cabine et la première chose que je fis fut d'aller me regarder dans le miroir cassé qui pendait au mur. Étais-je vraiment vieux ? Comment avais-je pu ne pas m'en apercevoir ? D'un seul regard je vis mes yeux ternis et battus entre un éventail de rides, les fils blancs parsemant mes cheveux, mes joues molles, mes dents jaunies. Ma chemise à col Robespierre, d'allure si juvénile, me fit honte : elle découvrait mon cou avec tous ses plis, tombant en fanons sur ma gorge. Je me déshabillai et, comme je me penchais pour enfiler mon slip, mon ventre remonta jusqu'à mon estomac pour retomber ensuite comme un sac dégonflé. « Vieil imbécile », me répétais-je avec rage. Les voilà bien les surprises de la vie : une heure auparavant je me croyais jeune, au point de faire le joli cœur avec Iole ; maintenant, à cause de deux mots, je me voyais vieux, pouvant être son père. Et j'avais honte de l'avoir tant lorgnée au magasin, puis de l'avoir invitée. Dieu sait ce qu'elle pensait de moi et de quels yeux elle me voyait !

Je sus plus tard ce qu'elle pensait.

Accrochés à la corde de sécurité, nous nous laissions assaillir par les vagues, la mer étant grosse ; à chaque vague qui fondait sur nous, je perdais la respiration et pensais : j'ai le souffle coupé... je suis vieux !

Elle, pleine d'entrain, me cria :

— Savez-vous, Luigi, que je ne vous croyais pas si sportif...

— Pourquoi? demandai-je. Comment me jugiez-vous donc?

— Dame, répondit-elle, en général un homme de votre âge n'aime plus les bains de mer... il laisse cela aux jeunes!

A ce moment une vague plus forte et plus haute s'écroula sur nous, avec toute son écume; je trébuchai contre Iole et, pour me retenir, la saisis par le bras: un bras ferme, rond, d'une chair jeune et élastique.

Je criai, la bouche pleine d'eau salée:

— Mais je pourrais être votre père!

Et elle, riant parmi l'écume qui bouillonnait autour d'elle:

— Mon père... oh non!... mettons, mon oncle!

Bref, quand nous sortîmes de l'eau j'étais si paralysé par la honte et l'embarras que je n'avais même plus la force de parler. Je me sentais la bouche fermée comme une trappe qui eût besoin d'un davier pour l'ouvrir. Iole me précédait, tirant sur ses cuisses et sa poitrine son costume qui, mouillé, était devenu tout à fait indécent; puis elle se jeta sur la plage en se recouvrant de sable. Mais le sable n'adhérait pas à sa peau ferme et retombait sans cesse. Je m'assis à côté d'elle, muet, contracté, incapable de bouger et de parler. Sans doute Iole, malgré son insensibilité de pachyderme, s'aperçut-elle de mon malaise; car elle me demanda tout à coup si je ne me sentais pas bien.

— J'étais en train de penser à vous, dis-je. Dans notre salon, qui préférez-vous, Amato, Giuseppe ou moi?

Scrupuleuse, elle réfléchit longuement avant de me répondre:

— Mais vous m'êtes sympathiques tous les trois.

— Seulement voilà, insistai-je. Amato est jeune.

— Oui, il est jeune, répondit-elle.

— Je crois qu'il est amoureux de vous, repris-je au bout d'un moment.

— Vraiment? Je ne m'en étais pas aperçue...

Elle était distraite, paraissait préoccupée. A la fin:

— Écoutez, Luigi... il m'arrive un ennui... mon maillot a craqué par-derrière... voulez-vous me donner la serviette, je vais me rhabiller.

A dire vrai, je fus content de cet incident. Je lui passai la serviette, elle s'en enveloppa les hanches et courut vers la cabine. Une demi-heure après nous étions dans le train, dans un compartiment vide. J'avais remonté mon col à la Robespierre et je me disais que désormais tout était fini et que j'étais vieux.

Ce jour-là, je me jurai de ne plus regarder Iole ni aucune autre femme ; et je me tins parole. Elle me parut un peu étonnée et je crus voir une sorte de reproche dans ses yeux, mais peut-être ne fût-ce qu'une impression. Un mois passa pendant lequel je ne lui adressai la parole que quatre ou cinq fois. Pendant ce temps, elle s'était liée d'amitié avec Giuseppe qui, cependant, se comportait en père avec elle, sans un brin de cour, débonnairement et sérieusement. Plus que jamais je me sentais vieux ; je coupais des cheveux, je rasais des barbes, je recevais des pourboires et j'étais muet comme une carpe.

Mais un jour, au moment de la fermeture, tandis que j'ôtais ma blouse dans l'arrière-boutique, le patron, un brave homme, annonça : « Ce soir, si vous êtes libres, nous dînerons ensemble... c'est moi qui invite... Iole s'est fiancée avec Giuseppe. » Je sortis de mon réduit : Iole souriait dans son coin, derrière sa table de manucure ; Giuseppe souriait de son côté en affûtant un rasoir. J'éprouvai soudain un soulagement énorme : Giuseppe était plus vieux que moi, Giuseppe était laid, et pourtant Iole avait préféré Giuseppe à Amato. Je courus à lui, les mains tendues : « Mes félicitations, mes félicitations les plus vives ! » Puis j'embrassai Iole, et sur les deux joues même ! En somme, dans le salon, le plus heureux des trois, c'était moi.

Le lendemain était un dimanche et, dans l'après-midi, j'allai me promener. Et je m'aperçus, tout en marchant, que je recommençais à regarder les femmes comme par le passé, chacune à leur tour, de face et de dos.

TABOU

Alessandro m'avait fait cette scène indigne au restaurant ; deux semaines plus tard, circulant en motocyclette sur la route de Cassia, il s'emboutit contre un camion et fut tué sur le coup.

Giulio m'avait giflé au sortir du cinéma, mais trois jours s'étaient à peine écoulés que se déclarait chez lui cette terrible maladie due à la pollution des égouts qu'il avait attrapée en se baignant dans le Tibre et il mourut en quelques heures.

Remo m'avait traité de vilain singe, de nigaud et d'arriéré en pleine rue Ripetta, mais en tournant la rue de l'Oie, il glissa sur une épluchure et se cassa le col du fémur.

Mario avait fait à mon adresse un geste obscène à la partie de football, mais, presque sur-le-champ, peut-on dire, il s'aperçut que l'on venait de lui faucher son portefeuille dans sa poche.

Ces quatre cas et d'autres encore que je ne mentionne pas pour ne pas être monotone, m'avaient convaincu, cette année-là, qu'une force mystérieure me protégeait, laquelle faisait disparaître ou punissait tout au moins quiconque était contre moi. Remarquez qu'il ne s'agissait pas de jettature. Le jettatore nuit sans motif, au hasard, jetant ses mauvais sorts autour de lui un peu comme l'arroseuse municipale répand l'eau : en attrape qui passe. Non, je sentais que tout en n'ayant rien pour moi, ni beauté, ni vigueur, ni richesse (je suis simple commis dans un magasin de tissus), ne possédant aucun don particulier, j'étais néanmoins protégé par une force surnaturelle qui ne permettait à personne de me faire du tort impunément. Présomption, direz-vous. Expliquez-moi alors, je vous prie, le pourquoi de ces maux et malheurs survenant à tous ceux qui m'étaient contraires. Expliquez-moi pourquoi, si je me trouvais en difficulté et invoquais précisément cette force, elle répondait aussitôt à mon appel, comme un petit chien, et punissait l'imprudent qui avait osé se dresser contre moi. Expliquez-moi enfin... mais passons... Qu'il vous suffise de savoir que, à cette époque, je m'étais fourré dans la tête que, comme par enchantement, j'étais devenu invulnérable.

Un jour de l'été nous décidâmes, Grazia et moi, d'aller passer le dimanche à Ostie. Nous étions trois employés au magasin : Grazia, moi et un nouveau, nommé Ugo. Un type, ce dernier, qui ne me plaisait guère, grand, athlétique, sûr de lui, avec une figure de pugiliste, nez aplati et mâchoire saillante. Il avait une façon de jeter une pièce sur la banque, d'en développer le tissu en le faisant claquer entre ses doigts, les yeux fixés non sur le client mais sur les passants entrevus à travers la porte vitrée du magasin, qui me donnait sur les nerfs. Et quand un acheteur exprimait quelque incertitude, au lieu de chercher à le persuader, il employait la manière forte : je veux dire qu'il se renfermait dans un silence méprisant et désapprobateur, ou bien il laissait tomber sèchement : « Madame a besoin d'un article plus ordinaire » et allait replacer la pièce. Il s'efforçait en somme d'intimider le client ; et en effet, presque toujours, celui-ci le rappelait, contrit, réexaminait l'étoffe et en faisait l'acquisition. Moi, chaque fois que je voulais l'imiter, peut-être parce que je n'ai pas l'allure physique et l'impertinence d'Ugo, je m'entendais traiter de mal élevé, la direction ferait bien de me licencier, et autres choses du même genre. C'est pourquoi, après quelques tentatives infructueuses, j'étais revenu à ma manière qui était au contraire déférente, complimenteuse, onctueuse, toute d'insinuations et de complaisance.

Ugo ne plaisait pas à Grazia ; tout au moins me l'avait-elle dit bien des fois : « Celui-là... oh ! quelle horreur... on dirait un nègre. » Mais quand nous nous fûmes mis d'accord pour Ostie et qu'Ugo s'approcha de nous en demandant de son ton arrogant : « Que faites-vous de beau, dimanche ? » elle répondit aussitôt, frétillante, souriante, toute gonflée de coquetterie : « Pourquoi ne viendriez-vous pas avec nous, Ugo ? » Vous imaginez s'il accepta ; il dit même avec un air protecteur qu'il s'arrangerait pour amener une jeune fille, ainsi chacun de nous aurait la sienne. Mais il le dit d'une façon qui me surprit : comme s'il entendait que sa compagne serait Grazia et qu'il amènerait l'autre pour moi.

Le dimanche, à l'heure fixée, nous nous retrouvâmes à la gare Saint-Paul, parmi une incroyable foule de gens. Grazia inaugurait une robe neuve, d'un bleu qui seyait à ses cheveux blonds ; moi, j'étais chargé de paquets, ayant fait les achats pour la collation ; Ugo avait l'air d'un freluquet dans son costume gris très pâle ; et puis il y avait la jeune fille qu'il avait amenée, une certaine Clémentine. Le soupçon que j'avais eu au magasin ne tarda pas à se confirmer car Ugo, d'autorité, prit le bras de Grazia et s'adressant à Clémentine et à moi : « Eh ! vous autres... n'allez pas vous égarer dans les petits coins... faites attention de ne pas nous perdre de vue au moment du départ. » Grazia riait et, toute joyeuse, se serrait contre lui. Je regardai Clémentine ; elle était tout à fait ce qu'il fallait pour moi, d'après, bien entendu, l'idée qu'Ugo se faisait de ma personne : une bonne fille blanche et grasse, avec un visage inexpressif, bovin, comme ses flancs d'ailleurs et toute son allure ; il ne lui manquait qu'une cloche au cou. Elle me dit avec un sourire en regardant Grazia et Ugo : « Comme on voit que ces deux-là s'entendent bien ensemble ! » C'était sans doute une invite à en faire autant. Je répondis au contraire, acide, me tenant à distance : « Ah ! mais c'est vrai... voyez-vous ça... dire que je ne m'en étais pas aperçu... »

Le train arriva et Ugo, naturellement, fut le premier à monter, je ne sais comment, à travers la foule hurlante qui se bousculait ; et il fut aussi le premier à montrer sa figure antipathique à la fenêtre en nous criant : « J'ai quatre places... venez, montez comme vous pouvez. » Nous grimpâmes, nous nous assîmes les uns en face des autres et le train partit. Pendant tout le trajet, je puis dire que je ne quittai pas le couple des yeux ; c'était plus fort que moi. Ugo s'était tout à fait emparé de Grazia et tantôt lui parlait à voix basse, la faisant rire et rougir, tantôt, sans avoir l'air de rien osait quelque menue caresse. Grazia, en vraie effrontée qu'elle est, se tortillait comme une anguille et se frottait contre lui. Mais ce qui me froissait le plus c'était de voir qu'ils se comportaient comme si je n'avais pas été là, ignorant ma présence. Si au moins pour me venger d'Ugo, j'avais pu me rattraper avec Clémentine. Mais, outre qu'elle ne me plaisait pas, elle ne semblait nullement désirer que je lui fasse la cour : elle somnolait, le cou renversé en arrière, la bouche ouverte, les mains sur ses genoux.

A Ostie, nous allâmes à l'établissement de bains et, chacun à notre tour, nous nous déshabillâmes dans la cabine. Une fois tous les quatre en maillot, les différences s'accusaient plus encore : Grazia a un beau corps élancé, des jambes longues et bien faites, un buste épanoui ; mais Clémentine, toute en seins et hanches, sans taille ni cou, avait l'air d'un édredon attaché par le milieu. Quant au contraste entre Ugo et moi, il était encore plus visible : il avait un corps de lutteur, musclé, ferme, brun, large d'épaules et étroit de hanches, son slip collait à ses fesses et ses cuisses velues étaient frémissantes ; et moi au contraire, je suis petit avec des jambes maigres, un corps sans muscles et des bras étiques : une araignée !

Ugo, naturellement, prit aussitôt Grazia par la main et les voilà partis en courant sur le sable brûlant vers la mer où ils plongèrent ensemble. « Quel beau couple ! » s'exclama Clémentine qui semblait prendre plaisir à m'irriter. Maintenant, là-bas, dans les vagues, ces deux-là s'éclaboussaient, se donnaient des bourrades, et puis Ugo prenait Grazia dans ses bras et en riant elle s'accrochait à son cou. Je demandai à Clémentine si elle voulait se baigner. Volontiers, mais elle tenait à rester tout au bord car elle ne savait pas nager. Finalement, nous prîmes notre bain dans cinquante centimètres d'eau sale et chaude, au milieu d'enfants qui pleuraient, criaient et se jetaient des ballons tandis que nourrices et mamans les appelaient à grands cris et que la radio de l'établissement hurlait sans arrêt une vieille chanson : « La mer est toujours bleue, comme lorsque tu étais là… » Et pendant ce temps Ugo et Grazia, en vrais sportifs, nageaient au loin, si loin qu'on ne les voyait plus.

A ce moment, sans le vouloir, tout naturellement, la pensée me vint à l'esprit qu'Ugo, ce jour-là, se noierait. Je le pensai sans effort, comme si la chose était inévitable : Ugo m'avait offensé, donc il devait mourir. J'en fus aussitôt calmé. Je me rapprochai de Clémentine, debout dans l'eau, qui s'agrippait à une corde et je lui dis : « Ugo est un de ces excellents nageurs qui peuvent prendre une crampe et se noyer… on les ramène sans vie sur la plage et on leur fait la respiration artificielle. » Elle me regarda, incompréhensive : « Il nage admirablement », fit-elle. Je répondis en hochant la tête : « Admirablement, je n'en disconviens pas… mais il a toute l'allure d'un homme qui finit son dimanche étendu sur le sable tandis qu'on essaie de le faire respirer… laissez-moi vous le dire. »

Au bout d'un moment, Grazia et Ugo regagnèrent la rive et se mirent à courir sur la plage, pour se sécher, dirent-ils. Ils se poursuivaient, s'attrapaient à pleines mains, se lançaient du sable, roulaient à terre ensemble. Je les regardais fixement, auprès de Clémentine toujours cramponnée à la corde, et il me semblait voir Ugo se jeter à la mer, une crampe le prenait, il commençait à se débattre, puis s'enfonçait, on le ramenait sur la plage et on lui faisait la respiration artificielle. Qu'il dût mourir, je n'en étais pas sûr ; mais il ne me déplaisait pas d'imaginer que pendant une heure, il resterait, comme on dit, entre la vie et la mort. Cependant Ugo et Grazia avaient fini leurs ébats et Ugo nous proposa un tour de barque. Clémentine déclara aussitôt qu'elle ne viendrait pas, ne sachant pas nager ; nous nous installâmes donc tous les trois dans la barque, moi aux rames, Ugo et Grazia assis à la poupe l'un à côté de l'autre.

Je ramais lentement, sur cette mer calme et endormie, sous le soleil ardent, les yeux fixés sur eux, espérant presque que toute la rancœur dont mon regard était chargé leur ferait honte et les rendrait plus discrets. Peine perdue ; comme dans le train ils continuaient à se lutiner, ne se gênant pas plus que si je n'avais été un simple rameur. Ugo, voulant même souligner la chose, me dit d'un ton burlesque : « Si cela ne vous ennuie pas, mon brave homme, ramez donc avec la gauche, sans quoi nous allons nous heurter contre ce pédalo. » Cette fois, je perdis patience et répondis : « Dis donc, Ugo, personne ne t'a jamais dit que tu es très mal élevé ? » Il se redressa : « Quôî ? » en accentuant le ôî comme pour dire : « Qu'entends-je ? » Je repris, tout en ramant : « Oui, mal élevé et incapable, on ne te l'a jamais dit ? — Mais, quelle mouche te pique ? » dit-il en haussant la voix. « Je dis, continuai-je froidement, que tu es un grossier personnage. — Tu entends ce que tu dis ? — Parfaitement, un grossier personnage et un voyou. — Ah !... doucement ; avec moi, tu sais, on ne plaisante pas ! »

Et ce disant, il se leva et me frappa d'un coup violent à la poitrine. Je lâchai les rames, me levai à mon tour et voulus lui rendre le coup, mais, d'un geste prompt, il me saisit le poignet qu'il serra entre deux doigts de fer. Nous luttions maintenant, debout dans la barque, tandis que Grazia, assise, poussait des cris stridents et nous suppliait de cesser. A un mouvement plus violent, la barque, étroite et plate, se retourna et nous fûmes tous jetés à l'eau.

Nous étions loin de la rive et je jure qu'en tombant à l'eau je pensai, satisfait : « Maintenant, il va prendre une crampe et enfoncer... et mourir comme Alessandro et Giulio. » En attendant, la barque s'en allait la quille en l'air, les rames flottant sur l'eau, et nous trois, nous revenions à la surface en nageant. « Imbécile ! » me cria Ugo. Grazia nageait sans se préoccuper de rien en direction de la plage. « Imbécile, toi aussi et canaille en même temps ! » criai-je. Déjà Ugo ne prêtait plus attention à moi et nageait pour rejoindre Grazia. Je fis de même, pensant toujours à cette fameuse crampe qui devait sous peu le faire couler à pic, quand soudain j'éprouvai une douleur aiguë, dans tout le côté droit, de l'épaule au pied, et je compris que la crampe, c'était moi et non lui qui étais en train de la prendre. Cela dura une seconde mais ce fut suffisant pour que je perde la tête : la douleur ne cessait pas, je commençai à me débattre, le souffle me manquait, j'éprouvai une peur terrible, je poussai un cri et l'eau m'entra dans la bouche. Je hurlai : « Au secours ! » et de nouveau j'avalai de l'eau. J'enfonçais, revenais à la surface, appelais encore à l'aide, recommençais à couler et chaque fois je buvais, je buvais... Je me serais noyé en somme si finalement une main ne m'avait saisi par le bras tandis qu'une voix, celle d'Ugo, me disait : « Reste tranquille, je te ramène au bord. » Alors je fermai les yeux et je crois que je m'évanouis.

Je ne sais au bout de combien de temps je revins à moi et sentis sous mes reins le sable brûlant de la plage. Quelqu'un me tenait les poignets, levant et abaissant mes bras ; un autre, accroupi sur moi, me massait la poitrine et le ventre. L'air était dense d'une poussière épaisse, le soleil éblouissait et autour de moi il y avait une forêt de jambes bronzées et velues : des gens qui me regardaient mourir. J'entendis une voix dire : « Pour moi, c'est fini » et une autre : « Ils font les malins et puis voilà, ils enfoncent. » Je me sentais tout gonflé d'eau, la tête lourde et mes deux bras continuaient à se lever et s'abaisser comme si j'étais un soufflet. Alors la rage monta en moi et je dis en essayant de me dégager : « Laissez-moi donc... allez au diable ! » et je m'évanouis de nouveau.

Je ne vous dirai plus rien de ce jour maudit. Mais une semaine après, au magasin, pendant une absence d'Ugo, Grazia me dit à mi-voix : « Sais-tu pourquoi, dimanche dernier à Ostie, tu as failli te noyer ? — Non, pourquoi ? — C'est Ugo qui me l'a expliqué... il dit qu'une force mystérieuse le protège... si quelqu'un se met contre lui, cela peut lui coûter la vie... en somme, il dit qu'il est tabou... mais, pourrais-tu me dire ce que cela veut dire, tabou ? — Tabou, répondis-je après un moment d'hésitation, signifie qu'une personne ou une chose est sacrée. »

Elle ne dit rien car à ce moment Ugo s'approchait portant dans ses bras une pièce de cotonnade. Il la déplia avec le claquement habituel tout en disant : « Voilà ce qu'il vous faut, madame. » Aux regards de Grazia, je compris qu'elle était véritablement amoureuse : parbleu ! un bel homme, fort, jeune... et tabou, par-dessus le marché !

LE GARDIEN

Je préfère la solitude à la compagnie parce que les gens se moquent de mes lunettes et de ma voix de fausset, une voix qui, dès que je suis troublé, se met à bégayer. Aussi lorsque le directeur de ma maison m'offrit un poste de gardien de son dépôt, à vingt kilomètres de la Salaria, j'acceptai sans discuter. Le dépôt se trouvait dans un vallon, entre de petites collines vertes et pelées. Imaginez un quadrilatère dénudé et poussiéreux au fond d'un creux, entouré d'un mur fait de briques neuves empilées, avec de nombreuses baraques longues et basses, adossées à l'enceinte et, au milieu, une barrique penchée sous un tuyau courbé à angle droit, suintant goutte à goutte. Dans les baraques, un peu de tout : sacs de ciment, tubes, tuiles, barils de goudron, tas de poutres, amas de briques. L'une de ses baraques me servait d'habitation : deux pièces nues, avec un lit pliant, une table et quelques chaises. On pourrait se croire en pleine campagne, loin du monde, mais il suffit de monter sur une des collines pour voir, tout près de là, la Salaria et ses platanes striés de blanc et un peu plus bas, l'enseigne de l'Auberge des Chasseurs où j'allais manger chaque jour. On m'avait muni d'un revolver d'ordonnance avec plusieurs chargeurs et d'un fusil avec lequel, parfois, j'allais chasser l'alouette sur les collines. Il n'y avait personne et à part les rondes de nuit, il n'y avait rien à faire.

Je passai quatre mois dans ce chantier sans qu'aucun incident ne vînt troubler ma vie. Un soir, on frappa à la porte ; j'allais ouvrir en pensant que c'était quelqu'un de la maison, mais je me trouvai en face de deux hommes et d'une femme. Je connaissais bien l'un d'eux, c'était un chauffeur appelé Rinaldi ; au chantier de la ville où je travaillais auparavant, il était le seul à ne pas me tourner en ridicule pour mes lunettes et ma voix. Un homme tout à fait à l'opposé de moi, aussi raffiné que je suis rustre ; brun, grand et robuste alors que je suis mal fait ; ayant auprès des femmes tous les succès que je n'ai pas. Et c'est peut-être parce qu'il était aussi différent de moi et que j'aurais voulu lui ressembler que je m'étais attaché à lui. Une femme l'accompagnait, petite, rondelette, avec un pâle visage ovale, de grands yeux d'un gris délavé et une bouche aux coins relevés qui paraissait toujours sourire ; on l'appelait Emilia.

Quant au troisième, un nommé Teodoro, natif de Monterotondo, il avait des cheveux roux, frisés, des yeux jaunes de chat, un nez pointu et des joues violacées comme si la tramontane n'avait cessé de lui souffler à la face. Rinaldi me dit qu'il avait à me parler et je le fis entrer dans la baraque.

— Vincenzo, me dit-il après m'avoir offert une cigarette, je t'apporte une chance de gagner quelque chose sans te donner de mal et même sans cesser d'être gardien.

J'écarquillai les yeux sans rien répondre et, encouragé par mon silence, il expliqua qu'ils avaient un important lot de marchandises prélevées — si l'on peut dire — sur le stock d'un magasin de la ville. Il ne s'agirait pour moi que de leur donner l'autorisation de déposer ces objets volés dans l'une des baraques. Ils viendraient ensuite les retirer en temps voulu et me donneraient alors une part de leur bénéfice.

La fièvre me monta à la tête en entendant ces propositions ; mais je ne pouvais refuser : Rinaldi était pour moi comme un frère. Je bégayai :

— Écoute, Rinaldi, je suis gardien, n'est-ce pas ?

— Pour sûr !

— Eh bien, gardien je suis, gardien je veux rester.

— C'est-à-dire ?

— C'est-à-dire que vous ferez ce que vous voudrez, vous pouvez mettre vos affaires dans la baraque, allez, venir... moi, je ne sais rien, je ne vous ai pas vus, je ne vous connais pas... et si par hasard on vous interroge, vous répondez que vous ne vous êtes jamais trouvés en face de moi... ce qui signifie que vous avez entreposé les choses à mon insu...

Ils hochaient la tête, perplexes. Teodoro me dit sur un ton presque menaçant :

— Mais, dis donc, tu y feras attention à nos affaires ?... ce ne serait pas une raison parce que tu prétends ne pas nous connaître...

— Tu ne sais pas qui est Vincenzo, l'interrompit Rinaldi. Ne t'inquiète pas.

— Je suis gardien, hein ? dis-je alors. Eh bien, je garderai aussi vos affaires.

Teodoro, toujours lui ce Teodoro, insista :

— Tu peux être tranquille, tu y gagneras...

Et moi, vexé :

— Sois tranquille toi-même, butor, je ne veux rien de vous... rien... vous avez compris ?

Finalement, nous nous mîmes d'accord, Rinaldi s'en alla et revint au bout d'un certain temps avec son camion. Ils déchargèrent leur marchandise dans une des baraques, la cachant derrière des barils ; je ne vis rien, mais ils me dirent que c'étaient des tissus. Avant de partir Émilia me lança un regard qui me parut amical et ce fut toute la récompense que j'en eus.

Par la suite, ils revinrent encore trois ou quatre fois, toujours avec Émilia. Ils m'avertissaient par un coup de klaxon, j'allais rapidement ouvrir les grilles, ils déballaient la marchandise et s'en allaient. Je ne leur permettais pas de s'attarder et pendant qu'ils déchargeaient le camion, je restais enfermé dans ma baraque. Mais j'eus encore des discussions avec ce Teodoro qui prenait toujours des airs autoritaires ; je ne pouvais le souffrir. Émilia me souriait et avait toujours pour moi quelque bonne parole. Une fois elle me demanda : « Tu ne t'ennuies pas ainsi, tout seul ? » Et je lui répondis : « La solitude, ça me connaît. »

Voilà qu'un jour, en ouvrant le journal, je vois qu'on a arrêté Teodoro, Rinaldi et plusieurs autres. Le journal les appelait la « bande perce muraille » parce qu'ils pénétraient dans les magasins en faisant un trou dans le mur du local voisin. D'autres fois, ils se glissaient dans la cave, mais toujours par un trou. Le journal publiait les photos de Rinaldi, de Teodoro et d'un autre, le cou nu, le menton haut, les yeux écarquillés. Et en gros titre : « La justice met la main sur une dangereuse bande de malfaiteurs. » Heureusement, Rinaldi, en tant que chauffeur était le moins compromis et il n'était pas fait mention d'Émilia.

Nous étions en hiver et une nuit qu'il pleuvait et ventait et que la cour n'était plus qu'un lac, j'entendis frapper à ma porte. Je vais ouvrir et me trouve en face d'Émilia : mais dans quel état, Seigneur ! enceinte, avec un ventre déjà proéminent, son beau visage tout tiré ; elle avait reçu la pluie, paraissait en loques et ses cheveux étaient collés sur son front et ses joues. Elle entra et sans parler me tendit un billet de Rinaldi. Il me disait qu'il en avait pour un an de prison et que pendant ce temps il me confiait Émilia, m'envoyant une somme pour son entretien ; et il me recommandait la marchandise entreposée qui lui appartenait en entier, les autres ayant déjà touché leur part. Rien de plus. Rinaldi, pensai-je, était vraiment convaincu qu'il pouvait faire de moi ce qu'il voulait et il avait raison parce que, pour lui, j'étais capable de n'importe quoi. C'est ce que je dis à Émilia en lui offrant mon lit pour la nuit, tandis que je dormirais par terre sur des coussins, dans la pièce voisine. Ainsi commença notre vie commune.

Quelques mois plus tard, si quelqu'un était venu à l'entrepôt, il aurait certainement pensé que j'avais pris femme et que j'étais à la fois heureux époux et heureux père. Le soleil d'octobre brillait sur la cour au milieu de laquelle Émilia, les manches retroussées sur ses bras ronds, lavait et rinçait mes chemises dans l'eau de la barrique ; du linge à sécher était étendu sur des cordes ; moi, dehors au soleil, assis sur une chaise devant ma baraque, je berçais dans mes bras l'enfant d'Émilia, un petit garçon qui s'appelait Vincenzo comme moi. A côté de ma baraque une autre plus petite que j'avais construite moi-même laissait échapper une odeur de macaronis en sauce, car Émilia faisait ma cuisine et je n'allais plus à l'auberge. Quiconque, dis-je, m'aurait vu jouer avec le poupon, tandis qu'Émilia, calme et souriante, faisait, tout en me parlant, sa lessive dans la barrique, nous aurait pris pour une heureuse famille. Mais tout n'était qu'apparences : l'enfant appartenait à Rinaldi, Émilia était la femme de Rinaldi et les tissus cachés dans l'entrepôt étaient propriété de Rinaldi ; et moi dont le métier était de garder les marchandises de ma maison, je gardais maintenant aussi celles de Rinaldi. Mais, pour tout le reste, c'était comme si j'avais été marié, Émilia était si gentille, ne me laissant manquer de rien, et le bébé était si beau et si facile. Le seul ennui c'est qu'il me fallait toujours parler de Rinaldi à Émilia qui comptait les jours et les mois avant son retour ; non qu'il me déplût de parler de lui, mais une chose est d'être une amante comme Émilia et une autre d'être un ami comme je le suis. Et puis on eût dit qu'il n'y avait que lui au monde et que je n'existais pas.

Je le lui dis un soir et dès lors, comme si pour la première fois elle avait découvert que moi aussi j'étais un homme, elle commença à me harceler sur le chapitre de l'amour. C'était une plaisanterie pour elle ; moi, au contraire, je souffrais, m'étant aperçu que j'étais épris d'elle. Tant et si bien qu'un jour je lui déclarai : « Tu es à Rinaldi... alors laisse-moi en paix. — Bien sûr que je suis à Rinaldi, dit-elle, mais tu es un véritable ami qui ne doit pas être jaloux. » Et les choses en restèrent là.

Une nuit, il me sembla entendre du bruit. Je me levai, pris mon revolver et sortis de mon logis. C'était une nuit de pleine lune et l'astre paraissait être tombé dans l'eau de la barrique qui resplendissait comme de l'argent. On distinguait chaque pierre de la cour, chacune flanquée de son ombre grande ou petite et les collines environnantes étaient toutes noires dans le ciel clair. Bref on y voyait comme en plein jour, aussi trouvai-je immédiatement mon intrus. « Halte-là ! » lui criai-je pendant qu'il se faufilait entre une baraque et l'autre ; mais il me fit face aussitôt en disant :

— Baisse ce revolver ! ne me reconnais-tu pas ?

C'était Teodoro, celui de Monterotondo, mais incroyablement changé. Vêtu de haillons, les joues pâles couvertes d'un duvet rougeâtre, ses yeux jaunes enfoncés comme ceux d'un loup.

— Je suis venu retirer ces tissus, dit-il, le camion est là, dehors, avec des amis.

— Ces tissus appartiennent à Rinaldi, répliquai-je.

Nous commençâmes à discuter, lui sur un ton d'abord impérieux, puis il m'offrit de faire part à deux. Je refusai. Nous étions debout, à côté de la barrique; la fenêtre d'Émilia s'était éclairée, elle devait nous regarder. Finalement, j'ordonnai :

— Va-t'en, ça vaudra mieux.

— Je m'en vais... n'aie pas peur, fit-il en se dirigeant vers l'entrée.

Mais je ne le quittais pas des yeux tout en le suivant car je savais qu'il était homme à se servir d'un couteau. Et, en effet, à quelques mètres de l'entrée, le voilà qui bondit sur moi. Je recule d'un pas et je tire. Le croiriez-vous? Il continua à avancer vers moi, la face tendue avec ses yeux de loup, une main pressée sur sa poitrine à l'endroit où je l'avais atteint, l'autre tenant son couteau. Je tirai une seconde fois et alors il s'écroula.

Au matin, les carabiniers vinrent faire une enquête et découvrirent que le mort était un repris de justice qui s'était récemment échappé de prison. Et ce fut tout. Mais je reçus une récompense de mes patrons, pour avoir si bien défendu leur propriété. Je dis à Émilia :

— Rinaldi a commencé par me rendre voleur et voilà que maintenant je suis assassin !

— Tu t'es défendu... c'est tout, répondit-elle.

— Ce que j'en dis... puisque je suis gardien, de toutes façons je devais tirer.

Le hasard voulut que le jour même où Rinaldi enfin libéré vint reprendre Émilia, le bébé et les tissus, je venais de recevoir de ma maison l'avis que l'entrepôt devait être déménagé au plus tôt. Ainsi tout finissait à la fois; et je ne ferais plus le gardien pour personne, ni pour ma maison ni pour Rinaldi. Celui-ci vint une nuit, un peu après minuit, avec son camion; sur le pare-brise, il avait écrit en lettres blanches : Émilia.

— Rinaldi, dis-je, voici Émilia telle que tu me l'as confiée... voici ton fils... et là-dedans toutes tes étoffes... comme tu peux le voir, tout est en ordre.

Il souriait, heureux de retrouver Émilia et l'enfant :

— C'est bien, Vincenzo, je savais que je pouvais avoir confiance en toi... c'est très bien.

Mais j'éprouvais un sentiment mélangé de rage et de tristesse, je suffoquais presque et je répétai :

— Rinaldi, tu peux voir que tout ce que tu m'as confié, je te le rends tel quel.

Il voulut me donner de l'argent, insista pour m'offrir une montre, me proposa de me conduire à Rome avec le camion, mais je refusai tout, en protestant !

— Je ne veux rien accepter... suis-je gardien, oui ou non ? je n'accepte rien...

Je sentais que j'étais amoureux d'Émilia et je regrettais et j'étais heureux en même temps de l'avoir respectée. Moi-même je chargeai la marchandise sur le camion et puis Rinaldi y monta avec Émilia qui souriait, tenant dans ses bras le bébé enveloppé d'une couverture. Il me cria, sans malice, sans doute :

— A bientôt, eh ! gardien !

Quelques jours après arrivèrent les camions de la maison ; les hommes chargèrent les tuiles, les sacs de ciment, les tuyaux, les barils de goudron ; le mur d'enceinte fut démoli et les briques chargées à leur tour ; enfin on s'attaqua aux baraques dont les planches mêmes furent enlevées. Du matin au soir, pendant plusieurs jours, les camions ne firent qu'aller et venir, soulevant une grande poussière, chargeant et emportant. Finalement, un matin, ils démolirent ma baraque et l'emportèrent.

Je restai le dernier. Il n'y avait plus rien maintenant sur la terre battue où déjà pointait l'herbe, que çà et là des débris de tuiles, des flaques d'eau et tout autour les collines. J'avais passé presque deux ans dans cet endroit et c'était fini. Une valise de fibre liée à la selle de ma bicyclette contenait tout ce que je possédais. Je pris ma bicyclette à la main et la conduisis du côté de la Salaria. Une fois sur la grand-route j'enfourchai ma machine et pédalant sans hâte, je me dirigeai vers Rome.

L'INFIRMIÈRE

Je m'occupe d'une petite pépinière à la cité Giardino et chaque matin, quand je passe en autobus par la rue Nomentana, je ne puis m'empêcher de jeter un coup d'œil à la grille d'une certaine villa aux alentours de Sainte-Agnès. J'y ai été jardinier il y a quelques années; c'est moi qui ai planté ce jasmin qui maintenant tapisse le mur de clôture; moi également qui ai disposé dans la cour d'entrée les pots de camélias et taillé en espalier cette glycine qui, si elle n'est pas morte, doit aujourd'hui atteindre le second étage de la maison. Le propriétaire étant malade, le jardin avait été laissé à l'abandon et ressemblait plutôt à un terrain vague; mais par amour pour l'infirmière qui soignait mon patron, en quelques mois, je fis de ce jardin une véritable serre, avec des massifs verts, des allées sablées, des bosquets de lilas et le buis bien taillé tout autour des massifs et des allées. Je me souviens que je plantai même un magnolia de l'espèce Grandiflora, juste en face de la fenêtre de Nella, afin qu'au printemps le parfum des fleurs entre jusque dans sa chambre; et sous sa fenêtre je fis grimper un cognassier du Japon, cette belle plante dont les branches sont si noires et les fleurs d'un si beau rouge.

Nella était l'infirmière et j'en étais amoureux. C'était une fille robuste, pas très grande, avec des cheveux roux, un visage large et frais semé de taches de rousseur et des lunettes de myope. Elle me plut dès le premier abord par son air de force et de santé, ce corps exubérant qui gonflait la blouse blanche et cette expression concentrée et placide que lui donnaient ses lunettes. On eût dit une doctoresse. Et ce fut probablement le contraste entre sa physionomie sévère et son corps jeune et souple qui me fit perdre la tête.

En ce temps-là la santé du malade qu'elle soignait me tenait plus à cœur que la mienne ; c'est que je savais en effet qu'en cas de guérison ou de mort elle s'en irait et que je ne pourrais plus la voir aussi facilement. Aussi, chaque matin de ce printemps, à l'heure où elle ouvrait la fenêtre du malade — une fenêtre qui donnait sur le jardin — je m'arrangeais toujours pour être là et la première chose que je lui demandais était aussitôt : « Comment va-t-il ? » Elle répondait, évasive : « Comme ci, comme ça » avec un sourire de malice, car elle n'ignorait pas le motif de ma sollicitude. Puis, au cours de la matinée, je la revoyais souvent, toujours à la fenêtre en train de verser un médicament dans un verre, ou de vérifier l'aiguille d'une seringue avant de faire une piqûre. Je lui faisais des signes de la main, mais elle se bornait à secouer la tête comme pour dire : « Vous savez bien que je suis dans sa chambre... » Car, dans son travail, elle était plus consciencieuse qu'un homme. Seulement, en maligne qu'elle était, elle se servait de ses occupations pour me faire languir, un peu comme certaines jeunes filles qui pour se donner des airs d'ange, entraînent leur mère à tous les bals, mais ne se gênent pas pour faire les coquettes.

Le matin, je m'arrangeais pour rester dans la cour devant la villa, parce que la fenêtre du malade donnait de ce côté ; l'après-midi, au contraire, sachant qu'après le déjeuner le malade faisait la sieste et qu'elle en profitait pour me rendre visite, j'allais travailler au fond du jardin qui était très grand, derrière un bosquet de chênes verts masquant une fontaine adossée au mur de clôture. Et presque toujours, entre 2 et 3 heures, je la voyais apparaître ; nous restions ensemble une demi-heure ou une heure. Je cueillais pour elle quelque fleur, un œillet, un camélia, une rose, et pour me faire plaisir elle l'épinglait sur sa poitrine pour orner sa blouse blanche. Puis elle s'asseyait sur le bord de la fontaine et je lui expliquais mon amour. J'étais sérieusement épris et dès le début je lui parlai de mariage. Elle m'écoutait, le visage impénétrable, sans desserrer les lèvres.

— Nella, lui disais-je, je vous veux pour femme et je veux vous faire beaucoup d'enfants... un tous les ans... imaginez-vous les beaux enfants que nous aurons, vous si belle et moi qui ne suis pas si mal...

— Pauvre de moi ! riait-elle. Et comment les élèverions-nous ?

— Je travaillerai... mon idée, c'est d'avoir une pépinière...

— Mais je tiens à ne pas quitter mon métier d'infirmière !

— Infirmière... voyez-vous cela !... vous serez une épouse, voilà tout.

— Je ne veux pas d'enfants et j'aime être infirmière... mes enfants, ce sont mes malades... (Mais elle souriait en disant ces mots et me laissait lui prendre la main. Cependant quand, entre deux paroles, je cherchais à l'embrasser, elle me repoussait aussitôt et se levait en disant :) Il faut que j'aille le retrouver.

— Mais il dort !

— Oui, et s'il se réveille et ne me voit pas, il est capable d'en mourir d'inquiétude... Il ne veut que moi à son chevet.

A ces moments je haïssais ce malade, bien que sans lui je n'eusse pas connu Nella. Mais elle s'en allait et moi, de rage, j'allais prendre un râteau et je me mettais à ratisser avec tant de violence que j'arrachais la terre en même temps que le gravier.

Jamais je n'eus d'elle le moindre baiser. Mais parfois elle me laissait admirer ses cheveux qui, avec ses yeux, faisaient toute sa beauté. « Laissez-moi voir vos cheveux, lui demandais-je. — Comme vous êtes ennuyeux ! » protestait-elle avec douceur mais elle finissait par me permettre de lui enlever son fichu et d'ôter une à une les épingles de son chignon. Un instant la masse de sa chevelure épaisse et rousse restait intacte sur sa tête, comme une couronne de cuivre. Puis elle secouait la tête et ses cheveux tombaient sur ses épaules, descendaient en vagues ondulées jusqu'à sa taille ; elle demeurait immobile sous ses cheveux longs, me regardant fixement à travers ses verres de myope. Alors j'étendais la main et délicatement je lui ôtais ses lunettes. Aussitôt elle perdait cet air hypocrite que lui donnaient les verres épais et ses yeux qu'elle avait grands, doux, liquides, un peu battus, d'un ton doré de châtaignes, donnaient à son visage une expression différente : languide, attirante. Je la regardais sans la toucher ; puis, comme prise de pudeur, elle remettait son fichu sur sa tête et replaçait les lunettes sur son nez.

J'étais si amoureux qu'un jour, je m'en souviens, je lui dis :

— Je voudrais tomber malade moi aussi... au moins vous vous occuperiez de moi.

— Vous êtes fou ! répondit-elle. Vous allez bien et vous souhaitez être malade !

— Oui, affirmai-je, parce qu'alors vous me passeriez de temps en temps votre main sur mon front pour voir si j'ai la fièvre... vous me laveriez le visage le matin avec de l'eau tiède... et quand j'en aurais besoin, vous accourriez, diligente, l'instrument à la main et attendriez patiemment que j'aie fini de m'en servir...

Cette dernière phrase la fit rire aux éclats :

— Que vous êtes bête ! croyez-vous qu'il nous soit agréable, à nous autres infirmières, de rendre certains services ?

— Ce n'est pas agréable, ni pour vous ni pour les malades, mais pour moi ce serait mieux que rien...

Je n'en finirais plus si je voulais tout raconter. En amour, vous savez, les plus petites choses semblent importantes, surtout lorsque — et c'était le cas — l'amour s'en tient aux prémisses et ne parvient pas à obtenir la conclusion qu'il désire. Cependant j'entendais dire que l'état du malade s'améliorait, qu'il allait bientôt se lever et j'en devins plus pressant auprès de Nella, sur la question de notre mariage. Mais elle tergiversait, tantôt me laissant entendre que j'étais loin de lui déplaire ; tantôt me répondant qu'elle n'était pas assez sûre de ses sentiments. Je pensais qu'elle hésitait avant de se rendre : oscillations de l'arbre scié avant qu'il ne s'abatte. Puis un après-midi, je crus perdre le souffle en l'entendant me dire :

— Pourquoi ne viendriez-vous pas cette nuit sous ma fenêtre... après minuit... nous pourrions causer...

Ce soir-là, je me cachai dans le jardin et attendis minuit, assis sur le rebord de la fontaine, derrière le bosquet de chênes verts. A l'heure dite, j'allai sous sa fenêtre et sifflai doucement, comme nous en étions convenus. Les volets s'ouvrirent aussitôt et elle apparut, toute blanche dans la fenêtre obscure. « Tendez-moi la main... vite... » chuchota-t-elle et j'eus à peine le temps de m'écarter que déjà elle avait enjambé l'appui de la fenêtre et tombait dans mes bras. Sous son poids, nous roulâmes tous deux à terre, mais nous nous relevâmes et fîmes quelques pas le long du mur.

— Alors, Lionello, murmura-t-elle tout bas, tu es vraiment sûr de vouloir m'épouser ?

Cet accent, tendre comme il ne l'avait jamais été, plus encore que ses paroles, me fit tomber à ses genoux et je lui embrassai les jambes à travers la grosse toile de la blouse. Je sentis sa main me caresser la tête et malgré mon émotion je pensai froidement : « Cette fois, je la tiens... » Mais juste à ce moment, voilà que de la fenêtre de sa chambre une sonnerie se fait entendre, impérieuse. Le plus cher des amants l'eût-il appelé, qu'elle n'eût pas répondu avec plus de promptitude :

— Vite... vite... dit-elle en me repoussant si vivement que je manquai de tomber, vite, c'est lui qui m'appelle...

La maudite sonnette continuait à sonner, elle courut à la fenêtre, je l'aidai à remonter et elle disparut. Au bout d'un moment, je vis sur la façade s'illuminer la fenêtre du malade, signe que Nella était déjà auprès de lui. Alors pour la première fois la jalousie m'étreignit le cœur.

Ce qui se passa cette nuit-là, dans la chambre du malade, je l'ignore ; mais le matin suivant Nella n'apparut pas à sa fenêtre et l'après-midi elle ne vint pas à notre rendez-vous habituel auprès de la fontaine. Trois ou quatre jours passèrent ainsi ; et puis un après-midi je l'aperçus enfin, mais non pas seule : elle marchait lentement dans la cour en soutenant son malade. Lui, en pyjama, un homme d'âge moyen, très grand, blond et pâle, s'appuyait à elle, le bras passé autour de ses épaules, et elle, docile, le tenait amoureusement par la taille, réglant son pas sur le sien.

A cette vue, je demeurai stupide et, comme ils disparaissaient tous deux derrière l'angle de la maison, je me tournai vers un valet de chambre qui, du seuil de la villa, les observait lui aussi ; il me fit un geste qui voulait dire : ils s'entendent, ces deux-là ! Je feignis l'indifférence et l'interrogeai : selon lui, le bruit courait dans le service que le patron avait l'intention d'épouser l'infirmière. Il ne m'en fallut pas davantage croyez-moi : je jugeai sur-le-champ que Nella était une femme comme tant d'autres qui préfèrent l'argent à l'amour. J'ai des impulsions vives et ne balance pas à prendre certaines décisions : le jour même je faisais mon paquet et quittais la villa pour n'y plus jamais revenir.

Pendant longtemps, chaque fois que je pensais à Nella je la voyais en esprit, non plus comme infirmière, mais comme épouse et maîtresse de maison. Et je me disais aussi que si son mari tombait de nouveau malade, elle ne le soignerait sans doute pas avec autant de sollicitude puisqu'une fois veuve elle atteindrait enfin le but pour lequel elle s'était mariée. Mais on se trompe souvent en pensant que l'intérêt et le sentiment sont les deux mobiles qui font agir les humains. Certains êtres ne se laissent guider ni par l'intérêt ni par le sentiment, mais par quelque autre raison, toute particulière, qu'ils sont seuls à connaître. Nella était de ces êtres-là.

Deux ans après, je me présentai chez les propriétaires d'une villa du Janicule qui m'avaient fait appeler pour installer une serre de plantes tropicales. Tandis que j'attendais dans le hall, je fus frappé par un je ne sais quoi dans l'atmosphère qui sentait les précautions, presque le deuil : fenêtres closes, chuchotements, allées et venues silencieuses, odeur de désinfectant, bruits étouffés. Puis, tout à coup, je l'aperçus, elle, en haut de l'escalier, dans son costume d'infirmière, telle que je l'avais vue la dernière fois, son voile sur la tête, ses lunettes sur le nez, un plateau à la main. Elle descendait et ne pouvait éviter de se trouver face à face avec moi. Quand elle ne fut plus qu'à deux pas, elle s'arrêta et je lui dis d'un ton mi-triste, mi-moqueur :

— Toujours infirmière, Nella... mais ne deviez-vous pas vous marier ?

Avec ce même air placide et impénétrable qui m'avait autrefois fait perdre la tête, elle me répondit en souriant :

— Qui a pu te raconter cette histoire ? Ne t'avais-je pas dit que je ne voulais pas me marier mais continuer à être infirmière...

— Le renard et les raisins... dis-je.

Elle me regarda un moment, puis secoua la tête :

— Figure-toi, dit-elle, que celui-ci est aussi amoureux de moi... mais je ne puis tout te raconter maintenant... si tu viens travailler ici, nous pourrons causer... ma fenêtre est au rez-de-chaussée, sur le jardin...

Et, avant de s'en aller, elle me jeta un coup d'œil qui signifiait clairement : c'est entendu, n'est-ce pas ? A ce moment, je compris que c'était peut-être parce qu'elle était si saine et robuste qu'elle éprouvait un certain goût à jouer à l'amour avec les malades. Malheureusement moi, j'étais bien portant, je ne pouvais donc garder aucun espoir. Je n'hésitai pas ; sans même attendre de me présenter, renonçant au travail que l'on me proposait, je m'en allai discrètement, sur la pointe des pieds.

JEUX DE FERRAGOSTO

Pour moi tout allait de travers cet été et quand arriva Ferragosto [1], je me trouvais à Rome, sans amis, sans femme, sans parents, tout seul. Si le magasin où je suis commis n'avait pas été fermé pour les fêtes, de désespoir et pour éviter la solitude, je me serais résigner à vendre nos soldes d'été : caleçons, chaussettes, chemises et autre bonneterie courante. Aussi, quand, le matin du 15 août, Torello vint klaxonner sous ma fenêtre et m'invita à aller avec lui à Fregene, je pensai : « Ce garçon est antipathique, odieux même... mais mieux vaut lui que personne ! » Et j'acceptai de bonne grâce.

Torello est un jeune homme trapu, épais comme un pain de campagne, avec une face blême toute projetée en avant, de façon arrogante, et des yeux à fleur de tête qu'on aurait envie de crever à coups d'épingle. Je viens de le dire, il m'était antipathique, mais peut-être étais-je le seul à avoir cette opinion car, en général, on le trouvait sympathique et les femmes se mouraient d'amour pour lui. Il avait toujours le porte-monnaie garni car son garage marchait bien, ce qui lui permettait d'allier à son arrogance naturelle celle que confère l'argent. Mais passe encore l'arrogance ; si je ne pouvais le sentir c'était pour une autre raison : parce que tout ce qu'il disait et faisait était hors de propos. Il était toujours à côté, intempestif, importun, toujours vexant et gaffeur. Écouteriez-vous patiemment un chanteur dont toutes les notes seraient fausses ? Vous le payeriez plutôt pour qu'il se taise. Tel

1. Ferragosto : 1er et 15 août, jours fériés en Italie.

était l'effet que me produisait Torello. Il me mettait les nerfs à vif et comme j'ai bon caractère, aimant à être d'accord avec tout le monde, puisque je ne pouvais m'accorder avec lui je l'évitais autant que je le pouvais. Ce jour-là je ne l'évitai pas et j'eus grand tort.

Je n'attendis pas longtemps sa première maladresse : je n'étais pas assis à côté de lui dans sa voiture qu'il me disait : « Tu as de la chance que je sois venu te chercher, hein ?... sans quoi tu passais Ferragosto à Villa Borghese... » « Allons, ça commence », pensai-je, mais je ne répondis pas car s'il est indélicat il est également sot et n'aurait pas compris. Puis la voiture démarra, se dirigeant vers l'Aurelia.

La voiture de Torelli a une carrosserie hors série, basse et verte, dont il est fier à un point que je ne saurais dire. Nous étions encore dans l'agglomération, passé Saint-Pierre, qu'il commença à conduire comme un fou : quatre-vingt-dix, cent, cent dix, cent vingt... Je lui disais : « Mais, va moins vite... personne ne nous attend. » Pour toute réponse, il appuyait sur l'accélérateur. Comme un éclair nous passâmes Madona di Riposo et nous nous trouvâmes sur la voie Aurelia. A cause du Ferragosto les voitures fourmillaient sur la route et Torello se faisait un point d'honneur de les dépasser toutes, sans donner un coup de klaxon, sans vérifier si le passage était libre, fonçant tête basse comme un taureau. Nous nous trouvions à ce moment sur une grande ligne droite et tout au fond on apercevait une grosse voiture américaine qui roulait également à grande vitesse, noire et brillante sous le soleil. « Celle-là, nous allons l'avoir aussi », dit Torello et il accéléra. La voiture était plus puissante que la nôtre, mais l'homme qui était au volant conduisait avec prudence, régulièrement ; il avait une femme à côté de lui. Juste avant le tournant, Torello serrait de près la voiture, se disposant à la doubler ; je vis alors la femme : blonde, avec une figure ronde, des yeux de velours noir, une expression sournoise et vicieuse : un gros chat. L'homme paraissait petit, avec un cou épais en ligne droite avec la nuque, un crâne chauve, un nez épaté. Il conduisait, le cigare à la bouche, la chemise ouverte, ses bras velus posés sur le volant. « Adieu, belle blonde ! » cria Torello ; elle tourna la tête et sourit. A ce moment un camion haut comme une maison débouchait dans le tournant ; l'homme au cigare, d'un réflexe prompt se jeta dans le fossé et Torello eut à peine le temps de suivre le même mouvement. L'autre lui fit un geste de la main et repartit comme une flèche. « Cette femme me plaît, dit Torello en appuyant sur la pédale, as-tu vu comment elle m'a souri ? — Laisse ça tranquille, dis-je, ce n'est pas une femme pour toi. » Et lui, arrogant : « Je te demanderai conseil quand j'aurai à m'acheter un pyjama. » Blessant, en somme !

Comme des démons nous continuâmes à courir derrière la voiture américaine et à un passage à niveau nous nous arrêtâmes en même temps qu'elle, côte à côte. La femme blonde nous regarda et sourit à Torello qui aussitôt lui fit un geste de connivence. L'homme au cigare intercepta le geste, enleva son cigare de sa bouche et là, à ce passage à niveau, en ma présence, devant le garde-barrière et des paysans qui attendaient, il gifla la femme du revers de sa main. A ce moment, les barrières se levaient et la voiture repartit avant que j'aie pu revoir la figure de la blonde passagère. Mais, imaginez Torello... Cette gifle lui fut aussi stimulante qu'une déclaration d'amour. « Tu vas voir ! rugit-il courbé sur son volant, tu vas voir si je la lui souffle ! » Mais la machine américaine roulait à une vitesse d'enfer et il nous fut impossible de la rattraper avant la pinède de Fregene.

Cependant nous étions arrivés à la pinède, à ce carrefour où s'arrêtent les couples d'amoureux, où les promeneurs s'étendent à l'ombre des pins avec leur poste de radio, leurs cartons à provisions et leurs bouteilles de Ferragosto. La voiture américaine nous précédait et nous la suivions de près ; elle déboucha sur l'esplanade et s'arrêta à l'ombre sous un hangar. Torello alla se ranger tout contre, côte à côte. L'homme au cigare sortit par sa portière, la femme par l'autre. Mais Torello, lestement, était allé l'aider à descendre. Elle le remercia d'un sourire et s'éloigna au bras de son compagnon. Elle le dépassait de toute la tête, souple et ondulante comme un serpent, balançant ses hanches et sa tête. Lui paraissait plus large que haut et avec ses bras le long du corps il avait l'air d'un gorille.

Nous entrâmes en même temps qu'eux dans l'établissement de bains et prîmes comme eux notre ticket. Et nous voilà nous dirigeant ensemble vers les cabines sur le passage cimenté qui traverse la plage. Le garçon de bains, en nous voyant tous les quatre, se retourna et demanda : « Vous êtes ensemble, dans la même cabine ? » La blonde se mit à rire en regardant Torello qui dit à haute voix : « Pourquoi pas ? — Non, dit l'homme au cigare, nous ne sommes que deux, ces messieurs sont à part. »

La femme entra dans la cabine et Torello dans celle d'à côté. Nous étions seuls l'homme et moi ; il sortit de sa poche un gros étui et me le tendit : « Un cigare ? — Je ne fume pas », répondis-je. Il insista : « Alors prenez-le pour votre ami » sur un ton sombre, presque menaçant. Il me sembla qu'il avait l'accent méridional et étranger à la fois et je jugeai qu'il devait être italo-américain. Puis j'entendis Torello taper sur la cloison séparant les deux cabines et le rire étouffé de la blonde. « Votre ami est un type très gai ! » dit l'homme puis il cria quelque chose en anglais et la femme sortit de la cabine. L'homme y entra aussitôt tandis que Torello sortait de la sienne. « Tiens, lui dis-je, voilà un cigare, c'est lui qui t'en fait cadeau » et je lui indiquai la porte fermée. Torello prit le cigare et cria : « Merci pour le cigare, hein ? — Il n'y a pas de quoi... » fit l'homme passant sa tête à travers la porte et avec un mauvais regard : « Voulez-vous aussi mon peignoir... ou ce sac... ou encore mon étui : il est en or. » C'était lui donner une leçon. Torello rougit jusqu'à la racine des cheveux pendant que la porte se refermait, puis il me regarda, me fit un clin d'œil et se lança à la poursuite de la femme qui s'avançait vers la mer.

Je le vis la prendre par le bras. Je n'en croyais pas mes yeux et, sur le moment, lui donnai presque raison. La femme tortillait ses hanches et ses épaules ; elle avait un corps délié, sans os ni muscles, comme en caoutchouc. Ils se mirent à l'eau ; la mer était agitée, une vague les assaillit et quand elle fut passée, je vis la blonde entre les bras de Torello, le tenant par le cou et riant aux éclats. Puis ils s'éloignèrent et je les perdis de vue.

L'homme sortit de sa cabine en maillot blanc et caleçon noir. Il était court de jambes avec une peau comme du lard, des cuisses noires de poil et la poitrine velue. Son journal à la main, son éternel cigare à la bouche, il se fit apporter une chaise longue devant la cabine, s'assit et déplia le journal. A ce moment Torello et la blonde sortaient de l'eau en riant, s'éclaboussant, échangeant des bourrades. L'homme leur jeta un coup d'œil et se mit à lire.

La blonde remonta la plage et vint se pelotonner à côté de son compagnon. Pendant ce temps, Torello, debout au milieu de la plage, se livrait à des exercices de gymnastique : en avant, en arrière, d'un côté, de l'autre, tout cela pour se faire admirer de la dame. Alors j'allai prendre mon bain et pendant une heure je ne m'occupai plus d'eux.

A mon retour je trouvai Torello déjà habillé et impatient : « Mais où étais-tu ? Vite, habille-toi... ils sont déjà en train de déjeuner. » Je le suivis, une fois prêt, jusqu'au restaurant. Le couple était en effet à table au fond de la grande pergola bondée de gens. Torello alla tout droit s'asseoir à la table voisine de la leur, mais l'homme l'interpella à voix haute : « Pourquoi vous asseoir à côté, vous seriez aussi bien à ma table ? » Une fois de plus, il se moquait de lui, mais Torello est si bête qu'il fit un geste comme pour accepter, mais l'autre poursuivit : « Vous préféreriez peut-être que je m'en aille pour vous laisser seul avec Madame ? » Torello s'assit auprès de moi et, pendant un moment, n'ouvrit pas la bouche. Nous mangions en silence ; mais au dessert la femme profita d'un instant où l'homme ne la regardait pas et sourit à Torello. Ragaillardi, celui-ci se fit apporter une bouteille de frascati mousseux, se leva et la bouteille à la main alla droit au couple. En le voyant arriver, la blonde éclata de rire ; l'homme leva les yeux et regarda Torello. « Boirons-nous ensemble ? fit Torello. Quel plaisir y a-t-il à se regarder en chiens de faïence... buvons et faisons la paix... — Donnez », répondit l'homme et, prenant la bouteille, il en renversa le contenu jusqu'à la dernière goutte dans un vase de fleurs qui se trouvait là ; puis il rendit la bouteille à Torello en disant : « Merci. » La femme continuait à rire.

Plus tard, l'homme se leva pour aller au bar et la femme, alors, s'adressant à Torello : « Merci pour le vin... j'ai apprécié votre geste... » et ils se mirent à causer d'une chose, d'une autre, Torello s'enflammant de plus en plus. Mais soudain l'homme se trouva entre eux deux, le cigare aux lèvres et, assez aimablement, il demanda à Torello : « Nous allons à la pinède... voulez-vous venir avec nous ? » Mon camarade hésitait, se demandant si une fois encore on se moquait de lui, mais la femme sur un ton décidé : « Venez donc, puisqu'il vous dit de venir... » Alors nous acceptâmes.

De nouveau la pinède. La voiture américaine nous précédait, rebondissant doucement sur le sentier herbeux, au plus épais du taillis. Nous roulâmes un bon moment ; à travers leur vitre arrière, je voyais les deux têtes de la blonde et de l'homme au cigare et tout me paraissait se dérouler trop facilement pour être vrai. Mais Torello, tout excité, me dit : « Il va sûrement faire la sieste et je ne m'appelle plus Torello si je ne m'envoie pas cette belle poupée. » Jamais je ne l'avais trouvé si antipathique.

Nous arrivâmes enfin dans une clairière, en un endroit tout à fait solitaire ; des pins, des pins de tous côtés et à travers leurs frondaisons qui s'agitaient au vent, le ciel d'azur, tout enflammé de chaleur. La voiture américaine fit demi-tour, son capot tourné vers le sentier par où nous étions venus. Torello s'arrêta à son tour, bondit gaiement hors de la portière et s'avança à la rencontre de l'homme qui lui aussi était sorti de sa voiture.

Il lui tendit la main et sans doute voulait se présenter. L'autre se tenait immobile au milieu de la clairière ; je le vis prendre son élan à deux ou trois mètres de Torello et fonçant tout à coup, la tête basse, comme un bélier, il lui donna un terrible coup au creux de l'estomac. Avec la tête, je vous dis, un vrai coup de lutte libre. Torello fit un geste comme pour se mettre en garde, mais l'homme lui assena un coup de poing en pleine figure, puis comme

Torello reculait de deux pas, un autre coup de poing, dans l'estomac de nouveau. Alors, Torello s'appuya contre un arbre et se couvrit le visage de sa main. L'homme retourna à sa voiture, mit le moteur en marche et repartit.

J'avais presque envie de rire et j'avoue que je n'étais pas mécontent que Torello ait pris ce coup de tête à l'estomac. Mais en m'approchant de lui je vis qu'il avait la bouche pleine de sang. Il se tenait l'estomac puis se tourna derrière un pin et vomit. Je retournai à la voiture, y montai et demeurai immobile un long moment. Un silence profond régnait ; en écoutant bien on entendait parfois, au plus profond du bois, siffler un oiseau. Finalement, Torello monta à son tour à côté de moi, tenant son mouchoir sur sa bouche et nous repartîmes.

Pendant une partie du trajet nous restâmes silencieux. Mais Torello dit enfin : « Tout ça, c'est la faute de cette sorcière. » J'aurais voulu lui dire de ne s'en prendre qu'à lui-même, mais je me tus, car je savais que cela ne servirait à rien. Nous nous quittâmes à Rome et, depuis ce jour, je ne l'ai jamais revu.

LA RUINE DE L'HUMANITÉ

Vers la mi-février la tramontane qui m'avait tant fait souffrir durant l'hiver tomba d'un seul coup, le ciel se remplit de nuages et un vent humide, paraissant venir de la mer, se mit à souffler. Ces bouffées de vent me rendaient des forces, mais tristement, comme si elles susurraient à mon oreille : « Allons, courage... tant qu'il y a de la vie il y a de l'espoir. » Et en sentant que l'hiver avait pris fin et que le printemps commençait, je compris que je ne pouvais plus aller travailler dans l'atelier de mon oncle. J'étais entré chez lui un an auparavant, comme un train entre dans un tunnel sans apercevoir la lumière de la sortie. Pourtant mon travail n'était ni pénible ni désagréable, mais c'était pire. L'atelier est installé dans un hangar situé au fond d'un terrain clos servant de dépôt à une fabrique de tuiles, à mi-chemin de la via della Magliana. Dans ce hangar, l'air est toujours chargé de la poussière blanche de la sciure, comme dans un moulin ; et au milieu de ce nuage, dans le bourdonnement incessant des scies et des tours électriques, mon oncle et nous autres, ses ouvriers, enfarinés comme des meuniers, nous étions occupés tout le jour à fabriquer des rayonnages et des meubles.

Mon oncle me traitait comme un fils ; les compagnons étaient tous de braves gens et, comme je l'ai dit, le travail n'était pas désagréable. Prendre un tronc de chêne, d'érable ou de châtaignier, appuyé de toute sa longueur au mur de l'atelier, encore tout tordu et avec son écorce, voire même sous l'écorce les fourmis qui y habitaient avant que l'arbre ne soit coupé ; puis, à coups de scie en tirer des billes blanches et nettes, puis des plateaux et des planches, et avec le tour, le rabot et d'autres instruments, suivant le cas, en faire sortir des pieds de table, des panneaux d'armoire ou des corniches; arriver enfin au meuble, chevillé, vissé, collé et n'avoir plus qu'à le vernir et lui donner du brillant, c'est tout une affaire. Si l'on aime ce métier, ce passage du bois en grume au meuble peut devenir une chose passionnante, intéressante en tout cas ou tout au moins pas ennuyeuse.

Mais il faut croire que je ne suis pas fait comme les autres: au bout de quelques mois, j'étais excédé de ce métier. Ce n'est pas que je ne sois pas travailleur, mais j'aime suspendre de temps en temps mon travail, regarder autour de moi, juste pour savoir qui je suis, où je suis et à quel point j'en suis.

Mon oncle, lui, était tout le contraire de moi; il travaillait sans trêve, avec acharnement, avec passion, sans jamais souffler ni réfléchir, passant d'une chaise à une étagère, d'une étagère à une armoire, d'une armoire à une commode pour revenir à une chaise. Il était ainsi arrivé à la cinquantaine, ayant amassé un assez gros pécule, mais on devinait qu'il mènerait la même vie jusqu'à sa mort, une mort qui ressemblerait à la fin d'un tour qui se casse ou d'une scie qui perd ses dents, la mort d'un outil plutôt que d'un homme. Et en effet, le dimanche, quand il endossait ses habits de fête et s'en allait à pas lents sur le trottoir de la via Arenula, en compagnie de sa femme et de ses enfants, les yeux mi-clos, la bouche tordue entre deux rides profondes, il faisait réellement penser à un instrument hors d'usage, inutile, usé. Je ne pouvais alors m'empêcher de penser qu'il avait pris cette figure à force de se courber sur la scie ou le tour et de plisser les yeux dans la poussière de la sciure; et je me disais que la vie ne vaut pas la peine d'être vécue si l'on ne prend parfois le temps de souffler, juste le temps de penser qu'on est en train de vivre.

L'autobus qui part de la gare du Transtevere fait son circuit en pleine campagne. Paysans, ouvriers, pauvres gens de toutes sortes y apportent la boue de leurs souliers, le relent de sueur de leurs vêtements de travail et peut-être aussi certains insectes. Aussi, en tête de ligne, arrose-t-on le sol et les sièges mêmes de je ne sais quel désinfectant empesté qui prend à la gorge et, comme un oignon, vous fait pleurer.

Par une douce matinée de février, tandis que j'attendais le départ de l'autobus, les yeux tout larmoyants à cause de la drogue désinfectante, le vent marin qui entrait par les vitres baissées me donna brusquement l'envie de m'en aller pour mon plaisir, pour prendre un temps d'arrêt, afin de réfléchir sur moi-même. Aussi lorsque je descendis en face de l'atelier, au lieu de me diriger à droite vers le hangar, je tournai à gauche du côté des prés qui s'étendent entre le Tibre et la grand-route. Je me mis à arpenter l'herbe pâle, dans le vent mou et humide, sous le ciel ennuagé de blanc. Le Tibre était invisible, caché par un repli de terrain; mais au-delà du fleuve, je voyais les usines abandonnées de l'E 42, le bâtiment qui, avec toutes ces arches, ressemble à un pigeonnier, l'église et sa coupole et toutes ces colonnes qui ne soutiennent plus rien et ressemblent aux morceaux de bois d'un jeu de construction d'enfant. Derrière moi s'étendait la zone industrielle de Rome, les hauts fourneaux aux longs panaches de fumée, les hangars des usines et leurs parois vitrées, les cylindres larges et bas de deux ou trois gazomètres, ceux plus hauts et étroits des silos. Et en pensant à tous ces ouvriers qui peinaient dans ces usines, je trouvais plus de saveur à ma flânerie. Je me sentais concentré, aux aguets, comme si j'étais à la chasse. En vérité, j'étais bien à la chasse, non en quête de petits oiseaux, mais de moi-même. Arrivé au Tibre, en un point où la pente est moins rapide, je me laissai glisser jusqu'à la rive et m'assis parmi les buissons. Un pas en dessous de moi, le Tibre coulait, et je le voyais s'enrouler comme un serpent dans la campagne avec sur sa peau jaune et plissée la grande lumière éblouissante du ciel chargé de nuages. Au-delà du Tibre, d'autres prés d'un vert pâle s'étendaient, parsemés de moutons gonflés d'une toison sale, en train de brouter, avec çà et là un agneau tout blanc dont la laine n'avait pas eu le temps de se souiller. Je m'étais assis, entourant mes jambes de mes bras et je contemplais fixement l'eau jaune qui à cet endroit formait un tourbillon d'où émergeait une branche noire, hérissée, semblable à la chevelure d'une noyée. Alors, dans ce silence, tandis que la branche d'un noir d'ébène tremblait aux secousses du courant sans pouvoir s'arracher, je me sentis tout à coup comme inspiré ; ce ne fut pas ma pensée, mais quelque chose de plus profond en moi qui me parut avoir compris une chose très importante. Ou plutôt qui allait pouvoir la comprendre si je m'y appliquais de toutes mes forces. Elle était là, cette chose, presque à ma portée, ou — comme on dit pour les mots — sur le bout de ma langue. Et moi, pour l'attendre et l'empêcher de s'évanouir dans les ténèbres, je prononçai à haute voix :

— Je m'appelle Gerardo Mucchietto.

— Surnommé Mucchio, dit une voix moqueuse qui venait d'en haut. Alors tu parles tout seul maintenant ?

Je tournai la tête et, juste au-dessus de moi, debout sur la pente, je vis Gioconda, la fille du gardien de notre dépôt de tuiles, en jupe de velours et chandail rose, les jambes nues, les cheveux au vent. Or, de toutes les personnes que je connais, Gioconda était celle que je désirais le moins voir en ce moment. Elle s'était toquée de moi et me persécutait bien que je lui aie fait comprendre par tous les moyens qu'elle ne me plaisait pas. Mon premier mouvement fut donc de lui dire quelque chose de désobligeant afin qu'elle s'en aille et que je puisse revenir à cette chose que j'étais sur le point de saisir quand elle était intervenue.

— Fais attention, dis-je, sans bouger, je vois tes jambes jusqu'en haut.

L'effrontée se laissa glisser jusqu'à moi :

— Tu permets que je te tienne compagnie ?

— Je ne saurais que faire de ta compagnie, répliquai-je sans lever les yeux sur elle. Comment fais-tu pour t'asseoir comme ça, par terre, dans cette poussière ?

Elle retroussa sa robe et s'assit, satisfaite :

— Ça n'a pas d'importance, je n'ai pas de culotte.

Heureusement, la chose à laquelle je voulais penser

était toujours là, en équilibre sur le bord de mon esprit comme un oiseau sur l'appui de la fenêtre.

Gioconda cependant, toute cajoleuse, s'appuya à mon bras et me dit :

— Pourquoi es-tu si ingrat, Gerardo... moi, je t'aime tant !

— Je ne suis pas ingrat... tu ne me plais pas, c'est tout...

— Et pourquoi ?

Je dis précipitamment, de peur qu'en parlant cette chose à laquelle je voulais réfléchir ne s'envolât :

— Tu ne me plais pas à cause de ta grosse figure rougeaude pleine de boutons... tu as l'air d'une pivoine...

Qu'aurait fait une autre fille, après un tel compliment ? Elle se serait enfuie aussitôt. Elle, au contraire, se serra contre moi, coquette :

— Gerardino, pourquoi as-tu cessé d'être gentil avec moi ?...

— Je le serai de nouveau, dis-je, à la condition que tu t'en ailles.

— Serait-ce que tu attends une autre femme ?

— Non... personne... mais je veux être seul.

— Pourquoi seul ? Restons ensemble... c'est si bon d'être tous les deux.

Cette fois, je ne répondis pas. La chose était encore là, à la limite de ma pensée et je sentais qu'il s'en fallait d'un rien pour qu'elle ne rentrât dans ces ténèbres d'où elle était sortie. Mais à ce moment Gioconda s'exclama :

— Veux-tu que je devine à quoi tu penses ?

— Tu y réfléchirais bien cent ans que tu ne le trouverais pas, répondis-je, piqué au vif.

— Eh bien, moi, je suis sûre que je devine... voyons un peu si j'ai raison... tu as pensé tout à coup à mes chevilles avec mes socquettes assorties à mon chandail... dis que tu n'y a pas pensé ?

Et tout en parlant elle allongeait sa grosse jambe rose couverte de poils blonds, me montrant son pied avec la socquette couleur framboise.

Je ne pus m'empêcher de jeter un regard sur ce pied et tout à coup je sentis que la chose avait disparu, qu'elle était retombée dans l'abîme noir. Je ne sentais plus rien, j'étais vide, mort, inerte, comme ces billes de bois séché que l'oncle appuie aux murs de son atelier. A la pensée que ce stupide bavardage m'avait fait perdre de vue une chose si belle et si importante pour moi, une rage folle m'envahit et je criai en me tournant brusquement vers elle : « Mais pourquoi es-tu venue ? Tu es un poison... ne pouvais-tu me laisser seul ? » Et comme elle continuait à me serrer le bras, je me dégageai de force et la frappai à la tête. Mais elle s'agrippait, têtue, malgré les coups que je faisais pleuvoir sur sa tête blonde. Alors je me levai, la saisis par les cheveux, la jetai à terre sur le gravier et la bourrai de coups de pied. Pelotonnée sur elle-même, le visage entre ses mains, elle gémissait et poussa même quelques cris, mais elle subissait sans se défendre : contente peut-être. Et, quand, honteux de moi-même, j'en eus assez, elle se releva, toute couverte de poussière et s'éloigna en sanglotant. Je lui criai de toutes mes forces :

— Vous autres femmes, vous êtes la ruine de l'humanité !

Elle prit, toujours en pleurant, le sentier qui longe la grève et disparut.

Mais désormais la chose s'était évanouie et maintenant, quoique je fusse seul, je me sentais aussi inerte, sourd et vide que lorsque Gioconda était près de moi. Il n'y avait rien à faire, pour le moment tout au moins et Dieu sait quand je retrouverais une aussi favorable circonstance. Plein de colère et en même temps incertain et inquiet, j'errai par les prés durant toute la matinée, maudissant Gioconda et ses semblables, ne pouvant calmer ni mon esprit, ni mon corps. Finalement je compris que je n'avais plus qu'à retourner à l'atelier et j'y retournai. A travers les monceaux de briques, Gioconda, une bassine dans les bras, donnait la pâtée aux poules et de loin me fit un sourire. Je n'y répondis pas et entrai dans l'atelier.

— En voilà un qui a vraiment envie de travailler ! cria mon oncle en me voyant.

Je ne dis rien, enfilai mon bleu de travail et repris le tour au point précis où je l'avais laissé la veille.

JE NE DIS PAS NON

Pour que vous compreniez le caractère d'Adèle, il faut que je vous raconte l'incident qui eut lieu la nuit même de nos noces, comme on dit : « C'est au matin qu'on juge du temps de la journée. »

Donc, après le dîner dans un restaurant du Transtevere, après les toasts, les souhaits, les embrassements et les larmes de ma belle-mère, nous nous retirâmes chez nous, au-dessus de mon magasin de quincaillerie, rue de l'Ame. Nous étions mariés, un peu embarrassés tous deux ; une fois dans la chambre à coucher, je commençai par ôter ma veste que je suspendis au dossier d'une chaise et, pour rompre la glace, ne sachant trop que dire : « Tu as vu ?... nous étions treize à table... il paraît que ça porte bonheur ! » Adèle avait enlevé ses souliers neufs qui lui faisaient mal et se regardait, debout, devant l'armoire à glace. Elle répondit vivement, gaiement, comme si ma phrase avait chassé sa timidité : « Mais, Gino, nous étions douze... dix invités et puis nous deux... douze. » Or, au restaurant, pour pouvoir commander en conséquence, j'avais compté les présents ; et c'était précisément en les comptant que je m'étais aperçu de ce nombre treize, si bien que j'avais dit à Ludovic, l'un des témoins : « Nous sommes treize... je ne voudrais pas que cela nous porte malheur... » Et il m'avait répondu : « Mais non, cela porte chance, au contraire. » Assis sur le bord du lit, en train d'ôter mon pantalon, je répliquai calmement : « Tu te trompes... nous étions treize... je l'ai remarqué et en ai même fait la réflexion à Ludovic. » Sur le moment, Adèle ne me répondit pas parce qu'elle avait la tête et la moitié du corps empêtrés dans sa robe qu'elle enlevait par en haut. Mais comme elle en émergeait, avant même de reprendre son souffle, elle protesta avec vivacité : « Tu as mal compté… C'est dans la rue que nous étions treize… mais Meo est parti et nous sommes restés douze… » J'étais maintenant en caleçon et je ne sais pourquoi je m'impatientai : « Meo n'a rien à voir là-dedans, je t'ai dit que j'avais fait le compte au restaurant. — Alors, dit-elle en allant pendre sa robe dans l'armoire, il faut croire que tu avais déjà un peu trop bu quand tu as compté… voilà tout… — Comment ? j'ai bu ?… si j'ai bu deux verres en tout, y compris le mousseux… ! — Finissons-en… nous étions douze et, si tu ne t'en souviens pas maintenant, c'est que tu es saoul et que tu n'as pas la mémoire nette ! — Saoul, moi… nous étions treize… — Et moi je te dis que nous étions douze. — Treize… — Douze. » Nous étions maintenant nez à nez au milieu de la chambre, moi en caleçon, elle en jupon. Je la saisis par le bras et lui hurlai en pleine figure : « Treize ! » mais soudain ma colère s'évanouit et je me mis en devoir de l'embrasser en murmurant : « Treize ou douze, ça n'a pas d'importance… embrasse-moi. » Mais tout en tombant sur le lit et en acceptant mon baiser, elle chuchota, presque sous mes lèvres qui rencontraient les siennes : « Oui… mais nous étions douze. » Cette fois, je bondis presque au milieu de la chambre, et criai : « Ça commence mal… tu es ma femme, tu dois m'écouter… si je te dis que nous étions treize c'est que ce doit être vrai et tu n'as pas à me contredire. » Elle se leva du lit à son tour et du haut de sa voix : « Oui, je suis ta femme… ou plutôt je le serai… mais nous étions douze. — Attrape ça… nous étions treize. » Une gifle était partie, la première, sèche et sonore. Adèle demeura un instant comme abasourdie, puis elle courut à la porte du salon, l'ouvrit et du seuil me cria : « Nous étions douze… laisse-moi tranquille… tu me dégoûtes… » et elle disparut. Après quelques minutes de stupeur, je me ressaisis et allai frapper à la porte, j'appelai, je suppliai : silence.

Et ce fut notre nuit de noces : je la passai tout seul,

somnolant à demi vêtu sur le lit, tandis qu'elle en faisait tout autant, je pense, sur le divan du salon.

Le lendemain, d'un commun accord, nous eûmes recours à sa mère pour lui demander combien nous étions. Or, nous apprîmes qu'en réalité nous étions quatorze, car il y avait deux petits garçons, si petits qu'ils avaient glissé de leur chaise et s'étaient mis à jouer sous la table. Quand j'avais dénombré les convives l'un des marmots était encore assis; quand Adèle avait fait son compte, tous les deux avaient disparu. Ainsi avions-nous raison l'un et l'autre. Mais en tant qu'épouse, Adèle avait tort.

Après un tel début, les occasions ne se comptent plus où Adèle fit preuve de son obstination. Elle avait la manie de discuter à propos de n'importe quelle ineptie; si je disais blanc, elle disait noir, ne cédait jamais, n'admettait jamais de se tromper. On n'en finirait plus si l'on voulait tout raconter: cette fois, par exemple où durant une journée entière elle soutint que je ne lui avais pas donné l'argent pour le marché; et puis, après avoir discuté pendant vingt-quatre heures, voilà que l'argent se retrouve qui prenait le frais, comme une rose dans un verre, sur le rebord de la fenêtre du cabinet. Bien entendu, la discussion continua car elle soutenait que j'avais laissé, moi, l'argent sur la fenêtre tandis que, de mon côté, je lui démontrais, par les faits, que la chose était impossible car c'était elle qui, après avoir reçu l'argent, était allée dans ce réduit intime.

Et cette autre fois où elle montrait le même entêtement à prétendre qu'Alexandre, le barman du café d'en face, avait quatre enfants alors que je savais pertinemment qu'il en avait trois, ce qui amena une discussion d'une semaine, le barman étant absent; et puis, à son retour, nous découvrîmes qu'il avait trois enfants quand notre discussion avait commencé, mais que, entre-temps, un quatrième était né.

Des niaiseries, en somme. Et bien sûr, tantôt c'était moi qui avais raison, tantôt c'était elle; mais ce que j'essayais en vain de lui faire entendre c'est qu'avoir raison ne comptait pas, mais que ce défaut de discuter sur tout et sur rien finirait par ruiner notre ménage. Elle me répondait : « Ce n'est pas une femme que tu veux, mais une esclave ! » A force de discuter, nous n'étions plus jamais d'accord. Ouvrais-je la bouche pour dire la chose la plus indiscutable comme : « Il fait soleil aujourd'hui » que je me sentais déjà tout énervé à la pensée qu'elle allait me contredire. Je la regardais et cela ne ratait pas, la voilà qui disait aussitôt : « Mais non, Gino, il n'y a pas de soleil… le ciel n'est qu'un nuage. » Alors je prenais mon chapeau et fuyais la maison car si j'étais resté, j'aurais éclaté de fureur..

Un jour, passant par Ripetta, je rencontrai par hasard Julia, une fille à laquelle j'avais fait la cour peu de temps avant de connaître Adèle. Je m'étais rapidement lassé d'elle, ne lui trouvant pas assez de personnalité : elle approuvait en effet tout ce que je disais et ne me donnait jamais tort, dans le cas même où, indubitablement, je n'avais pas raison. Et maintenant que j'étais devenu l'époux d'une femme indépendante, je regrettais cette Julia si douce et conciliante et me mordais les doigts de lui avoir préféré Adèle.

Ce matin-là je fus tout heureux de la rencontrer, simplement pour cette différence de caractère avec ma femme. Et tandis qu'elle s'excusait, alléguant son marché à faire, je la retins pour le seul plaisir de l'entendre me donner raison et de la voir si douce, ne soulevant aucune objection. J'insinuai, pour la mettre en quelque sorte à l'épreuve : « Ne regrettes-tu pas le tort que tu m'as fait ? T'es-tu aperçue que les autres hommes ne me valaient pas ?… Dis, pourquoi n'as-tu pas voulu de moi ? » Je savais parfaitement que tout ceci était faux ; j'avais été le premier à rompre nos relations, non sans lui avoir dit que les femmes trop dociles, comme elle, ne me plaisaient pas. Mais je voulais voir ce qu'elle allait répondre à cette accusation aussi fausse qu'injuste. En entendant mes paroles, la pauvre petite écarquilla les yeux, de surprise. Un instant, elle eut certainement la tentation de me répondre que les torts étaient de mon côté, ce qui était vrai, et que c'était moi qui l'avais quittée. Mais sa nature reprit le dessus : « Il a dû y avoir un malentendu, Gino… moi, tu sais, je ne t'aurais jamais quitté… je t'aimais tant. »

Notez qu'elle ne m'accusait pas de mensonge, comme certes l'aurait fait Adèle ; elle cherchait au contraire à me disculper, admettant au besoin, pour me faire plaisir, qu'il y avait eu peut-être un peu de sa propre faute. J'éclatai alors d'un rire amer à la pensée de la bêtise que j'avais commise en lui préférant Adèle et je m'exclamai en lui caressant la joue : « Je suis le seul coupable et je le sais bien, crois-le... il n'y a malheureusement pas eu de malentendu... j'ai eu tort... quant à ce que je viens de te dire, cela n'avait d'autre but que de voir ce que tu allais me répondre. » Et puis je lui caressai l'autre joue, ce qui la fit rougir de plaisir et je m'éloignai. Mais avant de tourner le coin de la rue, je me retournai : elle était là, immobile sur le trottoir, son filet à provisions au bras, me regardant, abasourdie.

Nous étions à la fin de mai et, le jour qui suivit cette scène, nous allâmes, Adèle et moi, à Fregene, en scooter, pour prendre notre premier bain de mer. Nous trouvâmes une plage déserte, un ciel d'un bleu aveuglant de soleil, et le vent soufflait fort, à ras de terre, cinglant, chargé de sable. Près du bord, la mer n'était que vagues vertes qui se chevauchaient et se jetaient les unes contre les autres ; au large elle était striée d'un bleu presque noir avec çà et là quelques crêtes blanches. Adèle exprima le désir d'aller en barque et quoique la mer fût plutôt mauvaise, pour ne pas faire d'objection et l'entendre répliquer que la mer était d'huile, je louai une barque et la fis mettre à l'eau. J'étais en costume de bain, Adèle au contraire était tout habillée et, toujours par crainte de discussion, je n'avais pas insisté pour qu'elle se déshabillât. Le garçon de plage poussa la barque, je pris les rames et me mis à ramer vigoureusement contre les vagues. Elles n'étaient pas fortes et dès que je fus sorti des bas-fonds, je ramai plus calmement, attentif toutefois à prendre la vague en proue car si je m'étais mis par le travers, la barque, une coquille de noix, aurait pu tourner. Adèle était assise à l'avant, se balançant au rythme des vagues. Tout à coup, en la voyant tout habillée et me rappelant que je n'avais pas osé la prier de se dévêtir, je me sentis agacé et le désir me vint de lui raconter ma rencontre avec Julia. Tout en ramant, je lui racontai donc comment j'avais voulu mettre le caractère de Julia à l'épreuve et comment elle ne m'avait pas contredit. Adèle m'écouta tandis que la barque tanguait et finalement elle dit avec calme :

— Tu as fait erreur… tout a été de sa faute puisque c'est elle qui t'a laissé tomber…

Je donnai un violent coup de rame pour éviter une vague plus forte que les autres et répondis nerveusement :

— Qui t'a dit cela ?… c'est moi, un soir, qui lui ai fait comprendre que j'en avais assez… je me souviens même de l'endroit… sur le quai du Tibre…

Adèle, les cheveux flottant au vent, répondit avec une certaine malignité dans la voix :

— Comme d'habitude, tes souvenirs te trompent… c'est elle qui t'a laissé en te disant qu'elle te trouvait trop querelleur — ce qui est vrai — et ne croyait pas pouvoir vivre avec toi.

— Mais, qui a pu te dire cela ?

— Elle-même… quelques jours après.

— Mais c'était faux… si elle te l'a dit, c'était pour cacher sa déception : le renard et les raisins…

— N'insiste pas, Gino… elle me l'a dit et sa mère me l'a confirmé…

— Je te dis que c'est faux… c'est moi qui l'ai quittée.

— Non… c'est elle.

Je ne sais quel démon me poussa. J'aurais supporté d'être contredit à propos de n'importe quoi, mais pas sur ce sujet-là. Je suppose que mon amour-propre d'homme était en jeu. Je lâchai les rames et me dressant dans la barque, je criai :

— Assez… je ne veux plus discuter… si tu parles encore, tu reçois un coup de rame sur la tête…

— Essaie donc… tu te mets en colère, donc tu as tort… tu sais bien qu'elle t'a laissé.

— Non… c'est moi qui…

J'étais debout au centre de la barque, hurlant pour me faire entendre dans le fracas des vagues… La barque montait et redescendait avec ses rames abandonnées et s'était mise en travers sans que j'y prenne garde.

Je me souviens qu'Adèle se leva à son tour et me cria avec ses mains en porte-voix :

— C'est elle !...

Au même moment une vague puissante s'éleva, verte avec sa crête d'écume et s'écroula sur nous, nous renversant dans la barque. Je tombai à l'eau en pensant que, heureusement, la barque ne s'était pas renversée et puis, tout à coup j'enfonçai pris par un tourbillon. J'enfonçai, bus une grande gorgée d'eau, puis remontai à la surface, luttant contre le courant et appelant Adèle en vue. Je l'appelai de toutes mes forces et me mis à nager vers la barque sans savoir ce que je faisais. Mais chaque lame l'éloignait un peu plus et chaque fois que j'appelais Adèle ma bouche s'emplissait d'eau... Finalement je me mis à nager en cercle, cherchant ma femme. Mais Adèle avait disparu ; on ne voyait plus que les vagues qui se pressaient vers la rive et mes forces diminuaient. J'eus peur de me noyer et me mis à nager vers la plage. Enfin mes pieds touchèrent le fond et bien que je fusse encore loin du bord, je m'arrêtai et commençai à crier. A mes cris, un bateau se détacha du rivage et vint à ma rencontre. Moi je continuais à regarder au loin, cherchant Adèle sur cette mer déserte à perte de vue, à part la petite barque vide qui s'en allait à la dérive avec ses rames abandonnées. Et je commençai à pleurer en répétant : « Adèle... Adèle... » à voix basse. Il me semblait que le fracas des vagues me répondait « c'est elle » avec la voix d'Adèle demeurée dans l'air et qui continuait à me contredire. Mais le bateau de sauvetage arrivait avec des baigneurs et nous cherchâmes pendant trois heures. Hélas, le corps d'Adèle ne fut retrouvé ni ce jour-là ni les jours suivants.

C'est ainsi que je suis devenu veuf. Une année passa et, un jour, je pris mon courage à deux mains pour aller trouver Julia. Sa mère me fit passer dans la salle à manger et comme elle entrait :

— Julia, dis-je, je suis venu te demander de devenir ma femme.

Elle rougit d'émotion et répondit de sa voix douce :

— Je ne dis pas non... mais il faut que j'en parle à maman.

Ces mots me frappèrent et me parurent, à la réflexion, de bon augure.

Finalement nous nous épousâmes. Et si vous voulez connaître un couple qui s'entend, venez nous voir. Julia est restée telle qu'elle était ce matin-là, quand elle me répondit :

— Je ne dis pas non.

L'APPÉTIT

Si vous passez un matin dans le quartier de la Polyclinique, à cet endroit où les murailles sont littéralement tapissées de plaques d'ex-voto qui semblent, en leurs rectangles blancs, autant de timbres collés sur une enveloppe, vous verrez à peu de distance de l'oratoire de la Madone, un grand et beau kiosque de fleuriste regorgeant de vases de fleurs, de statuettes peintes et de corbeilles déjà garnies avec leur nœud de ruban et tout le reste. C'est là que parents et amis achètent des fleurs pour les pauvres malades; là que se fournit tout le quartier. La fleuriste est une grande femme, grasse et blonde; elle a un fils à son image qui l'aide dans son métier. Carlo, tel est son nom, a dix-neuf ans, et doit bien peser pas loin de cent kilos. Arrêtez-vous un instant, examinez-le : il a une figure joufflue semée de taches de rousseur, de grosses lunettes de myope et des cheveux roux taillés en brosse. A chacun de ses mouvements, sa poitrine tremblote comme celle d'une femme; il a du ventre et ses jambes semblent les arches d'un monument. Il s'habille toujours à l'américaine : veste à soufflets, pantalon rayé; sa veste colle à son buste comme un gilet et quant au pantalon, on a toujours l'impression, quand il se penche, que le fond va se déchirer.

Carlo et moi étions amis; nous avons cessé de l'être et je le regrette quand ce ne serait que pour son physique qui éveille la bonne humeur. Le regarder manger suffit à chasser la mélancolie : Seigneur, quel appétit ! Je n'ai connu personne qui, sur ce point, pût se comparer à Carlo. Il était capable d'ingurgiter, comme rien, un demi-kilo de spaghettis au jus avec du pain et de déclarer ensuite, insatisfait : « J'avais la dent creuse... ces spaghettis ne m'ont pas rassasié... maman, j'ai encore faim. » Si bien que ses amis l'invitaient parfois au restaurant pour le seul plaisir de le voir manger. Et il ne se faisait pas prier ; un soir, à la Stelletta, en moins d'une demi-heure il dévora en entier un petit agneau de lait, le suça, le broya tant qu'il ne laissa dans son assiette qu'un monticule d'os. Chez lui, il n'était pas question de pouvoir s'empiffrer ainsi, sa mère était avare et le commerce des fleurs ne permet guère de jeter l'argent par les fenêtres. C'est pourquoi, sachant que son appétit constituait pour les autres un spectacle, il proposait lui-même :

— M'invitez-vous ce soir ? Je mange à volonté, sans limites de quantité, tenez-vous le pari ?

Un de ces dimanches, Carlo me fit savoir que nous étions invités tous deux chez sa fiancée, Faustina. Je fus surpris car je ne suis pas spécialement lié avec la famille de Faustina et je ne voyais pas le motif de cette invitation. Mais dès que j'aperçus Carlo à notre rendez-vous, cours d'Italie, je compris quel était ce motif. Carlo, les mains dans les poches, paraissait triste, abattu, et ne cessait de soupirer. Pendant que nous nous acheminions vers la maison de sa fiancée, je lui demandai ce qu'il avait et il me répondit par un soupir. Finalement je lui dis :

— Je t'en prie, si tu ne veux pas parler, ne dis rien... mais ne continue pas à soupirer ainsi... tu as l'air d'un phoque.

— Pourquoi ? Les phoques soupirent donc ?

— Non, mais s'ils soupiraient, ils soupireraient comme toi.

Il eut un nouveau soupir et me confia enfin :

— Je t'ai fait inviter ce matin pour que tu me prêtes ton concours... me le promets-tu ?

Je promis et lui, toujours soupirant :

— Faustina ne veut plus de moi.

J'avoue que mon premier mouvement fut de satisfaction. Faustina me plaisait et je n'avais jamais compris ce qui l'attirait chez Carlo. Mais je suis un ami véritable et ne m'étais jamais hasardé, je ne dis pas à lui faire la cour, mais même à lui laisser comprendre mes sentiments. Je dis, feignant l'indifférence :

— Bah ! Je suis navré... mais qu'y puis-je ?

— Tu peux beaucoup... Faustina ne m'écoute pas, moi... mais tu l'intimides... tu sais parler... comme elle ne veut plus me voir j'ai insisté pour avoir une explication et alors elle nous a invités... Je voudrais que tu lui parles et lui dises que je l'aime et qu'elle ne doit pas me quitter.

Je lui répondis qu'aucun raisonnement n'a jamais convaincu les femmes ; mais, à la fin, cédant à ses supplications, je finis par accepter. Entre-temps, nous étions arrivés à la maison de Faustina, à côté du marché de la place Alessandria. Nous montâmes l'escalier, frappâmes à la porte ; la mère de Faustina, une petite femme aux cheveux gris, vint nous ouvrir, un éventoir à la main et s'écria en nous voyant : « Au moins, vous êtes venus, vous ! » puis elle se précipita dans sa cuisine. Nous passâmes dans la salle à manger qui d'habitude sert de salon d'essayage au père de Faustina, lequel est tailleur. Un couvert pour huit personnes était préparé entre les quatre murs couverts de figurines et de pages arrachées à des journaux de mode. Dans un coin, un mannequin de femme revêtu d'une jaquette faufilée.

J'eus l'impression qu'un grand désordre régnait dans l'appartement : on entendait la mère crier sur un ton irrité et quelqu'un lui répondre de la même façon. Puis la porte s'ouvrit en coup de vent et Faustina entra. C'est une jeune fille de dix-huit ans, petite et menue, avec des cheveux crépus, un front fuyant, des yeux verts et une grande bouche : pas jolie, mais aguichante. Elle dit, la voix haut perchée, toute pleine d'entrain :

— Bonjour, Carlo, bonjour, Mario... maman est fâchée parce qu'elle avait déjà mis des pâtes à cuire pour huit et voilà que papa, Gino et Alfredo viennent d'avertir qu'ils déjeuneront dehors à cause de leur partie ; Annamaria non plus ne vient pas, car son fiancé l'a invitée... quant à moi je sors, j'ai également une invitation... comme ça, vous allez rester tous les trois... et maman est furieuse parce qu'elle dit que la viande peut se garder mais que les pâtes seront perdues...

Tout ce flot de paroles fut débité d'un trait ; puis ayant retroussé sa jupe pour ne pas la froisser, elle se laissa tomber sur le vieux divan jaune, tout enfoncé et bancal, et elle reprit :

— Écoute, Carlo, je t'ai fait venir aujourd'hui avec ton ami, sur le conseil de maman qui pense que je te dois cette satisfaction… mais, je te le dis tout de suite : tu perds ton temps en insistant…

Je ne sais pourquoi ces paroles, prononcées avec tant de désinvolture, me furent agréables. D'autant plus que, en les adressant à Carlo, c'était moi qu'elle regardait ; nos regards s'étaient rencontrés et j'avais cru voir qu'elle me souriait avec coquetterie. Pendant ce temps, Carlo, d'une voix larmoyante, protestait :

— Si tu ne veux plus de moi, que vais-je faire ?

Elle rit de bon cœur, montrant ses dents courtes et larges :

— Tu en trouveras une autre… ou tu n'en trouveras pas… cela m'est égal pourvu que nous cessions de nous voir, car j'en ai vraiment assez…

— Mais pourquoi en as-tu assez ?… que t'ai-je fait ?… qu'as-tu à me reprocher ?

Elle saisit la balle au bond et toujours gaiement, sans cesser de me regarder de ses grands yeux verts :

— Je te reproche d'être ce que tu es… un gros tas… un poussah, un goinfre… tu ne penses qu'à manger et plus tu manges, plus tu engraisses… mes amies disent que j'épouse le roi Farouk… à côté de toi, j'ai l'air d'une puce auprès d'un éléphant… Je ne suis pas faite pour toi.

— Mais je t'aime !

— Moi non… il s'en faut même !

Avez-vous jamais vu pleurer un gros bonhomme ? Un homme maigre, quand il pleure, paraît sincère ; l'autre au contraire a l'air de faire semblant. Carlo ôta ses lunettes et se mit à sangloter dans son mouchoir. La mère entra, tenant la soupière pleine à déborder de pâtes fumantes à la sauce tomate, et, surprise, elle demanda :

— Qu'est-il arrivé ? Qu'avez-vous, Carlo ?

— Il pleure, dit Faustina allégrement en haussant les épaules, ça lui fait du bien. (Et se levant du divan :) Eh bien, je m'en vais... tu as voulu venir, je t'ai répété ce que je t'avais déjà dit et maintenant il faut que je parte... j'ai à faire.

— Alors, tu ne manges pas? cria la mère.

— Non, je mangerai plus tard... garde-moi quelque chose... adieu, Carlo, et bon appétit... au revoir, Mario.

Ce disant elle me serra la main tout en me fixant de ses yeux verts et je sentis que, au lieu d'une poignée de main, elle glissait ses doigts entre les miens.

— Bon... fit la mère irritée, puisque vous n'êtes que vous deux... mettez-vous à table et mangez.

— Je n'ai pas faim, dit Carlo.

Mais comme par enchantement ses larmes s'étaient séchées et il ne quittait pas la soupière des yeux.

Moi je n'avais vraiment pas faim; les regards de Faustina et le contact de ses doigts m'avaient troublé. Je risquai :

— Si nous nous en allions?

— Alors, il va falloir jeter tout ça!... cria la mère, les poings sur les hanches, des pâtes fraîches, faites à la maison... allons, asseyez-vous et mangez.

— Mais je n'ai pas faim, protesta de nouveau Carlo, plus faiblement.

Mais à ce moment Faustina parut sur le seuil :

— A qui pourras-tu faire croire que tu n'as pas faim! cria-t-elle, allons, viens, mon gros, viens manger.

Elle courut à lui, enfoui dans le divan, le saisit par la main, l'obligea à se lever et à s'asseoir devant la table, lui noua sa serviette au cou et lui mit de force la fourchette en main. La mère, toute contente, renversa dans l'assiette de Carlo une montagne de spaghettis. Carlo répétait, suffoqué : « Je n'ai pas faim. » Mais ce plat fumant, cette belle couleur de tomates fraîches, devaient lui mettre l'eau à la bouche car tout en protestant d'une voix larmoyante, il commença, presque machinalement, à enrouler les pâtes autour de sa fourchette.

— Bon appétit! cria Faustina en prenant la porte.

La mère, après m'avoir servi, était retournée à sa cuisine. Carlo souleva sa fourchette pleine et, d'une voix pleurarde, me dit lentement :

— Mario, va trouver Faustina avant qu'elle ne sorte... Peut-être qu'avec toi... seul à seul...

Il ne finit pas sa phrase et baissant la tête porta la fourchette à sa bouche... Mais ses larmes continuaient à couler tandis qu'il mangeait.

— Tu as raison, dis-je tout content, peut-être qu'en tête à tête, elle m'écoutera... pendant ce temps, continue à manger... je vais et je reviens...

J'allai directement à la chambre de Faustina. Debout, dans une combinaison vert pâle, elle retouchait ses lèvres devant l'armoire à glace. Je fermai la porte, m'approchai d'elle et lui passant un bras autour de la taille, je lui dis simplement :

— Nous verrons-nous demain ?

Elle me jeta un regard en coin, toute ragaillardie :

— Pourquoi pas aujourd'hui ?

— Aujourd'hui ? Quand ?

— Attends-moi en bas, au bar, dans une demi-heure.

Je ne répondis pas, tournai les talons et sortis. Dans la salle à manger Carlo mangeait maintenant de bon appétit mais sans se presser ; son assiette était déjà à moitié vide.

— Je suis désolé, lui dis-je, mais elle m'a mis à la porte de sa chambre... je suis désolé...

Il finit d'engloutir son énorme bouchée et se mit à sangloter, en enroulant les pâtes autour de sa fourchette :

— Mauvaise peste... et dire que je l'aime !

Maintenant je m'étais mis à manger à mon tour ; après la visite à Faustina l'appétit m'était revenu et les pâtes étaient vraiment bonnes, légères, ruisselantes de sauce, avec ce parmesan à la saveur piquante.

— Je ne veux plus la revoir, reprit Carlo, dût-elle me supplier.

Son assiette était vide et attirant à lui la soupière, il se servit une autre portion.

— Tu feras bien, lui dis-je.

Finalement, à nous deux, mais grâce à Carlo surtout, nous vidâmes la moitié de la soupière. La mère réapparut et nous proposa, par pure forme et du bout des lèvres, un peu de viande froide. Je lui répondis que nous avions eu largement assez et me levai, mais à l'expression de Carlo qui était resté assis, je compris qu'il n'aurait pas refusé la viande froide. Cependant il se leva à son tour en soupirant et s'essuyant d'abord la bouche, puis les yeux. Nous prîmes congé de la mère et sortîmes. Une fois dans la rue je dis à Carlo que j'avais un rendez-vous et je le quittai sans lui laisser le temps de souffler.

J'errai un peu dans le quartier et, à l'heure fixée, entrai dans le bar. Faustina m'attendait, tout élégante dans sa robe mauve ajustée, un bouquet de violettes à la main. Elle prit aussitôt mon bras :

— Nigaud… fit-elle, en as-tu mis du temps pour comprendre que tu me plaisais ?

J'allais répondre. Mais nous passions à ce moment devant une boutique qui vend de la pâtisserie toute chaude, à peine sortie du four. Sur le seuil un feuilleté napolitain à la main, la bouche pleine et le visage barbouillé de sucre vanillé, se tenait Carlo. Je sentis d'abord la bonne odeur de gâteaux, puis je le vis, lui, et je me rendis compte qu'il nous avait vus serrés l'un contre l'autre, bras dessus, bras dessous. Mais Faustina ne perdit rien de son sang-froid :

— Bonjour, Carlo ! cria-t-elle tandis que nous nous éloignions.

LE NEZ

Nous étions allés nous asseoir sur un banc, place de la Liberté et Silvano me montra le journal. La mort de ce grand personnage occupait deux colonnes ; l'article expliquait que les funérailles auraient lieu le matin suivant et que le corps resterait exposé au public, à la maison mortuaire, pendant toute la journée ; les visiteurs trouveraient un registre à l'entrée pour y apposer leur signature. Suivait, en italique, le récit de toute la vie du mort ; mais juste au moment où je commençais à m'y intéresser, Silvano me prit le journal des mains en me disant que toutes ces histoires n'avaient aucune importance. A ce moment passait une luxueuse voiture et une jeune personne, fort décolletée, jeta par la portière une cigarette à demi-fumée. Silvano se leva pour ramasser le mégot puis revint à sa place et reprenant notre conversation me suggéra que la seule chose importante était la chevalière que le mort portait au doigt. Une bague historique de grande valeur, avec une émeraude ancienne gravée. Un ami de Silvano, employé dans la maison de pompes funèbres et qui avait aidé à habiller le cadavre, avait fait à son camarade la description de cet anneau. Un roi l'avait offert en présent au défunt et celui-ci avait exprimé sa volonté d'être enterré avec cette chevalière au doigt. Pour conclure, Silvano m'informa que le défunt vivait seul avec une domestique qui cette nuit, serait certainement absente, ayant peur — c'était encore un dire de l'employé — de rester seule avec un mort.

Tandis qu'il continuait à me donner des renseignements sur la maison mortuaire, la rue, le plan de l'appartement, je gardai le silence. En réalité je pesais le pour et le contre. D'une part, l'exceptionnelle occasion qu'offrait cette bague : de l'autre le fait que Silvano est l'un des êtres les plus malchanceux que je connaisse. La guigne est inscrite sur son front ; jamais la chance ne lui sourit que pour lui tendre un piège et lui faire faire la culbute dans l'adversité. Son nez, à lui seul, révèle son infortune : un nez en battant de cloche, dévié, livide, se terminant en boule et orné d'une vilaine verrue brune. Un nez qui découragerait rien qu'à le regarder ; vous pensez ce que c'est d'en être affublé ! Je suis pauvre, bien sûr, mal vêtu, et dans les moments de débine, je puis même avoir l'air d'un vagabond, mais ce relent de misère, cette odeur d'asiles de nuit et de soupes populaires qui émanait de Silvano, je ne les ai jamais connus. Jamais je n'ai ramassé de mégot jeté par une portière.

Je réfléchissais à toutes ces choses tandis qu'il me parlait et, comme s'il sentait que je regardais son nez, il se le gratta distraitement et finit par se fourrer même le doigt dans la narine. Je me décidai alors, d'un seul coup :

— Merci de ta bonne pensée... mais ce n'est pas possible...

— Pourquoi ?

— Parce que je refuse...

Je le vis changer de couleur et baisser la tête. Puis, le croiriez-vous, il se mit à larmoyer, disant sur un ton pleurard :

— Tu vois comme le mauvais sort me poursuit... pour une fois que j'ai une bonne occasion, je ne peux pas en profiter...

— Eh bien, fais le coup tout seul... ainsi tu n'as pas à partager et tu deviens riche.

— Je n'ai pas le courage, reconnut-il, la voix étranglée, les morts me font peur... toi, rien ne t'épouvante, alors j'espérais...

Cette fois, je me levai pour couper court et déclarai que dans ces conditions l'anneau resterait au doigt du mort ; puis je m'en allai de mon côté.

Nous étions à la veille du 1er août et je passai la journée à traîner d'un banc à l'autre dans les divers jardins publics. Il n'y avait personne en aucun endroit, rien que de la poussière, des vieux papiers et l'atmosphère d'été de la ville, triste comme une défroque hors d'usage. Aussi, à mesure que j'errais d'un banc à l'autre, une mélancolie indicible s'emparait de moi : la chance, il faut se la faire et qui ne fait rien pour l'attraper se sent tomber au fond du plus noir désespoir. Je savais que pour moi il n'y avait pas d'autre chance que celle d'enlever au mort son anneau et je comprenais qu'ayant refusé mon aide à Silvano, il y aurait malpropreté de ma part à profiter de ses renseignements. Cependant la mélancolie finit par l'emporter sur le scrupule et je me décidai. A vrai dire, la pensée me vint d'avertir Silvano de mon changement de décision, mais je découvris que j'ignorais son adresse. Pauvre Silvano, cette fois encore, il fallait qu'il eût la guigne : tomber sur le seul homme honnête de la place et n'en tirer aucun profit !

Je rentrai chez moi, dans la petite chambre que me sous-louait un vieil ouvrier marbrier et, d'une cachette, je retirai mes instruments : un gros anneau auquel de nombreuses clés de toutes grandeurs et des crochets de tous genres étaient enfilés ; un long clou à pointe recourbée (de mon invention), un ciseau, une lime d'acier. Je pris aussi une demi-baguette de pain que je mis dans ma poche.

Le soir était venu ; je me rendis par le tram à l'adresse indiquée par Silvano. Je trouvai la maison sans difficulté. Elle ne me donna pas l'impression d'un immeuble de luxe et j'en fus presque déçu : j'aurais cru qu'un tel personnage habiterait un plus riche palais. La maison était simple, au contraire, moderne, avec une façade de brique rouge et des balcons blancs ressemblant à des porte-savon. J'avais calculé qu'à cette heure le concierge devait être à table et en effet j'entrai sans être vu et me dirigeai droit vers l'appartement numéro trois qui était celui du mort. Ce personnage habitant seul, la porte n'avait pas de verrou, simplement fermée par une serrure ordinaire à ressort. Rapidement, sans hésiter, j'essayai diverses clés. On prétend que les serrures modernes possèdent chacune une clé différente ; c'est une erreur : il en existe tout au plus une vingtaine de types. Et d'ailleurs les serrures sont comme les femmes : la bonne clé comme le sentiment approprié ne se trouve pas par le raisonnement, mais d'intuition. Évidemment aucune de mes clés n'était la bonne ; mais après en avoir essayé une douzaine je savais quel nombre de dents elle devait avoir et quelles entailles il me faudrait faire. Je le savais, disons plutôt que je le sentais, comme cela, par disposition naturelle. L'œil du voleur est comme celui du chirurgien, il sait du premier coup, à quelques millimètres près, où il doit opérer.

M'étant fait une idée de la clé voulue, je montai sans hâte jusqu'à la terrasse où l'on accédait par une petite porte de bois blanc, munie d'une serrure de type ancien. J'introduisis mon clou, accrochai par la pointe le boudin du ressort, tournai et la porte s'ouvrit. La terrasse, comme celle de ces maisons modernes, ressemblait à une boîte sans couvercle : nue, propre, vide, sans ornements d'architecture derrière lesquels on pût se cacher, sans lucarne, ni communications avec d'autres terrasses, ou toits, en cas de fuite nécessaire. Le clair de lune l'illuminait comme une salle de bal. Je trouvai cependant un angle à l'ombre d'une gaine de cheminée, m'assis par terre, tirai ma lime et me mis à faire la clé. Je savais d'instinct jusqu'où il fallait limer ; d'ailleurs il s'agissait surtout de dégrossir, le coup de lime décisif se donnerait plus tard. Lorsqu'il me sembla que mon travail était terminé, je m'étendis, mangeai ma demi-baguette et allumai une cigarette. J'avais encore au moins quatre heures devant moi. La cigarette fumée, je jetai le mégot, me pelotonnai et m'endormis presque aussitôt.

Je m'éveillai exactement quatre heures plus tard et je sentis que ce sommeil m'avait fait du bien. En descendant l'escalier, j'éprouvais la tranquillité de l'employé qui se rend à son bureau : calme, sans énervement, frais, la tête claire. Je descendis jusqu'à l'appartement numéro trois et, là, essayai ma clé. Je ne m'étais pas trompé, il s'en fallait de peu qu'elle ne tournât ; juste un dernier coup de lime et la porte s'ouvrit comme sur des gonds huilés.

Du premier coup d'œil, je vis que l'appartement était modeste, un de ces appartements de quatre pièces avec cuisine, meublé sans luxe, qui n'offre aucun intérêt pour un voleur. Pourtant l'homme qui y habitait avait été un grand personnage, le journal le disait clairement. De l'entrée je passai dans le corridor, une porte était ouverte sur une clarté qui ne paraissait pas venir d'une lampe. C'était le clair de lune dont les rayons pénétraient dans la chambre par la fenêtre ouverte sur le jardin. Mais en dehors du rayon lunaire, le reste de la pièce était dans l'obscurité ; je sortis ma lampe de poche et me mis à inspecter les lieux. Je ne vis d'abord que des livres, des livres alignés sur des rayonnages, puis une table massive en marqueterie avec des pieds en patte de lion, et enfin des fleurs, des fleurs. Il y en avait en quantité, de toutes sortes, surtout des roses, des œillets et des glaïeuls. Et soudain, à travers les fleurs, m'apparut le visage du mort : sa barbe, ses moustaches et ses cheveux étaient blancs et brillants comme de la soie ; ses joues pleines et rosées, ses paupières fermées, transparentes : un homme de soixante-dix ans, corpulent, imposant, florissant, aristocratique. Un mort digne de respect, un grand mort. Lentement je dirigeai plus bas le rayon de ma lampe : il était en habit noir, un cordon rouge et jaune traversant son gilet blanc, sa cravate blanche bien nouée sous sa barbiche d'argent. Et je vis les mains, croisées sur la poitrine, nettes, blanches avec quelques taches de rousseur, des ongles soignés. La chevalière était en évidence ; le vert de l'émeraude se détachait sur le doigt court et un peu gonflé. Ma lampe dans ma main gauche, je me penchai en serrant la bague entre deux doigts, je m'efforçai de la faire tourner et de l'enlever. Elle résistait, alors je tirai plus fort et finalement elle me resta dans la main. Mais il me sembla que la secousse avait déplacé le mort ; je levai ma lampe : en effet, il avait la bouche ouverte et sous ses moustaches tombantes de morse, on voyait luire des dents d'or. A ce moment, un faible sifflement me fit sursauter. Je me retournai brusquement et derrière l'appui de la fenêtre j'aperçus le visage, le visage bouffon de Silvano. Plus pâle que le cadavre, il me regardait les sourcils froncés :

— Ah ! tu es venu… dit-il à voix basse.

J'eus à peine une seconde d'hésitation et dans cette

seconde je décidai de le jouer. Je répondis calmement :

— Oui, je suis venu... malheureusement, la bague n'est pas là...

Il fit une laide grimace et, d'une voix étranglée :

— Ce n'est pas possible.

— Viens, dis-je, et vois toi-même.

Péniblement, se tirant sur les mains, il arriva à se mettre à califourchon sur l'appui, puis retomba sur ses pieds dans la chambre. Sans dire un mot je dirigeai le rayon de ma lampe sur les mains nues du mort.

Et sur-le-champ, les lèvres tremblantes :

— La bague, c'est toi qui l'as, dit-il, je vois bien que les mains ont été déplacées.

— Ne dis pas de bêtises...

— Oui, tu l'as, voleur !

— Tu sais ce que tu dis ?...

Cette fois il ne répondit pas, mais se jeta sur moi, cherchant à atteindre la poche de mon pantalon, là où précisément se trouvait la bague.

Je fis un pas à reculons, dans l'obscurité :

— Prends garde, on va nous découvrir !

Mais il devait avoir perdu la tête car il se lança de nouveau contre moi. J'avais remarqué en entrant une porte qui se trouvait derrière la table et devait donner sur l'entrée. Je me mis donc à tourner autour de la table tandis que dans l'ombre, les mains étendues, Silvano cherchait à me saisir ; puis rapide comme l'éclair j'ouvris la porte et me précipitai. Pas assez vite cependant pour ne pas apercevoir que cette porte était celle d'un débarras sans issue. J'entendis tourner la clé dans la serrure pendant que je me débattais parmi les manteaux et les chapeaux pendus aux patères, puis j'entendis Silvano prononcer à voix haute :

— Donne-moi la bague, sinon je te laisse enfermé là-dedans.

Suffoquant à cause du manque d'air, étouffant de chaleur dans ce réduit, j'étais fou de rage et lui répondis qu'il n'aurait pas l'anneau. Alors il s'éloigna de la porte ; je devinai qu'il donnait de la lumière et qu'il s'agitait dans la chambre. Peut-être cherchait-il un autre objet pour compenser sa déception. Je ne me trompais pas. Tout à coup un cri strident perça le silence :

— Il me mord !...

Puis il y eut des pas, des voix dans le jardin, des voix dans la maison, des portes claquées, des sommations. Finalement la porte du débarras s'ouvrit : la chambre était tout éclairée, plusieurs personnes tenaient Silvano par les bras et devant moi attendaient les inévitables carabiniers.

Plus tard, je reconstituai l'événement. Silvano, ce malheureux imbécile, voulant à tout prix se rattraper, avait introduit ses doigts dans la bouche du mort pour lui extirper ses dents d'or. Comme s'il s'agissait de simples fleurs à cueillir alors que des tenailles de dentiste eussent été nécessaires. Sous la secousse, les mâchoires du mort s'étaient refermées et, terrorisé, Silvano avait hurlé. Tout ceci, j'y pensai plus tard au commissariat. Mais, sur le moment, je regardai Silvano et, dans une fureur concentrée, je hochai la tête : évidemment, avec ce nez-là, il n'y avait rien à faire ; c'était bien ma faute de ne pas l'avoir compris plus tôt !

ROMULUS ET REMUS

L'exigence de la faim ne peut se comparer avec aucun des autres besoins. Essayez de dire à haute voix : « Il me faut une paire de souliers… j'ai besoin d'un peigne… d'un mouchoir » ; prenez le temps de souffler et puis dites : « J'ai besoin de déjeuner », et vous sentirez tout de suite la différence. Pour n'importe quelle chose que vous estimez nécessaire, vous pouvez réfléchir, chercher, choisir, voire même y renoncer, mais à l'instant où vous vous avouez à vous-même que vous avez l'estomac creux, vous n'avez plus de temps à perdre. Il vous faut trouver à manger, sans quoi vous mourez de faim.

Le 5 octobre, à midi, place Colonna, assis sur la balustrade de la fontaine, je me dis soudain : « J'ai besoin de déjeuner. » Mes yeux étaient fixés à terre pendant que je réfléchissais, ils se levèrent et comme je regardais la circulation sur le Corso, je m'aperçus que je voyais tout à travers une brume tremblotante. Il y avait plus d'un jour que je n'avais mangé et vous savez que lorsqu'on a faim on voit les choses comme si elles-mêmes étaient affamées, c'est-à-dire vacillantes et faibles. Je me dis qu'à tout prix il me fallait trouver à déjeuner, que plus j'attendrais, moins j'aurais la force de prendre une décision et je me mis à réfléchir sur le moyen de me mettre au plus tôt en face d'un repas. Malheureusement quand on est pressé, on ne fait rien de bon. Les idées qui me venaient à l'esprit étaient toutes du domaine du rêve : je monte dans un tram, je subtilise le porte-monnaie d'un voyageur et je prends la fuite… ou bien : j'entre dans un magasin, je vais droit à la caisse, m'empare du magot et prends mes jambes à mon cou. J'étais pris de panique et pensais : « Perdu pour perdu, le mieux est de me faire arrêter pour outrage à la force publique ; en prison, on me donnera au moins une soupe... » A ce moment, à quelques pas de moi, un jeune garçon en héla un autre : « Eh ! Romulus ! » Et ce nom me rappela brusquement un certain Romulus avec lequel j'avais fait mon service ; j'avais eu alors la faiblesse de lui conter des fables sur mon compte : dans mon village, j'aurais joui d'une certaine aisance... Or, je ne suis pas né dans un village, mais bien dans la banlieue de Rome. Mais, en ce moment, cette histoire allait me servir. Romulus avait ouvert un restaurant du côté du Panthéon. J'irais le trouver, et commanderais le repas dont j'avais tant besoin. Puis au moment de régler l'addition, je sortirais notre amitié, le service militaire fait ensemble, les souvenirs communs... et Romulus, bien sûr, ne me ferait pas arrêter.

La première chose que je fis, ce fut d'aller me regarder dans la glace d'une vitrine de magasin. Par hasard, je m'étais fait la barbe ce matin-là avec le rasoir et le savon du patron de la maison, un huissier auprès du tribunal, qui me louait l'espace vide en dessous de son escalier. Ma chemise, sans être impeccable, n'était pas indécente : je ne la portais que depuis quatre jours. Mon costume, d'un gris chiné, était comme neuf, m'ayant été offert par une bonne dame dont le mari avait été mon capitaine pendant la guerre. Par contre, ma cravate était effilochée, une cravate rouge qui avait bien dix ans. Je remontai mon col et refis le nœud de telle manière que la cravate avait maintenant un bout très long et l'autre très court. Je cachai la partie courte sous la longue et boutonnai ma veste jusqu'en haut. Comme je m'éloignais de la vitrine, la tête me tourna, sans doute à cause de l'effort que j'avais apporté à me passer en revue et je trébuchai contre un agent qui se tenait au bord du trottoir. « Regarde où tu marches, me dit-il, es-tu ivre ? » J'aurais voulu lui répondre que j'étais en effet ivre, mais de faim. D'un pas vacillant, je me dirigeai vers le Panthéon.

Je me souvenais de l'adresse, mais en arrivant sur place, je n'en crus pas mes yeux. C'était au fond d'une impasse, une toute petite porte encadrée de deux ou trois poubelles combles. L'enseigne, couleur sang de bœuf, portait l'inscription : Restaurant, cuisine de ménage, et la vitrine également peinte en rouge, contenait une pomme en tout et pour tout. Une seule pomme, dis-je, et je n'exagère pas. Je commençais à comprendre, mais j'étais lancé et j'entrai. Une fois la porte poussée, je n'eus plus de doute et un instant de désespoir ma faim redoubla. Je me décidai pourtant et allai m'asseoir à l'une des quatre ou cinq tables qui meublaient la misérable pièce déserte et sombre.

Une tenture sale, derrière le comptoir, masquait la porte donnant sur la cuisine. Je frappai du doigt sur la table : « Garçon ! » Il y eut aussitôt un remue-ménage dans la cuisine, la tenture se leva et une figure apparut et disparut dans laquelle je reconnus l'ami Romulus. J'attendis un moment ; frappai de nouveau. Cette fois, il se précipita en boutonnant à la hâte sa veste blanche toute pleine de taches et déformée, et vint à moi avec un « A vos ordres... » obséquieux, plein d'espoir, qui me serra le cœur. Mais désormais, puisque j'étais dans la danse, il fallait bien danser.

— Je voudrais manger, dis-je.

Il époussetait la table avec un torchon, puis s'arrêta et me regardant :

— Mais tu es Remus !...

— Ah ! tu me reconnais... fis-je avec un sourire.

— Et comment ! N'étions-nous pas ensemble sous les armes ? Te souviens-tu, ils nous appelaient Romulus, Remus et la Louve à cause de cette fille à laquelle nous faisions tous les deux la cour ?

Les souvenirs, en somme. Il les ressortait (c'était visible) non par amitié mais parce que j'étais un client. Et même, *le* client, puisqu'il n'y avait personne d'autre dans le restaurant. Ils devaient être plutôt rares, les clients, et les souvenirs étaient une façon de me faire bon accueil.

Finalement, il me donna une tape sur l'épaule : « Mon vieux Remus... » puis il se tourna vers la cuisine et appela : « Loreta ! » Sous la tenture levée je vis apparaître une petite femme corpulente, en tablier, à l'expression hargneuse et méfiante. Romulus dit en me montrant du doigt : « Voilà Remus dont je t'ai tant parlé. » Elle sourit à demi et ébaucha un geste de salut ; derrière elle se bousculaient ses enfants, un garçon et une fille.

Romulus poursuivait : « C'est un brave... brave type... brave... » Il répétait « brave » comme un perroquet ; et je comprenais clairement qu'il attendait surtout que je commande mon déjeuner.

— Romulus, dis-je, je suis de passage à Rome... je suis voyageur de commerce... alors comme je mange toujours en quelque endroit, je me suis dit : pourquoi n'irais-je pas manger chez l'ami Romulus ?

— Parfait ! dit-il, alors, que faisons-nous de bon : des spaghettis ?

— Comme de juste !

— Des spaghettis au beurre avec du parmesan... c'est moins long à faire et plus léger... et ensuite ? un bon bifteck ? Deux tranches de veau ? Un bel aloyau ? Une escalope sautée ?

Il me proposait des choses simples, telles que j'aurais pu en cuisiner moi-même sur un réchaud à alcool. Je dis, par pure cruauté :

— Et de l'agneau ? as-tu de l'agneau ?

— Je regrette... mais c'est le soir que nous en faisons.

— Tant pis, tant pis... alors un tournedos avec un œuf dessus... à la Bismarck ?

— A la Bismarck ? bien sûr... avec des pommes de terre ?

— De la salade plutôt.

— De la salade, d'accord... et un litre... du sec n'est-ce pas ?

— Du sec.

Il répéta « sec... sec... » en se dirigeant vers la cuisine et me laissa seul devant ma table. Je continuais à avoir des vertiges de faiblesse et je sentais que j'allais faire une grosse mauvaise action ; mais j'en éprouvais une sorte de satisfaction. La faim rend cruel ; or, Romulus était peut-être plus affamé que moi et, au fond, cela me faisait un certain plaisir.

Pendant ce temps, à la cuisine toute la famille tenait

conciliabule. Je l'entendais, lui, qui parlait d'une voix basse, pressante, anxieuse ; et sa femme lui répondait sur un ton mécontent. Finalement la tenture se souleva et les deux enfants s'échappèrent, courant rapidement vers la sortie. Je compris que Romulus n'avait peut-être pas même du pain au restaurant. Au moment où les enfants avaient soulevé la tenture, j'avais entrevu la femme qui, debout devant le fourneau, ranimait le feu presque éteint avec un éventoir. Romulus sortit de la cuisine et vint s'asseoir en face de moi.

Il venait me tenir compagnie pour gagner du temps et permettre à ses enfants de revenir avec les provisions. Toujours par cruauté, je lui demandai :

— Tu as là un petit local tout à fait gentil... et ça marche bien ?

Il baissa la tête :

— Bien... bien... naturellement, il y a la crise, et puis, aujourd'hui, c'est lundi, alors... mais d'habitude il n'y a pas moyen de circuler là-dedans.

— Tu as bien réussi, hein ?

Il me regarda avant de répondre. Il avait une figure grasse et ronde, une vraie figure d'hôtelier, mais pâle, triste, et la barbe longue.

— Toi aussi, fit-il, tu ne t'en tires pas mal ?

— Oh ! répondis-je négligemment, je ne peux pas me plaindre... je fais toujours mes cent, cent cinquante mille lires par mois... mais je travaille dur.

— C'est moins dur que pour nous...

— Eh ! qui sait... vous autres, vous jouez sur le velours... les gens peuvent se passer de tout, mais il faut bien qu'ils mangent... je parie que tu mets des sous de côté...

Cette fois il se tut et se contenta de sourire : un sourire déchirant qui me fit pitié. Il dit enfin comme s'il implorait mon secours : « Mon vieux Remus... te souviens-tu quand nous étions ensemble à Gaëte ? » En somme il recherchait les souvenirs parce qu'il avait honte de mentir et peut-être aussi parce que ce passé avait été le meilleur temps de sa vie. Cette fois, il me fit par trop compassion, et pour le contenter, je lui dis que je me rappelais. Il parut aussitôt ranimé et se mit à parler en me donnant de temps en temps de grandes tapes sur l'épaule ; il riait même parfois. Le petit garçon rentra, sur la pointe des pieds, portant à deux mains, comme s'il s'agissait du Saint-Sacrement, un litre plein. Romulus me versa à boire et comme je l'invitais, il se servit un verre à lui-même. Avec le vin, il devenait plus loquace encore, on voyait que lui aussi était à jeun. Tout en bavardant et buvant, vingt minutes passèrent, puis, comme en un songe, je vis rentrer la petite fille. La pauvrette tenait entre ses bras, serré contre sa poitrine, un paquet qui contenait de tout, le papier jaune qui renfermait le bifteck, le morceau de journal enveloppant l'œuf, une miche entourée d'un papier mou, le beurre et le fromage dans la cellophane, le bouquet vert de la salade ; je crus même voir la petite bouteille d'huile. Sérieuse, contente, elle alla tout droit à la cuisine et, à son passage, Romulus déplaça sa chaise pour la cacher. Puis il versa de nouveau à boire et recommença à dérouler ses souvenirs. Pendant ce temps, dans la cuisine, j'entendais la mère dire je ne sais quoi à la fillette et celle-ci s'excusait à mi-voix : « Il n'a pas voulu m'en donner moins. » Misère... complète, absolue, peut-être pire que la mienne.

Mais j'avais faim et quand la petite m'apporta le plat de spaghettis je me jetai dessus sans remords : je dirai même que la sensation de bâfrer aux dépens de gens aussi pauvres que moi m'aiguisait l'appétit. Romulus me regardait manger avec des yeux d'envie et je ne pus m'empêcher de penser qu'il devait rarement se permettre des spaghettis tels que ceux-ci. « Veux-tu les goûter ? » proposai-je. Il secoua la tête comme pour refuser, mais j'en pris une fourchette et la lui fourrai dans la bouche.

— Il n'y a pas à dire, ils sont fameux, dit-il comme se parlant à lui-même.

Après les pâtes, la petite m'apporta le tournedos surmonté d'un œuf et la salade et Romulus, comme s'il avait honte de me regarder manger, retourna à la cuisine. Je continuai mon repas seul et tout en mangeant je m'aperçus que j'étais presque ivre de nourriture. Ah ! que c'est bon de manger quand on a faim ! Je me fourrais un morceau de pain dans la bouche, je versais dessus une bonne gorgée de vin, je mastiquais, j'engloutissais. Il y avait des années que je n'avais déjeuné de si bon cœur.

La fillette arriva avec les fruits et je voulus même un morceau de parmesan pour manger avec ma poire. Quand j'eus terminé, je m'allongeai sur ma chaise, un cure-dents au coin des lèvres et toute la famille sortit de la cuisine et vint se ranger debout autour de moi en me regardant comme un objet précieux. Romulus, sans doute parce qu'il avait bu, était maintenant plein d'entrain et racontait je ne sais quelles aventures de femmes, du temps où nous étions soldats. Sa femme, au contraire, le visage gras et noirci de poussière de charbon, avait l'air tout à fait lamentable. Je regardai les enfants : ils étaient pâles, mal nourris, des yeux plus grands que la tête. Je me sentis envahi en même temps de pitié et de remords. D'autant plus que la femme me dit :

— Ah ! des clients comme vous, il nous en faudrait au moins quatre ou cinq par repas... alors nous pourrions respirer...

— Pourquoi ? dis-je d'un air ingénu, vous n'avez pas de clients ?

— Il en vient un de temps en temps, répondit-elle, le soir surtout... mais ce sont de pauvres gens : ils apportent leurs provisions et commandent seulement du vin, peu de chose, un quart, un verre... le matin il m'arrive souvent de ne pas allumer le feu, puisqu'il n'y a personne.

Je ne sais pourquoi ces paroles exaspérèrent Romulus :

— Ah ! finis-en avec tes lamentations... tu me portes la guigne.

— La guigne, c'est toi qui nous la portes, réplique vivement la femme. C'est toi qui as le mauvais œil... entre moi qui m'échine et me ronge et toi qui ne fais rien et passe ton temps à rappeler tes souvenirs de soldat, je me demande qui porte la guigne ?

Et tout cela pendant qu'à demi engourdi de bien-être, je réfléchissais à la meilleure façon de m'en tirer quant à l'addition. Mais, providentiellement, il y eut un geste inattendu de la part de Romulus : il leva la main et donna une gifle à sa femme. Elle n'hésita pas, courut à la cuisine et en revint avec un couteau long et effilé, de ceux qui servent à couper le jambon. « Je te tuerai ! » criait-elle, le couteau levé. Lui, épouvanté, traversa en courant le restaurant, renversant les tables et les chaises. La petite, pendant ce temps, avait éclaté en sanglots et le petit, qui n'avait fait qu'un bond à la cuisine, brandissait maintenant un rouleau à pâtisserie pour défendre je ne sais lequel de son père ou de sa mère. Je compris que c'était le moment ou jamais. Je me levai en disant : « Du calme, que diable !... du calme... du calme... », et tout en répétant « du calme », je me retrouvai hors du restaurant, dans l'impasse. Je pressai le pas, tournai le coin de la rue ; place du Panthéon je repris une allure normale et me dirigeai tranquillement vers le Corso.

UNE LETTRE ATTENDRISSANTE

Les hasards de la vie sont innombrables. Me trouvant un soir au restaurant avec Stefanini, je lui demandai entre deux bribes de conversation, s'il serait capable de m'écrire une lettre qui serait celle d'un homme souffrant de la faim, sans travail, ayant à sa charge une mère malade d'un mal incurable et qui, pour toutes ces raisons se recommanderait au bon cœur de quelque bienfaiteur, lui demandant un secours pour se nourrir et soigner sa mère. Stefanini est un crève-la-faim de premier ordre, toujours sans le sou, toujours en quête d'une occasion quelconque; mais il a ce qu'on peut appeler une plume habile. Il faisait vaguement le métier de journaliste, envoyant de temps à autre quelque article à un petit journal de sa province et, à temps perdu, il était même capable de griffonner un poème, de but en blanc, sur un sujet ou un autre, avec des vers et des rimes, ma foi, bien en place. Ma requête l'intéressa et il me demanda aussitôt ce que je comptais faire de cette lettre. Je lui expliquai précisément que les hasards de la vie sont innombrables et que l'occasion pourrait se présenter où une telle lettre me serait utile; mais je ne suis pas lettré et ce n'était pas tous les jours que j'avais sous la main un Stefanini capable d'écrire ce que je voulais suivant toutes les règles. De plus en plus intrigué, il me demanda si ma mère était réellement malade. Je lui répondis qu'autant que je pouvais le savoir, ma mère, qui est sage-femme dans mon pays, était en bonne santé. Mais sait-on jamais ce qui peut arriver... Bref, il insista et m'interrogea tant que je finis par lui dire la vérité, c'est-à-dire que je vivais d'expédients — comme on dit — et que faute de mieux, un de ces expédients pourrait être justement cette lettre que je lui demandais d'écrire.

A ma grande surprise, il ne se scandalisa pas le moins du monde, et me posa encore quelques questions sur la méthode que je comptais employer. Le sentant désormais favorable à mes projets, je fus sincère : je pensais aller avec cette lettre chez une personne fortunée et la lui laisser en même temps que quelque objet artistique, petit bronze ou tableautin, en prévenant que je repasserais dans une heure pour recevoir son offrande. Quant à l'objet d'art, je feindrais de le laisser en cadeau, comme marque de gratitude ; en réalité il servirait à corser l'offrande, tout bienfaiteur ne voulant pas recevoir plus qu'il ne donne. Je conclus en affirmant que si la lettre était bien écrite, le coup ne pouvait rater. Dans tous les cas, le danger d'une dénonciation était nul ; il s'agissait de petites sommes et personne ne veut admettre de s'être fait rouler de cette façon, même en face de la police.

Stefanini écouta toutes mes explications avec la plus grande attention, puis il se déclara prêt à écrire cette lettre. Je lui signalai les trois points sur lesquels il fallait insister : la faim, le chômage et la maladie de ma mère ; il me répondit de le laisser faire. Il s'en tiendrait exactement à mes indications. Par le garçon il se fit apporter une feuille de papier, tira son stylographe de sa poche et après s'être recueilli un moment, le nez en l'air, il rédigea la lettre si rapidement, sans une rature, sans une hésitation, que c'était merveille de le voir et que je n'en croyais pas mes yeux. La flatterie devait avoir piqué son amour-propre, car je lui avais dit que je le savais habile de la plume et connaissant tous les secrets de l'art. La lettre terminée, il me la donna à lire et je restai abasourdi. Tout y était : la faim, le manque de travail, l'état douloureux de ma mère et tout cela si bien dit, avec des mots si vrais et sincères que moi qui les savais faux, je ne pouvais m'empêcher d'être ému. En particulier, avec une véritable intuition d'écrivain, Stefanini avait employé souvent le mot : maman[1], dans des expressions telles que « mon adorée maman » ou « ma pauvre maman » ou simplement « ma chère maman », sachant bien que « maman » est un de ces mots qui vont droit au cœur des gens. En outre, il avait parfaitement compris le truc de l'objet d'art et la partie de la lettre qui en traitait était un véritable joyau par ce qu'il disait et ne disait pas, demandait sans demander, bref amorçait le poisson sans qu'il pût s'en apercevoir. Je le remerciai sincèrement en lui déclarant que sa lettre était un vrai chef-d'œuvre ; et après avoir ri d'un air charmé, il admit qu'elle n'était pas mal écrite ; si bien même, qu'il voulait la conserver et me priait de lui en laisser un double. Je recopiai donc la lettre, lui offris à dîner en échange et nous nous séparâmes ensuite comme de bons amis.

Quelques jours plus tard, je décidai de faire usage de mon invention. En parlant avec Stefanini d'une chose et d'une autre, il avait laissé échapper le nom de l'homme qui, selon lui, devait inévitablement mordre à l'hameçon : un certain avocat Zampichelli, qui, précisément avait perdu sa mère il y avait un an environ. D'après les informations de Stefanini, cette perte l'avait grandement affecté et depuis il s'adonnait au bien, aidant les pauvres gens toutes les fois qu'il le pouvait. En somme c'était l'homme qu'il me fallait et cela non seulement parce que la lettre était émouvante et convaincante, mais parce que les circonstances de sa propre vie le préparaient à y croire. Un beau matin donc, je pris la lettre et l'objet d'art, en l'espèce un lionceau en fonte dorée, la patte posée sur une boule de faux marbre, et je m'en fus sonner à la porte de l'avocat.

Il habitait aux Prati, dans une petite villa au fond d'un vieux jardin. Une caméριste m'ouvrit et je lui dis rapidement : « Cet objet et cette lettre sont pour Me Zampichelli. Dites-lui que c'est urgent et que je repasserai dans une heure. » Je lui mis les deux choses dans la main et m'en allai. Je passai cette heure d'attente à arpenter les routes droites et vides des Prati en me répétant mentale-

1. « Mamma », en italien.

ment ce que je devais dire une fois en présence de l'avocat. Je me sentais bien disposé, l'esprit lucide et j'étais sûr de savoir trouver les mots et le ton voulus. L'heure passée, je retournai à la villa et sonnai de nouveau.

Je m'attendais à voir quelqu'un de mon âge, à peu près, je me trouvais au contraire en face d'un homme sur la cinquantaine, chauve, avec une figure gonflée, rouge, molle, des yeux larmoyants, l'air d'un saint-bernard. Je pensais que sa mère avait dû mourir à quatre-vingts ans au moins; et, en effet, sur le bureau, je vis la photographie d'une très vieille dame aux traits rugueux et aux cheveux blancs. L'avocat était assis devant une table couverte de papiers, en robe de chambre de soie rayée, le col de sa chemise ouvert et la barbe longue. Le bureau était grand, garni de livres jusqu'au plafond, avec une profusion de tableaux, statuettes, armes et vases de fleurs. Zampichelli m'accueillit comme un client et d'une voix lugubre me pria de m'asseoir, puis il se prit la tête entre les mains douloureusement, comme pour se concentrer et dit enfin :

— J'ai reçu votre lettre... très émouvante, vraiment.

J'eus une pensée de gratitude envers Stefanini et répondis :

— Maître, c'est une lettre sincère... c'est pourquoi elle vous a ému... les mots m'en sont venus du cœur.

— Mais, pourquoi parmi tant d'autres, vous êtes-vous adressé à moi ?

— Je vais vous dire la vérité, maître : je sais que vous avez eu un très grand deuil (l'avocat m'écoutait les yeux mi-clos) et j'ai pensé : l'homme que la mort de sa mère a fait tant souffrir, comprendra le déchirement d'un fils qui voit sa maman mourir, pour ainsi dire, sous ses yeux, de jour en jour, sans pouvoir la secourir.

A ces paroles prononcées d'un ton ému, car je commençais à m'échauffer, l'avocat hocha la tête plusieurs fois, comme pour affirmer qu'il comprenait, puis, levant les yeux, il me demanda :

— Vous êtes sans travail ?

— Sans travail ?... C'est peu dire, maître... je suis désespéré... c'est une odyssée que la mienne... j'ai fait le tour de tous les bureaux, il y a deux ans que je cherche partout... Maître, je ne sais plus que faire...

J'avais parlé avec chaleur. L'avocat se prit de nouveau la tête entre les mains, puis :

— Et votre mère, qu'a-t-elle ?

— Elle est malade d'ici, maître, dis-je et pour l'impressionner, je pris une mine compassée me touchant du doigt la poitrine. (Il soupira :) Et cet objet ?... ce bronze ?...

J'avais prévu la question et répondis aussitôt :

— Maître, nous sommes pauvres... indigents même... mais il n'en fut pas toujours ainsi... autrefois nous avons été à notre aise... papa...

— Papa ?

J'eus une courte surprise :

— Oui, pourquoi ? L'habitude de dire ainsi...

— Oui, naturellement, fit-il en se pressant les tempes, continuez.

— Papa avait un magasin de tissus... notre magasin était bien monté, maître, mais nous avons tout vendu, petit à petit... ce bronze est l'unique objet qui nous reste... papa l'avait toujours sur son bureau... C'est en somme notre dernière ressource, je voudrais que vous l'acceptiez en gage de ma gratitude pour ce que vous pourrez faire à notre égard...

— Oui, oui, oui, répéta trois fois l'avocat comme pour marquer qu'il comprenait tout. (Puis il demeura un long moment silencieux, la tête baissée. Il semblait réfléchir. Finalement, il se secoua et me demanda :) Avec combien de « m » écrivez-vous le mot de *mamma ?*

J'eus un. minute d'ahurissement. Je me dis qu'en recopiant la lettre de Stefanini j'avais dû commettre une faute et je dis, incertain :

— Mais je l'écris avec trois « m », un au début et deux au milieu.

Il eut comme un gémissement :

— Voyez-vous, ce sont justement ces trois « m » qui me rendent ce mot antipathique.

Maintenant je me demandais si la douleur de la mort de sa mère ne lui avait pas dérangé la cervelle. Je balbutiai :

— Mais, ne dit-on pas ainsi... les enfants prononcent *mamma* et nous autres hommes nous continuons à le dire toute la vie, tant que notre mère est vivante... et même ensuite.

— Eh bien! cria-t-il tout à coup en frappant du poing sur la table ce qui me fit sursauter, ce mot, avec tous ces « m » m'est antipathique, suprêmement antipathique... avez-vous compris, Lopresto? Su-prê-me-ment antipathique...

— Mais qu'y puis-je? balbutiai-je.

— Je sais, reprit-il d'une voix normale, en s'étreignant de nouveau la tête, je sais que l'on dit et que l'on écrit *mamma*... notre père Dante l'a dit lui-même... avez-vous jamais lu Dante, Lopresto?

— Oui, maître, j'en ai lu... j'en ai lu quelques petites choses.

— Eh bien, malgré Dante, cette appellation m'est antipathique.

Cette fois, je me tus, ne sachant plus que dire. Mais après un long silence, je risquai :

— Maître, je comprends qu'après le malheur qui vous est arrivé, ce mot de *mamma* vous soit pénible... mais ne pourriez-vous avoir un peu de compréhension à mon égard... nous avons tous une ma... je veux dire une mère.

— Tous... oui.

De nouveau le silence. Puis il prit mon lion sur sa table et me le tendit en disant :

— Tenez, Lopresto, reprenez votre bronze.

Je le pris et me levai. Il sortit son portefeuille de sa poche, en tira en soupirant un billet de mille lires et me le tendant :

— Vous ne me semblez pas un mauvais garçon... pourquoi n'essayez-vous pas de travailler? A continuer ainsi, vous finirez en prison, Lopresto. Voilà mille lires.

Plus mort que vif, je pris le billet et me dirigeai vers la porte. Il m'accompagna et sur le seuil :

— A propos, Lopresto, avez-vous un frère?

— Non, maître.

— Pourtant, il y a deux jours, quelqu'un est venu avec une lettre identique à la vôtre... le chômage, la mère malade... identique... le bronze seulement était un peu différent : un aigle au lieu d'un lion... mais étant donné la similitude des deux lettres, je pensais qu'il s'agissait de votre frère.

— Un jeune homme petit, noiraud, avec des yeux brillants ? ne pus-je m'empêcher de demander.

— C'est exact, Lopresto.

Ce disant, il me poussa hors de son bureau et je me retrouvai dans le jardin, mon lion de faux bronze serré contre ma poitrine, abasourdi.

Avez-vous compris ? Stefanini s'était servi de la lettre suivant mes instructions, mais avant moi. Et aux dépens de la même personne. Je vous assure, j'étais indigné. Qu'un pauvre type, un malheureux comme moi pût recourir à une telle lettre, passe encore. Mais que Stefanini, un écrivain, un poète, un journaliste, même avec sa mine de loqueteux, qu'un homme qui avait lu tant de livres et savait même le français, pût agir de la sorte, cela me paraissait trop fort. Que diable, quand on s'appelle Stefanini, il y a certaines choses qu'on ne fait pas. Mais je finis par penser que dans cette histoire la vanité avait joué son rôle. Stefanini avait dû se dire : « Quelle belle lettre ! Dommage de la laisser perdre ! » et alors il était allé chez l'avocat Zampichelli...

UN PANIER PERCÉ

Nous étions toujours d'accord, ma femme et moi, sauf sur le chapitre de l'argent. Je possédais un magasin de fourneaux, poêles et accessoires électriques dans le quartier de San Giovanni, un quartier peu aristocratique, ce qui n'assure pas au commerçant des recettes régulières. Il y avait de bonnes journées, par exemple quand je vendais un fourneau de quarante mille lires ; et puis de mauvaises où l'on ne venait m'acheter qu'une ampoule électrique de trois cents lires. Mais c'est justement ce que Valentina ne voulait pas comprendre. Pour elle, j'étais avare et mon avarice consistait à tenir mes comptes de caisse, à marquer les entrées et les sorties de capitaux et, quand je manquais d'argent, dame, à le dire.

Elle se mettait alors à crier : « Tu es un avare !... j'ai épousé un avare ! »

Je répondais : « Mais pourquoi m'accuses-tu sans preuves ? Tu n'as qu'à venir au magasin... Pourquoi ne viens-tu pas à la banque ? Je te montrerai ce que je vends et ne vends pas... je te ferai voir jusqu'où mon compte est descendu... »

Elle déclarait que, pour la voir au magasin, il n'y fallait pas compter car elle n'avait rien d'une boutiquière, son père ayant été fonctionnaire ; et quant à la banque, comme elle n'y comprenait rien, elle n'irait pas non plus s'y renseigner : je n'avais donc qu'à la laisser tranquille. Et puis elle m'expliquait, presque affectueusement :

— Vois-tu, Augusto, tu es avare, note que, avec cela, tu dépenserais bien tout ce que tu as... tu ferais même des dettes... mais tu es avare... ce qui ne signifie pas que tu ne veux pas dépenser, mais que tu n'aimes pas dépenser.

— Qu'est-ce qui te fait penser cela ?

— Tu fais toujours une drôle de tête quand il s'agit de tirer ton porte-monnaie.

— Mais quelle tête ?

— Une tête de pingre...

En ce temps-là, j'étais amoureux de ma femme ; toute ronde, blanche et rose, appétissante, fraîche, Valentina était à l'horizon de toutes mes pensées. Je ne trouvais rien à redire à ce qu'elle passât ses journées à ne rien faire, à fumer des cigarettes américaines, à lire de petits illustrés et à aller au cinéma avec ses amies. L'aimant comme je l'aimais, j'avais toujours l'impression que la raison était de son côté et les torts du mien. L'avarice est un vilain défaut, certes, et, à m'entendre sans cesse traiter d'avare, j'avais fini par croire que je l'étais. Aussi, au lieu de la remettre à sa place en lui disant : « Finis-en avec cette histoire d'avarice... je suis le seul, je crois, à savoir combien nous pouvons dépenser... » il suffisait qu'elle s'exclamât : « Le voilà bien, le pingre ! » pour que, terrorisé je sorte mon portefeuille et paie sans sourciller. Et comme, fine mouche, elle avait compris cette faiblesse, elle ne me laissait pas de repos :

— Augusto, il nous faut la radio... tout le monde a une radio...

— Mais, Valentina, un poste de radio coûte cher.

— Allons... ne fais pas l'avare... avec tout ce que tu as en banque, tu voudrais me faire croire que tu ne peux t'acheter une radio ?

— Bon... bon... achetons-la, cette radio !

Une autre fois c'était :

— Oh ! Augusto, j'ai vu une paire de souliers ravissants... tu me donnes de l'argent pour les acheter ?

— Mais tu en as acheté une paire l'autre jour...

— Ceux-là !... Oh ! mais c'étaient des sandales... allons, ne fais pas l'avare...

— Tiens... le voilà ton argent...

En somme, elle avait trouvé à la fois le moyen infaillible de me faire payer et de me faire taire et cela ne ratait jamais.

Je payais avec l'espoir qu'un jour elle finirait par reconnaître que loin d'être pingre j'étais généreux de nature, ce que je pensais d'ailleurs. Mais ce n'était qu'une illusion passagère. Peut-être devinait-elle que je dépensais par amour-propre, pour l'obliger à juger autrement, pour vaincre son obstination à me traiter d'avare ; de son côté elle mettait un point d'honneur à ne pas s'avouer vaincue. Peut-être n'était-ce de sa part que manque d'intelligence. Elle s'imaginait qu'à l'image de ces véritables avares qui lorsqu'ils ont cent pièces d'or se plaignent partout de n'en avoir que dix, je lui cachais je ne sais quelles richesses. Par ailleurs, elle avait raison de dire que je craignais la dépense. C'est que je connaissais nos disponibilités et que, au train où nous allions, je voyais que nous n'aurions bientôt plus rien.

Je m'étais marié avec un magasin bien achalandé et un compte en banque de près d'un million. Maintenant, malgré tous mes efforts, tout en ne versant plus rien à la banque et passant tous mes gains dans notre ménage, mon compte diminuait de plus en plus. D'abord neuf cent mille, puis huit cent mille, puis sept cents, puis six cents. Je décidai qu'à cinq cent mille je m'arrêterais et préviendrais ma femme. Je dois dire que j'attendais ce moment avec une certaine anxiété, me rendant compte que, si ce jour-là, je ne la mettais pas au pied du mur, j'étais perdu.

En attendant, le temps passait et mon compte s'amenuisait. De six cent mille lires, il était passé à cinq cent cinquante, puis cinq cent vingt-cinq. Un matin, j'allai retirer ces vingt-cinq mille, revint chez moi et dis à Valentina :

— Tu vois ces billets ?

— Pourquoi me les montres-tu ? Aurais-tu l'intention de m'en faire cadeau ?

— Non, je n'ai pas cette intention.

— Bien entendu… toi, me faire un cadeau, ce serait trop beau !

— Attends… je te les montre parce que ce sont les derniers…

— Je ne te crois pas.

— Tu as tort : c'est vrai.

— Tu veux dire que tu n'as plus un sou à la banque ?

— Si, j'en ai encore... mais cela représente un minimum pour un commerçant comme moi... Si je dépensais ce qui me reste, je n'aurais plus qu'à fermer boutique.

— Tu vois bien que tu en as encore... alors pourquoi me tourmentes-tu ? Laisse-moi tranquille... tu voudrais ensuite que je ne t'appelle pas avare !

Je m'étais juré de rester calme. Mais à ce mot d'avare je bondis :

— Non, je ne suis pas avare, mais nous vivons au-dessus de nos moyens, voilà tout. Encore une fois, viens au magasin, viens à la banque...

— Laisse-moi tranquille avec ton magasin et ta banque... fais ce que tu veux, s'il te plaît d'être un harpagon, mais ne me tracasse pas...

— Imbécile !

C'était la première fois depuis notre mariage que je l'insultais. Avez-vous jamais vu s'enflammer du pétrole quand on approche une allumette ? Telle fut Valentina, toujours si calme et presque indolente d'ordinaire. A ce mot qui m'était échappé, elle se répandit en injures, et plus elle en sortait, plus elle en trouvait de nouvelles, comme, à la cueillette, une cerise en attire une autre. Il faut dire qu'elle m'en voulait depuis longtemps et que ce qu'elle déversait maintenant, elle le gardait en elle depuis je ne sais combien de temps. Elle ne se servait pas de simples injures, d'injures d'hommes telles que « canaille, fripon, vaurien... » qui au fond ne font de mal à personne. Non, c'étaient des injures de femmes, subtiles, qui vous entrent sous la peau comme des aiguilles, y restent implantées et vous piquent un peu partout dès que vous faites un mouvement. Des injures qui frappaient ma famille, mon métier, mon physique ; non des mots grossiers, mais des phrases méchantes, perfides, qui vous coupaient le souffle.

Ah ! je ne la connaissais pas, Valentina ! Et si je n'avais éprouvé tant de douleur à l'entendre me parler ainsi, j'aurais été éberlué. Finalement elle se calma et soit un peu de honte, soit lassitude après une aussi longue scène, je me mis à pleurer comme un enfant, agenouillé devant elle, le front contre ses jambes. Mais tout en pleurant et lui demandant pardon je sentais que quelque chose était fini et que je ne l'aimais plus et cette pensée me remplissait d'une telle amertume que mes larmes coulaient de nouveau plus fort. A la fin, je repris mon calme, lui fis cadeau de cinq mille lires et sortis.

J'avais encore vingt mille lires, mais je n'aimais plus ma femme et pour me venger d'elle, j'étais décidé à lui démontrer que je n'étais pas avare, dussé-je pour cela me ruiner complètement. Pourtant, avant de mettre mes projets à exécution, j'éprouvais un doute, une hésitation, presque une terreur, comme à la mer, lorsqu'on va se jeter à l'eau et que, de loin, les vagues vous font peur. Je me trouvais au bord du Tibre, sous un soleil de printemps qui réchauffait doucement sans brûler. Je vis au bout du pont un mendiant le visage tourné vers le soleil qui tendait la main, accroupi par terre. En lui voyant ce visage si serein, ces yeux mi-clos et cette bouche presque souriante, je pensai : « De quoi as-tu peur ?... Deviendrais-tu comme lui que tu serais encore plus heureux que maintenant. »

Alors je froissai dans mes mains ces billets de mille qui gonflaient ma poche et en passant j'en jetai un dans le chapeau du mendiant. Comme il était aveugle, il ne me remercia pas et continua à tendre son visage au soleil, en répétant les paroles habituelles à tous les mendiants.

Un peu plus loin, après le pont, je passai devant un magasin d'horlogerie, y entrai et, sur-le-champ, sans hésiter, j'achetai une montre pour ma femme d'une valeur de dix-huit mille lires. Il ne me restait plus qu'un billet ; je pris un taxi et me fis conduire à mon magasin. Déjà je me sentais mieux quoiqu'une vague peur demeurât au fond de moi ; mais je me réconfortai en refusant toute la matinée la marchandise aux clients. A l'un je disais que l'article qu'il demandait était épuisé ; à l'autre, je faisais un prix excessif ; à un troisième j'expliquais que l'objet désiré n'était pas à vendre, étant un échantillon. Je m'offris même le luxe d'être désagréable avec deux clients qui m'étaient antipathiques. Et tout le temps je continuais à me répéter dans mon for intérieur : « N'aie pas peur, ce n'est que le premier pas qui coûte, tout vient ensuite facilement... »

Ce matin-là je revins chez moi avec la crainte de découvrir qu'après tout j'aimais encore ma femme, car dans ce cas il me faudrait recommencer à lutter pour un sou, à m'entendre traiter d'avare, à reprendre en somme la vie que j'avais menée depuis deux ans. Mais en regardant Valentina, je sentis que véritablement je ne l'aimais plus ; elle n'était plus pour moi qu'un objet ; je remarquai même que sous sa poudre de riz, son nez luisait un peu. « Ma chère, je t'ai apporté un petit cadeau, lui dis-je, tu te plaignais depuis si longtemps de ne pas avoir de bracelet-montre... » Elle me tendit son bras et avant d'y fixer le bracelet, j'y déposai un baiser sonore, un baiser de mari amoureux. Mais en même temps je pensais : « Prends cela : c'est un baiser plus faux que celui de Judas. » Je dois dire qu'elle semblait avoir du remords de toutes les vilaines choses qu'elle m'avait dites, car elle fut toute grâce et mièvrerie. Mais désormais j'étais glacé ; au-dedans de moi le ressort de l'amour s'était rompu et il n'y avait plus rien à faire.

Les jours suivants, je continuai à exécuter mon plan. Je lui apportais sans cesse quelque cadeau ; au magasin je refusais même d'écouter les clients, me bornant à leur déclarer que je ne voulais rien vendre ; et mon compte en banque diminuait. Un demi-million, ce n'est pas grand-chose et au bout de deux mois, pas davantage, il ne me restait plus rien. Valentina n'avait aucun soupçon. Elle continuait à lire ses revues, à fumer des cigarettes américaines et à aller au cinéma avec ses amies. Seulement, de temps en temps, devant un nouveau cadeau, elle disait pour la forme : « Tu vois, c'est moi qui avais raison... tu me disais que tu n'avais pas d'argent, que tu étais pauvre, que tu ne pouvais t'en tirer... maintenant, tu dépenses beaucoup plus, tu es, je ne dis pas généreux, mais moins avare, et tu trouves tout de même l'argent nécessaire... » Je ne disais rien, mais à part moi je me répétais : « Attends avant de chanter victoire ! »

Un jour, je retirai à la banque mes dernières cinq mille lires et achetai une quantité de paquets de cigarettes de manière à ne garder que trois cents lires. C'était le matin, de bonne heure et, au lieu d'aller au magasin, je retournai chez moi, allai dans la chambre à coucher et, tout habillé, mes souliers aux pieds, je m'étendis sur les draps encore défaits. Valentina, qui dormait encore, se retourna dans son sommeil, murmurant : « Tu ne vas pas au magasin… c'est donc dimanche ? » Et elle se rendormit. Je me mis à fumer une cigarette sur l'autre, attendant son réveil. Elle dormit une heure encore, puis s'éveilla :

— Quoi ? dit-elle, c'est donc fête aujourd'hui ?

— Oui, c'est fête.

Elle se leva, s'habilla lentement, mais en me demandant de temps en temps : « Quelle fête est-ce donc ? » comme si elle doutait de ce que je lui disais. J'attendais l'instant où elle allait me demander de l'argent pour le marché ; malgré sa paresse, c'est elle qui faisait toujours les achats et la cuisine, se faisant aider par une fillette à demi-journée. Après avoir passé dans la salle de bains, elle sortit toute prête, alla à la cuisine pour parler avec la petite bonne et faire le café. J'allai la retrouver et nous bûmes notre café en silence. Cependant elle insista :

— Lucia me dit que ce n'est pas du tout fête… tous les magasins sont ouverts…

— C'est ma fête à moi, répondis-je simplement et je m'en fus me recoucher, avec mes souliers et tout le reste.

Sur le moment Valentina ne dit rien ; elle resta même un moment à la cuisine, parlant à la petite bonne ; le temps, je pense, de me montrer qu'elle ne me prenait pas au sérieux. Finalement elle apparut sur le seuil, les mains sur les hanches, et déclara :

— Si tu ne veux pas travailler, cela ne me regarde pas… tu es maître de rester au lit… mais si tu as envie de manger, tu feras bien de me donner de l'argent pour le marché.

Je soufflai ma fumée au plafond et répondis :

— De l'argent… je n'en ai pas.

— Comment ?… tu n'en as pas ?…

— Non…

— Que veut dire ce caprice ? Qu'est-ce qui te passe

par la tête ? Si tu ne me donne pas d'argent, je n'achèterai rien, et si je n'achète rien, nous ne mangerons pas.

— En effet, répondis-je, je crois bien que nous ne mangerons pas.

— Bah ! dit-elle, je vais à côté, je n'ai pas de temps à perdre... mets l'argent sur la commode.

Je continuai à fumer et quand elle revint au bout de quelques instants, je lui dis gravement :

— Valentina, je parle sérieusement... je n'ai plus un sou... il ne me reste plus que trois cents lires en tout... nous n'avons plus rien.

— Mais tu as ton compte en banque... l'avarice te reprend maintenant ?

— Je ne suis pas avare... je n'ai plus rien... regarde, d'ailleurs.

Je sortis de ma poche le livret de la banque et le lui montrai ; cette fois elle ne protesta pas qu'elle n'y comprenait rien et une expression d'épouvante passa sur son visage. Elle regarda le livret, puis se laissa tomber sur une chaise, le souffle coupé.

— Tu me disais que j'étais avare, expliquai-je, et plus je dépensais, plus j'étais pour toi un avare... alors je me suis ruiné exprès. J'ai tout dépensé... au magasin, je n'ai plus rien vendu... et maintenant c'est fini... je n'ai plus rien et nous n'avons même pas de quoi manger... mais, au moins, tu ne me diras plus que je suis avare !

Tout à coup, elle se mit à pleurer davantage, semblait-il, parce qu'elle comprenait que je ne l'aimais plus que pour le fait en lui-même.

— Tu ne m'as jamais aimée, dit-elle, et maintenant tu veux même me laisser mourir de faim !

— Par force, dis-je, puisque je n'ai plus d'argent.

— Eh bien, je te quitte... je retourne chez maman.

Elle sortit de la pièce et, du même coup, sortit de ma vie, car de ce matin, je ne la revis plus jamais. Au bout d'un moment, je me levai et quittai la maison à mon tour. C'était une journée de soleil. J'achetai une miche et allai la manger sur le quai du Tibre. En regardant couler l'eau je me sentis tout à coup envahi de bonheur et je pensai que ces deux années de mariage n'avaient été qu'une aventure sans conséquences ; lorsque je serais vieux, ces deux ans ne seraient dans mon souvenir pas plus longs que deux jours. Je mangeai lentement mon pain et bus au bec d'une fontaine. Plus tard, j'allai trouver mon frère pour lui demander l'hospitalité jusqu'à ce que j'aie trouvé du travail. J'en trouvai, en effet, comme simple électricien, quelques semaines après.

Je vous l'ai dit : je n'ai jamais revu Valentina. Mais savez-vous ce qu'elle raconte partout ? Que je suis un gaspilleur, un panier percé, qu'elle n'était jamais parvenue à me faire mettre un sou de côté et que cette raison même l'avait poussée à me quitter.

LA TERREUR DE ROME

J'avais tant envie d'une paire de souliers neufs que, cet été, j'en rêvais souvent dans ce recoin où le concierge de l'immeuble me louait une couchette à cent lires la nuit. Certes, je n'allais pas nu-pieds, mais les souliers que je portais, des souliers bas et légers qui m'avaient été donnés par des Américains, n'avaient presque plus de talons; en outre l'un avait un trou qui laissait pour ainsi dire passer mon petit doigt et l'autre, à force de s'élargir, ressemblait maintenant à une savate. Grâce aux petites choses que je vendais au marché noir, puis en portant des paquets et faisant des commissions, je mangeais à ma faim, mais jamais je n'arrivais à pouvoir mettre de côté les quelques milliers de lires nécessaires à l'achat d'une paire de souliers. Ces souliers étaient devenus pour moi une obsession, un point noir suspendu dans l'espace qui me suivait partout. Sans chaussures neuves il me semblait que je ne pourrais continuer à vivre et parfois, en regardant mes pieds, l'envie me prenait quasiment de me suicider. En marchant dans la rue, mes yeux étaient sans cesse fixés sur les pieds des passants; ou bien je m'arrêtais devant les vitrines des cordonniers, contemplant les chaussures, comparant les prix, les formes, les couleurs, choisissant mentalement la paire qui me conviendrait le mieux.

Dans le recoin où je dormais, j'avais fait la connaissance d'un certain Lorusso, réfugié comme moi, un garçon aux cheveux blonds frisés, large de carrure, mais plus petit que moi, et je m'aperçus qu'il excitait ma jalousie pour l'unique raison qu'il avait réussi à se procurer, je ne sais comment, une paire de souliers magnifiques, montants, lacés, en cuir épais, avec des semelles doubles et des fers au talon, comment en portent les officiers alliés. Ils étaient trop longs pour Lorusso et chaque matin il devait en bourrer la pointe de papier de journal afin qu'ils lui restent aux pieds. Mais, à moi qui étais plus grand, ils allaient comme un gant.

Je savais que Lorusso avait comme moi une idée fixe : il voulait s'acheter un « piffero [1] », ayant appris à en jouer parce qu'avant d'échouer à Rome, il avait vécu quelque temps en montagne parmi des bergers. Il m'assurait que tel qu'il était, petit, blond, avec ses yeux bleus, sa veste à soufflets et son pantalon de surplus allié resserré dans ses souliers de même provenance, son piffero aux lèvres, il pourrait parcourir les restaurants et cafés et gagner beaucoup d'argent à jouer certains airs pastoraux et d'autres encore qu'il avait appris au temps où il servait de commissionnaire aux Américains. Mais le piffero coûtait cher, autant et peut-être plus que les souliers et Lorusso, qui, comme moi faisait tous les métiers, n'avait jamais assez d'économies pour se passer son envie. Lui aussi pensait à son piffero comme moi à mes souliers et, sans nous le dire, nous nous étions mis d'accord : je commençais à lui parler de mes chaussures et ensuite il me parlait de son instrument. Hélas, ce n'étaient que des mots et souliers et piffero restaient dans le domaine des rêves.

Finalement, d'un commun accord, nous prîmes une décision ; je dois dire que je fus l'auteur du projet, mais Lorusso l'approuva aussitôt comme si toute sa vie il n'avait pensé à autre chose. Nous irions dans un endroit solitaire fréquenté par les amoureux, la Villa Borghese, par exemple, et nous ferions un coup aux dépens d'un de ces couples qui recherchent les coins à l'écart pour pouvoir se caresser et s'embrasser. A mesure que je développais mon idée, j'eus la surprise de découvrir que Lorusso avait des instincts sanguinaires, chose curieuse sous son aspect d'innocent pastoureau. Il déclara immédiatement avec enthousiasme qu'il se sentait capable de « descen-

1. Petite flûte italienne.

dre » la femme et l'homme. Et il répétait cette expression de « descendre » qu'il avait apprise on ne sait où, avec plaisir, comme s'il voyait déjà le moment de passer à l'acte. Et même, pour me montrer de quelle façon il s'y prendrait, il se jeta sur moi et me saisit par le cou en feignant de me frapper sur la tête avec sa lourde clé anglaise :

— Je frapperai comme ceci, comme cela, et là encore, jusqu'à ce que je les aie eus tous les deux.

Or, je suis très nerveux depuis le bombardement de mon village où je suis resté un jour et une nuit dans une cave sous les décombres de ma maison, depuis, un tic vient à tout moment me détraquer la figure et il suffit d'un rien pour me mettre hors de moi. Aussi, d'une bourrade, envoyai-je Lorusso contre le mur de notre réduit en lui disant :

— Bas les pattes... si tu me touches encore, parole d'honneur, je prends cette clé et te descends pour de bon.

Puis je retrouvai mon calme et ajoutai :

— Tu es inepte, vois-tu... tu ne comprends rien, tu es vraiment un âne... Ne sais-tu pas que les couples d'amants se cachent pour faire l'amour... sans quoi ils le feraient chez eux... Donc, si tu leur dérobes leur argent, ils ne te dénoncent pas de crainte que le mari ou la mère ne viennent à savoir ce qu'ils font ensemble... au contraire, si tu les descends, les journaux en parlent, tout le monde le sait... et finalement la police met la main sur toi... Non, voilà ce qu'il faut faire : feindre d'être deux agents en civil : « Haut les mains... vous vous embrassez... ignorez-vous que c'est interdit ?... vous êtes en contravention... » et sous ce prétexte de la contravention, nous empochons l'argent et nous nous en allons.

Lorusso, qui a l'esprit lent, me regardait la bouche ouverte, avec ses yeux ronds d'un bleu de porcelaine, sous ses cheveux qui lui couvrent la moitié du front. Il dit enfin :

— Oui, mais les morts ne parlent pas...

Mais il le dit comme cela, sans expression, en perroquet, comme il disait « je les descendrai ».

— Ne fais pas l'imbécile, lui répondis-je, contente-toi

de m'écouter et ferme la bouche. Cette fois il ne protesta pas et nous restâmes d'accord sur notre plan.

Le jour fixé, au soir, nous nous rendîmes à la Villa Borghese. Lorusso avait pris sa clé anglaise et j'avais mis dans ma sacoche un revolver allemand qu'on m'avait donné à vendre et que je n'avais pas encore trouvé à placer. Par précaution, je l'avais déchargé : ou bien le coup réussissait sans difficulté, ou bien j'étais obligé de tirer et mieux valait m'en abstenir. Nous prîmes la grande avenue, le long de la piste cavalière, et là chaque banc avait son couple, mais les réverbères et les passants étaient aussi nombreux que dans la rue. De cette avenue nous passâmes dans celle qui mène au Pincio à travers un des endroits les plus obscurs de la Villa Borghese où les amoureux viennent encore plus volontiers parce que la place du Peuple n'est pas loin. A cause des arbres et parce que les réverbères étaient rares, il y faisait vraiment noir ; et l'on ne comptait plus les couples sur les bancs. Chaque banc en comptait même deux qui s'arrangeaient du mieux qu'ils pouvaient, s'embrassant et s'étreignant sans vergogne, au vu et au su de leurs voisins qui faisaient de même.

Lorusso maintenant ne parlait plus de descendre des gens ; il était ainsi fait qu'il changeait facilement d'idée et en voyant tous ces couples enlacés, il commença à soupirer avec des yeux brillants et une expression d'envie :

— Moi aussi je suis jeune, fit-il. Quand je vois tous ces amoureux qui s'embrassent, je te jure que si je n'étais pas à Rome, mais à la campagne, je ferais peur à l'homme pour qu'il s'en aille et je dirais à la fille : viens, ma belle... viens, je ne te ferai pas de mal... viens avec Tommasino.

Il marchait au milieu de l'avenue, un peu distant de moi, et il allait regarder les couples que c'en était une honte, en se passant sur les lèvres sa grosse langue rouge comme une vraie langue de bœuf. Il voulait même m'obliger à contempler moi aussi ces amoureux, à observer les hommes fourrageant dans les jupes des femmes tandis que celles-ci, blotties contre eux se laissaient faire.

— Tu es stupide, dis-je, veux-tu, oui ou non, ton piffero ?

— Ce que je voudrais surtout maintenant, répondit-il en se retournant pour regarder un couple, c'est une fille... n'importe laquelle... celle-là, par exemple.

— Alors, il ne fallait pas apporter une clé anglaise et m'accompagner.

— Après tout, j'aurais peut-être mieux fait.

Il parlait ainsi parce qu'il était léger et changeait d'idée à tout moment. La jambe nue d'une femme à peine entrevue, un baiser, un clin d'œil, cela lui avait suffi pour se sentir mourir d'envie de faire l'amour. Moi au contraire je ne me laisse pas distraire aisément de mon but et quand je veux une chose, c'est celle-là qu'il me faut et non une autre. Je voulais des souliers et j'étais décidé à me les procurer ce soir même, à tout prix.

Nous errâmes un moment par le Pincio, d'allée en allée, de banc en banc, le long de tous ces bustes de marbre blanc alignés à la file, dans l'ombre des arbres. Nous n'arrivions pas à trouver le bon endroit, craignant toujours d'être vus par quelque couple. Et Lorusso, à son ordinaire, recommençait à avoir l'esprit ailleurs. Oubliant l'amour, il paraissait tout préoccupé par ces bustes de marbre.

— Que représentent toutes ces statues ? me demanda-t-il. Je voudrais savoir qui elles sont...

— Tu vois comme tu es ignorant... ce sont de grands hommes et, parce que c'étaient des grands hommes, on leur a fait leur statue et on l'a mise ici.

Il s'approcha de l'un des bustes, l'examina, puis :

— Ah ! mais, c'est une femme !

— Eh bien, il faut croire qu'elle a été célèbre, elle aussi.

Il ne parut qu'à demi convaincu :

— Alors, si j'étais un grand homme, dit-il, on me ferait ma statue, à moi aussi ?

— Bien sûr... seulement, tu ne deviendrais jamais un grand homme !

— Qui te le dit ? Admettons que je devienne la terreur de Rome... que je descende des quantités de gens... les journaux parlent de moi... personne ne me trouve... et on me fait peut-être ma statue...

Je me mis à rire bien que je n'en eusse guère envie, mais je savais d'où lui venait cette idée de devenir la terreur de Rome : quelques jours auparavant, nous étions allés voir un film qui s'appelait justement *La Terreur de Chicago*.

— Ce n'est pas en tuant des gens qu'on devient un grand homme... ce que tu peux être ignare... ces grands hommes-là n'ont jamais tué personne.

— Et que faisaient-ils ?

— Eh bien ! Ils écrivaient des livres.

A cette réponse il parut confus car il est presque analphabète, mais il dit enfin :

— J'aimerais bien avoir ma statue... je t'assure... j'aimerais bien... comme ça les gens se souviendraient de moi...

— Tu es vraiment un imbécile et tu me fais honte... mais il est inutile que je te donne des explications, ce serait du temps perdu.

Après avoir marché encore un moment, nous allâmes sur la terrasse du Pincio. Quelques voitures y étaient arrêtées, des gens en descendaient pour admirer le panorama de Rome. Comme eux nous nous approchâmes de la balustrade : Rome s'étalait sous nos yeux comme une immense tourte noire brûlée, avec des rais de lumière et chacun de ces traits lumineux était une rue. Le ciel était clair quoique sans lune et je montrai à Lorusso la coupole de Saint-Pierre se profilant en noir sur le ciel étoilé. Lui, poursuivait son idée :

— Pense donc, si j'étais la terreur de Rome... tous ces gens dans toutes ces maisons ne feraient que penser à moi, s'occuper de moi, et chaque nuit — il fit un geste de la main comme s'il menaçait Rome — chaque nuit je sortirais, je descendrais quelqu'un et personne ne me trouverait.

— Tu n'es qu'un sot... tu ne devrais jamais aller au cinéma... en Amérique, ils ont des mitraillettes, des autos et ils sont organisés... ils font ça sérieusement... mais toi, qui es-tu ? Un berger mangeur de fromage blanc avec une clé anglaise dans son veston.

Il se tut, mécontent, et dit au bout d'un instant :

— Beau panorama, il n'y a pas à dire… mais en somme si j'ai bien compris, nous ne faisons rien ce soir et nous allons nous coucher.

— Que veux-tu dire ? demandai-je.

— Je veux dire que ton envie est passée et que tu as peur.

C'était toujours ainsi : il était distrait, pensait à autre chose et puis reportait les torts sur moi et m'accusait d'être lâche.

— Viens, dis-je, je vais te faire voir si j'ai peur.

Nous nous enfonçâmes dans une allée très sombre qui contourne le parapet surplombant la route de Muro Torto. Là encore il y avait de nombreux bancs occupés, mais pour une raison ou une autre, je jugeais toujours la chose impossible et je faisais signe à Lorusso de continuer notre chemin. A un certain moment, nous vîmes un homme et une femme dans un coin vraiment obscur et solitaire et j'allais me décider quand passèrent deux gardes mobiles à cheval et le couple, craignant d'être vu, déménagea. Toujours le long du parapet nous arrivâmes de ce côté du Pincio qui regarde la passerelle de Muro Torto. Là se trouve un pavillon entouré d'une haie de lauriers renforcée de fil de fer barbelé ; mais sur le côté il y a une petite barrière à claire-voie, toujours ouverte. Je connaissais ce pavillon pour y avoir dormi certaines nuits où je n'avais même pas de quoi payer la couchette du concierge. C'est une sorte de serre, toute vitrée du côté de la passerelle ; on y range les outils de jardinage, les vases de fleurs et ceux des bustes de marbre dont les enfants ont cassé le nez ou la tête et qui doivent être réparés. Nous nous approchâmes du parapet, Lorusso s'y assit à califourchon et alluma une cigarette. Il fumait d'un air fanfaron et je fus pris soudain d'une telle antipathie pour lui qu'un instant je pensai sérieusement à le pousser dans le vide. Il aurait fait un saut de cinquante mètres et se serait écrasé comme un œuf sur le trottoir de Muro Torto ; alors j'aurais couru jusqu'en bas et je lui aurais ôté ses belles chaussures qui me faisaient tant envie.

Une telle pensée m'emplit de rage contre moi-même car si un moment je m'étais imaginé que mon antipathie pour Lorusso pouvait me pousser au meurtre, je voyais bien maintenant que mon vrai motif était toujours ces maudits souliers et, Lorusso ou un autre pourvu qu'il ait des souliers, c'était tout un pour moi. Peut-être l'aurais-je finalement jeté en bas parce que j'étais las d'errer et qu'il me portait sur les nerfs, si tout à coup deux ombres noires n'étaient heureusement passées à côté de nous, tout près, à nous frôler : un couple enlacé. Ils passèrent juste devant moi, lui plus petit qu'elle, mais l'obscurité m'empêcha de voir leurs visages. Devant le portillon, la femme parut résister et j'entendis l'homme murmurer : « Entrons ici. » Elle répondit : « Mais on n'y voit rien. — Qu'est-ce que cela te fait ? » A la fin elle céda, ils ouvrirent le portillon, entrèrent et disparurent dans l'enclos.

Alors je me retournai vers Lorusso :

— Voilà ce qu'il nous faut... ils sont entrés dans la serre pour être tranquilles... nous allons maintenant nous présenter comme des agents en civil ; nous leur dressons contravention et filons avec leur argent.

Lorusso jeta sa cigarette, sauta du parapet et dit :

— Oui, mais je veux la fille.

Je restai pétrifié d'étonnement :

— Que dis-tu ?

— Je dis que je veux la fille... comprends-tu ? Je veux me l'envoyer.

Alors je compris et m'exclamai :

— Es-tu fou ? Les agents en civil ne touchent pas aux femmes.

— Ça m'est égal.

Il avait une voix étrange, comme étranglée et bien que je ne pusse voir son visage je compris à son ton qu'il parlait sérieusement.

— Dans ce cas, répondis-je résolument, je renonce à l'affaire.

— Et pourquoi ?

— Parce qu'avec moi, on ne touche pas aux femmes...

— Et si je voulais, moi ?...

— Je te tomberais dessus, aussi vrai que Dieu existe.

Nous étions là tout près du parapet, face à face, dressés l'un contre l'autre.

— Tu es un lâche, dit-il.

— Et toi un imbécile.

Alors, furieux à cause de cette envie de femme que je lui empêchais de satisfaire, il dit tout à coup :

— Ça va... je ne toucherai pas à la fille... mais l'homme, je le descends...

— Mais pourquoi, pourquoi ?

— C'est comme ça : ou la fille, ou l'homme.

Le temps passait ; je bouillais intérieurement parce qu'une semblable occasion pouvait ne plus se retrouver et je finis par lui dire :

— D'accord, puisqu'il le faut... mais il est entendu que tu ne le descendras que lorsque je ferai ce geste — et je me passai la main sur le front.

Pourquoi Lorusso accepta-t-il aussitôt, je me le demande, peut-être par pure stupidité, mais il me répondit qu'il était d'accord. Je lui fis répéter la promesse de ne pas faire un mouvement avant que je ne lui eusse donné le signal ; puis nous poussâmes la barrière et à notre tour entrâmes dans l'enclos.

Du côté du parapet était garée la petite charrette qui, dans la journée, tirée par un âne, promène les enfants dans les allées du Pincio. Dans l'angle, entre le parapet et la barrière un réverbère envoyait son rayon de lumière à travers l'enclos et la paroi vitrée, jusque dans la serre. Par le vitrage je voyais les vases alignés par ordre de grandeur et, posés à terre, quelques bustes, bizarres à voir ainsi dans leur blancheur et leur immobilité, comme des gens enterrés jusqu'à la taille. Tout d'abord je ne vis pas le couple, mais je le devinai tout au fond de la serre en dehors du rayon lumineux. Le coin était très noir en effet, mais la femme était en partie éclairée, sa main surtout qu'elle laissait pendre, inerte sur le fond sombre de sa robe.

— Qui est là ? dis-je en poussant la porte. Que faites-vous ici ?

L'homme s'avança aussitôt avec décision, la femme restant dans l'ombre, espérant sans doute n'être pas vue.

C'était un jeune homme de courte taille, avec une grosse tête, le cou dans les épaules, une figure bouffie, des yeux à fleur de tête et une bouche lippue. Sûr de lui, compris-je aussitôt, et antipathique. Machinalement, mes yeux se portèrent sur ses pieds : il avait des souliers neufs, du genre qui me plaît, des souliers à l'américaine avec semelle de crêpe et grosses coutures piquées. Il ne manifestait pas la moindre crainte et cela me donna sur les nerfs exaspérant mon tic habituel.

— Qui êtes-vous ? demanda-t-il.

— Police, répondis-je, ne savez-vous pas qu'il est interdit de s'embrasser dans les lieux publics... vous êtes en contravention... et vous, mademoiselle, avancez aussi... il est inutile de chercher à vous cacher.

Elle obéit et vint se mettre à côté du jeune homme. Elle était un peu plus grande que lui, mince, avec une taille fine et une jupe cloche noire qui découvrait la moitié de ses jambes. Jolie, une figure de Madone, de longs cheveux noirs, de grands yeux sombres, aucun maquillage et un air si sérieux que si je ne l'avais vue de mes yeux embrasser son ami, je ne l'en aurais pas crue capable.

— Vous ne savez pas, mademoiselle, qu'il est interdit de s'embrasser dans les lieux publics ? dis-je pour donner plus de gravité à mon rôle d'agent. Vous mademoiselle, qui paraissez distinguée... fi donc... s'embrasser dans le noir, au fond d'un jardin, comme une prostituée quelconque !

Elle allait protester, mais il l'arrêta d'un geste ; puis se tournant vers moi, avec arrogance :

— Ah ! je suis en contravention ? Alors montrez-moi votre carte.

— Quelle carte ?

— Le document qui prouve que vous êtes deux agents...

Le soupçon me vint qu'il était de la police ; ce n'eût pas été surprenant, étant donné ma chance. Je répliquai cependant avec violence :

— Assez de bavardages... vous êtes en contravention, vous n'avez plus qu'à payer.

— Comment... payer ? (Il avait la parole prompte

comme un avocat et on voyait bien qu'il n'avait pas peur :) Vous, des agents ? Des agents avec ces figures... Lui avec cette veste et toi avec ces souliers... ah ! vous me prenez pour un imbécile !

En m'entendant rappeler mes souliers qui effectivement, déchirés et déformés comme ils étaient, ne pouvaient appartenir à un agent, je fus saisi d'une sorte de fureur. Je tirai le revolver de mon imperméable et le lui braquai sur le ventre en disant :

— C'est entendu... nous ne sommes pas des agents... mais sors ton portefeuille tout de même et sans histoires...

Jusqu'ici, Lorusso ne s'était mêlé de rien, muet, la bouche ouverte, en niais qu'il est ; mais quand il vit que la comédie était terminée, il se réveilla à son tour :

— As-tu compris ? fit-il en brandissant sa clé anglaise sous le nez du jeune homme. Sors ton argent si tu ne veux pas que je t'assomme avec ça.

Son intervention m'irrita plus encore que les manières arrogantes de l'homme. A la vue de l'outil, la fille poussa un cri et je lui dis avec gentillesse, car je sais être doux quand je veux :

— Ne faites pas attention, mademoiselle... c'est une brute... il ne vous sera fait aucun mal, soyez tranquille... retournez dans votre coin là-bas, et laissez-nous faire... et toi, rengaine ton outil... (Puis, me tournant vers l'homme :) Allons, dépêchons-nous...

Il faut reconnaître que, malgré son air antipathique, ce garçon était vraiment courageux ; même alors que je lui braquais mon revolver sur le ventre, il ne manifestait aucune peur. Il porta simplement sa main à sa poitrine et sortit son portefeuille : « Voilà mon portefeuille. » En l'empochant je le tâtai et compris qu'il était peu garni. « Donne-moi maintenant ta montre. » Il ôta son bracelet-montre et me le donna ; c'était un objet sans valeur, en acier. « Et ton stylo ? » Il l'enleva de sa poche extérieure et me le tendit. C'était un beau stylo américain avec plume rentrante. Je n'avais plus rien à lui demander, plus rien sauf ces magnifiques souliers qui m'avaient frappé dès l'abord. « Vous ne voulez rien d'autre ? » demanda-t-il ironiquement. « Si, répondis-je, tes souliers. »

Cette fois, il protesta : « Ah ! ça non ! » Et alors je ne résistai pas. Dès la première minute, j'avais eu la tentation de gifler cette face antipathique et repoussante et je voulais voir l'effet que cela me ferait, que cela lui ferait. Aussi tout en répétant : « Ote tes souliers, vite... ne fais pas l'imbécile », de ma main libre je lui envoyai un soufflet. Il devint tout rouge, puis blanc et je vis le moment où il allait sauter sur moi. Heureusement, dans son coin la fille cria : « Gino, donne-leur tout ce qu'ils veulent ! » Il se mordit les lèvres jusqu'au sang, me regarda fixement, puis : « C'est bien », fit-il en baissant la tête ; puis il se pencha pour délacer ses souliers. Il les enleva l'un après l'autre et avant de me les remettre les considéra un instant avec un air de regret ; ils lui plaisaient aussi. Sans chaussures, il était vraiment petit, plus petit même que Lorusso et je compris pourquoi il avait acheté des souliers avec une semelle si épaisse. C'est alors que l'erreur se commit. En chaussettes, il avait encore de la crânerie : « Et maintenant, veux-tu ma chemise ? » demanda-t-il ; j'allais lui répondre que cela suffisait quand quelque chose m'effleura le front.

C'était une petite araignée qui pendait au bout de son fil accroché au plafond de la serre et je la vis tout de suite ; je portai la main à mon front dans le geste de l'écraser, mais Lorusso, en vraie brute, croyant que je lui faisais le signal convenu, leva brusquement sa clé anglaise et en assena un grand coup par-derrière sur la tête de l'homme. J'entendis résonner le coup, fort et sourd, comme s'il avait tapé sur une brique. Et l'homme tomba sur moi, comme un ivrogne qui aurait voulu m'embrasser, puis il glissa jusqu'à terre, le visage renversé en arrière, les yeux révulsés dont on ne voyait que le blanc. La fille poussa un cri aigu et se précipita sur lui, étendu immobile par terre, en l'appelant par son nom. Pour comprendre la stupidité de Lorusso, il suffira de dire qu'au milieu de tout ce désordre, il leva de nouveau son outil sur la tête de la fille agenouillée, en me demandant du regard s'il devait lui faire subir le même sort qu'à son ami. « Tu es fou ! criai-je. Fuyons... » Et nous prîmes la fuite.

A peine fûmes-nous de nouveau sur l'avenue que je dis à Lorusso :

— Et maintenant marchons comme des promeneurs… tu as assez fait de bêtises pour aujourd'hui…

Il ralentit le pas et moi, tout en marchant, je fourrai les souliers dans mon imperméable, un dans chaque poche.

— Comment ne pas t'appeler imbécile? ajoutai-je. Pourquoi as-tu frappé ? Quelle idée t'a passé par la tête ?

Il me regarda, étonné :

— Mais tu m'as donné le signal…

— Quel signal ? c'était une araignée qui m'effleurait le front.

— Eh ! je ne pouvais pas le savoir… tu m'as fait le signal, c'est tout ce que je sais.

Je l'aurais étranglé. Je lui dis, plein de fureur : « Quel imbécile tu fais… et dire que tu l'as peut-être tué ! » Il protesta comme si je le calomniais : « Mais non, je lui ai donné un coup avec l'envers, pas avec la pointe… si j'avais voulu le tuer, j'aurais frappé avec la pointe. » Je ne dis rien ; je me rongeais de colère et mon tic me tordait si fort la figure que je portai la main à ma joue pour l'immobiliser.

— As-tu vu quelle belle fille c'était? poursuivit-il. J'étais sur le point de lui dire : « Viens, ma belle, ma toute belle… » peut-être serait-elle venue ? J'ai eu tort de ne pas essayer.

Il marchait d'un air satisfait en se pavanant, m'expliquant ce qu'il aurait voulu faire à la fille et comment il s'y serait pris ; mais je l'arrêtai, excédé :

— Ferme ta maudite bouche et tais-toi… sans quoi, je ne garantis rien…

Il se tut et en silence nous traversâmes la place Flaminio, le quai, le pont, pour arriver place de la Liberté. Sur les bancs, à l'ombre des arbres il n'y avait personne et un peu de brume montait du Tibre.

— Asseyons-nous un moment, dis-je, le temps de voir combien nous avons ramassé… et puis je veux essayer les souliers.

Assis sur le banc, je commençai donc par ouvrir le

portefeuille qui ne contenait que deux mille lires ; nous nous les partageâmes :

— Tu ne mériterais rien, dis-je à Lorusso, mais je suis juste, je te donnerai donc le portefeuille et la montre... je garde le stylo et les souliers pour moi. D'accord ?

— Mais, pas du tout ! protesta-t-il. En voilà des manières ! tu appelles ça la moitié ?

Et moi, plein de rage :

— Tu as fait une faute... il est juste que tu la paies.

La discussion dura longtemps ; finalement nous convînmes que je garderais les souliers et qu'il prendrait le reste.

— Que feras-tu de ce stylo ? lui fis-je remarquer cependant. Tu es incapable même d'écrire ton nom...

Et lui :

— Tu te trompes, sache que je sais lire et écrire, j'ai fait trois ans l'école élémentaire... et puis un stylo comme ça, je trouverai toujours à le vendre place Colonna...

Je cédai, car je voyais l'heure de jeter mes vieux souliers et que j'étais las de me disputer et si nerveux que j'avais des crampes d'estomac. J'ôtai donc mes souliers pour essayer les autres. Quelle fut ma déception en m'apercevant qu'ils étaient trop courts ; on sait qu'il y a un remède à tout sauf à la pointure des chaussures. Alors je dis à Lorusso :

— Regarde, ces souliers sont trop courts pour moi : ils sont faits pour ton pied au contraire ; faisons un échange, tu me donnes les tiens qui sont trop longs et je te passe ceux-ci, plus beaux et plus neufs que les tiens.

Cette fois, il eut un long sifflement de mépris et répondit :

— Pauvre type ; il est possible que je sois un imbécile comme tu le dis, mais pas jusqu'à ce point.

— Que veux-tu dire ?

— Je veux dire que c'est l'heure de nous coucher. (Il regarda ostensiblement la montre du jeune homme et ajouta :) Ma montre marque 11 heures et demie... et la tienne ?

Je ne répondis pas, remis les souliers dans les poches de mon imperméable et le suivis.

Nous prîmes le tram et tout le temps je me rongeais en face de l'injustice du sort à mon égard et, connaissant l'imbécillité de Lorusso, je cherchais le moyen d'obtenir qu'il échangeât ses souliers contre les miens. En descendant du tram dans notre quartier je recommençai donc à discuter et même, puisque le raisonnement ne servait à rien à supplier :

— Lorusso, pour moi ces souliers valent autant que la vie... sans souliers je ne peux plus vivre... si tu ne veux pas me faire plaisir, fais-le pour l'amour de Dieu.

Nous étions dans une rue déserte, aux environs de San Giovanni. Il s'arrêta sous un réverbère et, tendant la jambe, allongeant le pied, le tournant et le retournant vaniteusement, pour m'irriter :

— Ce sont de belles chaussures, hein ? Elles te font envie, n'est-ce pas... (Et il se mit à chantonner :) Va, va, va, tu ne les as pas eues, tu ne les auras pas...

Je me mordais les lèvres ; je vous jure que si mon revolver avait été chargé, je l'aurais tué, non seulement à cause des souliers, mais parce que je ne pouvais plus le souffrir. Nous arrivâmes ainsi jusqu'à l'endroit où nous couchions. Je frappai au soupirail du sous-sol ; le concierge, grommelant à son habitude, vint nous ouvrir. Le réduit contenait cinq lits de camp, les trois premiers étaient occupés par le concierge et ses deux fils, des jeunes gens comme nous ; les deux autres par Lorusso et moi. Le concierge se fit payer d'avance comme de coutume, puis éteignit la lumière et s'en fut se coucher ; dans l'obscurité nous cherchâmes notre couchette à tâtons. Une fois étendu sous la légère couverture, je recommençai à penser aux souliers et je pris brusquement une décision. Lorusso dormait tout habillé mais je savais qu'il ôtait ses souliers et les déposait à terre entre nos deux lits. J'allais me lever, enfilerais ses souliers en lui laissant les miens et puis je me sauverais en faisant mine d'avoir besoin de sortir. Je me disais même qu'il était prudent d'agir ainsi car enfin Lorusso pouvait avoir tué le jeune homme de la serre et mieux valait ne pas rester avec lui. Il ignorait mon nom, ne connaissait que mon prénom, par conséquent au cas où il serait arrêté, il ne pourrait me dénoncer. Aussitôt dit, aussitôt fait, je mis pied à terre, me penchai tout doucement et enfilai les souliers de Lorusso. Je commençais à les lacer quand je ressentis un choc violent ; heureusement j'eus un mouvement instinctif et le coup m'effleura seulement l'oreille, m'atteignant à l'épaule. C'était Lorusso qui, dans le noir, m'avait frappé avec sa clé anglaise. De douleur je perdis la tête et lui décochai un coup de poing à l'aveuglette. Il m'attrapa par la poitrine, cherchant à me frapper de nouveau avec son outil et nous roulâmes tous deux par terre. Au bruit, le concierge et ses fils se réveillèrent et firent la lumière. Je criais : « Assassin ! » Lorusso hurlait : « Voleur ! » Les autres braillaient de leur côté et cherchaient à nous séparer. Puis Lorusso, la clé à la main frappa le concierge, un gros homme qu'un rien rendait furieux et qui prit une chaise pour se défendre et atteindre Lorusso à la tête. Alors celui-ci, le dos au mur, au fond de notre réduit, agitant sa clé, se mit à vociférer : « Avancez si vous avez du cœur au ventre... je vous descendrai tous autant que vous êtes... je suis la terreur de Rome ! » On eût dit un fou ; il avait le visage enflammé et les yeux hors de la tête. J'étais si bouleversé qu'à ce moment je commis la fatale imprudence de m'écrier : « Attention, il n'y a pas longtemps qu'il vient de tuer un homme... c'est un assassin. »

Pour en finir : tandis que nous nous efforcions de maintenir Lorusso hurlant et se démenant comme un possédé, un fils du concierge alla quérir les agents : à force de nous interroger, un peu l'un, un peu l'autre, ils finirent par apprendre l'événement de la serre et nous arrêtèrent tous les deux.

Au commissariat où l'on nous conduisit, un coup de téléphone suffit pour découvrir que nous étions les agresseurs de la Villa Borghese. Je rejetai la faute sur Lorusso et cette fois, peut-être à cause des coups qu'il avait reçus, il ne souffla mot.

— Bravo, fit le commissaire de police, bravo... vol à main armée et tentative de meurtre...

Mais vous comprendrez toute l'inconscience de Lorusso quand vous saurez qu'après un moment d'abattement, il sembla reprendre des forces pour demander :

— Quel jour sommes-nous ?

— Vendredi, lui répondit-on.

Et lui alors, se frottant les mains :

— Ah bon ! demain à Regina Cœli, on a la soupe de haricots...

Ainsi j'appris qu'il était récidiviste alors qu'il m'avait toujours juré n'avoir jamais été en prison. Quant à moi, je regardai mes pieds, j'avais gardé les souliers de Lorusso et je pensais que, après tout, j'avais réalisé mon désir.

LE PIQUE-NIQUE

Noël, Jour de l'An, Épiphanie... quand vers le 15 décembre je commence à entendre parler des fêtes, je tremble comme à entendre parler de dettes quand on n'a pas de quoi les payer. Noël, Jour de l'An, Épiphanie, pourquoi diable les a-t-on placées toutes à la file, ces fêtes, pourquoi se succèdent-elles de si près ? Si proches l'une de l'autre, ce ne sont plus des fêtes, mais pour un pauvre miséreux comme moi, un véritable désastre. Et ici il ne saurait être question que quelqu'un ne fête pas la Noël, le Premier de l'An, les Rois ; ici, durant ces trois jours, les commerçants en alimentation sont autant de brigands postés au coin de la route. Si bien qu'arrivé tout habillé à la fête, on en sort nu. Peut-être au temps où la reine Berthe filait, Noël, le Premier de l'An et l'Épiphanie étaient-elles vraiment des fêtes, modestes mais sincères ; c'est qu'alors l'organisation, la propagande, l'exploitation n'existaient pas. Mais avec le temps, même les plus sots se sont aperçu que les fêtes étaient matière à spéculation ; et ils s'en donnent ! Fêtes pour les malins qui vendent des choses à manger ; mais non pour les pauvres qui les achètent. Bien des fois j'ai pensé que pour le pâtissier, le coquetier, le boucher, ce sont de vraies fêtes, et même de doubles fêtes non seulement par elles-mêmes mais aussi parce qu'en ces jours ils vendent dix fois ce qu'ils vendent habituellement. Et tandis que le malheureux célèbre les fêtes chichement, la bourse vide et avec une maigre chère, les autres festoient pour de bon, le portefeuille garni et la table débordante.

D'ailleurs, pour vous rendre compte que je dis vrai,

jetez un coup d'œil dans la rue où j'ai ma boutique de papeterie. Vous trouverez, du même côté, à la suite l'un de l'autre, Tolomei le charcutier, De Santis le marchand d'œufs et volailles, De Angelis, le fabricant de pâtes avec son fourneau-bouilleur et Crociani qui vend du vin et des alcools. Venez observer ce qui se passe et regardez autour de vous : des montagnes de fromages et de jambons, de vrais carnages de poulets et de volailles, des sacs de raviolis, des pyramides de fiasques et de bouteilles, tout cela rutilant de lumière, splendide, et une allée et venue continuelle de gens entrant dans ces quatre boutiques, en sortant les bras chargés ; une agitation de port de mer ! Dans ma papeterie-librairie, que trouverez-vous au contraire : le silence, l'ombre, le calme, la poussière sur le comptoir et de temps à autre un petit garçon venant acheter un cahier de classe, quelque femme qui demande une petite bouteille d'encre pour écrire ses comptes de ménage. Et moi, fait à l'image de ma boutique, vêtu d'une blouse noire, maigre, mal nourri, tout imprégné d'une odeur de poussière et de papier, l'humeur aigre, le front soucieux. Alors que Tolomei, De Angelis, Crociani, De Santis sont tout le portrait de leurs affaires, prospères, hauts en couleur, gras, la voix assurée, toujours gais, toujours insouciants. Ah ! j'ai mal choisi mon métier : il n'y a pas grand-chose à tirer du papier blanc ou imprimé, et ceux dont je vous parle en consomment plus pour envelopper leurs marchandises que moi pour faire lire ou écrire.

Quelques jours avant le 1er janvier, ma femme me dit un matin :

— Écoute, Egisto, la bonne idée que vient d'avoir Crociani : il propose que nous autres, les cinq commerçants de ce côté de la rue, fassions un pique-nique pour enterrer l'année.

— Et qu'est-ce que ce serait, ce pique-nique ?

— Eh bien ! le dîner traditionnel...

— Traditionnel ?

— Oui, mais de la façon suivante : chacun apportant quelque chose, de telle sorte que chacun offre à tous et que tous offrent à chacun...

— Ah ! c'est ça le pique-nique ?

— Oui, c'est ça... De Angelis apportera des raviolis, Crociani le vin et le mousseux, Tolomei les hors-d'œuvres et De Santis les dindes.

— Et nous ?

— Nous, nous apporterons le panetone.

Je gardai le silence. Elle insista :

— C'est une bonne idée, n'est-ce pas ? Alors, je lui dis que nous acceptons ?

J'étais assis à mon comptoir, dépliant un paquet de cartes de Noël ; je dis enfin :

— Si tu veux mon avis, je ne trouve pas que ce pique-nique soit très juste : De Angelis n'a qu'à prendre les raviolis de son magasin, de même Crociani pour le vin, Tolomei les hors-d'œuvre et De Santis les dindes ; mais moi, que peut me fournir ma boutique ? Des nèfles... le panetone, il faudra que je l'achète...

— Eh alors ?... Eux aussi, ils paient leurs denrées, elles ne poussent pas dans leur magasin... tu vois, tu es toujours le même... tu veux toujours faire le difficile, raisonner, chercher la petite bête... et puis tu te plains que les choses s'arrangent mal pour toi !

Bref, nous discutâmes assez longtemps ; finalement, je coupai court en déclarant :

— C'est bon. Dis-lui que j'irai à leur pique-nique. Nous apporterons le panetone.

Elle me recommanda alors d'en apporter un très beau, pour ne pas faire piètre figure, un d'au moins deux kilos. Et je promis un beau panetone, très gros.

Je passai le dernier jour de l'année comme d'habitude, à vendre des cartes de vœux et des personnages en carton pour crèches. Pendant ce temps mes voisins vendaient de la volaille et des poulets, des raviolis et des tagliatelle [1], des caissettes de liqueurs et de vins fins, des fromages et des jambons. La journée était belle et du fond de mon petit magasin je voyais passer dans le soleil des femmes chargées de paquets. C'était vraiment un beau temps de premier de l'an romain, avec un ciel d'un bleu dur qui

1. Sorte de nouilles larges et très longues.

semblait de cristal fin et paraissait refléter toutes les choses avec toutes leurs couleurs. En fermant boutique le soir, je dis à ma femme :

— Inutile de faire à dîner puisque nous mangerons à minuit; n'y aurait-il que notre panetone qu'il y aurait déjà à manger pour cent.

En effet le carton du gâteau était de dimensions considérables. C'est pourquoi je dis à ma femme que je m'en chargerais moi-même et le porterais.

A 10 heures et demie, nous passions la porte de Crociani qui habite au-dessus de son magasin. Je crois que les Crociani ont cet appartement depuis plus de cinquante ans : le grand-père y habitait déjà quand le magasin n'était qu'une buvette où les ouvriers allaient boire un verre ; le père de Crociani avait agrandi l'affaire en vendant du vin en gros ; et le fils, Adolfo, vendait maintenant, outre le vin, du whisky et d'autres liqueurs étrangères. L'appartement était mal divisé, comme dans les maisons des vieux quartiers de Rome, tout en corridors et petites pièces ; mais Crociani, un homme jeune, aux joues rebondies et aux petits yeux, nous conduisit avec orgueil dans la salle à manger. Ah ! quel luxe ! Des meubles tout neufs en acajou verni avec poignées de cuivre doré et pieds fins en érable blanc. La dernière fois que j'avais vu cette pièce, elle était encore meublée comme autrefois : une table commune, des chaises de paille, des photos aux murs et la machine à coudre dans l'embrasure de la fenêtre. Tout cela avait disparu et, outre les beaux meubles neufs, je remarquai un grand tableau dans un cadre doré représentant un coucher de soleil sur la mer ; un énorme poste de radio servant aussi de bar ; des bibelots de porcelaine : femmes nues, pantins, petits chiens... et sur la table déjà servie un service des plus fins en faïence décorée de fleurs roses.

— J'ai acheté tout cela à l'Argentina, me dit Crociani en me montrant la pièce d'un geste circulaire ; devine ce que je l'ai payé.

J'énonçai un chiffre qu'il tripla avec un air de satisfaction béate. Cependant les autres invités arrivaient et nous fûmes bientôt au complet.

Vous voulez savoir qui étaient les convives? Eh bien, Tolomei, un robuste garçon à moustaches, qui, lorsqu'il pèse sur sa balance de la charcuterie en tranches en met toujours trop et dit aux acheteuses : « Je laisse » ; De Angelis, du fourneau-bouilleur, un petit homme à face de niais, un malin en réalité qui dans son enfance portait les paniers au marché, mais vend maintenant des tagliatelle à tout le quartier; De Santis, le marchand de volailles, demeuré aussi paysan que lorsqu'il venait à Rome avec sa corbeille d'œufs du jour, une figure imberbe, blême et épaisse comme un gros pain de campagne, et l'accent lourd des gens de Viterbe. Ils avaient amené leurs femmes, tout endimanchées, mais non leurs enfants, car avait dit Crociani en nous offrant le vermouth, nous étions entre commerçants, pour fêter l'année nouvelle, l'année commerciale avant tout, durant laquelle nous devions tous ramasser l'argent à la pelle.

Pour vous dire la vérité, en les voyant assis à table ils me plaisaient encore moins que lorsque je les voyais sur le seuil de leur boutique : dans leur commerce, ils cachaient leur satisfaction et même se plaignaient volontiers; mais maintenant qu'il s'agissait de faire la fête, en dehors de la vue des clients, le contentement leur sortait par tous les pores.

Il était 11 heures quand nous nous mîmes à table et nous attaquâmes tout de suite les hors-d'œuvre de Tolomei. En même temps les plaisanteries se déchaînaient : l'un demandait à Tolomei si sa mortadelle était pur porc, l'autre rappelait la phrase si souvent prononcée : « Je laisse ? » Mais tout cela gentiment, avec patte de velours, comme entre gens qui s'entendent et se ressemblent; si je m'étais mis de la partie, moi qui peux rarement me permettre des hors-d'œuvre, j'aurais certainement laissé un coup de griffe; aussi je préférai manger et me taire. Aux raviolis, le silence se fit car le bouillon était brûlant et chacun soufflait dans sa cuiller. Mais quelqu'un remarqua que ces raviolis étaient vraiment bien garnis et non à demi-vides comme ceux que l'on met habituellement en vente et il y eut un éclat de rire général. Cette fois encore je demeurai muet et me servis deux louches de bouillon pour me réchauffer. Finalement les deux dindes rôties apparurent, grandes comme des autruches. A cette vue, l'allégresse reprit et on commença à taquiner le coquetier en lui demandant où il avait pu se procurer ces deux phénomènes de la nature, sinon chez De Santis qui fournit toute la ville. Mais, lui, en vrai paysan qui ne comprend pas la plaisanterie, répondit qu'il les avait choisies entre mille et les avait engraissées de sa main, chez lui, dans sa propre maison.

Je continuais à rester coi, mais je choisis avec soin une cuisse monumentale, pris trois tranches de farce et un autre morceau carré détaché de je ne sais quoi, mais exquis. Je mangeais de si bon cœur qu'un des convives remarqua :

— Regardez Egisto, comme il dévore... eh ! Egisto, ce n'est pas tous les jours que tu manges une dinde pareille !

— Bien sûr, répondis-je, la bouche pleine, et, au-dedans de moi, je me disais que, pour une fois, ils disaient la vérité.

Pendant ce temps, les fiasques de Crociani circulaient et tous les visages autour de la table reluisaient, rouges et enluminés comme une batterie de cuisine en cuivre. A part quelques réflexions sur la nourriture, il n'y avait pas de véritables conversations, personne n'ayant rien à dire. J'eusse été le seul à pouvoir dire quelque chose, car, contrairement à eux, mes affaires marchaient mal et cela me donnait à penser; or, si la pensée ne remplit pas l'estomac, elle remplit du moins le cerveau.

Après les dindes, vint une salade à laquelle personne ne toucha, puis le fromage et les fruits et enfin Crociani annonça qu'il était minuit et fit le tour de la table en montrant la bouteille de mousseux, du mousseux français authentique (nous fit-il remarquer) qu'il vendait trois mille lires et plus la bouteille. Il allait le déboucher quand, d'un commun accord ils s'écrièrent tous :

— C'est à ton tour, Egisto, fais-nous voir ton panetone.

Je me levai et allai chercher mon grand carton au fond

de la salle, puis je revins m'asseoir et enlevai le papier avec solennité :

— C'est un panetone tout à fait spécial... vous allez voir...

J'ouvris la boîte, y plongeai la main et commençai la distribution : un flacon d'encre, une plume, un cahier et un abécédaire pour chacun des hommes : pour les femmes, je m'excusai, je les avais oubliées. Devant cette distribution, ils demeurèrent abasourdis, sans comprendre, étant un peu abrutis par le vin et la bonne chère. Enfin De Angelis s'exclama :

— Mais, Egisto, qu'est-ce que cette plaisanterie ? Nous ne sommes pas des enfants qui vont à l'école !

Et De Santis :

— Et le panetone, où est-il ?

Je répondis en me levant :

— C'est un pique-nique, n'est-ce pas ? Chacun de vous a apporté les denrées qu'il avait en sa boutique... je vous ai apporté ce que j'avais dans la mienne : encre, plume, cahier, abécédaire...

— Tu fais l'imbécile ou tu te paies notre tête, dit tout à coup Tolomei.

— Non, fis-je, je ne suis pas imbécile, mais papetier... tu nous as offert les hors-d'œuvre que je suis obligé de t'acheter toute l'année... je vous donne ce que j'avais et que vous n'avez jamais songé à m'acheter.

— Allons, ça suffit, dit De Angelis, conciliant, ne nous faisons pas de mauvais sang.

Cette proposition fut bien accueillie. On sortit quelques petits gâteaux, les bouteilles furent débouchées et nous bûmes tous.

Mais je remarquai que personne ne voulut boire à ma santé. Je me levai donc et le verre en main :

— Puisque vous ne voulez pas boire à ma santé, c'est moi qui lèverai mon verre : puissiez-vous, durant cette année, lire un peu plus, même si par hasard, vous vendiez moins...

Il y eut un chœur de protestations indignées et Crociani, qui avait bu plus que les autres, se mit en colère et cria :

— Mais laisse-nous tranquilles, oiseau de mauvais augure… tu vas nous porter la guigne… vends tes livres à qui tu veux, mais ne viens pas nous ennuyer… il vaut beaucoup mieux, d'ailleurs, que tu t'en ailles… de toute façon, le dîner est fini…

— Alors, tu ne veux pas boire à la santé du commerce des livres?

— Fiche-nous la paix, farceur, imbécile… nigaud… mauvais plaisant…

Maintenant ils m'injuriaient tous à la fois : je répondais du tac au tac, calmement, tandis que ma femme me tirait par la manche ; le plus enragé de tous était le maître de maison qui insistait pour nous voir prendre la porte.

Finalement, je ne sais comment, je me retrouvai dans la rue, avec un grand froid et ma femme, tout en larmes qui répétait :

— Tu vois ce que tu as obtenu… nous nous sommes fait des ennemis maintenant et l'année qui vient sera pire que celle qui finit.

Et ainsi discutant, accompagnés par les détonations des pétards et les débris qui volaient par les fenêtres, nous rentrâmes chez nous.

LA CIOCIARA [1]

Je l'avais dit et redit au professeur quand il insistait : « Faites attention, monsieur le Professeur, il s'agit de filles simples… de la vraie denrée de campagne… réfléchissez à ce que vous faites… vous feriez mieux de prendre une Romaine… les Ciociare sont des paysannes frustes, analphabètes… » C'est ce dernier mot qui décida le professeur : « Analphabète !… voilà précisément ce que je veux… au moins elle ne lira pas de petits journaux illustrés… analphabète ! »

Le professeur était un vieux monsieur à barbiche et moustaches blanches, qui professait au lycée. Mais il s'occupait surtout de ruines. Tous les dimanches et même les jours ordinaires, il allait tantôt ici, tantôt là, sur la voie Appienne, au Forum ou aux Thermes de Caracalla et faisait des conférences-promenades sur les ruines de Rome. Chez lui il avait une véritable bibliothèque de livres sur les antiquités et d'autres ouvrages aussi. Dans l'entrée, il y en avait déjà une quantité cachés par des tentures vertes, mais tout l'appartement, corridor, chambres, débarras, était tapissé de livres ; seules la cuisine et la salle de bains n'en contenaient pas. Il tenait à ses livres plus qu'à la prunelle de ses yeux (malheur à quiconque y toucherait) et il paraissait presque impossible qu'il les ait tous lus. Et pourtant il n'en était pas rassasié, car, lorsqu'il ne donnait pas de cours ou de leçons particulières à

1. Ciociara : nom donné aux femmes de la campagne romaine (du sud-est) à cause de leur *ciocie :* sandales faites d'un simple carré de cuir replié sur le pied et fixé à la jambe par des lanières.

la maison, ou qu'il ne discourait pas sur les ruines, il allait rôder devant les étalages de livres d'occasion, fouillait dans les petites charrettes des bouquinistes et revenait toujours avec un paquet de livres sous le bras. Il en faisait collection en somme, comme les enfants font collection de timbres.

Pourquoi s'entêtait-il à vouloir prendre à son service une fille de mon pays, c'était un mystère pour moi. Il prétendait qu'elles étaient plus honnêtes et n'avaient pas la tête de l'évent; que les joues en pommes d'api des paysannes mettaient de la gaieté dans la maison. Et de plus, qu'elles faisaient une bonne cuisine. Finalement, comme il ne passait pas de jour sans qu'il vînt me trouver dans ma loge pour insister sur cette fille analphabète de Ciociara, j'écrivis au pays, à mon parrain, et il me répondit qu'il avait justement quelqu'un sous la main : une fille des environs de Villacorsa qui s'appelait Tuda et n'avait pas encore vingt ans. Mais, ajoutait mon parrain, Tuda avait un défaut : elle ne savait ni lire ni écrire. Je répondis que c'était précisément ce que voulait le professeur : une analphabète.

Tuda arriva un soir en compagnie de mon parrain et j'allai les chercher à la gare. Du premier coup d'œil je vis qu'elle était de bonne race ciociara, de ces filles capables de bêcher toute une journée sans souffler un moment ou de porter sur la tête, par les sentiers de la montagne, un panier lourd de cinquante kilos. Elle avait ces joues rouges qui plaisaient au professeur, une tresse enroulée autour de sa tête, des sourcils noirs qui, réunis au-dessus du nez, lui barraient le front, un visage tout rond et quand elle riait, ces dents blanches, serrées, que les femmes de Ciociara nettoient en les frottant avec des feuilles de mauve. Elle ne portait pas le costume du pays, c'est vrai, mais elle avait bien le pas de la Ciociara, habituée à poser la plante du pied sur le sol, sans talons et ces mollets ronds et musclés qui sont si beaux à voir quand les lanières des ciocie [1] s'enroulent autour. Elle portait un petit panier sous le bras et me dit que c'était pour moi :

1. Voir la note, page 288.

une douzaine d'œufs du jour, enfouis dans la paille et recouverts de feuilles de figuier. Je lui répondis qu'il valait mieux les offrir au professeur pour lui donner bonne impression ; elle me répliqua qu'elle n'y avait pas pensé, se disant que puisqu'il s'agissait d'un monsieur, il aurait sûrement un poulailler chez lui. Je me mis à rire et ainsi, tout en bavardant, pendant que nous nous rendions en tram à la maison, je me rendis compte que cette fille était une vraie sauvage : elle n'avait jamais vu ni un train, ni un tram, ni une maison à six étages. Une véritable analphabète, comme le voulait le professeur.

En arrivant à la maison, je la conduisis d'abord à la loge pour la présenter à ma femme ; puis nous montâmes en ascenseur à l'appartement du professeur. Il nous introduisit lui-même, n'ayant pas de personnel ; c'était ma femme qui d'habitude faisait son nettoyage et le peu de cuisine nécessaire. Comme nous entrions, Tuda tendit son petit panier au professeur : « Tiens, professeur, j'tai apporté des œufs frais. » Je la repris vivement : « On ne dit pas "tu" à monsieur le Professeur... » Mais celui-ci l'encouragea au contraire en disant : « Cela n'a pas d'importance, tu peux me tutoyer, ma fille. » Et il m'expliqua que ce « tu » venait du langage des anciens Romains qui, eux, comme les Ciociare, ne connaissaient pas l'usage de la troisième personne, et traitaient les gens à la bonne franquette comme si tout le monde ne faisait qu'une famille. Puis le professeur conduisit Tuda dans la cuisine qui était grande, avec un fourneau à gaz, des casseroles d'aluminium et tout le nécessaire et il lui expliqua le fonctionnement des appareils. Tuda écouta toutes choses, muette et attentive. Et finalement, de sa voix sonore, elle dit :

— Mais j'savions pas faire la cuisine.

Surpris, le professeur s'exclama :

— Comment ? On m'avait dit que tu étais bonne cuisinière !

— Au pays, j'travaillions... j'bêchions... j'faisions bien la cuisine, oui... mais juste pour manger... j'ons jamais eu une cuisine comme ça !

— Et où faisais-tu la cuisine ?

— Dans la cabane.

— Eh bien, fit le professeur en tirant sa barbiche, chez nous aussi, on fait la cuisine pour manger... admettons que tu aies à me faire un déjeuner, juste pour manger... que me ferais-tu ?

Elle eut un large sourire :

— J'te ferions des pâtes avec des haricots... là-dessus tu bois un verre de vin... et puis peut-être une noix ou une figue sèche.

— Et c'est tout ? Rien, en second ?

— Comment ?... en second ?

— Je veux dire, comme second plat, poisson, viande ?...

Cette fois elle se mit à rire de tout son cœur :

— Ben, quand tu t'es mangé un plat de pâtes et de haricots avec du pain, ça te suffit... Qu'est-ce que tu voudrais de plus ? Moi, avec un plat de pâtes et de haricots, j'pouvions bêcher toute la journée... alors toi qui travailles pas...

— Mais j'étudie, j'écris... je travaille moi aussi.

— T'étudies, ben sûr... mais le vrai travail c'est nous que le faisons.

En somme, rien ne pouvait la convaincre que — comme disait le professeur — il fallait quelque chose « en second ». Après une longue discussion, il fut convenu que pendant quelque temps ma femme viendrait former Tuda à la cuisine. Nous lui montrâmes ensuite la chambre à coucher qui lui était destinée, une belle chambre donnant sur la cour, avec un lit, une commode et une armoire. Elle dit en regardant tout autour d'elle :

— Je vais dormir seule ?

— Avec qui voudrais-tu dormir ?

— Au pays, nous dormions cinq dans la chambre.

— Celle-là est toute pour toi.

Finalement je m'en allai après avoir recommandé à Tuda d'être docile et de bien travailler car j'étais responsable aussi bien vis-à-vis du professeur que de mon parrain qui l'avait envoyée. En sortant j'entendis le professeur lui expliquer : « Tu vois tous ces livres, il faudra les épousseter chaque jour avec le plumeau et un torchon. » Et elle de demander :

— Qu'est-ce que t'en fais de tous ces livres? A quoi qu'i te servent?

— Ils sont pour moi comme est la bêche pour toi au pays... je m'en sers pour travailler.

— Oui... mais moi j'en avions qu'une, de bêche.

Par la suite, le professeur vint de temps en temps, en passant devant la loge, me donner des nouvelles de Tuda. A dire vrai, il n'était plus aussi satisfait, le professeur. Un jour, il me dit:

— Savez-vous ce qu'elle a fait hier: elle a pris sur mon bureau une feuille écrite, le thème d'un de mes élèves et s'en est servie pour boucher une bouteille de vin... elle est rustre, vraiment rustre!

— Monsieur le professeur, répliquai-je, je vous avais prévenu... c'est la vraie campagnarde...

— Naturellement, conclut-il, mais c'est une brave fille, gentille, serviable... vraiment une brave fille!

La brave fille, comme il disait, ne tarda pas à devenir une fille comme les autres. Dès qu'elle eut touché ses gages, elle se fit faire un deux-pièces avec lequel elle avait l'air d'une demoiselle. Puis elle s'acheta des souliers à talons hauts. Et un sac de faux crocodile. Elle se fit même couper sa tresse, ce qui était grand dommage. Certes, elle gardait ses joues de pomme d'api qui ne perdraient pas aussi rapidement leurs couleurs que celles des filles nées à la ville et elles plaisaient, pas seulement au professeur d'ailleurs...

La première fois que je la vis en compagnie de ce vaurien de Mario, le chauffeur de la dame du troisième, je lui dis:

— Prends garde, ce type-là n'est pas fait pour toi... ce qu'il te dit, il le dit à toutes les filles.

— Hier, il m'a menée en auto au Mont Mario...

— Eh bien, et alors?

— C'est bon d'aller en auto... et puis regarde ce qu'il m'a donné.

Et elle me montra une broche de métal blanc ornée d'un éléphant comme celles qu'on trouve dans les merceries de Campo dei Riori:

— Tu es une ignorante et tu ne comprends pas qu'il te

mène par le bout du nez… en attendant, tu ne devrais pas sortir en auto avec lui… si la dame vient à l'apprendre, gare à lui !… Et puis, prends garde, je te le dis encore une fois : prends garde.

Mais elle sourit et continua à sortir avec Mario.

Deux semaines passèrent ; un jour le professeur entra dans ma loge, m'appela et me demanda à voix basse :

— Dites-moi, Giovanni, cette fille est-elle honnête ?

— Pour sûr, monsieur le Professeur, ignorante, mais honnête.

— C'est possible, dit-il sur un ton peu convaincu, mais cinq livres de valeur ont disparu de chez moi… je ne voudrais pas…

Je protestai encore que Tuda n'était pour rien dans cette disparition et qu'il retrouverait certainement ses livres. Mais j'avoue que je restai perplexe et décidé à bien ouvrir les yeux. Un soir, très peu de temps après, je vis Tuda entrer dans l'ascenseur en même temps que Mario. Il me dit qu'il allait au troisième pour prendre les ordres de sa patronne, ce qui était un mensonge, car la dame était sortie depuis plus d'une heure et il ne l'ignorait pas. Je les laissai monter, puis je pris moi-même l'ascenseur et allai tout droit à l'appartement du professeur. Par hasard ils avaient laissé la porte entrouverte, et je pus donc entrer, passai par le corridor et les entendis parler tous deux dans le bureau ; je compris aussitôt que mes soupçons ne m'avaient pas trompé. Tout doucement je m'approchai du seuil et que vis-je ? Mario, debout sur une chaise, qui se haussait en étendant la main vers le plus haut rayon de livres et elle, la sainte-nitouche aux joues rouges, qui tenait la chaise pour ne pas qu'il tombe et disait :

— Celui-là… en haut… ce beau gros… ce beau gros qu'est relié en peau.

Je m'avançai alors :

— Eh bien, bravo… je vous ai pris… le professeur me l'avait bien dit, mais je n'avais pas voulu le croire… vraiment, je vous félicite…

Avez-vous vu un chat recevoir un seau d'eau jeté d'une fenêtre ? Tel fut Mario en entendant ma voix : il sauta de sa chaise et s'enfuit me laissant seul avec Tuda. Je lui en dis tant et tant que pour beaucoup moins une autre fille aurait éclaté en sanglots. Mais avec les Ciociare, c'est une autre chanson. Elle m'écouta la tête basse, sans parler ; puis elle leva des yeux secs et me dit :

— Qui a volé ? Les sous qui me restent du marché, je les lui rapporte toujours autant qu'i sont... Je fais pas comme certaines qui font tout payer le double...

— Malheureuse !... et tu ne voles pas ces livres ? Ça ne s'appelle pas voler ?

— Oh ! il en a tant des livres !

— Beaucoup ou peu, tu ne dois pas y toucher... et fais bien attention car si je te repince, tu retourneras au pays, tout droit.

Sur le moment la têtue ne voulu pas me donner raison et pas une minute n'admit qu'elle avait volé. Mais quelques jours plus tard, la voilà qui entre dans ma loge avec un paquet sous le bras :

— Tiens, les v'là les livres du professeur... j'les rapportions, comme ça, i pourra pus se lamenter.

Je lui dis qu'elle avait bien fait et pensai au-dedans de moi qu'après tout, c'était une brave fille et que le grand coupable était Mario. Je l'accompagnai dans l'ascenseur et entrai avec elle dans l'appartement pour l'aider à remettre les livres à leur place. Juste au moment où nous étions en train de défaire le paquet, le professeur apparut.

— Monsieur le professeur, dis-je, voilà vos livres... Tuda les a retrouvés... elle les avait prêtés à une amie pour regarder les images.

— Bien... bien... n'en parlons plus.

Avec son chapeau sur la tête et son manteau sur les épaules, il s'approcha des livres, en prit un, l'ouvrit et poussa une exclamation :

— Mais ce ne sont pas mes livres !

— Que voulez-vous dire, monsieur le Professeur ?

— C'étaient des livres d'archéologie, poursuivit-il en feuilletant fébrilement les autres volumes, et ceux-ci sont des volumes de droit, dépareillés, au surplus...

— Mais qu'as-tu donc fait ? demandai-je à Tuda.

Elle protesta de toutes ses forces :

— Cinq livres j'avions pris... cinq livres les v'là... qu'voulez-vous d'autre?... Je les avions payés cher, pus cher qu'i m'en ont donné quand je les ai vendus...

Le professeur était si stupéfait qu'il me regardait et regardait Tuda la bouche ouverte, sans souffler mot. Elle continua :

— Regardez... c'est relié la même chose... plus beau même... voyez... et c'est le même poids... i me les ont pesés... ça fait quatre kilos six cents... comme les autres.

Cette fois, le professeur se mit à rire, un rire amer cependant :

— Mais on ne pèse pas les livres comme du veau... chaque livre est différent des autres... que puis-je faire de ces livres-là? Ne comprends-tu pas? Chaque livre contient des choses différentes... d'un auteur différent.

Mais allez donc lui faire comprendre... Elle répétait, obstinée :

— Y en avait cinq, en v'là cinq... i'z'étaient reliés, ceux-là aussi... j'savions rien de pus.

Finalement le professeur la renvoya à la cuisine :

— Va faire le dîner, cela suffit... je ne veux pas me faire de mauvais sang.

Et quand elle eut tourné les talons, il s'adressa à moi :

— Je regrette... c'est une brave fille... mais trop rustique vraiment...

— C'est vous qui l'avez voulu, monsieur le Professeur.

— Mea culpa, fit-il.

Tuda resta avec le professeur le temps de trouver une autre place. Je la retrouvai, laveuse de vaisselle, dans une laiterie du quartier. Elle vient de temps en temps me voir dans ma loge. Jamais nous n'avons reparlé de l'affaire des livres. Mais on m'a dit qu'elle s'était mise à apprendre à lire et à écrire.

LA REVANCHE DE TARZAN

Cet été-là, faute d'un travail plus sérieux et plus digne de moi, j'acceptai de circuler à bicyclette, par les rues de la ville, en file avec cinq autres, pour faire de la réclame aux films d'un nouveau cinéma. Chaque bicyclette portait un large panneau de couleur avec l'inscription d'une syllabe de deux ou trois lettres et en défilant lentement, tous les six l'un derrière l'autre, nous composions le titre entier du film. Des hommes sandwiches sur deux roues, en somme. En fait de métier, il en est de mieux, d'autant que pour nous rendre plus visibles, on nous avait habillés d'une combinaison bleu pâle qui nous faisait ressembler à des anges, comme ceux que l'on promène dans les processions des fêtes pascales. Mais je n'avais pas le choix : c'était cela ou mourir de faim.

Nous promenâmes à travers le quartier *Tu m'aimeras cette nuit*, *L'Archipel en feu*, *Deux cœurs dans la tempête*, *La Fille du volcan* et d'autres. J'avais toujours la bicyclette de tête car, étant proche de la cinquantaine, avec des cheveux tout blancs, j'étais le plus vieux de la bande et l'agence me confiait la responsabilité de la caravane. Derrière moi venait Poldino, un petit blond de dix-sept ans avec un visage pointu comme un museau de fouine et des yeux de faïence ; quant au caractère : violent et insubordonné, un vrai garnement !

Les autres étaient aussi des garçons entre quinze et vingt ans. J'aurais pu être leur père à tous les cinq et en effet, par jeu, ils m'appelaient l'oncle. Tous étaient de la race de Poldino : de mauvais garçons qui avaient poussé dans l'après-guerre, entre le marché noir, les nègres américains et les filles à soldats. Ainsi que j'en avertis aussitôt l'agence, je n'avais aucune autorité sur eux et chaque fois qu'ils le pouvaient, ils se liguaient contre moi.

C'était l'été, en juillet, et défiler dans les rues, à petite allure, sous un soleil brûlant, était vraiment chose pénible. Le parcours était long et sans haltes ; partis du cinéma derrière Sainte-Marie Majeure, nous nous y retrouvions après avoir parcouru à la vitesse d'un pas d'homme la plupart des rues du quartier. Et ce tour, nous le faisions plusieurs fois par jour, le matin et l'après-midi, selon les instructions de l'agence. Nous étions deux équipes, l'une d'hommes, vêtus, comme je l'ai dit, de bleu pâle ; l'autre de femmes, dans une tenue pire que la nôtre avec des tuniques blanches semées de paillettes d'argent et des pantalons bouffants jaune d'or.

Un matin, nous partîmes comme d'habitude du cinéma sous un ciel nuageux qui pouvait laisser prévoir une atténuation de la chaleur. Mais en nous mettant en marche, je m'aperçus que, au contraire, et justement à cause de ces nuages noirs annonciateurs d'orage, la température était plus étouffante que jamais. Dans ma combinaison fermée je transpirais plus que par le soleil et dans cet air lourd, il me semblait qu'à chaque coup de pédale mes mains, mes pieds et mon visage se congestionnaient comme si le sang était prêt à jaillir de ma peau.

Le titre du film du jour était *La Revanche de Tarzan*, en Technicolor. Je portais les syllabes LA-RE, puis venait Poldino avec VAN et, à la file, dans l'ordre : CHE, DE, TAR, ZAN. Sur nos panneaux, on voyait Tarzan vêtu de peaux de bêtes comme un sauvage, luttant contre un énorme singe et, à l'écart, une belle fille épouvantée, à demi nue elle aussi. Pendant que nous roulions lentement, lentement, dans cette atmosphère accablante de tremblement de terre, je me rendis compte que derrière moi, la ligue habituelle s'était reconstituée. L'agence publicitaire nous recommandait avant tout de ne pas faire de bruit, de ne pas fumer, de nous taire. Nous devions en somme donner l'impression d'être, comme nos bicyclettes, des machines : muets, lents, apathiques, sans expression. C'est ainsi, nous disait-on, que la publicité est vraiment efficace, car les gens ne s'occupant pas de nous n'avaient de regards que pour nos panneaux-affiches.

J'ai dit que les cinq autres se liguaient contre moi et je m'explique. A peine étions-nous sur la place de la Gare que j'entendis dans mon dos mes camarades imiter à qui mieux mieux les clameurs de Tarzan telles qu'on les entend dans le film ; à mi-voix, évidemment, mais assez fort pour être entendus des passants. Je ne pouvais me retourner, mon rôle étant de guider la colonne, surtout dans un endroit comme la place de la Gare, où nous pouvions risquer de passer sous les roues d'un autobus. Mais en prenant la rue Volturno, je me retournai et dis à voix haute : « Mais que veut dire ce vacarme ? » Poldino me répondit par un geste obscène. Je ne dis rien et poursuivis en direction du ministère des Finances.

Nous passâmes devant le ministère, puis par la rue de la Piave ; place de Fiume, du haut de sa petite tour rayée noir et blanc, l'agent arrêta la circulation et nous dûmes aussi faire halte. J'en profitai pour mettre pied à terre et voir comment se comportait l'équipe. Je vis aussitôt que les choses allaient au plus mal. Soit qu'ils leur eussent donné rendez-vous, soit que la rencontre fût fortuite, Poldino et les autres avaient retrouvé deux filles, de celles qui vendent des fleurs dans les restaurants, toutes deux petites et mal bâties, l'une brune et l'autre blonde, et ils plaisantaient ensemble comme si la caravane publicitaire n'existait pas. Puis, comme l'agent levait son bâton, voilà que les deux filles sautent sur la barre de la bicyclette, l'une de Poldino, l'autre, la blonde, sur celle du suivant. Cette fois, la colère me prit, car j'ai le sens du devoir et cela dépassait les bornes. Je sautai à terre, m'approchai de Poldino et lui dis sans élever la voix :

— Fais-la descendre... ouste... pas d'histoires.

Mais lui, enhardi sans doute par la présence de ce laideron qui se cramponnait à son guidon me répond :

— De quoi te mêles-tu ? Qui es-tu pour me donner des ordres ?

— Allons, vite... dis-je en prenant la fille par le bras.

— Bas les mains, cria celle-ci.

Et Poldino :

— Regardez un peu ce sale vieux qui porte la main sur ma petite !...

Pendant ce temps toute la circulation s'était arrêtée, derrière nous les autos klaxonnaient, des gens faisaient la haie autour de nous et commentaient le fait. Je dois le dire : tout le monde était contre moi. Je compris qu'il n'y avait rien à faire, remontai en selle et le cœur plein de fiel, je pris la rue Salaria.

Mais au croisement de la rue du Pô, comme je prenais la direction de la place d'Italie, je m'aperçus que je roulais tout seul ; Poldino et les autres se dirigeaient vers la place Quadrata. Je m'arrêtai, furieux, et leur criai :

— Où allez-vous ?... Par ici !

Poldino s'arrêta à son tour et répondit :

— Nous allons au Tibre, prendre un bain...

— Quoi ?... Êtes-vous fous ?

— Le fou, ricana-t-il, méprisant, c'est toi avec tes cheveux blancs et ton costume de clown.

Les filles riaient, j'avais honte, mais, bien que, de rage, je l'eusse tué volontiers, je me résignai une fois de plus et fis volte-face.

Maintenant c'était Poldino qui conduisait la caravane et je venais le dernier car j'ai le souffle court et ils roulaient à toute vitesse. Le titre du film se lisait maintenant de cette façon : VAN CHE ZAN TAR DE LA RE, ce qui ne signifiait vraiment rien. Et les passants, sur le trottoir, s'arrêtaient pour regarder ces cinq garçons en bleu pâle, avec ces drôlesses en tandem, qui roulaient comme des fous, suivis d'un vieux lui aussi en costume d'angelot ; et ils hochaient la tête et riaient. Mes compagnons maintenant hurlaient à pleins poumons le cri de Tarzan comme s'ils avaient été dans une forêt et non sous les platanes d'une avenue de Rome. A partir de la place Santiago-du-Chili commence la descente ; cela leur permit de se détacher, si bien que j'arrivai seul à l'Acquacetosa. Par deux fois je me trompai de route, revins en arrière et finalement il me sembla les apercevoir de loin qui défilaient sur un chemin longeant le Tibre. Furibond, trempé de sueur, je me lançai dans cette direction.

Ils avaient choisi un coin où la rive du Tibre s'élargit en une petite grève sablonneuse et toute couverte de buissons. A cet endroit, le fleuve fait un coude comme un serpent qui s'enroule et sur l'autre bord on aperçoit ces filets à roue qui montent et descendent par la force du courant. Je trouvai mes camarades qui avaient jeté à terre bicyclettes, panneaux publicitaires et tout le reste et qui déjà se déshabillaient. Les filles, elles au moins, s'étaient cachées derrière des buissons, mais eux ne se souciaient même pas de se cacher. Hors de moi, je courus vers Poldino qui sortait les jambes de son pantalon et lui criai :

— Voyou... c'est comme ça que tu es consciencieux ?

Mais lui, insolent :

— Qu'est-ce qui te prend ? Veux-tu me dire ce que tu nous veux ? Peux-tu le dire ?

Et, à chaque question, il m'envoyait son poing dans l'estomac, juste sous la gorge, tandis que de l'autre main, il retenait son pantalon. Et, soit l'essoufflement dû à ma course précipitée, soit mon âge, je me sentis vaciller sur mes jambes et je m'écroulai à terre. Alors ce fut comme un signal. Ils se déchaînèrent : les filles sortirent de leurs buissons en se tenant par la main, toutes deux en sous-vêtements de coton blanc, pas belles à voir, il faut le dire, avec leur silhouette courte, étroites de poitrine et larges de hanches, comme toutes ces mendiantes et ces vagabondes qui mangent peu et marchent beaucoup ; quant aux garçons, ils coururent à leur rencontre en tenant leur caleçon à deux mains. Et ils se mirent à gambader dans les buissons, puis à courir et à se poursuivre. Poldino hurlait : « Je suis Tarzan !... je t'attrape et je t'enlève !... » et imitant les rugissements de Tarzan, il courait après la brune, plus petit qu'elle que c'en était une pitié, tout blanc, maigrichon et fluet. Finalement, ils bondirent vers le fleuve et se jetèrent tous à l'eau l'un après l'autre.

Je restai tout seul sur la rive, entouré de combinaisons bleu pâle et de vêtements féminins, avec ma défroque de clown et mes cheveux blancs, mon air de chômeur chronique et ma cigarette nationale à demi fumée entre mes lèvres tremblantes.

J'étais si mortifié que j'en aurais pleuré : et si d'une

part je les haïssais pour m'avoir traité de la sorte, de l'autre je me haïssais moi-même pour n'avoir pas eu le courage d'étouffer mon sentiment du devoir. Car maintenant qu'il n'y avait plus rien à faire je ne pouvais m'empêcher de me demander anxieusement : « Que dira-t-on à l'agence ? » Et j'enrageais de me sentir cette crainte que je ne pouvais m'empêcher d'avoir. En même temps j'enviais ces garçons, j'aurais voulu me jeter à l'eau comme eux et pousser le cri de Tarzan et lutiner les filles. Mais j'étais vieux, j'avais le sentiment du devoir et il n'y avait plus rien à faire.

La chance les servit jusqu'au bout ; ils barbotèrent dans l'eau jusqu'à ce qu'il fasse noir et que les premières gouttes de pluie crépitent sur les eaux jaunes du Tibre. Alors ils sortirent et Poldino s'écria que cette pluie était la bienvenue, car si on leur faisait une observation, ils pourraient toujours dire qu'ils avaient dû s'abriter de l'orage. L'une des filles, une fois rhabillée, vint me demander une cigarette ; la blonde à son tour en voulut une, puis chacun des cinq garçons ; aussi restai-je sans cigarettes, mais au moins avions-nous fait la paix.

Cependant après ces quelques gouttes les nuages qui étaient au-dessus de nous avaient filé vers la campagne. Nous nous remîmes en procession, suivant le titre du film et refîmes notre chemin en sens contraire. Vers l'Acquacetosa, les deux filles prirent l'autobus et nous remontâmes vers les Parioli. Un peu plus tard, nous roulions, à une allure d'enterrement, entre les voitures de luxe et les cafés bondés, au milieu de la via Veneto.

CHRONOLOGIE DES ŒUVRES D'ALBERTO MORAVIA

Des œuvres traduites en français, nous donnons entre parenthèses les titres sous lesquels elles ont paru et la date de publication.

Gli indifferenti, Milan 1929. (*Les Indifférents*, 1949.)
La bella vita, Lanciano 1935.
Le ambizioni sbagliate, Milan 1935. (*Les Ambitions déçues*, 1937.)
L'imbroglio, Milan 1937. (*La Provinciale et autres récits*, 1954.)
I sogni del pigro, Milan 1940.
La mascherata, Milan 1941. (*Le Quadrille des masques*, 1950.)
L'amante infelice, Milan 1943.
La speranza, ossia cristianesimo e comunismo, Rome 1944.
L'epidemia, Rome 1944.
Agostino, Rome 1944. (*Agostino*, 1962.)
Due cortigiane, Rome 1945.
La romana, Milan 1947. (*La Belle Romaine*, 1953.)
La disubbidienza, Milan 1948. (*La Désobéissance*, 1949.)
L'amore coniugale e altri racconti, Milan 1949. (*L'Amour conjugal*, 1952.)
Il conformista, Milan 1951. (*Le Conformiste*, 1952.)
Racconti romani, Milan 1954. (*Nouvelles romaines*, 1957.)
Il disprezzo, Milan 1954. (*Le Mépris*, 1955.)
La ciociara, Milan 1957. (*La Ciociara*, 1957.)

Teatro, Milan 1958.
Un mese in URSS, Milan 1958. (*Un mois en URSS*, 1958.)
Nuovi racconti romani, Milan 1959. (*Autres Nouvelles romaines*, 1961.)
La noia, Milan 1960. (*L'Ennui*, 1961.)
Un'idea dell'India, Milan 1962. (*L'Inde comme je l'ai vue*, 1963.)
L'automa, Milan 1962. (*L'Automate*, 1964.)
Claudia Cardinale, Milan 1962.
L'uomo come fine, Milan 1964. (*L'Homme*, 1965.)
L'attenzione, Milan 1965. (*L'Attention*, 1966.)
Il mondo è quello che è, Milan 1966. (*Le monde est ce qu'il est*, 1969.)
Una cosa è una cosa, Milan 1967. (*Une chose est une chose*, 1968.)
La rivoluzione culturale in Cina, Milan 1967. (*La Révolution culturellle de Mao*, 1968.)
Il dio Kurt, Milan 1968.
Picasso blu e rosa, Milan 1968.
La vita è gioco, Milan 1969.
Il Paradiso, Milan 1970. (*Le Paradis*, 1971.)
Io e lui, Milan 1971. (*Moi et lui*, 1971.)
A quale tribù appartieni?, Milan 1972. (*A quelle tribu appartiens-tu?*, 1974.)
Un'altra vita, Milan 1973. (*Une autre vie*, 1974.)
Al cinema, Milan 1975.
Boh, Milan 1976. (*Bof*, 1982.)
La vita interiore, Milan 1978. (*Desideria*, 1979.)

BIBLIOGRAPHIE SOMMAIRE

Une bibliographie un tant soit peu exhaustive de l'œuvre d'Alberto Moravia, tant en Italie qu'à l'étranger, couvrirait plusieurs dizaines de pages de ce volume. On se bornera donc à indiquer ici les quelques ouvrages essentiels qui ont été consultés pour l'établissement de cette édition.

Le Roman italien et la crise de la conscience moderne, par Dominique Fernandez, Paris 1958.
Alberto Moravia, par Edoardo Sanguineti, Milan 1962.
Alberto Moravia, par Oreste del Buono, Milan 1962.
Moravia, par Franco Longobardi, Florence 1969.
Alberto Moravia, par Enzo Siciliano, Milan 1971.
Moravia, par G. Pandini, Milan 1973.
Alberto Moravia, par Roberto Tessari, Florence 1975.

Ajoutons deux études importantes sous forme de conversations ou d'interview :

Moravia, intervista sullo scrittore scomodo, per Nello Ajello, Bari 1978.
Le roi est nu, conversations avec Vania Luksic, Paris 1979.

TABLE DES MATIÈRES

Présentation 5

Le bébé 29
Fanatique 37
N'approfondis pas... 43
Jour de chaleur 50
Le pitre 57
Le camionneur 63
L'avorton 70
L'intermédiaire 78
Une bonne soirée 86
Au revoir 94
Salon de coiffure 102
Pluie de mai 110
Les bijoux 117
Pilleurs d'église 124
Les lunettes 131
Caterina 138
Le chow-chow 145
Un crime parfait 152
Mario 159
Le trésor 167
Un vieil imbécile 175
Tabou 182
Le gardien 190
L'infirmière 197
Jeux de Ferragosto 204
La ruine de l'humanité 211
Je ne dis pas non 217

L'appétit 225
Le nez 232
Romulus et Remus 239
Une lettre attendrissante 247
Un panier percé 254
La terreur de Rome 263
Le pique-nique 280
La Ciociara 288
La revanche de Tarzan 296

Chronologie des œuvres de Moravia 303
Bibliographie 307

DERNIÈRES PARUTIONS

ARISTOTE
Petits Traités d'histoire naturelle (979)
Physique (887)

AVERROÈS
L'Intelligence et la pensée (974)
L'Islam et la raison (1132)

BERKELEY
Trois Dialogues entre Hylas et Philonous (990)

CHÉNIER (Marie-Joseph)
Théâtre (1128)

COMMYNES
Mémoires sur Charles VIII et l'Italie, livres VII et VIII (bilingue) (1093)

DÉMOSTHÈNE
Philippiques, suivi de **ESCHINE,** Contre Ctésiphon (1061)

DESCARTES
Discours de la méthode (1091)

DIDEROT
Le Rêve de d'Alembert (1134)

DUJARDIN
Les lauriers sont coupés (1092)

ESCHYLE
L'Orestie (1125)

GOLDONI
Le Café. Les Amoureux (bilingue) (1109)

HEGEL
Principes de la philosophie du droit (664)

HÉRACLITE
Fragments (1097)

HIPPOCRATE
L'Art de la médecine (838)

HOFMANNSTHAL
Électre. Le Chevalier à la rose. Ariane à Naxos (bilingue) (868)

HUME
Essais esthétiques (1096)

IDRÎSÎ
La Première Géographie de l'Occident (1069)

JAMES
Daisy Miller (bilingue) (1146)
Les Papiers d'Aspern (bilingue) (1159)

KANT
Critique de la faculté de juger (1088)
Critique de la raison pure (1142)

LEIBNIZ
Discours de métaphysique (1028)

LONG & SEDLEY
Les Philosophes hellénistiques (641 à 643), 3 vol. sous coffret (1147)

LORRIS
Le Roman de la Rose (bilingue) (1003)

MEYRINK
Le Golem (1098)

NIETZSCHE
Par-delà bien et mal (1057)

L'ORIENT AU TEMPS DES CROISADES (1121)

PLATON
Alcibiade (988)
Apologie de Socrate. Criton (848)
Le Banquet (987)
Philèbe (705)
Politique (1156)
La République (653)

PLINE LE JEUNE
Lettres, livres I à X (1129)

PLOTIN
Traités I à VI (1155)
Traités VII à XXI (1164)

POUCHKINE
Boris Godounov. Théâtre complet (1055)

RAZI
La Médecine spirituelle (1136)

RIVAS
Don Alvaro ou la Force du destin (bilingue) (1130)

RODENBACH
Bruges-la-Morte (1011)

ROUSSEAU
Les Confessions (1019 et 1020)
Dialogues. Le Lévite d'Éphraïm (1021)
Du contrat social (1058)

SAND
Histoire de ma vie (1139 et 1140)

SENANCOUR
Oberman (1137)

SÉNÈQUE
De la providence (1089)

MME DE STAËL
Delphine (1099 et 1100)

THOMAS D'AQUIN
Somme contre les Gentils (1045 à 1048), 4 vol. sous coffret (1049)

TRAKL
Poèmes I et II (bilingue) (1104 et 1105)

WILDE
Le Portrait de Mr. W.H. (1007)

ALLAIS
À se tordre (1149)

BALZAC
Eugénie Grandet (1110)

BEAUMARCHAIS
Le Barbier de Séville (1138)
Le Mariage de Figaro (977)

CHATEAUBRIAND
Mémoires d'outre-tombe, livres I à V (906)

COLLODI
Les Aventures de Pinocchio (bilingue) (1087)

CORNEILLE
Le Cid (1079)
Horace (1117)
L'Illusion comique (951)
La Place Royale (1116)
Trois Discours sur le poème dramatique (1025)

DIDEROT
Jacques le Fataliste (904)
Lettre sur les aveugles. Lettre sur les sourds et muets (1081)
Paradoxe sur le comédien (1131)

ESCHYLE
Les Perses (1127)

FLAUBERT
Bouvard et Pécuchet (1063)
L'Éducation sentimentale (1103)
Salammbô (1112)

FONTENELLE
Entretiens sur la pluralité des mondes (1024)

FURETIÈRE
Le Roman bourgeois (1073)

GOGOL
Nouvelles de Pétersbourg (1018)

HUGO
Les Châtiments (1017)
Hernani (968)
Quatrevingt-treize (1160)
Ruy Blas (908)

JAMES
Le Tour d'écrou (bilingue) (1034)

LAFORGUE
Moralités légendaires (1108)

LERMONTOV
Un héros de notre temps (bilingue) (1077)

LESAGE
Turcaret (982)

LORRAIN
Monsieur de Phocas (1111)

MARIVAUX
La Double Inconstance (952)
Les Fausses Confidences (978)
L'Île des esclaves (1064)
Le Jeu de l'amour et du hasard (976)

MAUPASSANT
Bel-Ami (1071)

MOLIÈRE
Dom Juan (903)
Le Misanthrope (981)
Tartuffe (995)

MONTAIGNE
Sans commencement et sans fin. Extraits des *Essais* (980)

MUSSET
Les Caprices de Marianne (971)
Lorenzaccio (1026)
On ne badine pas avec l'amour (907)

PLAUTE
Amphitryon (bilingue) (1015)

PROUST
Un amour de Swann (1113)

RACINE
Bérénice (902)
Iphigénie (1022)
Phèdre (1027)
Les Plaideurs (999)

ROTROU
Le Véritable Saint Genest (1052)

ROUSSEAU
Les Rêveries du promeneur solitaire (905)

SAINT-SIMON
Mémoires (extraits) (1075)

SOPHOCLE
Antigone (1023)

STENDHAL
La Chartreuse de Parme (1119)

TRISTAN L'HERMITE
La Mariane (1144)

VALINCOUR
Lettres à Madame la marquise *** sur *La Princesse de Clèves* (1114)

WILDE
L'Importance d'être constant (bilingue) (1074)

ZOLA
L'Assommoir (1085)
Au Bonheur des Dames (1086)
Germinal (1072)
Nana (1106)

GF Flammarion

13/07/183464-VII-2013 – Impr. MAURY Imprimeur, 45330 Malesherbes.
N° d'édition L.01EHPNFG0389.C011. – Septembre 1982. – Printed in France.